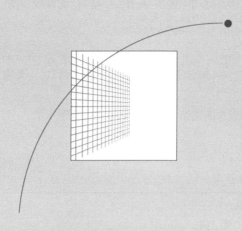

散文中的心事

谢有顺 ___ 著

海峡出版发行集团 | 海峡文艺出版社

图书在版编目(CIP)数据

散文中的心事/谢有顺著. —福州:海峡文艺出版社,2022.12(2024.6重印)
ISBN 978-7-5550-2756-0

Ⅰ.①散… Ⅱ.①谢… Ⅲ.①散文评论—中国—现代—文集②散文评论—中国—当代—文集 Ⅳ.①I207.6—53

中国版本图书馆 CIP 数据核字(2021)第 198753 号

散文中的心事

谢有顺 著

出 版 人 林 滨

责任编辑 蓝铃松 刘含章

出版发行 海峡文艺出版社

经 销 福建新华发行(集团)有限责任公司

社 址 福州市东水路 76 号 14 层

发 行 部 0591—87536797

印 刷 福州力人彩印有限公司

厂 址 福州市晋安区新店镇健康村西庄 580 号 9 栋

开 本 850 毫米×1168 毫米 1/32

字 数 280 千字

印 张 13.625

版 次 2022 年 12 月第 1 版

印 次 2024 年 6 月第 3 次印刷

书 号 ISBN 978-7-5550-2756-0

定 价 68.00 元

如发现印装质量问题,请寄承印厂调换

目　录

第一章

散文的写法

第一节　"有什么话，说什么话"

近代以来，西方纯文学观念成了文学的正统，以叙事、虚构、抒情为主要特征的小说、诗歌、戏剧日渐占据主流，传统意义上的散文逐渐边缘化，就连朱自清也说："它（指散文）不能算作纯艺术品，与诗、小说、戏剧，有高下之别。"[①]但也有不以西洋的"文学概论"为标准的，比如鲁迅就对上述观念不以为然："杂文这东西，我却恐怕要侵入高尚的文学楼台去的。小说和戏曲，中国向来是看作邪宗的，但一经西洋的'文学概论'引为正宗，我们也就奉之为宝贝，《红楼梦》《西厢记》之类，在文学史上竟和《诗经》《离骚》并列了。杂文中之一体的随笔，因为有人说它近于英国的 Essay，有些人也就顿首再拜，不敢轻薄。寓言和演说，好像是卑微的东西，但伊索和契开罗，不是坐在希腊罗马文学史上吗？"[②]确实，回顾现代文学的发展，现代散文的成就并不比小说、诗歌低。"散文小品的成功，几乎在小说、戏曲和诗歌之上"[③]，"十四年来中国现代文学唯一之成功，小品文之成功也，创作小说，即有佳作，亦由小品散文训

[①]　朱自清：《论现代中国的小品散文》，《文学周报》第 345 期，1928 年 11 月 25 日。

[②]　鲁迅：《徐懋庸作〈打杂集〉序》，见《鲁迅全集》（第 6 卷），人民文学出版社 2005 年版，第 301 页。

[③]　鲁迅：《小品文的危机》，见《鲁迅全集》（第 4 卷），人民文学出版社 2005 年版，第 592 页。

练而来"①。哪怕不认同散文的纯文学地位的朱自清，也不得不承认现代散文取得的成就——"就散文论散文，这三四年的发展，确是绚烂极了：有种种的样式，种种的流派，表现着，批评着，解释着人生的各方面，迁流曼衍，日新月异：有中国名士风，有外国绅士风，有隐士，有叛徒，在思想上是如此。或描写，或讽刺，或委曲，或缜密，或劲健，或绮丽，或洗炼，或流动，或含蓄，在表现上是如此。"②

与繁盛的散文写作相伴而生的，是现代散文理论的提出，有论者认为，"文学创作与理论同步发展的现象，也许在我们现代散文史上最为鲜明和突出了"③。现代散文理论"反映了中国现代散文发展的历史足迹，触及了散文创作的艺术规律，也在一定程度上再现了中国现代散文同中外优秀散文传统的继承和创新关系；是珍贵的文学史料，也是一笔值得重视的理论财富。对于这份理论遗产，过去显然重视不够"④。现代散文理论至今还在发挥着它的巨大影响，但哪些值得继承，哪些需要反思，仍有待辨明，而梳理现代散文的理论主张，加以论析，当能给当代散文写作提供借鉴的资源。

谈论现代散文理论，必须先从新文化运动中的文学革命说

① 林语堂：《发刊词》，《人间世》第 1 期，1934 年 4 月 5 日。

② 朱自清：《论现代中国的小品散文》，见佘树森编：《现代作家谈散文》，百花文艺出版社 1986 年版，第 47 页。

③ 佘树森：《现代散文理论鸟瞰》，见佘树森编：《现代作家谈散文》，百花文艺出版社 1986 年版，第 47 页。

④ 俞元桂：《中国现代散文理论》（前言），见俞元桂主编：《中国现代散文理论》，广西人民出版社 1984 年版，第 64 页。

起。现代文学，包括我们所关注的现代散文，从这一文学革命开始发生了巨变。1917年1月1日，《新青年》第二卷第五号刊出胡适的《文学改良刍议》，他在此文中提出文学改良八大主张："一曰须言之有物；二曰不摹仿古人；三曰须讲求文法；四曰不作无病之呻吟；五曰务去烂调套语；六曰不用典；七曰不讲对仗；八曰不避俗字俗语。"① 《新青年》主编陈独秀紧接着发表《文学革命论》，态度措辞比胡适更为激烈，提出三大主张："曰推倒雕琢的、阿谀的贵族文学，建设平易的、抒情的国民文学；曰推倒陈腐的、铺张的古典文学，建设新鲜的、立诚的写实文学；曰推倒迂晦的、艰涩的山林文学，建设明了的、通俗的社会文学。"② 一年多后，胡适归国，在各处演说文学革命，将此前的"八不主义"改为肯定性的四条主张："要有话说，方才说话"；"有什么话，说什么话；话怎么说，就怎么说"；"要说我自己的话，别说别人的话"；"是什么时代的人，说什么时代的话"③。

胡适和陈独秀的主张，目的是要推翻中国文学中文言文的正统地位，为白话文正名。他们倡导平易通俗、鲜活生动、及物有情的文学，反对空洞、繁复、铺张、言之无物的文学。用白话作文是革新文学最重要的方式。胡适将文言视为死的文字，认为中国两千多年来没有产生真正有价值有生命的文言的文学，

① 胡适：《文学改良刍议》，《新青年》1917年第2卷第5号。
② 陈独秀：《文学革命论》，《新青年》1917年第2卷第6号。
③ 胡适：《建设的文学革命论》，《新青年》1918年第4卷第4号。

原因就在于"这二千年的文人所做的文学都是死的，都是用已经死了的语言文字做的。死文字决不能产出活文学。所以中国这二千年只有些死文学，只有些没有价值的死文学"；"自从三百篇到于今，中国的文学凡是有一些价值、有一些儿生命的，都是白话的，或是近于白话的。其余的都是没有生气的古董，都是博物院中的陈列品"。胡适还对《水浒传》《西游记》《儒林外史》《红楼梦》这些白话小说推崇备至，认为它们都是"活文学"，因为它们都是用活文字作的，如果用的是文言，一定不会有这样的生命力。在胡适看来，文学的要义在于准确、生动地表达人们的情感，而过去时代的语言已经无法准确地表情达意，"那些用死文言的人，有了意思，却须把这意思翻成几千年前的典故；有了感情，却须把这感情译为几千年前的文言"①，要想让文学"活"起来，就要使用活的语言，也就是人们日常使用的白话。

胡适的学生傅斯年在《怎样做白话文》中给出的方法，是从说话中学习。"说话的优势，不仅在多，尤有作文时候做不到，说话时候作的到的事情。我们伏在桌上，铺开纸，拔出笔的时节，心里边总有几分拘束，郑重之心太甚，冲动之情太少，思路虽然容易细密，才气却很难尽量发泄。尽管在那里惨淡经营，其实许多胜义，许多反想，许多触动，许多流行的句调，都暗暗被这惨淡经营勾销了。说话时节不是这样。心里边

---

① 胡适：《建设的文学革命论》，《新青年》1918 年第 4 卷第 4 号。

是开展的，是自由的，触动很富，可以冲口而出。惟其冲口而出，所以可以'应机立断'。文章本靠着任才使气，本指望兴到神来，本把'钩心斗角'的'匠心'当做第二义。这都是说话所长，作文所短。我们和人谈话，总觉着心里要说的一齐涌上，没有时间给我们说出；但是坐在那里做文，就真词穷了。从这可见谈话时容易感动，作文时难得提醒。要想文章充量发展，必须练习说话的发展，当做预备。"傅斯年还分体论说了说话之于文章的好处："形状的文，全凭说话的自然，才有活泼的趣味。若是用文章上的句调，便离了实相，变做不称情的形容。记叙的文，重在次序。这次序正是谈话时应当讲究的次序。老太婆说给孩子听的故事，每每成一段绝妙的记叙文。可以见得记叙文的作用，尤其靠说话的质素。辩议的文，完全是说话，更无须说了。这全仗着'谈锋'制胜，更没有语言以外的作用了。解论的文，看来似乎和说话远些，但是要想又清楚，又有力，仍然离不脱说话的质素；现代的模范解论文，十之七八是演说的稿子。"他认为，文学的妙用，仅仅是深入人心、留在人心，而要想做到这样，只有通过说话中自然的、简捷的、活泼的手段。"想把白话文做好，须得留神自己和别人的说话，竟用说话的快利清白——一切精神，一切素质——到作文上。"[①]

　　胡适和陈独秀等人如此大力宣扬白话文，对旧的文言文学几近痛恨，还有一个重要的原因，是他们看到了言文分离所带

---

① 傅斯年:《怎样做白话文》,《新潮》1919 年第 1 卷第 2 号。

来的弊端。陈独秀认为,雕琢的、阿谀的、铺张的、空泛的贵族古典文学与阿谀、夸张、虚伪、迂阔的国民性是互为因果的,正是那些没有活力的文言文学导致了中国社会的死气沉沉。陈独秀不遗余力地攻击古文家们,将他们视为妖魔鬼怪,他们最大的问题在于与现实的脱离,不仅脱离于自身的真实感受,也脱离于社会现实,这样的文章只会阻碍社会文明的进步,而要想改变当时衰弱腐朽的老大中国,必须从语言和文章入手。"今欲革新政治,势不得不革新盘踞于运用此政治者精神界之文学。使吾人不张目以观世界社会文学之趋势,及时代之精神,日夜埋头故纸堆中,所目注心营者,不越帝王、权贵、鬼怪、神仙与夫个人之穷通利达,以此而求革新文学,革新政治,是缚手足而敌孟贲也。"①对当时言文严重分离这一现象,鲁迅也表达过他的看法:"中国虽然有文字,现在却已经和大家不相干,用的是难懂的古文,讲的是陈旧的古意思,所有的声音,都是过去的,都就是只等于零的。所以,大家不能互相了解,正像一大盘散沙。"他的态度和胡适、陈独秀是一致的,"我们此后实在只有两条路:一是抱着古文而死掉,一是舍掉古文而生存"②。

言文不一的另一弊端,是造成了知识精英与普通大众的隔离。文言文一直由士大夫阶层传承和使用,这一阶层是中国政治和文化的统治者,普通大众无缘于文言文,也无法参与到

① 陈独秀:《文学革命论》,《新青年》1917年第2卷第6号。
② 鲁迅:《无声的中国》,见《鲁迅全集》(第4卷),人民文学出版社2005年版,第12页。

政治和文化的建构中，他们是被统治者，是"可使由之，不可使知之"的群体。到了晚清，少数觉醒的知识分子意识到要想改变中国，必须唤醒民众，他们开始有意打破文言文所造就的壁垒，使用一种新文体来写作，如梁启超，他"幼年为文，学晚汉魏晋，颇尚矜炼，至是自解放，务为平易畅达，时杂以俚语、韵语及外国语法，纵笔所至不检束，学者竞效之，号新文体。老辈则痛恨，诋为野狐。然其文条理明晰，笔锋常带情感，对于读者，别有一种魔力焉"[①]。胡适总结这种文体具有"魔力"的原因有以下几点："（1）文体的解放，打破一切'义法''家法'，打破一切'古文''时文''散文''骈文'的界限；（2）条理的分明，梁启超的长篇文章都长于条理，最容易看下去；（3）辞句的浅显，既容易懂得，又容易模仿；（4）富于刺激性，'笔锋常带情感'。"[②]

这种新文体首先出现在当时兴起的各种报刊上，刘师培称之为"白话报之体"。"近岁以来，中国之热心教育者，渐知言文不合一之弊，乃创为白话报之体，以启发愚蒙。自吾观之，白话报者，文明普及之本也。白话报推行既广，则中国文明之进步固可推矣。中国文明愈进步，则白话报前途之发达又可推矣。"[③]晚清的白话文运动虽然也有不小的声势，但真正把白话地

---

① 梁启超：《清代学术概论》，上海古籍出版社 2005 年版，第 72 页。

② 胡适：《五十年来中国之文学》，《申报》五十周年纪念刊《最近之五十年》，1923 年 2 月。

③ 刘师培：《论白话报与中国前途之一关系》，《警钟日报》1904 年 4 月25 日。

位给立起来，让白话进入各种文学体裁中，还是到了新文化运动时才实现。其时的白话文运动，如胡适在《五十年来中国之文学》中所言："没有'他们''我们'的区别。白话并不单是'开通民智'的工具，白话乃是创造中国文学的唯一工具。"①这时算是真正发现并确认了白话的美感，即把平易、通俗、新鲜、立诚、抒情、明了、切实当作文章的美感所在，也真正产生了一批用白话写成的优秀作品。

至此，就确立起了现代散文的第一个观念，即作文如说话，"有什么话，说什么话；话怎么说，就怎么说"，说自己的话，说时代的话。在日常生活中，白话是一种对话工具，但在文学写作中，白话是一种新的美学、新的语言艺术、新的文学理念。由是不难理解，那个时期的知识分子都有很好的古文功底，却放弃自己所长，要用浅易的白话作文，要说让普通民众能听得懂的话，这不仅有他们对白话美学的推崇——他们深知一种语言背后藏着一种精神，新思想要有新语言来承载；更重要的是，他们身上仍有传统士大夫那种感时忧国的情怀，如鲁迅所说，要改变民众，首推文艺，而文艺要发挥力量，第一要旨就是要让更多人读到、读懂，要用大众能理解的"活"的语言来写出"活"的文。

①　胡适：《五十年来中国之文学》，《申报》五十周年纪念刊《最近之五十年》，1923 年 2 月。

第二节　"有艺术的纪律"

现代散文完成语言革新，做到平易、生动、活泼后，紧接着便有作家对其提出了更高的要求——白话散文也要有一定的艺术性和文学性。最早提倡散文应有艺术性、文学性，影响也最大的，是周作人的《美文》一文。周作人借介绍外国文学中的一种"论文"，提出他的倡议："外国文学里有一种所谓论文，其中大约可以分作两类。一批评的，是学术性的。二记述的，是艺术性的，又称作美文，这里边又可以分出叙事与抒情，但也很多两者夹杂的。这类美文似乎在英语国民里最为发达，……读好的论文，如读散文诗，因为他实在是诗与散文中间的桥。中国古文里的序、记与说等，也可以说是美文的一类。但在现在的国语文学里，还不曾见有这类文章，治新文学的人为什么不去试试呢？"①周作人将这一类记述性、艺术性的散文称为"美文"，以和此前中国文学中广义的散文区分开来。和周作人的"美文"一说相似，王统照在一九二三年提出"纯散文"的说法："中国几年来提倡文学，在若干人的努力中间，小说、诗，就比较上说都有一点成就，虽然不能说是很完善，而一看到我们文坛上的收获，不能不以此二者为最多量了。独有纯散文（pure prose）的佳者，却不多见；——直接可以说少有……

----

① 周作人：《美文》，《晨报副刊》1921 年 6 月 8 日。

中国的白话小说，诗，因各有他们特别的领域，还有些作品可以看的，而用白话作纯散文的，不要说怎样的好，就是修词上风格上讲究一点，使人看了易于感动而不倦的，在今日的作者中，你们可以找得出几个来。"①李素伯在谈论小品文的特质时也指出："麻烦的论文，关于学术的零星的杂记，都不能算是小品文。这原因，便是小品文是须富有艺术性而不是如论文杂记之类枯燥的东西。"②

怎样的才是"纯散文"，才算是有艺术性的"美文"？当时大家都只有一些模糊的说法，很难在理论上给予清晰的定义。胡梦华说，美的散文，"它的特质是个人的，一切从个人的主观发出来"，"它的特质又是不规则的、非正式的。又从表面看来虽然平常，精细的考察一下，却有惊人的奇思，苦心雕刻的妙笔。并有似是而非的反语，似是而非的逆论。还有冷嘲和热讽，机锋和警句。而最足以动人的要算热情和诙谐了"，散文家需要有"天生的扩大的意志，还要有抒情诗人的缠绵的情感，自然派小说家的敏锐的观察力；更要有卓绝的艺术手段把这些意志的、情感的、观察力的结晶融会贯通，笼统地含蓄在暗示里，让细心的读者去领会"。这样的散文是一种"不同凡响的美的文学。它是散文中的散文，就同济慈是诗人中的诗人"③。钟敬文认

---

① 王统照：《纯散文》，《晨报副刊·文学旬刊》第三号，1923 年 6 月 21 日。

② 李素伯：《什么是小品文》，见俞元桂主编：《中国现代散文理论》，广西人民出版社 1984 年版，第 41 页。

③ 胡梦华：《絮语散文》，《小说月报》第十七卷第三号，1926 年 3 月 10 日。

为，散文最重要的两个元素，"便是情绪与智慧"①；梁实秋说散文要有文学性，最重要的是要有感情和文调，"散文的功效不仅是诉于理性，对于读者是要以情移"，"感情的渗入，与文调的雅洁"，"便是文学的高超性的来由"。"怎样才能得到文学的高超性，这完全要看在文调上有没有艺术的纪律。"文调要做到雅洁，有艺术的纪律，需要作者有自觉的选择，具体到对一个字、一句话都要仔细琢磨，"譬如仄声的字容易表示悲苦的情绪，响亮的声音容易显出欢乐的神情，长的句子表示温和弛缓，短的句子代表强硬急迫的态度，在修辞学的范围以内，有许多的地方都是散文的艺术家所应当注意的"。在梁实秋看来，散文最高的理想不过是"简单"二字，散文艺术最根本的原则是"割爱"，"散文的美，不在乎你能写出多少旁征博引的故事穿插，亦不在多少典丽的辞句，而在能把心中的情思干干净净直接了当的表现出来。散文的美，美在适当"。基于这种观点，梁实秋对当时流行的杂文颇不以为然，认为那是没有文调的：

> 不知是过分的要求自然，抑是过分的忽略艺术，常常的沦于粗陋之一途，无论写的是什么样的题目，类皆出之以嬉笑怒骂，引车卖浆之流的语气，和村妇骂街的口吻，都成为散文的正则。像这样恣肆的文字，里面有的是感情，但是文调，没有！②

① 钟敬文：《试谈小品文》，《文学周报》第 349 期。
② 梁实秋：《论散文》，《新月》第一卷第八号，1928 年 10 月 10 日。

可见，当时作家们所主张的有艺术性的散文，就是要有情感、审美、修辞、叙事上的考究，而这些观念更多是来自西方近代文学的纯文学观念，和中国自身的"文"的传统有很大不同。据张健考证，"纯文学"是西方输入的术语，它有两个含义："一是与广义的文学相对，广义文学指以文字为表现媒介的范围广泛的作品，狭义的文学指诗歌、戏曲、小说之类以美的形成为重点的作品。再是与'大众文学''通俗文学'相对，以不取媚读者的纯粹艺术感兴为轴心而创作的作品。"① 在新文化运动之初，《新青年》就围绕着"应用之文"和"文学之文"的划分进行过论辩，讨论从一九一六年十月一日《新青年》二卷二号文学革命之初始，一直延续到一九一九年。在这场讨论中，以应用性为主的散文被视为非纯文学而被排斥在文学大门之外。"在新的文学性要求下，文章传统被削足适履成所谓'艺术性散文'一条路，散文没有虚构性，在文学性上不具备先天优势，其文学性被想象为情感与审美。"汪卫东认为："现代文学观念以审美、情感、想象和虚构作为文学性标准，因而在中国文学的近代转型中，以前在文章格局中处于边缘位置的小说等虚构性文体由边缘进入中心，在新的文学格局中占据核心位置，诗歌也正式登堂入室，成为文学之冠冕。以前占据正统核心地位的各类文章，因其非虚构性和应用性，在新的文学格局中遭遇

---

① 张健：《纯文学、杂文学观念与中国文学批评史》，《复旦学报》（社会科学版）2018 年第 2 期。

尴尬，甚至失去'文学'的合法性。"①到一九三三年，童行白重新界定了纯文学和杂文学："纯文学者即美术文学，杂文学者即实用文学也。纯文学以情为主，杂文学以知为主。纯文学重辞彩，杂文学重说理；纯文学之内容为诗歌，小说，戏剧；杂文学之内容为一切科学，哲学，历史等之论著。"②两者相比，自然是纯文学地位要高于杂文学。

　　散文注重艺术性，这并无争议，但把纯文学当作最高等级的存在，忽视中国古代的文章传统，似乎又有失偏颇。汪卫东说，需要正视现代散文的前身——文章——的"非文学性"，"恢复曾经的宽度和广度。恢复文章的某些传统，不是意味着要回到'载道'和某种具体的应用性，而是要恢复文章对于当下生活的介入力度，激活文章在社会生活中的干预力和影响力。散文的题材没有限制，面对整个世界、社会和人生，所谓散文的个人性，并非只是表现在题材上是否关乎私人生活，关键在于是否诉诸个人的感受和思考。文学性也不仅在于艺术审美层面，而在于是否以文学的方式——具有想象性、不确定性、整体性和超越性的方式——感受世界和阐释世界"③。确实，文学性并不是单一的指美和艺术，在中国古代，"文"是一个复合的概念，不仅有文辞本身的美感和文采，也包含"文"的旨趣、胸

---

① 汪卫东：《散文的"文学性"：困境与突破》，《美文》2019年第15期。

② 童行白：《中国文学史纲》，大东书局1933年版，第1—2页。转引自金宏宇：《中国现代"杂文学"的价值重估》，《中山大学学报》（社会科学版）2019年第2期。

③ 汪卫东：《散文的"文学性"：困境与突破》，《美文》2019年第15期。

襟、气魄和视野，"修辞立其诚"，就表明"文"的背后站着一个人，这个人所抵达的境界，才是"文"的最高境界。任何时候，"文"都不能被文学性所限制。"五四"时期，那么多文章大家，都在写"杂感"，《新青年》等杂志也刊发了大量这种文章，这种被周作人等人讥讽为"满口柴胡"、少了敦厚温和之气的文字，其实就是写作者被一种为文的使命感所驱使，面对现实的不平、人性的劣根性有话要说，有时也顾不上文采和修辞，更不愿意用迂回、婉转的方式说话，而是放笔直干、直抵问题的核心。那个时候，他们是新文学的写作者，也是一个以笔为旗的"文人"。

第三节 "处处不忘有一个我"

和"美文"的主张紧密相关的，是注重表现个人风格的散文理论。在《新青年》第三卷第三号的《我之文学改良观》一文中，刘半农谈到了散文应该如何"改良"，第一条意见是："破除迷信。尝谓吾辈做事，当处处不忘有一个我。作文亦然。如不顾自己，只是学着古人，便是古人的子孙。如学今人，便是今人的奴隶。若欲不做他人之子孙与奴隶，非从破除迷信做起不可。"[1]刘半农所说的"处处不忘有一个我"，是现代散文一个极重要的主张。表现自我，展现个人的个性、思想、性

---

[1] 刘半农：《我之文学改良观》，《新青年》1917年第3卷第3号。

格，在这一时期成为现代散文家着力宣扬的大道。"正如一切的文艺作品一样，自我表现为作品的生命；作者个性、人格的表现，尤为小品文必要的条件。"①李素伯认为，表现自我是现代散文的生命。钱歌川也说，现代散文总是以自我为中心的，"小品文是一种表现自己的文学，尽管取材的范围没有涯尽，但总是以自己为中心的。最上乘的小品文，是从纯文学的立场，作生活的记录，以闲话的方式，写自己的心情，其特征第一是要有人性"②。对当时文学理论影响甚大的厨川白村所作《出了象牙之塔》一书，在谈到散文时也说："在 Essay 比什么都紧要的要件，就是作者将自己的个人底人格的色彩，浓厚地表现出来，从那本质上说，是既非记述，也非说明，又不是议论。以报导为主眼的新闻记事，是应该非人格底（impersonal）地，力避记者这人的个人底主观底的调子（mote）的，Essay 却正相反，乃是将作者的自我极端地扩大了夸张了而写出的东西，其兴味全在于人格的调子（personal mote）。有一个学者，所以评这文体说，是将诗歌中的抒情诗，行以散文的东西。倘没有作者这人的神情浮动者就无聊。"③个人的人格、个人的神情是底子，这也是散文风格化最显著的标志，郁达夫等人论及新文学最大的贡献就是

---

① 李素伯：《什么是小品文》，见俞元桂主编：《中国现代散文理论》，广西人民出版社 1984 年版，第 42 页。

② 钱歌川：《谈小品文》，见俞元桂主编：《中国现代散文理论》，广西人民出版社 1984 年版，第 154 页。

③ 转引自李素伯：《什么是小品文》，见俞元桂主编：《中国现代散文理论》，广西人民出版社 1984 年版，第 44 页。

个人的发现，说的也是这个观点。尽管散文发展到现在，有了学者散文、文化大散文、历史散文，这些散文不乏堆砌史料和知识的，有些甚至就是历史知识的重新讲述，但最具文学光彩的部分，依然是有个人史识、有心灵对历史的溶解，进而有所发现的部分。

个人、自我一直是散文写作的基石。

林语堂在谈论小品文与学理文的区别时，将其比喻为"赤也派"与"点也派"之别。"大体上，小品文闲适，学理文庄严，小品文下笔随意，学理文起伏分明，小品文不妨夹入遐想及常谈琐碎，学理文则为题材所限，不敢越雷池一步。此中分别，在中文可谓之'言志派'与'载道派'，亦可谓之'赤也派'与'点也派'。言志文系主观的，个人的，所言系个人思感，载道文系客观的，非个人的，所述系'天经地义'。故西人称小品笔调为'个人笔调'，又称之为 Familiar style。"① "自我"到了林语堂这里，与"性灵"同义："文章者，个人性灵之表现。性灵之为物，惟我知之，生我之父母不知，同床之吾妻亦不知。然文学之生命实寄托于此。"林语堂认为性灵即个性，作文如为人，人为三才之一，与天地并列，本来各具性格，变化万千，但"世人为塾师所误，文法所缚，不敢冲口而出，畅所欲言而已。拿起笔来，满脸道学，忸怩作丑态"，所以才会导致"世人失性灵之旨，凡有写作，皆不从心，遂致天下文章遂

---

① 林语堂：《论小品文笔调》，《人间世》第 6 期，1934 年 6 月 20 日。

多，由衷之言甚少"①。朱光潜的观点则将"表现自我"这一说发挥到了极致，他认为最好的文章是自言自语，完全不用顾及读者——"包含诗和大部分纯文学，它自然也有听众，但是作者的用意第一是要发泄自己心中所不能不发泄的。这就是劳伦司所说的'为我自己而艺术'"②。这个时期，作家们之所以如此强调自我，其实是对传统以来过于强大的"文以载道"的写作观念的反抗，以前的写作，多是为道、为君、为别人而存在，很少把个性、自我的张扬作为志业，而如何写出"惟我知之""自己心中所不能不发泄"的感受，已是精神上自我解放的代名词。

"自我表现为作品的生命"，在"五四"时期不仅是一个理论主张，也落实到了当时的写作之中。郁达夫在《新文学大系·散文二集》的导言中总结现代散文特征时说：

> 现代的散文之最大特征，是每一个作家的每一篇散文里所表现的个性，比从前的任何散文都来得强。古人说，小说都带些自叙传的色彩的，因为从小说的作风里人物里可以见到作者自己的写照；但现代的散文，却更是带有自叙传的色彩了，我们只消把现代作家的散文集一翻，则这作家的世系，性格，嗜好，思想，信仰，以及生活习惯等等，无不活泼泼地显现在我们的眼前。这一种自叙传的色

---

① 林语堂：《论文》，见俞元桂主编：《中国现代散文理论》，广西人民出版社1984年版，第60页。

② 朱光潜：《论小品文——一封公开信》，见俞元桂主编：《中国现代散文理论》，广西人民出版社1984年版，第122页。

彩是什么呢，就是文学里所最可宝贵的个性的表现。[①]

新文学之于旧文学，最响亮的字眼莫过于"我"了，这个"我"，既有天下、家国这种大情怀，也有个人的失意、失败、痛苦、颓丧、黑暗、绝望等情绪，它们共同构成了一个完整的人；而正视自己内心的欲望及颓败的经验，是一种存在的勇气，也是自我觉醒的开端。世界发生的一切，都与"我"相关，历史"吃人"，"我"也是其中一员，至少也是帮忙排筵席的人；社会黑暗，"我"也是其中的一部分，"我"不再把自己摘除出去，而是在进行社会批判的同时，也无情地解剖自己——鲁迅等人写作中的自省意识正是由此而来。

重视自我表现和自我批判，这和当时思想界的人道主义、个人主义，文学界的浪漫主义思潮的流行有密切关系。杨念群认为，"个人主义"是"五四"时期最重要的思潮之一，它对于渴求个性解放和个人独立的"五四"青年具有巨大的影响力。[②]一九一五年，陈独秀在《青年杂志》创刊号上发表《敬告青年》一文，对青年提出六大主张，第一条便是"自主的而非奴隶的"，要求青年从各种束缚中解放出来，培养起自己的独立人格，"我有手足，自谋温饱；我有口舌，自陈好恶；我有心思，自崇所信。绝不认他人之越俎，亦不应主我而奴他人。盖自认为独立自主之人格以上，一切操行，一切权利，一切信仰，

① 郁达夫：《〈中国新文学大系·散文二集〉导言》，见俞元桂主编：《中国现代散文理论》，广西人民出版社1984年版，第446页。

② 杨念群：《五四前后个人主义兴衰史》，《近代史研究》2019年第2期。

唯有听命各自固有之智能，断无盲从隶属他人之理"①。自主的而非奴隶的，也就是要以自身为本位，自己为自己负责。随后的胡适、高一涵、鲁迅、周作人等人，相继从不同角度宣扬个人主义的观点。"在新文化运动中，个人主义思潮蓬勃兴起，方兴未艾。冲决纲常名教之网罗，追求个性解放和个人自由，成为五四启蒙思潮的主旋律。"②

　　谈起"五四"，首先想到的是德先生和赛先生，亦即民主和科学，但有另一个甚至比民主、科学观念的影响还要深远的变化，那就是道德伦理的变化。"'个人主义''人道主义''人本主义''人文主义'等话题开始越来越多地被反复讨论，五四新青年们不仅聚焦热议个人命运与'国家''世界'之关系这类宏大问题，而且频繁触碰个人生活中最为鲜活和隐秘的方面。与有关'科学''民主'相对抽象和政治化的讨论相比，对'个性自由'的追求其实更切近每个青年的个体生存经验，也最容易生发出相应的共鸣和感慨。"③郁达夫在回顾"五四运动"时也说：

　　　　五四运动的最大的成功，第一要算"个人"的发现。从前的人，是为君而存在，为道而存在，为父母而存在的，现在的人才晓得为自我而存在了。④

---

①　陈独秀：《敬告青年》，《青年杂志》创刊号，1915 年 9 月 15 日。

②　高力克：《新文化运动中的个人主义》，《史学月刊》2015 年第 11 期。

③　杨念群：《五四前后个人主义兴衰史》，《近代史研究》2019 年第 2 期。

④　郁达夫：《〈中国新文学大系·散文二集〉导言》，见俞元桂主编：《中国现代散文理论》，广西人民出版社 1984 年版，第 445 页。

胡适同样持此观点，"民国六七年北京大学所提倡的新文化运动，无论形式上如何五花八门，意义上只是思想的解放与个人的解放"①。他们讲的都是对每一个个体的尊重，把个体当作目的而不是手段，与此相伴而生的，是对自我经验和自我省悟的重视。从自我出发成了建构个人与世界之关系的重要依据，"五四"所宣扬的"人的文学"的要义，指向的也是表现自我、突出个性；传统的"文以载道"之"道"，不再只是正统的大道，也可能是个人之"道"，是个人的认知、想象、心事或秘史，写作不仅面向公众发声，也可以自言自语，只要求"真"，皆为文学。现在看来，这些想法也不过是文学的常识，但在当时，它却革新了一代人的文学观念。

除了受个人主义思想的直接影响，西方文学中浪漫主义精神的传入也起着重要的作用。二十世纪初，浪漫主义文学思潮经由西方和日本两个重要途径进入中国，鲁迅、苏曼殊、陈独秀等人先后译介过浪漫主义文学作品，二十年代初，郭沫若、张资平、郁达夫、成仿吾等一批留日学生组建创造社，以浪漫主义为共同的文学主张，以其创作和理论有力地在国内传播了浪漫主义。林语堂曾经总结过西方文学中浪漫主义的特点："西洋近代文学，派别虽多，然自浪漫主义推翻古典文学以来，文人创作立言，自有一共通之点，与前期大不同者，就是文学趋近于抒情的、个人的：各抒己见、不复以古人为绳墨典型。一

---

① 胡适：《个人自由与社会进步——再谈五四运动》，《独立评论》第150号，1935年5月12日。

念一见之微，都是表示个人衷曲，不复言廓大笼统的天经地义。而喜怒哀乐，怨愤悱恻，也无非个人一时之思感，因此其文词也比较真挚亲切，而文体也随之自由解放，曲尽缠绵，以意役法，不以法役意了，近代文学作品所表的是自己的意，所说的是自己的话，不复为圣人立言，不代天宣教了。"①在这种浪漫主义思潮的影响下，文学对自我的推崇到了极致，出现了明确反对功利主义的文学观，认为"艺术的本身是无所谓目的"②，主张为艺术而艺术，文学应该抒情、应该表现自我的观点得到了进一步的确认。尽管更早的时候，王国维受叔本华影响，就提出过艺术的"无用之用"说，但直到"五四"以后，为艺术而艺术的写作实践才真正成为一个主潮。这种对艺术本体的回归，极大地卸载了赋予文学之上的种种道德负担，而让作家们有了更大的写作自由。尤其是散文写作，更是进入了一个自由无羁的状态，谈日常，谈琐事，谈自己的细小见闻，谈个人心事，书海遨游，古今畅想，皆可入文，所求的是要有个人的文调和腔调，要能见出自我的面貌。短短的时间，现代散文写作就达到了一个高峰，固然有我们所难以超越的那一代人的语言功底在，以艺术为终极旨归的写作理念的确立也功不可没。

---

　　① 林语堂：《论文》，见俞元桂主编：《中国现代散文理论》，广西人民出版社1984年版，第53页。

　　② 郭沫若：《文艺之社会的使命》，见《文艺论集》，光华书局1932年版，第45页。

第四节 "可以谈天说地"

现代散文理论中还有一派，就是主张散文应该是日常而自由的，这种日常和自由，不仅表现在散文外在的形态上，还表现在作者的心态上。

在二十世纪二三十年代，不少人都引用厨川白村对英语文学中"散文"的定义来界定现代散文："如果是冬天，便坐在暖炉旁边的安乐椅子上，倘在夏天，便披浴衣，啜苦茗，随随便便，和好友任心闲话，将这些话照样地移在纸上的东西，就是 essay。……所谈的题目，天下国家的大事不待言，还有市井的琐事，书籍的批评，相识者的消息，以及自己的过去的追怀，想到什么就纵谈什么，而托于即兴之笔者，是这一类的文章。"李素伯在引用完这段话后接着说："'兴之所至'的一义，实充分的说出小品文抒写时的自由与毫无顾忌的自我表现。冷嘲，警句，滑稽，感愤，是表现方法上的自由；自个人生活的记录至天下国家的大事，这是内容材料选择的自由。所以，把我们日常生活的情形，思想的变迁，情绪的起伏，以及所见所闻的断片，随时的抓取，随意的安排，而用诗似的美的散文，不规则的真实简明地写下来的，便是好的小品文。"①李素伯说的是小

---

① 李素伯：《什么是小品文》，见俞元桂主编：《中国现代散文理论》，广西人民出版社 1984 年版，第 42 页。

品文，但也可视为关于散文写作的通说。厨川白村的"和好友任心闲话"，和后来张爱玲说散文是和邻居说话的观点，都能看出散文在写法上的自由品质。胡梦华在厨川白村的观点上继续发挥，提出"絮语散文"一说："这种散文不是长篇阔论的逻辑的或理解的文章，乃如家常絮语，用清逸冷峻的笔法所写出来的零碎感想文章。这里面未尝没有逻辑的议论，甚至还有很激烈的争辩，但它不像批评文或理论论文带着很庄严的态度，令人看了好像纸上露着肝火很旺的样子，怒目咬牙的形状。它乃如家人絮语，和颜悦色的唠唠叨叨地说着。……至于它的内容虽不限于个人经历、情感、家常掌故、社会琐事，然而这种经历、情感、掌故、琐事确是它最得意的题材。国家政闻、社会舆论不大说的，有时也许讨论得着，但不是严词正意地有头有序的纪出来，只是散漫地零碎地写着。……就好像你看了报纸，或在外边听了什么新闻回来，围着桌子低声细语的讲给你的慈母、爱妻或密友听。……就好像你们常经验过的茶与酒后的闲谈。"[1]人世间最自由的语言形式，恐怕就是私下的说话了，天马行空，无所不谈，行于所当行，止于所当止，假若散文是对说话方式的模仿，它自然应是自由、率性、散而漫之的；心性自由了，才能自由地说话。要考察现代散文的成就，离不开自由这条文脉。

　　一九三四年，林语堂在上海创办《人间世》，在发刊词中同样声明了现代散文的这一特点：

---

　　① 　胡梦华：《絮语散文》，《小说月报》第十七卷第三号，1926 年 3 月 10 日。

　　盖小品文，可以发挥议论，可以畅泄衷情，可以摹绘
人情，可以形容世故，可以札记琐屑，可以谈天说地，本
无范围，宇宙之大，苍蝇之微，皆可取材。①

　　这种"可以发挥""皆可取材"的文类自由，如果与小
说、诗歌相比较，就更能见出优势了。"散文的题材并不需要
像小说或叙事诗那样完整，生活中间的一点一滴，凡是引起我
们一种较深的印象或激发起悲哀、愤怒、欣悦、赞美的感情的
东西，都可以是散文的题材。"②"上说天堂，下述地狱，纵则概
括整个宇宙及人类进化全程，横则遍乎四海九州内外，经史子
集，医卜星象，就耳目所及——或连不可及的东西，都在一个
短篇幅之中，择其一部分而大谈特谈。随笔或小品文的内容的
范围，我看真是不可以限制的。"③写法上就更是无拘无束了。李
广田说："小说中或有故事，或无故事，但必有中心人物；散文
中或有故事，或无故事，却不必一定有中心人物。小说宜作客
观的描写，即使是第一人称的小说，那写法也还是比较客观的；
散文则宜于作主观的抒写，即使是写客观的事物，也每带主观
的看法。小说以人物行动为主，其人物之思想、情感、性格等，
都是在行动中表现出来，即使偶然描写一些自然景物，也还是

---

① 林语堂：《发刊词》，《人间世》第 1 期，1934 年 4 月 5 日。
② 葛琴：《略谈散文——散文选序》，《文学批评》创刊号，1942 年 9 月。
③ 方非：《散文随笔之产生》，《文学》第二卷第一号。

为了人物的行动；散文则不必以人物行动为主，只写一个情节、一段心情、一片风景，也可以成为一篇很好的散文。小说须全作具体描写，即使是议论，是感想，或是一种观念的陈述，也必须纳入具体的描写之中；散文则可以作抽象的言论，如说明一种思想、一种感情、一种论断等。"这个观点很具代表性，他将小说比作一座结构严密、配合紧凑的建筑，"它可能有千门万户，深宅大院，其中又有无数人事陈设，然而一切都收敛在这个建筑之内，就连一所花园，一条小径，都必须有来处，有去处，有条不紊，秩序井然"，而散文则是一条河流，"它顺了壑谷，避了丘陵，凡可以流处它都流到，而流来流去却还是归入大海，就像一个人随意散步一样，散步完了，于是回到家里去"①。李素伯则认为，小说是有结构和因果关系的，而散文却相反，"它不需要结构，也无所谓因果关系，只是不经意的抒写着自己所经验感受的一切。它所表现的正是零星杂碎的片断的人生。在这里，读者虽不能愉快地领略到像在小说中所表现的一切可歌可泣可爱可悯的有系统的人生的断面；却能出其不意的，找得在人生里随处都散布着的每颗沙砾的闪光，使你惊叹，使你欣喜，以为不易掘得的宝藏"②。当时小说写作已成主流，继鲁迅之后，很多作家都写出了出色的小说，因此，散文作家有了很多参证的材料，他们所做出的关于散文与小说之比较，至今

---

① 李广田：《谈散文》，见俞元桂主编：《中国现代散文理论》，广西人民出版社 1984 年版，第 148 页。

② 李素伯：《什么是小品文》，见俞元桂主编：《中国现代散文理论》，广西人民出版社 1984 年版，第 47 页。

仍有借鉴意义。

散文在内容和形式上是自由的，作家的心态也应是自由的。关于这一点，林语堂所论最多。林语堂的理论围绕着"闲适"和"幽默"展开。林语堂曾将英文中的 familiar essay 译为"闲适笔调"，称也可译为"闲谈体""娓语体"，后又说明，"盖此种文字，认读者为'亲爱的'（familiar）故交，作文时，如良朋话旧，私房娓语。此种笔调，笔墨上极轻松，真情易于吐露，或者谈得畅快忘形，出辞乖戾，达到如西文所谓'衣不钮扣之心境'（unbutoned mods）"①。这里说到的"衣不钮扣之心境"，就是一种自由、轻松的心态，在这种心态下写出来的散文，不是紧张的，不是战斗的，而是达观、幽默的。林语堂是在国内提倡西洋式"幽默"的第一人，他的初衷是想改变中国文学中缺少"幽默"的缺憾——"我早就想要作一篇论'幽默'（Humour）的文，讲中国文学史上及今日文学界的一个最大缺憾。（'幽默'或作'诙摹'，略近德法文音。）……中国人虽素来富于'诙摹'，而于文学上不知道来运用他及欣赏他。于是'正经话'与'笑话'遂截然分径而走：正经话太正经，不正经话太无礼统。不是很庄重地讲什么道德仁义治国平天下的道理，便是完全反过来讲什么妖异淫秽不堪的话。"②林语堂还认为，通过幽默可以让向来严肃正经的中国人获得内心自由。"不管你三千条的曲礼，十三部的经书，及全营的板面孔皇帝忠诚，板面孔严父孝子，

①　林语堂：《论小品文笔调》，《人间世》第 6 期，1934 年 6 月 20 日。
②　沈永宝编：《林语堂批评文集》，珠海出版社 1998 年版，第 7 页。

板面孔贤师弟子一大堆人的袒护、掩护、维护礼教，也敌不过幽默之哈哈大笑。"[1]林语堂的"幽默"，是一种人生态度，"幽默只是一种从容不迫达观态度"，只有当内心自由、超脱、不被各种外界事物束缚了，才能幽默起来，才能做到"对人之智慧本身发生疑惑，处处发现人类的愚笨，矛盾，偏执，自大"。这种幽默是温厚的，不是愤嫉的，他认为老庄和孔子比起来，孔子才是真正有幽默态度的。"我们读老庄之文，想见其为人，总感其酸辣有余，温润不足。论其远大遥深，睥睨一世，确乎是真正 Comic spirit 的表现。然而老子多苦笑，庄生多狂笑，老子的笑声是尖锐的，庄生的笑声是豪放的。大概超脱派容易流于愤世嫉俗的厌世主义，到了愤与嫉，就失去了幽默温厚之旨。屈原、贾谊，很少幽默，就是此理。"[2]人在紧张状态下是幽默不起来的，而冲淡、释然、自在、逍遥，才是一种放松的心态，坦荡而无挂碍地面对人世，即自由，即幽默。古人说文如其人，观其文能识其人，就是一种贯通的看法，只不过到了现代，文的禁忌更少了，人的自由也就随之增加。

林语堂在《对人生的态度》一文中阐述过他对中国文化理想人格的理解："在研究了中国的文学和哲学以后，我得到了这样的结论：中国文化的最高理想始终是一个对人生有一种建筑在明慧的悟性上的达观的人。这种达观产生了宽怀，使人能够带着宽容的嘲讽度其一生，逃开功名利禄的诱惑，而且终于使

---

① 林语堂：《幽默杂话》，《晨报副刊》1924 年 6 月 9 日。

② 林语堂：《论幽默·上篇》，《论语》第 3 期，1934 年 1 月 16 日。

他接受命运给他的一切东西。这种达观也使他产生了自由的意识，放浪的爱好，与他的傲骨和淡漠的态度。一个人只有具着这种自由的意识和淡漠的态度，结果才能深切地热烈地享受人生的乐趣。""他睁着一只眼，闭着一只眼，看穿了他周遭所发生的事情和他自己的努力的徒然，可是还保留着充分的现实感去走完人生的道路。他很少幻灭，因为他没有虚幻的憧憬，很少失望，因为他从来没有怀着过度的希望。他的精神就是这样解放了的。"[1] 只是，由达观、自由、放浪、傲骨、淡漠、热烈、解放这些矛盾而复杂的旨趣聚合在一起的人生理想，历经西方文化的冲击之后，已不再等同于古代士人的逃离和退隐，而是多了现代人所不得不面对的个体的沉沦、个体的抗争。现代社会大量出现零余者、孤独者、过客、狂人，就是类似的新的个人主义者，也是存在意义上的自由主义者。唯孤独者最自由。鲁迅的《野草》就是杰出的个人主义的文本，也是自由精神的极致抒发。现代散文的写作，从追求传统意义上的心性自由过渡到实现存在意义上的个体自由，才真正实现了文体解放。

第五节 "非这样写不可"

至此，很自然就会想到，现代散文还有杂文一路。和主张

---

[1] 林语堂:《对人生的态度》，见《人生不过如此》，陕西师范大学出版社 2007 年版，第 8 页。

向内、抒情、表现自我、为艺术而艺术的纯文学不同，杂文是向外的，是为社会而艺术的；它和林语堂等人所说的闲适、幽默、超脱的散文也不同，它是紧张的、战斗的、批判的。鲁迅说，杂文的写作不是为了在文学高台上争一位置，而是为了有益于世道人心。"他的作文，却没有一个想到'文学概论'的规定，或者希图文学史上的位置的，他以为非这样写不可，他就这样写，因为他只知道这样的写起来，于大家有益。"[①]杂文作者的任务，是"对于有害的事物，立刻给以反响或抗争，是感应的神经，是攻守的手足"[②]。"任意而谈，无所顾忌，要催促新的产生，对于有害于新的旧物，则竭力加以排击。"[③]甚至在回顾历代的小品时，鲁迅也强调："小品文的生存"，是"仗着挣扎和战斗的"，"晋朝的清言，早和它的朝代一同消歇了。唐末诗风衰落，而小品放了光辉。但罗隐的《谗书》，几乎全部是抗争和愤激之谈；皮日休和陆龟蒙自以为隐士，别人也称之为隐士，而看他们在《皮子文薮》和《笠泽丛书》中的小品文，并没有忘记天下，正是一榻胡涂的泥塘里的光彩和锋铓。明末的小品虽然比较的颓放，却并非全是吟风弄月，其中有不平，有讽刺，有攻击，有破坏。这种作风，也触着了满洲君臣的心病，费去

---

① 鲁迅：《徐懋庸作〈打杂集〉序》，见《鲁迅全集》（第6卷），人民文学出版社2005年版，第300页。

② 鲁迅：《〈且介亭杂文〉序》，见《鲁迅全集》（第6卷），人民文学出版社2005年版，第3页。

③ 鲁迅：《我和语丝的始终》，见《鲁迅全集》（第4卷），人民文学出版社2005年版，第171页。

许多助虐的武将的刀锋，帮闲的文臣的笔锋"。鲁迅看重"抗争和愤激""讽刺""攻击""破坏"及关怀天下的小品文，明确反对精致的"小摆设"般的小品文：

> 生存的小品文，必须是匕首，是投枪，能和读者一同杀出一条生存的血路的东西。①

田仲济总结杂文的特质为"正面短兵相接的战斗性""深刻锐利""独到的见解""形式上的特质是隽冷和挺峭"②。在《鲁迅杂感选集》的序言中，瞿秋白将鲁迅杂文的特质总结为："最清醒的现实主义"，"'韧'的战斗"，"反自由主义"，"反虚伪的精神"。瞿秋白认为，"改造世界的那种热诚的巨大火焰"，总是在进步作家的艺术中燃烧着，他们"总是公开地表示他们和社会斗争的联系，他们不但在自己的作品里表现一定的思想，而且时常用一个公民的资格出来对社会说话，为着自己的理想而战斗，暴露那些假清高的绅士艺术家的虚伪"③。而杂文作者的身份，更像是一个批判性现代知识分子，而不是象牙塔里的艺术家，他关怀现实，对急剧变化的社会和政治现实能做出迅捷、

---

① 鲁迅：《小品文的危机》，见《鲁迅全集》（第4卷），人民文学出版社2005年版，第592—593页。

② 田仲济：《略论杂文的特质》，见俞元桂主编：《中国现代散文理论》，广西人民出版社1984年版，第256—266页。

③ 瞿秋白：《〈鲁迅杂感选集〉序言》，见俞元桂主编：《中国现代散文理论》，广西人民出版社1984年版，第198—200页。

直接、态度鲜明的反应，他总是不满，总是要批评，批评是"为了提升生命，本质上反对一切形式的暴政、宰制、虐待；批评的社会目标是为了促进人类自由而产生的非强制性的知识"①。

杂文以批评为主，它批评的对象是谁，立场是什么，具体怎样展开批评，鲁迅给出的路径是——社会批评和文明批评。他在杂文集《华盖集》的题记中说："我早就很希望中国的青年站出来，对于中国的社会，文明，都毫无忌惮地加以批评。"②在和许广平的通信中，他说到现代中国"最缺少的是'文明批评'和'社会批评'"③。鲁迅的杂文一直是这样写的，他"五四"时期写就的"随感录"编成《热风》一书，"除几条泛论之外，有的是对于扶乩，静坐，打拳而发的；有的是对于所谓'保存国粹'而发的；有的是对于那时旧官僚的以经验自豪而发的；有的是对于上海《时报》的讽刺画而发的"④。鲁迅站在现代文明的立场，用文明世界的人道主义标准审视中国社会，对种种愚昧、专制、压迫、剥削、非人道的现象进行批判，最终指向文明的痼疾和国民的劣根性，并毫不留情地予以否定。鲁迅痛恨中国人的自欺欺人，"中国人的不敢正视各方面，用瞒和骗，造

---

① ［美］爱德华·W.萨义德著，单德兴译：《知识分子论》，生活·读书·新知三联书店 2002 年版，第 1—2 页。

② 鲁迅：《华盖集·题记》，见《鲁迅全集》（第 3 卷），人民文学出版社 2005 年版，第 4 页。

③ 鲁迅：《两地书·十七》，见《鲁迅全集》（第 11 卷），人民文学出版社 2005 年版，第 64 页。

④ 鲁迅：《热风·题记》，见《鲁迅全集》（第 1 卷），人民文学出版社 2005 年版，第 307 页。

出奇妙的逃路来，而自以为正路。在这路上，就证明着国民性的怯弱，懒惰，而又巧滑。一天一天的满足着，即一天一天的堕落着，但却又觉得日见其光荣"，鲁迅主张"直面惨淡的人生，正视淋漓的鲜血"，要用最清醒最现实的眼光来看取人生和社会的暗面，"必须敢于正视，这才可望敢想，敢说，敢作，敢当。倘使并正视而不敢，此外还能成什么气候。然而，不幸这一种勇气，是我们中国人最所缺乏的"。"中国人向来因为不敢正视人生，只好瞒和骗，由此也生出瞒和骗的文艺来，由这文艺，更令中国人更深地陷入瞒和骗的大泽中，甚而至于已经自己不觉得。"①鲁迅对中国人骨子里的奴性更是深恶痛绝，他说："中国人向来就没有争到'人'的价格，至多不过是奴隶"，整个中国的历史就是"想做奴隶而不得"和"暂时做稳了奴隶"时代的交替循环，最可怕的是，中国人做了奴隶还不止，还要做奴才。鲁迅的勇猛批判，旨在启发民智，让国人挣脱"非人"的生活，以此召唤一个光明社会的到来。鲁迅的诸多论述，仍是我们洞察中国社会和中国精神最有力的思想武器，他以短小的杂文刺破国人的幻想，让每一个人都不得不面对一种残酷的真实，以"非这样写不可"的勇气，凭一己之力把杂文这种渺小文体变得异常重要、极为强大。

没有鲁迅，就没有杂文这一文体的独立和辉煌。《朝花夕拾》《野草》和《热风》等杂文著作，昭示出鲁迅同时具有好几套完

---

① 鲁迅：《论睁了眼看》，见《鲁迅全集》（第1卷），人民文学出版社2005年版，第254—255页。

全不同的笔墨，他的存在，大大拓展了现代散文的写作边界。

即便是以战斗、批判为风格的杂文，到鲁迅这里也有手法上的讲究。鲁迅说"生存的小品文"是匕首、投枪，同时不忘加一句，"自然，它也能给人愉悦和休息"，要想二者兼顾，杂文就要写得有艺术性，唯有生动、活泼、形象的杂文，才能打动读者。如何才显形象？鲁迅的写法是"砭锢弊常取类型"，鲁迅认为，类型就像是标本，具有高度的代表性。"盖写类型者，于坏处，恰如病理学上的图，假如是疮疽，则这图便是一切某疮某疽的标本，或和某甲的疮有些相像，或和某乙的疽有点相同。"① 另一常用手法是讽刺。鲁迅是讽刺艺术的大家，往往寥寥数语便入骨三分，令人胆寒之余也感辛酸。研究鲁迅的话语，可以总结出一套完整的讽刺理论。在《什么是"讽刺"？——答文学社问》一文中，鲁迅这样定义"讽刺"："一个作者，用了精练的，或者简直有些夸张的笔墨——但自然也必须是艺术的地——写出或一群人的或一面的真实来。"讽刺首要的是真实，"'讽刺'的生命是真实；不必是曾有的实事，但必须是会有的实情。所以它不是'捏造'，也不是'诬蔑'；既不是'揭发阴私'，又不是专记骇人听闻的所谓'奇闻'或'怪现状'"。其次，是要写人们习以为常但并不合理的事，"它所写的事情是公然的，也是常见的，平时是谁都不以为奇的，而且自然是谁都毫不注意的。不过这事情在那时却已经是不合理，可笑，可鄙，

① 鲁迅：《伪自由书·前记》，见《鲁迅全集》（第5卷），人民文学出版社2005年版，第4页。

甚而至于可恶。但这么行下来了，习惯了，虽在大庭广众之间，谁也不觉得奇怪；现在给它特别一提，就动人"。再次，是要精炼和有所夸张，才能引起人们的注意。最后是要出自善意，不是纯粹的攻击，"讽刺作者虽然大抵为被讽刺者所憎恨，但他却常常是善意的，他的讽刺，在希望他们改善，并非要捺这一群到水底里"。"如果貌似讽刺的作品，而毫无善意，也毫无热情，只使读者觉得一切世事，一无足取，也一无可为，那就并非讽刺了，这便是所谓'冷嘲'。"①

"有情的讽刺"与"无情的冷嘲"有区别，讽刺和幽默也不一样，其不同在于作者内心是否足够"热"，是否有充沛的感情。"与战斗性的'讽刺'相比，'幽默'的实质是一种退让。幽默者躲开了'讽刺家'可能遭到的危险，选择了一种更为安全的发泄方式。"②"无情的冷嘲"者和幽默论者，都是站在一旁，抱手在胸地旁观，而讽刺者却是肉搏于其中，他所讽刺的不是"不识字者，被杀戮者，被囚禁者，被压迫者"，不是"给读他文章的所谓有教育的智识者嘻嘻一笑，更觉得自己的勇敢和高明"，而是讽刺"这一流所谓有教育的智识者社会"，"因为所讽刺的是这一流社会，其中的各分子便各各觉得好像刺着了自己，就一个个的暗暗的迎出来，又用了他们的讽刺，想来刺死这讽刺者"。这就是讽刺者所要承担的危险，哪怕他时刻想要改善社

　　① 鲁迅：《什么是"讽刺"？——答文学社问》，见《鲁迅全集》（第6卷），人民文学出版社2005年版，第340—342页。
　　② 张洁宇：《"有情的讽刺"：鲁迅杂文的美学特质》，《西北大学学报》（哲学社会科学版）2020年第3期。

会和民众，最终也难以避免他们的攻击和伤害。但这对讽刺家来说并不重要，他所要的是改变社会，让他所讽刺的那些现象消失，为达这一目的，他甘愿被打倒：

> 他所讽刺的是社会，社会不变，这讽刺就跟着存在，而你所刺的是他个人，他的讽刺倘存在，你的讽刺就落空了。所以，要打倒这样的可恶的讽刺家，只好来改变社会。①

他最大的心愿是他的杂文"速朽"，这意味着他所批判的事物消失；而鲁迅恰恰是不朽的，他的批判常读常新，社会虽变，人性的根性尤在，直击社会和人性的积弊，至今仍数鲁迅的话语最为贴身。鲁迅不仅是思想家，也是文体家。

综上所见，中国现代文学三十年，不仅产生了许多光辉的散文篇章，也创生了比较完整的散文理论，这些散文写作实践和理论指引，仍在影响中国当代散文的写作。述略现代散文理论这几方面的核心观念，便知沿用至今的散文分类、散文写法、散文境界，并没有脱出现代散文所划定的基本疆界。现代散文化合西方文学和传统文学中的文体概念、艺术旨趣、批判精神、性灵表现、个人笔调，创造性地为散文这种新文体建立了一个至今难以逾越的标高。

当代散文更多是对现代散文的承继和延续，并无多少革新

---

① 鲁迅：《从讽刺到幽默》，见《鲁迅全集》（第5卷），人民文学出版社2005年版，第46页。

和创造，尤其是对散文理论的建构缺乏自觉，一味地守旧，没有完成对这一文体的进一步扩容。在笔者看来，当代散文的缺失，主要集中在这两个方面：一是文体自觉的缺失。"五四"以来，从周作人、鲁迅到郁达夫、林语堂，基本完成了散文理论的累积，叙事、抒情、智性、闲适、幽默、讽刺，各体皆备，并且杂糅了传统和西方文体风格，把散文改造成了个人风格显著的自由主义文体。但当代散文写作者对这样丰厚的理论累积缺少钻研、学习和融汇，对散文文体的认识还流于表面，所以二十世纪五十年代至今，出现了把散文当作通讯报告、纪实文学、非虚构文学写，还有诗化散文、文化大散文等主张，都旨在让散文借力于通讯、纪实、诗或文化的外在力量，而无法实现散文本体意义上的突破和创造。文体自觉的缺失，使得当代散文的话语方式比较陈旧，偶尔有人谈及散文革命，也不过浮光掠影，并未在这一文体的历史积累上往前跨步。二是流派自觉的缺失。当代散文的封闭、守旧，直接导致与世界上风起云涌的各种文学思潮的隔绝，比之于诗歌、小说对西方文学流派的疯狂追逐、大胆移植，把什么意识流、象征主义、先锋派、后现代、新小说派、魔幻现实主义等等写作手法都模仿、学习一遍，旨在广博多家、自成一格，而散文界却一片平静、安之若素，外面波澜万丈，散文写作者却岿然不动，没有什么艺术危机感，这种艺术上的迟钝、惰性，也导致了当代散文写作徘徊不前、乏善可陈。因此，回望现代散文理论的历史累积，对于当代散文写作的变革和发展至关重要。

第二章

散文的神态

第一节 有"我"的散漫

散文在中国应该是最成熟的文体之一了。它不仅在古代有辉煌而悠久的深厚传统，在现代也算是成就最高的文学门类之一。直到今天，许多人回忆起白话文革命时期的文学，可以用嘲笑的口吻谈论当时诗歌的粗糙（如胡适的新诗，郭沫若早期的诗歌）和小说的稚嫩（如巴金早期的小说），但在散文的成就面前却不得不肃然起敬。鲁迅在《小品文的危机》一文中就认为，"五四"时期"散文小品的成功，几乎在小说、戏曲和诗歌之上"[①]；朱自清也有类似的观点，他在论述"五四"以后的文学时，认为"最发达的，要算是散文小品"，它的发展"确是绚烂极了"[②]。那时，鲁迅、周作人、朱自清等一大批作家的话语实践，证明散文的写法大可以自由自在的，属于散文这一文体的各种限制都可突破。

经过几十年的波折和沉寂之后，散文在二十世纪后期又重新热闹起来。兴许是因为现代媒介的发达，以及现代人生活节奏的加快，散文以其短小、明快、贴心的特点及时满足了现代人的精神吁求。但这种表面的繁荣并不能掩饰散文内在的贫乏。

---

① 鲁迅：《小品文的危机》，见《鲁迅全集》（第4卷），人民文学出版社2005年版，第592页。

② 参见朱自清：《论现代中国的小品散文》，《文学周报》第345期，1928年11月25日。

二十世纪九十年代所出现的众多散文家，只有少数的作者在探索散文艺术、拓展散文精神，更多的人，借助报纸和网络，悄悄把散文写作改写成了一种新的话语工业：或实践轻松美学，或迎合宏大命题，或袒露身体秘史，或贩卖异邦知识，或在历史追思中煽情，或在自我炫耀中感叹……缺乏对有尊严的精神生活的省察，写作似乎也不再是对自由心性的训练，很多有重量、有难度的写作话题都被稀释了。它回应了九十年代以来日渐琐碎、庸常、屈辱的现实，写作也日渐成为现代社会的一个消费环节。

散文精神的匮乏如此尖锐，以致散文数量的高度膨胀成了泡沫化语言的自我繁殖，碎片化、轻浅化、同质化问题严重，有人把这称之为现代人在使用语言能力上的退化，它意味着当下泛滥的散文作品在精神探索和心灵扩容上并无多大建树。何以最好的散文篇章多出自那些现代作家的手中？散文的语言、形式、精神表达等等，在鲁迅、周作人、朱自清等人那里，达到了新的高度，而当下大部分散文都是固有艺术习惯里的陈词滥调，或者是一些无关痛痒的个人感怀，原因也许在于，当代散文作家在自我认知的挺进上，在个人心灵质量的建构上，遇到了困难——以鲁迅等人为代表的现代作家在心性上的自由和丰富是无与伦比的，所以周作人才说，"小品文是文学发达的极致，他的兴盛必须在王纲解纽的时代"①，没有自由和解放的心

---

① 周作人：《近代散文抄·序》，见《周作人文选》（第2卷），广州出版社1995年版。

态，没有对一种文体探索的不断试错和扩充，就不可能在历史累积的基础上有所突破。

　　散文是最模糊而自由的文体，这种文体在面对现实、面对自我时往往是赤诚而直白的，不太能隐藏自己，它既有生活那些不可思议的真实感，又是对生活内在可能性的打开。与纯粹的虚构或想象不同，散文更接近对日常生活的仿写。我想起一个比喻，文学如同湖边柳树的倒影，兼具现实与想象的双重面貌：只写岸上的柳树，未免拘泥和老实了；只写柳树的倒影，全是务虚的笔法，无一片叶子是实在的、真实的，又太过任性和缥缈了。文学的存在正是弥合事实世界与想象世界的裂痕。科学、历史、考古，志在记录、还原事实的本来面貌。尽管本来是怎样的，不可复原，但科学家、历史学家、考古学家至少有此志向，以实证为准绳，对世界进行事实层面的重建。宗教更多是想象的产物，一种精神奇迹的提出与确认，负责现实如何超越、日常如何升华的精神层面的建构。文学大概是居中的一种存在，它不只是对事实负责，也不完全是天马行空的幻想。好的写作总是物质和精神、事实与想象的综合。

　　这其实不是文学的原创，而是文学对日常意识、日常生活的模仿。没有人只生活在事实之中，而无梦想、诗意、神游万里的思绪；也没有人只生活在幻想之中，而完全无视现实世界对他的限制，除非他是一个精神病患者。但日常意识与日常生活本身就是混杂的，多声部的，尤其是说话方式，更是杂语喧哗的。比如会议发言，是专业的说话，用的都是理论语言。会后呢？日常的说话呢？没有人一天到晚用理论语言说话，也没有人的话语只有单一的叙事或抒情。日常说话就是叙事、抒情、议论的杂糅。讲个故事，发个议论，所谓夹叙夹议，是常态；回忆、评点、感慨也经常混杂在一起——每个人都是如此。

写作作为对一种说话方式的模仿，本不应有森严的文体分隔，强行区分出诗歌、小说、散文、评论的文体，并要求写作者遵守或对号入座，这些并不适合所有人。尽管这样的文体分隔，有利于对一种说话方式的提纯，符合现代社会专业细分的要求，也取得了很高的成就。但在文体的牢笼中待久了，也要警惕文体区隔之后的精神分裂，以为自己只能在一种文体里精益求精，这实在是一个误区。中国当代不少作家都试图突破文体的区隔，重申一种"文"的传统，就是想走出这样的误区。韩少功、于坚、李敬泽等人的写作，都在做着这种探索，他们的作品，更像是广义的"文"，而这恰恰是对散文写作传统的革新和再造。

不妨回想一下中国先秦时期的一些宏文，也回想一下《论语》《圣经》《古兰经》，包括李敬泽写作中经常提及的柏拉图的《会饮篇》，它到底是一种什么文体？没人说得清。这些经典是思想巨著，也是文学作品。如果要为它们概括一种文体，不过是说话体——对日常生活的思想与语态的模仿。小说、散文、随笔、评论，各种笔调都有。如此自由、深刻，又如此真实，并且都有一个智者的腔调，你能清晰地感受到一个人在说话、行动、思索，甚至在恳求、呼吁、牺牲自己。文字背后的这个人强大而坚定，他不隐藏自己，而是力图展现一种生命和实践之间的完美融合。读到这样的经典，谁还会在乎这些话语到底是小说还是散文？到底是在叙事还是议论？文体的界限不存在了，这是语言的自由，也是写作的极高境界。

如果我们承认这些是伟大的散文，那也是有"我"的散文。有"我"的面容，"我"的观察，"我"的思想，用"我"的方式说话。李敬泽近年的写作，《小春秋》《咏而归》《会饮记》就是如此。他的写作难以定义。他是故意的，也是无意的。他有话要说，又想自由无忌地说，于是下笔万言，纵横万里，写出了一批无法为固有的文体所界定的文章。近年一直有关于李敬泽的作品文体的讨论，越界，革命，独创，大家都看出了他不想落入散文俗套的写作野心。其实他也是在向经典致敬，他意识到了有必要重新恢复一种说话方式，管他什么文体，关键是要找到"我"的说话方式。

这样的写作是原创的，也是先锋的。李敬泽对现代文体区分的反动，是因为他看得更远，回到了一些源头性的话题。苏珊·桑塔格说："文学是进入一种更广大生活的护照，也即进入自由地带的护照。文学就是自由。"[①]无自由就无人类历史中那些奇思妙想，也无文学史上那些创造性的篇章，所以德里达也说："文学是一种允许人们以任何方式讲述任何事情的建制。"[②]

---

① ［美］苏珊·桑塔格著，黄灿然译：《文学就是自由》，见《同时：随笔与演说》，上海译文出版社2009年版，第213页。

② ［法］雅克·德里达著，赵兴国等译：《访谈：称作文学的奇怪建制》，见《文学行动》，中国社会科学出版社1998年版，第4页。

《青鸟故事集》①其实写于二十年前，但那个时候就可看出，李敬泽对现代文学以来的文体建制是不信任的，甚至认为是应该颠覆的。到《会饮记》②，有一些语言实践走得更远，"他"像是一个伪装的"我"随意穿行，若隐若现的真实事件，恍兮惚兮的叙事改造，唯一可靠的线索不过是个体的想象——而恰恰想象是自由的，充满意外的转折和旁逸斜出的语言枝蔓。许多时候，叙事从一个点进入，估计连作者自己都料想不到会从哪个出口出来，而李敬泽似乎就是要证明"任何方式讲述任何事情"的自由不可失去，更不能拱手相让。这就是先锋写作。先锋不仅是前进的、未来主义的，也可以是后退的、古典主义的，核心是自由，是反对业已成型的建制。写作最大的痛苦就是限于语言的牢笼，与其在一种不合身的文体中左冲右突，不得其门而入，还不如忘记文体，就写文章吧，总有一种说话方式适合你。

但不要以为这样就轻松了，容易了。其实更难。不是写不了其他文体才跨文体，不是厌倦了单一文体之后才采用多文体。文体的自由和驳杂一旦失控，不过是一些语言的碎片，或者是一个不顾一切标新立异的姿态，跨文体、多文体的成功，显露的是对一个写作者心智的全面训练，是他对自我的重新认识。理性与感性混杂，故事与道理并置，口语与书面语同台。健康、饱满的心智本就应拥有多种能力：可以讲述，也可以思考；可

---

① 新版于 2017 年由译林出版社出版。

② 北京十月文艺出版社 2018 年版。

以面对现实，也可以沉迷于虚构。真实的事件可以入文，道听途说也可以入文；书面知识可以入文，个人冥想也可以入文。任何固定的知识、板结的观念，我都不轻易认同。我要建立一道自己的眼光，重新打量这个世界。这个"我"一直在怀疑，一直在想象，一直在肯定和否定，这就是写作的意义。

我们为什么还要写作？不是因为这个世界少了一个故事，而是这个世界少了一个"我"；不是因为这个世界缺少语言，而是缺少"我"的语言。有"我"的写作是自我立法的，往往谦逊而专断。世界为"我"所用，知识和材料为"我"所用，甚至每一天见闻也为"我"所用。李敬泽之所以可以在孔子、孟子、宋徽宗、曹雪芹、柏拉图、布罗代尔之间自由往返，潜意识里是觉得这些都可以为"我"所用——"我"对这些有自己的理解，哪怕是错误的理解。

这是非常现代的观念。自我立法，重估一切价值，语言狂欢，文体革命，游戏之心，文字下面的庄重与坏笑，熔于一炉，李敬泽的写作充满个性与原创。但同时他又是传统的，非常中国化的。大家都知道，中国古代一直以来重诗文，轻虚构。诗文是崇高的，小说、戏曲是不入流的、没有地位的。这种观念的形成，根底上的原因是中国文化精神中看重有"我"存在的文字。"我"在天地间行走，"我"如何独与天地共往来，"春风知别苦，不遣柳条青"，"东风知我欲山行，吹断檐间积雨声"，柳树何时发芽，雨何时停下来，都与"我"的心境有关。孔子的"我"里有天下，杜甫的"我"里有苍生。这些阔大的

"我"，有思想力、感召力和行动力的"我"，正是中国文化中最伟大的存在。天人合一、物我俱忘等思想，就是从这里来的。

这令我想起钱穆在《人生十论》中讲过的一个故事："有一天和一位朋友在苏州近郊登山漫游，借住在山顶一所寺庙里。我借着一缕油灯的黯淡之光，和庙里的方丈促膝长谈。我问他，这一庙宇是否是他亲手创建的。他说是。我问他，怎样能创建成这么大的一所庙。他就告诉我一段故事的经过。他说，他厌倦了家庭尘俗后，就悄然出家，跑到这山顶来。深夜独坐，紧敲木鱼。山下人半夜醒来，听到山上清晰木鱼声，大觉惊异。清晨便上山来找寻，发现了他，遂多携带饮食来慰问。他还是不言不睬，照旧夜夜敲木鱼。山下人众，大家越觉得奇怪。于是一传十，十传百，所有山下四近的村民和远处的，都闻风前来。不仅供给他每天的饮食，而且给他盖一草棚避风雨。但他仍然坐山头，还是竟夜敲木鱼。村民益发敬崇，于是互相商议，筹款给他正式盖寺庙。此后又逐渐扩大，遂成今天这样子。"这一座大庙，看起来是信众造的，是他们筹款盖的，也可以说是这位方丈的一团心气在天地间涌动、生长，是方丈那个"我"建造出来的。钱穆说：

　　我从那次和那方丈谈话后，每逢看到深山古刹，巍峨的大寺院，我总会想象到当年在无人之境的那位开山祖师的一团心血与气魄，以及给他感动而兴建起那所大寺庙来的一群人，乃至历久人心的大会合。后来再从此推想，才觉得世界上任何一事一物，莫不经由了人的心，人的力，渗透了人的生命在里面而始达于完成的。①

写作也是"我"在创造世界。从无到有，无中生有，不断地生，世界就不断丰富。中国的诗里面有"我"，小说呢，是说别人的故事。同样是小说，四大名著中，《红楼梦》的地位更高，不仅是因为它的艺术成就高，也因为《红楼梦》是"我"的故事，而非只是别人的故事。钱穆还说过，中国的诗人不写传——不写自传，也不请人给自己写传，为什么呢？因为他的诗歌就是他的传记，"诗传"。"我"的诗歌可以为"我"做证。在中国，传记风行是二十世纪以后的事情，但在古代，文人通过作诗，就能让人看到"我"的胸襟、旨趣、抱负，"我"的行迹与心事。

李敬泽的文，腔调独异，文采飞扬，这只是一个方面；还有另外一个方面，就是因为他的文字中有一个"我"——那个确定、自信而又飘忽、神秘的"我"，那个宽阔、沉实而又驳杂、恣意的"我"，那个有话要说而又找到了自己的说话方式的"我"。任何时候，李敬泽都不放弃"我"的存在，即便这个"我"有时必须沉潜，也偶尔会在一个比喻、一个词里露出痕迹，而这个痕迹总会鲜明地打上李敬泽的色调。《会议室与山丘》②收录了他很多访谈，记者问的许多问题都是俗套的，有些

---

① 钱穆：《人生十论》，广西师范大学出版社2004年版，第32页。
② 中信出版社2018年版。

更是大而空泛，但李敬泽总能找到自己的角度，新见迭出；他一直坚定地在陈述"我"的文学观，从一些说法、用词中，你就知道是李敬泽在说话，所以他的访谈也是文章，他的思路和逻辑是自我的，不会受制于访问的人或现成的观念。《咏而归》①是重读经典。而且是大家所熟知的经典。关于《论语》《孟子》，很多人都可以说上一段，但李敬泽力图把它读成"我"的经典，是"我"在此时的阅读感受，是可以给此时的"我"带来启示的思想对话。更多的时候，李敬泽说了些什么你未必记住，也未必同意，但你不知不觉为他的说话方式所吸引。印象中，中国文坛多年不讨论"怎么说"这个文学的本体问题了，但在李敬泽近年的写作中，反而让我意识到有一个"怎么说"的问题一直顽固地存在，而且极其重要。李敬泽的许多文章我都读过多时了，但至今想起，仍旧忘不了那个有腔调的"我"——写作到这个地步，写的到底是什么文体，写得有多好，真的不那么重要了；更重要的是，这个"我"因文而立，也会因文而传。这是对写作最高的奖赏，也可能是散文一直要追求的自由境界。

王国维说"散文易学而难工"，如果为文的时候，总有那么一个放不下的架子，或者故意摆出一个姿态（追思呀，怀旧呀，悲悯呀，自我陶醉呀，或者"会在适当的时候给城市上点牛粪"式的精神撒娇，等等），或者在散文的语言结构上过于用力，露出太重的人工斧凿的痕迹，就会失了散文本应有的松弛、自在

---

① 中信出版社 2017 年版。

的神韵。

我还想起李国文的散文。他的文字不仅自在，而且老辣，见修养，也见性情，貌似随意，其实自有一种气定神闲后的潇洒。他自己也说，安闲、怡乐、平易、冲淡是写作散文的一种适宜心态，"太强烈，太沉重，太严肃，太紧张，散文的'散'的韵味，随笔的'随'的特性，也就失去了。……'散'是一种神态，笔下出来的却是冲淡、飘洒、不羁、隽永的文字，它和松松垮垮、不着边际、信马由缰、跑肚拉稀的笔墨，不是一回事"①。李国文对散文是有自觉认识的，尤其是他的"'散'是一种神态"的表述，令人回味。

多少年来，关于散文的"散"如何理解的问题，理论界一直都争论不休。有人说，"散文忌'散'"，"散文并不是要写得散，而是和其他文体一样，要写得集中紧凑"（师陀《散文忌"散"》）。有人说，"散文贵'散'"，"'散'正是散文的特质"（王尔龄《散文的散》）。"散而漫之，是散文的个性，抹杀、否定其散而漫之的特点，无疑取消了这一文体的存在。"（范培松《解放散文》）而影响最大的，当数肖云儒提出的"形散神不散"的论断了："神不'散'，中心明确，紧凑集中，不赘述。形'散'是什么意思呢？我以为是指散文的运笔如风，不拘成法，尤贵清淡自然、平易近人而言。"（《形散神不散》）但也有人认为，"形散神不散"的论断，容易导致"单线推进"或"文

① 李国文：《李国文散文》（自序），浙江文艺出版社 2001 年版。后面李国文的散文，均引自该书。

末点题"的写作套路，"往往在繁复的现象中，抽象出一个单薄的理念"，从而主张"形散，神也要散"（谢大光《形散，神也要散》）。其实，这些都不过是字面上的争论，真正落实到散文写作中，作家是绝不可能机械地周旋于"形""神"之间的。文学毕竟是语言的艺术、心灵的私语，能否将散文写好，关键还得看作家是否有语言上的造诣，以及是否有独特的心灵体验。李国文的"'散'是一种神态"的解释，与朱自清的"散文之散，当为潇洒自然的意思"一说有异曲同工之妙，而不像诸如"形散神不散"之类的观点，把散文的特质说死，毫无回旋的余地——散文作为最自由的文体，理应有最自由的理解方式。

说散文是自由的文体，这并不等于说散文的写作就可以为所欲为了，它同样有着内在的限制。按李国文的理解，自由的后面其实是一种更需"认真对付"的写作难度。

> 如果从字面的意思来理解，散文，似是散淡任意的文字，随笔，似是随手拈来的笔画。其实不然。散文，是不能散乱，随笔，是不可随便的。看起来，你可以做出散碎轻松，不加经营的样子，或者，做出随意自如，漫不经心似的神态，实际上却是要认真对付的。看起来篇幅不大，着墨不多，但要涉笔成趣，意境深邃，却是很难的。在有限的篇幅里，白云苍狗，镜花水月，山南海北，大千世界，

写出一番无垠的天地，则更是不容易了。①

　　显然，"散"作为散文的"一种神态"，背后隐藏着丰富的艺术含量，它既可以说是外在的话语表情，也可以说是内在的心灵风度，重要的是作家这个主体如何把握和呈现它。所谓"散文易学而难工"，"难工"的正是文字如何才能有潇洒自然的神态。李国文是深谙这一点的。他的散文，多用口语，行文如同日常说话，"涉笔成趣"，舒适而自然，但由于多为表达自己心声的缘故，往往也"意境深邃"，自在下面凝聚着一股沉重感。他是当代将学识、性情和见解统一得很好的散文家，颇有法国作家蒙田之风。他写人，这人的性情跃然纸上；他叙事，这事会变得趣味盎然；他说理，那理不仅发自胸臆、气势如虹，还因多为我们闻所未闻而令人忍俊不禁。可以想象，李国文在写散文的过程中是有一种快乐的，读他的文字，我总想起苏轼那段著名的话："某平生无快意事，惟作文章，意之所到，则笔力曲折，无不尽意，自谓世间乐事，无逾此类。"（《春渚纪闻》卷六）

　　大凡这种"尽意"的文字，本来是很容易失控，也很容易模式化的，李国文的散文之所以能"尽意"而又不失控，确实全得力于他深得"笔力曲折"的个中三昧。比如，他有一组著名的文章，分别叫《舌头的功能》《鼻子的功能》《头发的功能》

---

① 李国文：《李国文散文》（自序），浙江文艺出版社 2001 年版。

《屁股的功能》，着眼点虽小，但作者纵横古今，大胆设论，以小见大，意在言外，读之痛快。以《舌头的功能》为例，作者先说"舌头的功能，一是吃，二是说，好吃不好吃，会说不会说，全由舌头决定"，说到吃，首先想到"讲究口福的官"："应当承认，中华民族饮食文化的发扬光大，很大程度上依赖于五千年来这班能吃、好吃、善吃、懂吃的大小官僚的嘴巴。而要评功摆好的话，那极善品味的舌头，应该是中华美食走向世界的功臣。"一想到是官员们的舌头不辞劳苦地吃，才将中国菜吃成了世界水平，作者忍不住感叹："真是应该向他们的舌头道一声辛苦，向他们的舌头致敬的。"反讽颇为"尽意"。接着，作者笔锋一转，说到明代名相张居正喜欢吃"鸡舌羹"："这舌头吃那舌头，吃得如此刁钻促狭，挖空心思，也算把食文化推到极致境地了。鸡舌并非凤髓龙脑，倒不难求，但是，得需多少鸡舌才能烧出一碗羹来，那可就令人咋'舌'了。"就是这个张居正，"不但善吃，同时也善溜舔，舌头的功能，在他这里，也算是得到超常发挥了"。从这里，作者开始转向舌头的另一个功能——说，看这个舌头是如何在官场兴风作浪的：

　　当年，张居正舌头一动，断送了高拱，拉拢了冯保；现在，一个更得宠的太监，在万历身边，张诚舌头一动，把罪状一条条呈给皇帝耳边；而那个高拱，别看败在他手，临死之前，趁舌头还能动，又搞了一份《病榻遗言》告上去，历数张、冯的罪恶，火上加油，促使万历下了决心，

　　在张居正死了两年以后，终于抄家夺爵，总算给他留了一
点面子，没有戮尸。①

　　由此，作者得出结论："张居正，他的成功，由舌而起，他
的失败，也与舌有关。""一言兴邦，一言丧邦，舌头要想抬爱
什么人，贬低什么人的话，在嘴巴里拐个弯即可。所以，打小
报告的舌头，出卖朋友的舌头，煽风点火的舌头，添油加醋的
舌头，几乎没有不得逞的。"看来，陆龟蒙的"古来信簧舌"的
感慨，确有几分道理。最后，作者还说，要是舌头"一旦成为
世界上最坏的东西时"，"老兄，给你提个醒，无论对自己的舌
头，还是对别人的舌头，无论对当面的舌头，还是对背后的舌
头，都得十分小心才是。千万千万！"

　　这就是一篇"无不尽意"的好散文。通篇旁征博引，"据
事以类义，援古而证今"（刘勰《文心雕龙·事类》），看似散而
漫之，实则把舌头的物质功能（吃）和人文功能（说）表达得淋
漓尽致，对现实的讥讽也入木三分，这样的散文，正应了鲁迅
的一句话："散文的体裁，其实是大可以随便的，有破绽也无
妨。"②类似的篇章，在李国文的散文里，还有不少，像《张洁得
壶》《"不娶少妇"》《"东坡肉"考》《"半夜不眠听粥鼓"》《文人
风骨》《朱皇帝的残忍》等文，都和《……的功能》系列一样，

---

　　①　李国文：《舌头的功能》，见《李国文散文》，浙江文艺出版社2001
年版。

　　②　鲁迅：《怎么写——夜记之一》，见《鲁迅全集》（第4卷），人民文学
出版社1981年版，第25页。

主旨虽然明确，行文却是散漫，情与思虽然紧紧交织在一起，但作者的思路却不受这个限制，非常放松，或语言，或立意，无不洋溢着潇洒自然的神态。

李国文的散文能如此放松，神韵自然，并非徒有一个故作轻松的姿态，而是得力于作者有思想，有学识，视野开阔，写作的思路宽广而高远；加上他没有作文架子，也不是摆出一副教导人的姿态行文，就连语言，也多用朴素而俏皮的字句，散文的味道就不经意间营造出来了。这是一般人学不来的。李国文喜欢"援古而证今"，可他对历史的了解，多以原始的史料为依据，不像一些人，道听途说，把历史当幌子。他在多篇文章中写到张居正，却绝不止于张居正善吃和爱美人的传说，对张的政绩也多加客观分析，在《话说张居正》一文里，甚至还列出了张在改革前后太仓银库的银两数目，并加以比较，一看就知道作者对明史素有研究，并由此形成了自己的史识。

中国文人自古有重史的传统。"惟殷先人，有册有典。"（《尚书·多士》）但如果把史当作死材料，那就毫无意义可言了。李国文的散文有一个重要特点，那就是他能很自如地在历史和现实中穿行。面对历史，他虽然不一定赞成顾炎武所主张的那样，"无体国经野之心，不足以登山临水；无济世安民之策，不足以考古论今"（《与戴耘野书》），但持守顾炎武所言"文须有益于天下"这点，我看是大致不差的。他援古是为了证今，走向历史，是为了抒发现实情怀，所以，他从来不会在历史里流连忘返，历史只是为了帮助他更有力地走向现实。

刘熙载在《艺概·文概》中说，《庄子》散文的构思是"意在尘外"，我看李国文的散文也是"意在史外""意在言外"。这个"意"，在我看来，就是李国文散文中的气。它是统摄现实和历史的潜在力量。他在文中一再提到的"文人风骨"，指的不仅是精神上的刻度，也是文章的气势。"文以气为主"（曹丕《典论·论文》），"文者气之所形"（苏辙《上枢密韩太尉书》）等观点，对于今天的写作而言，依然准确而适用。韩愈说："气，水也；言，浮物也。水大而物之浮者大小毕浮。气之与言犹是也，气盛则言之短长与声之高下者皆宜。"（《答李翊书》）可以把李国文的散文看作当代散文中"气盛言宜"的典范。尤其是在散文界充满萎靡之气的今天，文气正而盛的作家并不是很多。但我确实在李国文散文中，读到了散文的"散"，散文的"意"，也读到了散文的"气"。这些以表达作家个人的见解和经历见长的篇章，不仅体现了作家的良知，再现了思想的情趣和力度，在散文的艺术上所体现出的那种散淡放松的神态，也令人印象深刻。当散文的技巧、作家的聪明已经在散文界通行无阻的时候，重提"文以气为主"意义深远。不仅作家的精神和气质是一种"气"，作家对语言和文体的运用也是一种"气"。没有"气"而只剩下技术，散文就无根了；没有"气"而信马由缰，那散文就真的散了。

李国文那些恣肆放言、散淡自在的文字，都是他的"尽意"之作，许多篇章，气势一直环绕于历史和现实之间，"意之所到，笔力曲折"，也许，正是因为"笔力曲折"的缘故，他那些颇见风骨的"意"和"气",照样显得冲淡而舒适,读者接受起来,完全没有金刚怒目、剑拔弩张式的强迫感。即便在文章最气盛的时候,李国文也没有失去"'散'是一种神态"的写作定力,他是确实知道,自己是在写"散文"的了。

他进入的不仅是散文的写作,更是散文的状态。

"散",永远是散文的基本神态(尽管它也依托于散文的内在气象),唯有将"散"内在为作家的写作神态,好散文才可能诞生。如果以"散"为神态,以"气"为统摄,你的文字放得再开,再散,它依然是集中而和谐的;相反,失去了"散"的神态,没有了"气"的贯彻,你的文字哪怕再集中,也会显得僵化而做作。

第二节　美在适当

贾平凹在《弘扬"大散文"》一文中说,目前散文作家的队伍过于单一、过于整齐了,应该扩大,散文才不至于走向穷途末路。"古代的很多散文家,本身就是大政治家、大思想家、大军事家、大医学生物学家,其作品至今仍影响很大。清代一些改革家的文字,读来令人感动不已,这些人身上有一种大气,男性的大气!"他希望"哲学家、企业家、科技界、体育界、各行各业、当官的、为民的"都拿起笔来加入散文写作的行列。①

---

① 贾平凹:《弘扬"大散文"》,《美文》1994 年第 9 期。

这样的呼吁是有价值的。虽说散文无定法，是散漫随意的文字，但这么多年来，文学界也开始慢慢形成一个散文写作的专业领域。有不少的人，专以写作散文为业，俗称散文家，这一方面是散文繁盛的征兆，另一方面也可能把散文带向一种专业化的陷阱：失却了自由、业余的精神标志，散文还是呈现自我最好的方式吗？

散文最大的敌人是虚伪和作态。没有了自然、真心、散漫和松弛的话语风度，散文的神髓便已不在。而一旦把散文变成一种专业写作，依我看来，就多半难逃这样的悲剧境地了。散文的无规范，使得它比小说和诗歌更为"近人情"（李素伯语），更反对制作，它崇尚自然，向往兴之所至，本质上说，它是业余的文学。我对那些专以写作散文为业的人，一直有所警觉，这种所谓的专业姿态可能恰恰会损伤散文的气质。让散文成为"业余的文学"，才是散文的出路和正宗。

在散文反对专业化的运动中，小说家秘密地扮演了重要角色。他们对散文的介入，大大改写了散文的边界和疆域。在最需要对人和事具有丰富表现力的地方，在如何应用语言更好地贴近自己的心灵这种话语实践上，小说家似乎拥有天然的优势。他们不太抒情，而正是这一点，成功地使他们避免了散文界那个由来已久的困境：过度抒情。凡是散文之"用"盛行的时代（尤其是政治化的时代），抒情就会成为散文的主要功能，写人或者记事，游记或者哲思，最终的目的几乎都是指向抒情。一时，散文的酸腐、空泛之气日盛，心灵的真实和朴素的经验日少，散文家集体进入时代为它预设的"思想"空间，歌唱或者感怀。这种散文家的语言方式主要是象征（"它不正是……的化身吗？"），情感方式主要是升华（"啊……"，"我梦见……"），并且很快就形成了模式，从而把散文这一最为自由的文体，简化成了抒情的工具。这方面，代表性的人物是杨朔，他那把散文"当诗一样写"，"常常寻求诗的意境"（《〈东风第一枝〉小跋》）的努力，虽然在某种程度上遏制了当时散文通讯化的潮流，但同时也为散文的滥情提供了样板。

今天，滥情已经引起了散文界的普遍警惕，杨朔式的在文末进行牵强升华的模式也慢慢被新一代散文家所摈弃，但过度抒情的问题依旧困扰着散文界。对此，汪曾祺有过一个精辟的论述：

> 二三十年来的散文的一个特点，是过分重视抒情。似乎散文可以分为两大类：抒情散文和非抒情散文。即便是非抒情散文中，也多少要有点抒情成分，似乎非如此即不足以称散文。散文的天地本来很广阔，因为强调抒情，反而把散文的范围弄得狭窄了。过度抒情，不知节制，容易流于伤感主义。我觉得伤感主义是散文（也是一切文学）的大敌。挺大的人，说些小姑娘似的话，何必呢。我是希望把散文写得平淡一点，自然一点，"家常"一点的……①

① 汪曾祺：《〈蒲桥集〉自序》，见《晚翠文谈新编》，生活·读书·新知三联书店 2002 年版，第 311—312 页。

与过度抒情相对的是情感的节制——这是散文写作的必要维度。梁实秋说，散文的美，"美在适当"[1]，说的也就是节制。小说家散文兴起之后，过度抒情的毛病得到了有效的克制，这大概跟小说家长于叙事而不长于抒情有关，他们更注重经验和事实，更注重自我存在的时代印痕。这种写作观念，直接影响了他们的散文写作。有意思的是，当代历次散文变革，很少是由专业散文家来完成的，往往是小说家、诗人和理论家对散文写作实践的积极介入，才大大丰富了散文的空间，并改变了散文发展的方向。

散文的业余写作群体（我姑且用这个名词来指称写作散文的小说家、诗人和理论家们）反而成了散文的主流，这并非散文的悲哀，而是散文的幸运，因为散文的业余地位，接通的往往是散文那条自由、真实的粗大血管。比如，小说家重叙事而轻抒情的特点，在抒情泛滥的时刻，就更容易把散文调整到一个合适的位置。我想起周作人，他是最早对现代散文进行艺术定位的人，他在现代散文理论的基石性文章《美文》里说，现代散文是"记述的，是艺术性的"，这是第一次对散文的"体"有了清晰的认识：从经验的意义上说，它是"记述的"；从审美的意义上说，它是"艺术性的"。尽管周作人在《美文》中也明确指出，现代散文"可以分出叙事与抒情，但也很多两者夹杂的"[2]，但在今天的散文界，强调"叙事"要比"抒情"重要

---

[1] 　梁实秋：《论散文》，《新月》第一卷第八号，1928年10月10日。

[2] 　周作人：《美文》，《晨报副刊》1921年6月8日。

得多，因为诚实地记述（叙事）要比空洞地感怀（抒情）更重要——尽管散文不仅仅是记录，但就散文的现状而言，它确实在如何诚实地记述上面临着饥饿性的匮乏，相反，抒情却显得过于奢侈了。

这其实涉及散文真实性这个古老命题。

真，一直是散文的命脉之一。鲁迅在一九二七年写过一篇重要的文章，叫《怎么写》，他也说，散文"幻灭之来，多不在假中见真，而在真中见假"，甚至连"日记体，书简体，写起来也许便当得多罢，但也极容易起幻灭之感"，"写信固然比较的随便，然而做作惯了的，仍不免带些惯性，别人以为他这回是赤条条的上场了罢，他其实还是穿着肉色紧身的小衫裤，甚至于用了平常决不应用的奶罩"。为此，鲁迅批判了近现代一些书写自我感情方面的虚假之作，他说："宁看《红楼梦》，却不愿看新出的《林黛玉日记》，它一页能够使我不舒服小半天。""《板桥家书》我也不喜欢看，不如读他的《道情》。我所不喜欢的是他题了家书两个字。那么，为什么刻了出来给许多人看的呢？不免有点装腔。"①鲁迅的警告是有力的，直到今天，"真中见假""做作"和"装腔"还是散文普遍失真的根源。

散文里不受节制的抒情很容易流于虚假，原因也是出在这里。凡抒情，其抒情主体的方向通常是向上的，因此，散文作家笔下的"我"也必定是仰着脸的，他们不太注视自己脚下

① 鲁迅：《怎么写——夜记之一》，见《鲁迅全集》（第4卷），人民文学出版社1981年版，第24页。

的大地，不太面对现实中的矛盾和不安，也不太敞露自我心里的卑微和无奈，许多时候，他们仰着脸感怀，不过是为了证明他们拥有一个想象的、饱满的自我而已，这个虚构的自我与现实里那个卑微、真实的自我几乎无关，这就难免有"真中见假""做作"和"装腔"的嫌疑。在那些失控的抒情散文里，看到的几乎是一样的抒情主体，情感的指向都是向上的；相比之下，发挥了小说家的叙事功能的记述性散文，里面的记述主体反而更为真实，因为有了事实和经验的细节处理，"我"的形象变得具体而琐碎：既有沉着的情感（如史铁生的《我与地坛》、贾平凹的《祭父》），也有放肆的自嘲（如莫言的《吃相凶恶》）；既有幽默的回忆（如余华的《我的第一份工作》），也有无奈的快乐（如于坚的《凉亭取书记》《装修记》等）……正是这些痛楚、琐碎、具体、卑微、无奈、幽默的片段，共同构成了一个真实的"我"，我想，是这样的"我"捍卫了散文内在的真实，尽管他看起来是那么的微不足道。

这也许就是很多小说家能写好散文的真正原因。我关注散文的这部分变化，不仅因为它的真实，也因为它的坦然和自信——抒情散文里的虚假自我，何尝不是不自信、不敢面对自己的表现呢？小说家散文的一个重要特点是让自己的写作落实下来，而不是飘在空中。

汪曾祺曾经谈到小说家的散文：

小说家的散文有什么特点？我看没什么特点。一定要说，是有人物。小说是写人的，小说家在写散文的时候也总是想到人。即使是写游记，写习俗，乃至写草木虫鱼，也都是此中有人，呼之欲出。[①]

"是有人物"，简单的四个字，说出的是一个不简单的散文状况。试想，在那些过度抒情的散文里，能看见多少人物？即便里面有我、你、他，很多也是些飘在空中的抒情工具和符号，没有多少自在而真实的人间气息。多少人写散文，事是真的，可情却抒发得太飘、太张扬，结果人物也变得虚幻而摇晃起来；而一些小说家写散文，或许还偶尔使用小说的虚构技巧，但他们在人物的精神和情感指向上不务虚，实在，人物反而立住了。

我读铁凝的散文时，这种感觉尤为强烈。这是一批"是有人物"的小说家散文，从中，你看不到空泛、张扬的事和情，但你看到了人物，一些平淡、真实地活着，让"我"挂念、难忘的人物，比如，父亲、母亲、妹妹（这几个是贯穿铁凝散文始终的主要人物），比如保姆奶奶的邻居大荣姨、炸油条的陌生女人、下乡时的女友素英、乡政府食堂的姜师傅（这些是在铁凝生活的某个阶段出现但令她终生难忘的人物），还有一只通人性的狗——伊咪，等等，他们共同构成了铁凝散文的叙述主体。没有惊心动魄的经历，没有柔肠百转的故事，更没有声嘶力竭的呐喊，但铁凝那双善于发现人性美好底色的眼睛，那种随意朴

---

① 汪曾祺：《散文应是精品》，见《晚翠文谈新编》，生活·读书·新知三联书店 2002 年版，第 76 页。

素的笔触，那份深沉内敛的感情，通过几个人物自然真切地表现了出来。

铁凝把人的内心写安稳，写实了。这是她散文的一个重要特点：不仅有人物，也有心事。她写人和事，姿态放得很平，像谈心，也把自己的心贴着人物来写，所以，她的散文写的不是生活以外的事情，它就是生活本身。用叶圣陶的话说，这样的散文"是决不搭足空架子的"，"见到什么想到什么就说什么，见不到想不到就不要硬要来说"，作者始终"抱着一种亲切的态度"①。

铁凝写人，在平凡中总能让我们见出一种坚韧的精神、看到一种美好的光辉。在她眼中，生活似乎没有阴暗和荒凉——我想，她不是在逃避，而是获得了一种更为超越的淡定和自然。我喜欢她散文里的这一股劲，温暖而有力：她写父亲，就写他"是个安分的人，又是个不安分的人"，以烤面包这事为例，当时完全没有这方面的知识和条件，但父亲坚定持续地实验、学习、琢磨，一次次不厌其烦地改进发酵工艺及烤炉的导热性能，在给家人带来享受和快乐的同时，他自己也成了"一位合格的面包师了"。(《面包祭》)她写母亲，"一辈子乘公共汽车上下班"，退休了，还"分明叫人觉出她对于挤车的某种留恋"，城市的公共交通状况得到了缓解后，"母亲在乘公共汽车时仍是固执地使用她多年练就的上车法：即使车站只有我们两人，她也

---

① 叶圣陶：《关于小品文》，见佘树森编：《现代作家谈散文》，百花文艺出版社1986年版，第191页。

一定要先追随尚未停稳的车子跑上几步，然后贴门而上"。(《母亲在公共汽车上的表现》)她写妹妹，"这个小学五年级女生，就这么突然地、让人毫无准备地独自乘一百多华里长途汽车，从我们的城市来村里看我了"，"她身上的挎包里都是带给我的好吃的，她要看着我吃好吃的，然后和我玩一天——她说她就是来和我玩儿的"，"可是我正在干活儿呀，我的农药还没喷完呢。我怎么能在这广阔的天地里，在这大忙季节和我妹妹'玩'一天呢。那时的我们，本能地提防这个'玩'字，因为我的"大公无私"，不跟她玩，妹妹生气了，冒雨出走，结果生病发烧。(《二十二年前的二十四小时》)她写大荣姨给人编小网兜，"我"说："先给我编吧。""那可不行。""为什么不行？"因为别人先求了我呀。""那你还是我的大荣姨呢。""所以不能先给你编。"——寥寥几句对话，却让我们领会了一个普通女性对何为真正朋友的本真理解。(《共享好时光》)她写乡镇食堂的姜师傅，每天做饭、洗菜、敲钟，"挂在食堂门前榆树上那口招呼人吃饭的钟，一直由他亲自敲响。哪怕这院里的干部倾巢出动去收税，哪怕只剩下我一个人等待吃饭，姜师傅也要单为我把那钟按时敲起来，他敲得有力，从不潦草"。(《惦念》)

　　这些都是我特别喜欢的散文篇章。文中每个人坚韧的精神，以及那个同样坚韧的"我"，铸就了铁凝散文的灵魂。看得出，铁凝对自己笔下的每个人都是充满深挚感情的，但她没有走抒情散文的路子，而是把温婉细腻的感情藏得很深，使之消融在生活的细节和日常的事情中——这种情感的蕴藉和隐忍，比直接说出来的抒情要广阔、深厚得多。

好的散文，多是这样处理感情的。感情其实是散文的基础性部分，挖得越深，掩埋得越深，它就越值得回味，发出的力量也就越强大。就像铁凝在《共享好时光》一文中所写到两个丹麦亲戚见面的场景："我以为她们会快步跑到一起拥抱、寒暄地热闹一阵，因为她们不常见面……但是姑嫂二人都没有奔跑，她们只是彼此微笑着走近，在相距两米左右站住了。然后她们都抱起胳膊肘，面对面望着，宁静、从容地交谈起来，似乎是上午才碰过面的两个熟人。"铁凝接着说："拉开距离的从容交谈，不是比紧抱在一起夸张地呼喊更真实么？拉开了距离彼此才会看清对方的脸，彼此才会精心享受世界的美好。"——读了这段话，你就会理解铁凝为什么会那么隐忍地处理她散文中的情感问题。它一方面说出了铁凝对人性、人情和人心的精当领会，另一方面也恰当地表达出了她的散文写作观：欣赏"拉开距离的从容交谈"，反对"紧抱在一起夸张地呼喊"。

这样的散文，总让我回想起张爱玲的话："好的作品，还是在于它是以人生的安稳做底子来描写人生的飞扬的。没有这底子，飞扬只能是浮沫。"①铁凝大概是拥有这种"以人生的安稳做底子来描写人生的飞扬"的美学理想的。说这个话的张爱玲，还把散文比作读者的"邻居"——这是我所知道的最符合散文本性的说法之一，用它来解释铁凝的散文，也是再准确不过的了。

---

① 张爱玲：《自己的文章》，见《流言》，北京十月文艺出版社 2012 年版，第 91—92 页。

至少就我个人而言，读着铁凝的散文，慢慢地，就仿佛和她笔下的那些人物成了"邻居"，成了熟人，书放下了，你还会深深地惦念着他们。"总觉得自己跟作者同在这个世界上，所谈论的也正是这个世界里的事；即使读者被骂了被讥讽了，也会发生反省或者愤怒，但决不会看得漠然，认为同自己决不相干。"①

从精神意义上说，散文的发生就是如此。读了一个人的散文后，会让你产生多了个熟人，多了个"邻居"，并彼此惦念的感觉，这个人的散文一定是难得的好散文了。

　　散文究竟是因什么而生？在我看来，世上所有的散文本是因了人类尚存的相互惦念之情而生，因为惦念是人类最美好的一种情怀。人类的生存需要相互的惦念，最高的文学也离不开最凡俗的人类情感的滋润。被人惦念和惦念别人是幸福的，……在生命的长河里，若没了惦念，还会有散文么？②

我认同这个说法。铁凝的散文，为这说法提供了优秀的范本：好的散文，从读者一面说，是一个"邻居"；从作者一面说，是一种"惦念"；从写作形态上说，是一种"业余"写作。这不仅是铁凝写作散文时处理情感和语言的准则，更是我所愿

---

① 叶圣陶：《关于小品文》，见佘树森编：《现代作家谈散文》，百花文艺出版社1986年版，第192页。

② 铁凝：《铁凝散文》（自序），浙江文艺出版社2001年版。以上所引的铁凝散文的篇章，皆出自该书。

意看到的对散文的接受主体、写作主体和写作形式的精确描述。把散文变成读者的"邻居"，对人类怀着"惦念"之情，并把散文写作留在"业余"的领域，这样，还怕写不出好散文来吗？

散文的美，美在适当。

第三节　理智与旷达

散文在今天是一种繁荣的文体。写作者众多，发表、出版的数量也惊人，整体面貌却并不令人满意。尤其在散文的语言上，讲究、节制、有个性的文字，其实不是很多。我以为，散文的语言，在本质上应是优雅而富有美感的，粗糙和夸饰是散文的大敌。散文要写得好，不仅要面对一个有意味的实感世界，还要面对一个优雅的语言世界。

散文当然也可用粗粝或炽热的语言来写，但更多的时候，它的面貌应是平实的、朴素的——作为一种简单、自由的文体，话语的喧嚣总是和散文无缘，散文更像是一种日常的说话，或者与邻人间的交谈，实在、隐忍，质地清晰，带着作者的身体气息，也呈现一个人的性格和学识。因此，散文写到一个地步，读者很容易就在这个人的文字中，读出一种情怀和雅兴来，文风上的，以及生活上的。这似乎成了辨识一个人散文品质高下的精神路标之一。

散文确实是一种文雅的艺术。俞平伯出版散文集《燕知草》

时，是周作人作的跋，他在这篇跋里称赞俞平伯的散文是"最有文学意味的一种"，他把这种文学意味就概括为"雅"：

> 我说雅，这只是说自然，大方的风度，并不要禁忌什么字句，或者装出乡绅的架子。平伯的文章便多有这些雅致，这是他近于明朝人的地方。①

自然、大方的风度，不仅指语言，它更是一种精神气度，一种松弛、宽广的心境。雅致的语言，必然是从一种文雅的心灵里来，所谓文心和人心的合一，并非一句虚言。从这个意义上说，散文的"雅"，关乎心灵的密度和广度，也关乎语言如何塑造心的形状。正是基于此，王统照才有"纯散文"一说，他认为，"纯散文没有诗歌那样的神趣，没有短篇小说那样的风格与事实，又缺少戏剧的结构"，但能够"使人阅之自生美感"②。"美感"一词，和"雅致"大约是相通的，它既是一种话语风格，也是一种心灵修辞。在我看来，"美感"和"雅致"，一直是散文写作的核心品质——这样的看法，或许是陈旧的，但散文写作本身在当代就像一个活着的古典神话，与其说它的革命方式是前进的，还不如说是后退的。后退到"美感"和"雅致"中，这对于日益粗糙、浮泛的当代散文现状而言，未尝不是一

---

① 周作人：《〈燕知草〉跋》，见《周作人自编文集·苦雨斋序跋文》，河北教育出版社 2002 年版，第 123—124 页。

② 王统照：《纯散文》，《晨报副刊·文学旬刊》第三号，1923 年 6 月 21 日。

种有效的纠正。

南帆的散文引起我的兴趣，正是因为我对散文的这种观察。他的散文，多为优雅而有美感的文字，他既重历史疑难的探询，也重现实人心的解析，正如他的笔墨，既有批评家的睿智，又有散文家的自得，这使得他在历史与现实、理性与感性之间，穿梭自如，有着一个学者不多见的优雅和沉实。

这样的文字清晰而准确，隐忍而节制，没有怒气，拒绝夸张，不人云亦云，也不斤斤计较。有论者把南帆的散文称为"审智"散文，这大约跟南帆的学者身份有关，对照南帆的散文，确实不乏"直接从感觉进入智性的思索"的妙笔，"他最为精彩的发现是从现象出发进行直接抽象，而不是从文献出发作间接演绎"[①]，说他的散文"审智"，显然不失为一个精准的概括。然而，智性的下面，并非没有感情和体温。比起批评文字的冷峻，南帆的散文更近人情，更见个体生命的真实刻度。"他的冷峻和理性，来自他对生活真相和思想疑难的不懈追问，如同他隐忍、深微的生命体验，往往通过智慧的细节解读和符号分析，走向清晰、透彻和宽广。他活跃的探索精神，拓展了散文的文体边界；他沉静的语言，既有思索的欢乐痕迹，也有洞悉事物本来之后的感伤。他出版于二〇〇四年度的《关于我父母的一切》，通过描述一段正在消失的父辈的人生，有力地呈现出渺小人群与巨型历史之间的裂缝和错位，并对个人的创伤记

---

①　孙绍振：《当代智性散文的局限和南帆的突破》，《当代作家评论》2000 年第 3 期。

忆、时代的内在迷乱给予了真切的意义关怀。他所揭示的时代对人的微妙影响，以及人与历史互相改写的复杂境遇，既是对亲人的沉痛追思，也是理解当代现实的重要参照。"①现在看来，个人在时间和历史面前的无奈、沧桑和沉痛，一直是南帆散文写作的重要母题，他的文字，许多时候正是探查人被历史磨碾之后所留下的碎片和叹息，并由此映照出人在现实面前的隐秘困境。

《辛亥年的枪声》是南帆的散文集，但其主要篇章，如在《辛亥年的枪声》《戊戌年的铡刀》中，历史依然是他难以释怀的主题。此外，书中的许多篇章，还洋溢着南帆对日常事物的浓厚兴趣——围棋、乒乓球、摄影、书、金鱼，甚至数字。因此，《辛亥年的枪声》一书，不仅关涉南帆对历史、故土和先贤的追思，它也书写日常生活和渺小事物背后的散淡心事。无论事大事小，情深情浅，背后潜藏的都是南帆那智慧的面影——他不会因为介入重大问题的思索而忽视对细节的发现，也不会因为流露出对小事的警觉，而遗忘生活背后那条长长的历史阴影。他也犹疑，那是因为真相的消隐，正如他偶尔的幽默，往往是为了缓解内心的迷茫。

这种迷茫，常常出现在他面对历史时的那个瞬间。"历史"二字，对多数人来说，是一个大词，是材料、事实和铁证如山的现场，因此，写作历史大散文的人，一般都会显露出一种独

---

① 这是南帆获得"华语文学传媒大奖·2004年度散文家"时由笔者撰写的授奖辞，见《当代作家评论》2005年第3期。

断的文化自信。南帆笔下的历史，却呈现着完全不同的面貌。他承认历史比绯闻更伟大，但并不简单地把历史等同于客观的事实、严密的考证，相比之下，他更关心人与历史的微妙关系，以及人在历史的缝隙中依然还残存的个人气息。他说："许多著名的先辈冻结在历史著作之中，庄严肃穆，矜持而古板；只有在传说之中，他们才真正活起来。"为此，即便在诉说正大的历史，南帆也对传说保持着浓厚的热情，比如他在讲述"有些温情的林纾"时，就坦言"没有必要用呆板的考据求证传说"，"传说不是证明细节，而是证明这些先辈没有退出生活。传说也是历史——这是盘旋在人们心中的另一种历史"①。

　　正是对"另一种历史"的持续关注，南帆一系列谈论历史人事的散文篇章，才向我们敞开了一个完全不同的人情世界。在《辛亥年的枪声》一文中，南帆的注意力没有集中在广州起义这一事件的影响和意义上，而是突然对林觉民的内心轨迹有了兴趣。他称林觉民为"乡亲"，这个人，有血有肉，豪气干云，慷慨悲歌，一剑封喉，既是铮铮铁汉，又有一副旷世柔肠——他的《与妻书》写得情意绵绵且正气凛然，比起这颗浩大的悲心，历史反而显得渺小起来。生离死别，轻吟低诉，天井的蜡梅，窗外的月影。"并肩携手，低低切切，何事不语，何情不诉？"这样的林觉民，使庄重的历史变得生动、真切，带着体温，挂着泪痕，个人开始在历史的裂缝中

---

①　南帆：《辛亥年的枪声》，海峡文艺出版社 2006 年版，第 18—19 页。

发出自己的声音——这个声音的出现，其实就是对传统历史描述的补充。

补充就是发现。和历史考证所不同的是，当下的散文写作面对历史时所匮乏的正是发现和理解。一个散文家笔下的历史，如果体积过于庞大，他必然会取一种"去纠正"的写作态度，相反，如果他从一条细小的缝隙进入，就会取"去理解"的平等姿态与历史对话。这样的散文，视角是小的，但由于作者所选择的点可以准确地将自身的力量集中起来，反而有可能通达一个广大的世界。因此，我尊敬那些谦卑地"去理解"历史的人，这表明，他们在历史面前的感觉不仅没有板结，而且还保持着强烈的好奇。卡尔·波普尔在《通过知识获得解放》一书中说，好的历史学家会增强这种好奇心，他会使我们想去理解我们以前所不了解的人们和情境。[①]好的散文家也是如此。清醒的史识，个人的理解力，发现者的情怀，这些永远是散文在历史面前必须具备的话语姿态。

历史是由无数段落草草地堆砌起来的，没有人事先知道自己会被填塞在哪一个角落。古往今来，多少胸怀大志的人一事无成。如果不是历史凑巧提供一个高度，即使一个人愿意将自己的生命燃成一把火炬，照亮的可能仅仅是

---

① 参见［英］卡尔·波普尔著，范景中、李本正译：《历史哲学的多元取向》，见《通过知识获得解放》，中国美术学院出版社1996年版。

鼻子底下的一个极其微小的旮旯。①

——这样的历史表述，使历史开始向文学转化，或者说，历史获得了一种文学般的动人面貌。

历史需要的是求证，而文学则允许假设和想象。戊戌六君子之一的林旭，是个青年才俊，素来喜好吟诗作赋，后来听从梁启超的规劝弃诗从政，不幸殉难。说到这里，南帆不禁假设："如果说，林旭专攻词章之学，哪怕成为游历边塞、出入青楼的浪荡文人，是不是反而有机会尽享天年？"林觉民不负天下，但负了一人，这人就是他的爱妻陈意映。面对他长笑而去的身影，南帆问道："他挥挥手将陈意映抛在彼岸——他有这个权利吗？"南帆总是通过假设和追问，来表达自己内心的疑难和不安。面对历史时如此，面对现实时，他同样无法打消自己对于很多貌似合理的事物的疑虑。或许正是因为他对一切僵化的观念史失去了信任，他的写作才会有意无意地去留心生活细节和现实可能性。

对细节的在意和警觉，以及关注细节背后那意味深长的思想玄机，这是南帆散文的另一个显著特点。正如他习惯把"枪""墙""麻将""躯体"当作文化符号进行"寓意分析"②，他在描述一种日常人事的时候，也重视用细节作为精神表达的

---

① 南帆：《辛亥年的枪声》，海峡文艺出版社 2006 年版，第 27 页。

② 这点在南帆的《叩访感觉》（东方出版中心 1999 年版）一书中表现得最为显著。

通孔。比如，当他说到外婆的死时，会联想起"一张床从此空了"，"家门外面的社会如同疾驰的列车轰然作响，但外婆已经无力搭乘"，"她的八十几年默默地流失在几个院落和几个厨房里面"①——床、院落和厨房是现实情境中的细节，而列车则是一段人生旅程的隐喻；当他说到"消失的巷子"时，会联想到旷野，"置身于无边的空旷，一个人和一丛草或者一个石块没有什么差别"②——巷子使人亲切，旷野则令人产生孤独感，而在一种广大的孤独中，人与草木、石头都因为渺小而变得平等。此外，南帆在散文中还说钱、论吃、思考数字和摄影对于现代生活的微妙影响，涉猎广泛，但他从不抽象地谈论和思考，而是善于在经验的丛林和细节的描写中发现曲折的小径，使读者在会心一笑或若有所思中获得智性的愉悦。

如果说理论是对思想问题的重大发言，散文更多的就是打扫生活的细节，清理思想的碎片。散文被称为业余的文学，就在于它常常是一种生活偶得，难以制作，也拒绝虚构，如朱光潜所说，"心里怎么想，手里便怎么写"③。南帆的散文多为有感而发，有着强烈的现实感，不空洞，不滥情，所写文字，均在陈述人事，测度人心，因此，他的散文有着鲜明的文体意识，却又不流于形式和辞藻，他的写作底座，始终贯注着对人的关怀。清代学者章学诚说："文成法立，未尝有定格。传人适如其

---

① 南帆:《辛亥年的枪声》，海峡文艺出版社 2006 年版，第 81—83 页。

② 南帆:《辛亥年的枪声》，海峡文艺出版社 2006 年版，第 104 页。

③ 朱光潜:《论小品文》，见佘树森编:《现代作家谈散文》，百花文艺出版社 1986 年版，第 228 页。

人，述事适如其事。"这话在《文史通义》里，说的正是中国的散文。也就是说，以文写人事、述人心，实为散文的正统，而以文写文则迹近语言游戏。看一个人的文气，当然要检视其心气，这是一种比较高明的讲文学的方法。[①]归有光从《史记》中意会到了写文章的秘诀，曾国藩在文章上主张学《汉书》，其实看重的正是作者不同凡响的心气。我以为，多年来坚持散文写作，也是南帆暗中积聚心气的方式之一。

南帆的理论文字细密冷静，动情之处不多，但他的散文，往往会毫无设防地泄露出他的心事和情怀——这是一个学者极为美妙的一面。梁实秋说，"一切的散文都是一种翻译"，把心声翻译得好的散文，往往就有"澄清澈底"的风格。[②]南帆的散文，大概是称得上"澄清澈底"的，有细节，有情怀，更重要的是，无处不在地透露出一种智慧的警觉。

这样的话语表情所翻译出来的，是一个现代书生的理智和旷达，值得品味。或许，一些读者会觉得，南帆的散文，有时因为过于隐忍，而失去了在事物内部长驱直入的快意；有时他对事物的习惯性警觉，又使得他的一些文字显得过于工巧——他的长文气韵严正，下笔沉重，多为雅文，美感和智性并重，然这样的风格一落实到短文、小品文的写作中，有些则显得有意为之，说理有余，佳趣不足。有些人适合写长文，如余秋雨，有些人则长于写小品文，如贾平凹，这大概是写作定律，一个

---

① 相关论述参见钱穆：《中国文学论丛》，生活·读书·新知三联书店2002年版，第74页。

② 梁实秋：《论散文》，《新月》第一卷第八号，1928年10月10日。

人只要有自己的一己之长，便不足为憾了。毕竟，像《水经注》这样，合起来是一本大书，拆开来又是一篇篇上佳小品的作品，放在一部厚厚的文学史中，也是不可多得的。

第四节　文类与自由

散文与作家的心灵有着密切的关系，却不一定适合作家在思想或精神上用力；由于用力过猛，着了痕迹，许多散文就显露出做作和僵硬的模样来，令人难以卒读。散文写作一直被人视为一种柔软而亲切的话语运动（林语堂所说的"娓语"，大约指的就是这个意思），它有着最广泛的语言边界，也有着最自由的文体特征，以至一切无法归类的文字都可称之为散文。从这点上说，每个人都可以是散文作者，如果日记、学生作文、工作报告、年终总结和我所从事的文学批评都算在内的话。

散文似乎已经无法拒绝其他文字的加入，它只能成为众多混杂文字集合的地方。许多人就在这种混杂而浩瀚的文字中，试图将金子和泥沙分辨出来，他们就是俗常所说的散文家、散文理论家和散文编辑；还有些人，更是为散文的难以归类和没有明确的定义而忧心忡忡，他们渴望把散文建设成像小说、诗歌、戏剧一样边界分明的文体，并视此为散文研究的成果和贡献。

说到底，他们渴望为散文找到秩序。

可是，秩序往往与自由相对，秩序在为散文命名的同时，也可能断送散文内在的自由；而自由是散文的命脉，它一旦受伤，散文也就归于无有，必将转化成为最容易被其他势力所利用的文体。古代的"辞赋""骈文"和"八股文"，现代的"大字报"，都是秩序战胜自由的结果，而它的盛行，最终导致的是文学的衰败甚至死亡。所以，没有任何准确的语言能为散文定义，我也不太信任那些散文史和散文理论，反而觉得，保持散文混杂的面貌，也许才是散文的出路。只要想象一下，最好的散文多数不是出于专职散文家之手这一点，就可知道，好的散文一定是心灵的奇迹和语言的意外收获，规范和秩序只会使它窒息。

散文渴望自由，它的无法归类，正好为人类一切无法归类的情感和心灵碎片提供了含混的表达方式——散文散文，许多的时候，其实就是散漫的文字。因此，散文也是最人性的，之所以说它是柔软的话语，主要在于它所触及的人性部分也多是柔软的隐秘角落，写作上越是松弛，越是在不经意中传神，散文的成功性越大。周作人、梁实秋、林语堂等人的散文就是成功的范例。读他们散文的最大感受是，你几乎看不到作家用力的地方，他们的力量好像不知不觉地被分解到了那些文字的碎片之中。这种文字在阅读者的心灵中所起到的效果，也非以冲击力取胜，它更多的是给人智慧，让人舒适。

当然，也有另一种散文方式，它是用力的、直接的、坚硬的，那就是我们通常所说的杂文。这种分类，早在一九二三年，周作人《地方与文艺》一文就概括出了散文写作中的两种艺术风格：

> 第一种如名士清淡，庄谐杂出，或清丽，或幽玄，或奔放，不必定含妙理而自觉可喜。第二种如老吏断狱，下笔辛辣，其特色不在词华，在其著眼的洞察力与措语的犀利。①

不过，后一种文体成功的不多，也很容易变成应时之作。只有少数是例外，比如现代的鲁迅，当代的李敖，他们写的文字都是走的战斗、有力这个路子，由于他们见识不凡，自然，他们的文字也就成了散文用力的典范。

令人诧异的是，身居台湾的李敖，在写作上接续的居然不是胡适的宽容的文字传统，也非梁实秋、林语堂等人的柔软的表达方式，他居然选择了与敌人战斗的方式来展开写作（他自己说，"对敌人，要永远斗争，对朋友，要间歇斗争"，甚至还戏称，"朋友会要我送书，敌人会买我的书，所以我拼命掐死朋友制造敌人"），从而把文字经营得猛烈而尖锐。就这点而言，李敖和鲁迅之间是有点精神血缘的（这不仅是指鲁迅曾经是李敖父亲李鼎彝在北京大学时的老师），尤其是在经营文字的力量和

---

① 周作人：《地方与文艺》，见钟叔河编：《周作人文类编·本色》，湖南文艺出版社1998年版。

对敌的姿态上，二者有许多相通之处。但李敖自己不承认这点，他狂妄地声称，"五十年来和五百年内，中国人写白话文的前三名是李敖、李敖、李敖"，自然是把鲁迅也排除在外的。这不等于李敖和鲁迅就没有关系了。以我对李敖作品的阅读，发现他其实是把鲁迅看作潜在对手的，他对鲁迅的作品也非常熟悉，经常征引。这是李敖比钱锺书强的地方。钱锺书的父亲曾经和鲁迅打过笔仗，这事估计钱锺书一直记着，所以，他一生中对鲁迅的作品是傲慢而轻视的——你读遍钱锺书的著作，会发现几乎找不到鲁迅的名字。这大约是一个学术之谜了，正如李泽厚在几本中国思想史论的著作中都很少提到陈寅恪的名字一样。

鲁迅和李敖都是勇敢的，也都以不宽容著称。鲁迅的名言是"一个都不宽恕"，而台湾版的《李敖快意恩仇录》一书后的文字这样说李敖："李敖不是宽容社会下的产物，他是不宽容社会的见证。一个社会出现一位李敖，哪里是容易的事，又哪里是平白得来的呢？"鲁迅说自己的反抗，"不过是与黑暗捣乱"，而李敖则在《传统下的独白》一书的序言里，称自己的作品为"狂叛品"。正因如此，这两人都落下了爱骂人的名声。其实，这样评价两人的文字未免浅陋，即便骂人，也是有许多讲究的。郑板桥有一副名联说"隔靴搔痒赞何益，入木三分骂亦精"，用此来说明鲁迅、李敖痛快的骂人，应该是准确的，所谓"嬉笑怒骂，皆成文章"。像李敖的《余光中的假诗境》《评改余光中的〈无论〉》等短章，对余光中的直率批评就不无道理。

　　台湾曾经有一篇文章说："通读《李敖快意恩仇录》，我们如果弄清楚了李敖所在意的是那种在孤立的情况下还能维持义气与勇气，而且有本事过得气焰淋漓、不贫病潦倒、不穷酸臭腐，那我们实在不能不承认，如此遭遇如此对付如此结局，李敖一人而已。""李敖当然是不宽容的，他只接受他自己的绝对标准去评量周遭人与事。所以他不可能从不同的、多元的角度去佩服其他人。在他的标准他的逻辑里，要证明自己的坚强惟有凸显自己的独一无二，不孤立就不足以显示他的绝对的地位。不过这种反覆坚强、孤立的表示，长期以来成了执意固念（obsession），也就使得许多人忽略、忘却了李敖被打造成这种绝对强人，背后曾经经历的苦痛与委屈。这是李敖必须付出的代价之一。"①如此理解李敖，把李敖真正还原到了当时的历史语境和个人心境里，相比之下，许多指责李敖的人，往往忽略了他"背后曾经经历的苦痛与委屈"——指责鲁迅的人，也常常犯同样的毛病。

　　李敖的坚决和博识是值得尊重的。在一个庸常时代，李敖式的人物不是太多，而是太少了，他那种直率、坦诚而尖锐的话语品质，为多数的写作者所没有。可以想象，多一些像李敖式的人物，献媚、吹捧文字将锐减，这或许能为文字多赢得一份敬畏，同时也让一些人对文字产生恐惧——文字的力量只有在这个时候才能真正显现出来。令人担心的是，由于李敖的某

---

　　① 载《联合文学》（台湾）第 15 卷第 6 期，1999 年 4 月号。

种狂妄和自大已经引起了很多人的反感，以致他们会出于义愤而忽略李敖在其他方面的卓越成就。

其实，李敖是鲁迅之后真正对杂文事业有实质性发展的人，我指的是，他的杂文不仅针砭时弊，而且与历史专论、史料考据结合在一起，并由此而形成了一种新的文体风格。他不像其他一些杂文家那样，满足于呈现自己的道德立场，而是以考据为基础，步步推进，至终使自己的大胆结论获得证实。本来，他择用的有话直说、毫不留情的话语方式，是很难被推崇谦虚、宽厚和温和的中国人所接受的，但由于他经常用大量的材料说话，使得连反对他的人也经常无话可说。因此，李敖的文字比一般的杂文家要宽广、深邃得多，与其说他是杂文家，还不如说他是思想家和历史学家。尤其是在杂文这一文体如何与历史材料相糅合这点上，我想，就连鲁迅也做不到他这样仔细。我读过李敖的《胡适评传》《蒋介石研究》《中国性研究》等著作，觉得李敖自有他狂妄的理由——他的确有自己非凡的材料发现和与众不同的见地。

但李敖与鲁迅之间的主要区别并不在这里。毕竟，鲁迅是一个悲观主义者，而李敖则一直是乐观昂扬的，无论外面的环境多么险恶，他一直没有放下自己那副自得和自满的精神架势，并坚持用揭人之短的方式来证明自己是正确的。这或许正是李敖的机心所在。你很难想象，如果没有外面这层乐观主义和自我中心的保护色，李敖还能一直安全地活着；他如果在精神气质上也像鲁迅那样阴郁和绝望的话，李敖即便没有死在国民党的监狱里，精神人格上可能也会萎靡许多。这是李敖的幸运之处，但同时也造就了李敖在文字上的局限：他缺乏鲁迅式的自我追问和自我反省，以致他的文字在精神向度上无法继续向存在的悲剧领域挺进。有时，自我的悲剧比历史的悲剧要深刻得多。但李敖的自负，使他轻易就放弃了自我悲剧这块更为重要的领域，尽管他也写小说，以期弥补，但事实上并不成功。

也就是说，文学上的李敖与思想上的李敖是并不对等的。作为一个史论家，他堪称杰出；作为一个散文家和小说家，他却有着明显令人遗憾的地方。我把它概括为两点：一、缺乏文学的暧昧性。史论和思想可以要求尖锐，但文学在许多时候却要求暧昧。李敖有时把许多事情都想得太清楚，表达上也过于直抒胸臆了，它在某种程度上，必然造成对文学性的破坏，因为文学最动人的部分，往往就在暧昧不明的地方。没有暧昧，就没有文学。而李敖的《北京法源寺》等小说，里面之所以会充斥着大量议论文字，就可看作是他不会处理暧昧在文学中的作用而使用的补救手段。二、缺乏文学的拙。李敖的文字有着明显的是非、道德判断，这对于论辩是有利的，但对于文学本身来说，就显得太直接了，尤其是他在行文中多半采取攻其一点不及其余的说话方式，也未免显得过于聪明了。而我一直认为，好的文学，应该有拙的气质，特别是散文，更是要让人觉得作者的精神和情感流露都是缓慢、沉着、放松的。可李敖的观念并非如此，他在《看谁的文章写得好？》一文中说："所谓文章，基本问题只是两个：一、你要表达什么？二、你表达的好不好？两个问题是二合一的，绝不能分开。"可见，李敖喜欢直接明了的话语路径，但这个问题一旦落实到文学中，就没有那么简单了。许多时候，拙而不笨，才是文学的大气。

这对李敖当然是苛求了。他这样的人，决定他不适合走这条暧昧而拙朴的文学之路，如果我们要求他写出柔软而亲切的散文篇章来，那就更没有可能了。他最专业的，就是在杂文和史论中表现自己的力量——设若把李敖的文字都看作散文的话，我认为，他代表的乃是一种用力的散文，其特征是表达偏见，呈现锋芒，中间肯定会留下许多观点和论据上的漏洞，由于这种文字风格就是攻其一点不及其余，即便有漏洞，也不会影响它在自己的论题上长驱直入，因为它要的本不是文字的正解，而只是思想的偏见。这点，与我们所熟知的柔软而温和的散文路径刚好相反。

散文应该是无力的，它一旦用力，走的一定是表达偏见（自由、深邃而迷人的偏见）的路子，这方面的成功者中，鲁迅如此，李敖也如此。因此，散文的文类是最难归类的，或者说，它是最自由的——任何想扼杀它的自由精神的想法，都会对散文造成伤害。

第五节　和往事从容交谈

　　王国维在《人间词话》里有一个著名论述，"散文易学而难工"，这话是和"骈文难学而易工"对照着说的。确实，散文没有门槛，像日常说话，谁都可以写，但要写得精巧、大气却很难。这样说，并不等于散文天生具有自由主义的气质，就一定能表现真实、明心见性，事实上，很多散文家一味求工巧，做作、雕琢的痕迹尤重。因此，在众多文体的写作中，散文恐怕是最容易模式化的，之前有杨朔模式，后来风行一时的文化大散文也大都写成了一个套路。在工巧与自由之间如何平衡，这最能见出一个散文家的识见和能力，只是，在这方面，专业散文家往往规矩太多，不容易把握好。散文应该是业余的艺术。一个作家若专业写散文，除了散文之外他什么文体都不会写，这样的作家，散文估计也很难写好。中国当代那些较好的散文，往往不是出自专业散文家之手，相反，小说家、诗人、理论家们的散文不仅各具特色，还有着专业散文家所没有的优长。

　　把散文当作业余的文体，其实是要张扬散文中的自由主义精神，与其求工巧，不如求自然。为此，我更愿意读一些业余散文家的作品，这些散文，有的是诗人、小说家写的，有的是哲学家写的，有的是科学家写的，他们不受散文文体的限制，思想自由，笔法灵活，长短不拘，反而更见心性和文采，比如，于坚、赵越胜、刘瑜、刀尔登等人，没有散文家的头衔，但他们的文字反而更得散文的神髓。

读铁扬的散文集《母亲的大碗》，感觉也是如此。他是一个著名画家，写散文更多是出于一种兴趣，属于跨界写作，但他的写作，反而为我们提供了很多专业散文家所未必有的写作启示。他那种自由、散漫、信手拈来的状态，如同大水漫溢，又像是与邻居聊天，不事雕琢，是另一种散文的风格。尤其是他近几年，就是七十多岁后写的作品，精神上完全沉潜下来了，文字没了火气，散文写作既是客观的记述，也是心灵的诚实表达。

这是一批有学养的散文。我理解的学养，可能跟惯常说的不太一样，具体在铁扬身上，这种学养主要由三方面构成：一是西洋艺术，包括基督教文明对他的影响。这种影响，把他生命中的另一面激发出来了，这可能是很多中国人所没有的一种生命觉醒。他对自由、生命的热爱，对超越性事物的天然敏感，跟艺术和宗教对他的激发大有关系。他读小学的时候，就参加过基督教福音堂的唱诗班，还在一些背诵"金句"的卡片上知道了达·芬奇、拉斐尔的名字，看过很多宗教题材的绘画，"我对这一切很着迷"[①]。加上他后来受了专业的舞台艺术、西洋绘画的训练，养成了自己独特的观察世界的眼光。二是他对土地的

①　铁扬：《我的人生与艺术》，见《母亲的大碗》，人民文学出版社2015年版，第402页。

热爱。读《母亲的大碗》，你会发现，铁扬不单爱亲人、友人，他还爱故乡，爱物。他对身边的草、木、花、石、房子、河流、各种日用的器物，以及这片土地上的点点滴滴，都存有一份爱，这使得他的散文有一种质朴、有情的底色。他笔下那个笨花村，虽然是自己杜撰出来的，但这个村，其实就是他出生那个村子（停住头）的镜像，他说起这个村子里的人和事，如数家珍，充满深情。三是他的阅历非常广博。这个阅历，不但包括他自己所遭遇和经历的，也包括他在追忆中所写到的他爷爷、他父亲的阅历。他们三代人，经历上都很坎坷、艰难，但我发现，他在处理这些经历的时候，跟很多人是不一样的——他内心里没有怨恨的东西。要做到这一点，其实很难。在漫长的历史进程中，那么多的挫折、苦难，以及莫名的伤害，莫名的爱恨，一到铁扬笔下，仿佛都释然了。

心里敞亮，没有怨恨，这是一个很高的境界——他对世界、对人、对经历过的岁月都存着一份宽恕之情，所以，他的内心是宽大的，非常放松。在《父亲的墓碑》一文中，他写自己想在父亲墓地旁的一块荒地里为父亲立块墓碑，起好了泥稿，拟定了立碑时间，正准备筹措运作的时候，村领导打电话给他说："铁老，不行，压着腿呢。"原来在距这块小荒地的正前方百米处，有别人的一座新坟，坟里人的腿正朝着这块小荒地，在这位地下乡亲腿下"摆石头"，就要压着这位乡亲的腿了。努力无果之后，"我决定不再和村人为难。为了尊重村人这个不可颠覆的观念，为了不使我这块石头'压'这位地下乡亲的腿，我决定放弃为父亲立碑的念头"①。从这件小事中，既可见作者面对具体事情的态度，也可见作者那种仁慈、宽恕的情怀，这些都直接影响着作者的写作。相比之下，有很多人，尤其是那些被各种经历所伤害的人，要跳脱出怨恨情绪对他的缠绕，是很难的。何以当代文学中会有那么多黑暗的写作、心狠手辣的写作？就是因为作家的心被一种深深的怨恨抓住了，他无法饶恕，无法放下，也就无法获得一种超脱、宽大的写作立场。但在铁扬笔下，这些东西好像都消失了，他可以很冷静、平和地看待过去的人与事，于是，这些阅历就成了他的财富，也成了他的写作学养的重要构成。

有学养，才有识见，才会厚积薄发，才能世事洞明。有人称散文是老年人的艺术，原因也在于此。年轻人写的散文，许多时候，修辞非常绚丽，对世事的观察很尖锐，但很多都不耐读；耐读的散文，往往是不着痕迹、极为平淡的，但平淡下面，埋藏着很深的东西。这种沉潜、厚实的学养，成就了铁扬散文的第一个重要品质。

他散文的第二个特点，"是有人物"。"是有人物"这四个字，是汪曾祺对小说家散文的形容②，用在铁扬散文上，似乎也

---

① 铁扬：《父亲的墓碑》，见《母亲的大碗》，人民文学出版社2015年版，第72—73页。

② 汪曾祺说："小说家的散文有什么特点？我看没什么特点。一定要说，是有人物。小说是写人的，小说家在写散文的时候也总是想到人。"汪曾祺：《散文应是精品》，见《晚翠文谈新编》，生活·读书·新知三联书店2002年版，第76页。

很妥帖。《母亲的大碗》中的多数作品，尤其"美的故事""母亲的大碗"这两辑，都是以人物为中心的。这些人物中，他写得最多的，是他的亲人，这构成了一个系列，像他的奶奶、母亲、父亲、大哥等；也有其他人物，像丑婶子、团子姐、胖妮姑等，还包括一些萍水相逢的人物。他写起来都带着感情，感觉他是一边端详笔下的人物，一边在和他们对话，有真实的追忆，也有对亲人的想象，很多人物写得不仅生动，身上还洋溢着一种北方乡村固有的质地。比如，他写母亲的少言语和奶奶的唠叨，只用了几个细节，就活灵活现了：

　　母亲是没有时间和我们说话的。待到说话时，她不得不把内容压缩到最短。"走吧。"这是她催我上学了。"睡吧。"当然这是催我上床。"给。"那是她正把一点吃食交给我，或一块饼子或一块山药。……

　　我奶奶却是一位见过世面说话唠叨的人，她嫌母亲把饭食做得单调又少于和她交流，常常朝母亲没有人称地唠叨着："给你说事，也不知你记住没记住。也不知你明白不明白。你说就煎这两条鱼……"她是说我母亲煎的鱼不合她的口味。当然，鱼在我们那里是稀罕之稀罕，我娘不会做鱼，而我奶奶早年跟我那位在直系从军的祖父在南方居住过，对鱼情有独钟。逢这时，我母亲面对几条一拃长的小鱼就显得十分无奈，她不知在一口七印大锅里怎样去对待它们。①

铁扬对人物的观察和描写，可能受益于他的绘画才能，角度往往是独特、多面的，有一种层叠的效果，哪怕是着墨不多的人物，也有立体感。他对人物的理解，跟一般人是不一样的，他切入的地方，经常是被人所忽略的方面，有时寥寥几笔，又显得格外意味深长，很有回味的余地。他这样写姥爷："我姥爷姓姜，擅长种菜，常住我家。"②他这样写奶奶："我奶奶，一个瘦小、白皙的乡下人，心里却有一个外部世界。"③他这样写母亲："女人们吃饭不用大碗，我母亲却有一只，这是她的专用，且每年只用一次，那是她的生日。"④他这样写梦字兄弟："梦字辈兄弟五人，三人为独身。梦江老三，是位大汉，只身一人常住在我家一间闲房子里。此人游手好闲，养一只大黄狗，大黄狗和梦江同睡一条炕。每天整整一个上午狗和人只懒散着睡觉，待到他们苏醒，已过中午。于是狗和人同时起身，同时出门。"⑤简洁，有角度，也有生活情趣。每每读到这样的散文，我就在

① 铁扬：《母亲的大碗》，见《母亲的大碗》，人民文学出版社2015年版，第77页。

② 铁扬：《最美的菜蔬》，见《母亲的大碗》，人民文学出版社2015年版，第147页。

③ 铁扬：《奶奶的世界》，见《母亲的大碗》，人民文学出版社2015年版，第101页。

④ 铁扬：《母亲的大碗》，见《母亲的大碗》，人民文学出版社2015年版，第75—76页。

⑤ 铁扬：《梦字兄弟》，见《母亲的大碗》，人民文学出版社2015年版，第48页。

想，像铁扬这样一个家族，像他爷爷、奶奶、父亲等人这么传奇的经历，有一个以文化为志业的后人为他们立传，真是一件幸福的事情。其实，中国的民间散落了很多有个性、有味道、有故事的人物，由于他们身边没有能够记录和写作的人，慢慢地，这些人物也就散掉了，消失了，即便有一些口头流传，终归不如形之文字那么可靠、传神。铁扬是有一种情怀的，他要为自己的家族立传，为自己走过的岁月以及那些无法忘怀的记忆塑形，在他看来，这既是个人的见证，也是一个家族、一个民族的精神传承。

铁扬在回忆、记述这些人物的时候，令我想起张爱玲的一个比喻，散文是读者的邻居。好的散文，确实就像是拉家常、闲谈，不经意中，有一句没一句地把一些人和事告诉你。这是一种叙事的艺术。铁扬是通晓这一艺术的，他那些值得称道的语言和细节，很多都是日常而随意的，他能很自然地把自己家族的人、自己人生中遇见的人，呈现在我们面前。这些人物不仅面貌清晰，而且个个身上似乎都有一股劲，在挥洒着各自活着的滋味。我喜欢这种"是有人物"的散文。一篇散文，如果把人物立起来了，就不飘，就显得结实了，有神采。

铁扬散文的第三个特点，是他在写人物、忆事情时，情感态度上是节制的、隐忍的。散文写作，最怕的就是滥情，只要一过度抒情或盲目升华，就会显得虚假，哪怕是感伤主义的东西多了，也会有做作的感觉，至少是会失了自然、家常的味道。我注意到，哪怕面对那些对他内心震动很大、冲击很大的事情，铁扬的笔法也是节制、节省的，他不会沉迷在一个场景里不出来，也不会忙于堆砌材料，修辞上更是不饰夸张，他深知节制也是一种美，适当也是一种美。梁实秋在论散文时，就有这个著名的说法，"美在适当"①，适当即度，有度才会有隐忍的美。确实，情感的处理控制到什么程度，控制的艺术如何，这是散文写作的要义。铁扬在这点上，有很自觉的艺术追求。

举一个例子。《母亲的大碗》一文是这部散文集中最重要的篇章之一，里面写到，母亲在一九四七年"深挖浮财"的运动中被关押在一个大牢似的大屋里，"我"去给母亲送饭，母亲看到送来的饭是用平时不太用的大碗盛的，就问"我"："你想出来的？""我"说："是奶奶。"听了这话后，"母亲的嘴在碗边上停歇片刻，呼呼喝起来"②。这是很精彩的一笔。"停歇片刻"这一描写极为节制，里面却蕴含着母亲深沉的感情。平时，母亲和奶奶多少有点不和，但在患难时刻，奶奶和母亲都以自己的方式敞露出了真实的内心。简简单单的四个字，"停歇片刻"，写出了母亲心理活动的复杂，她肯定感受到了来自亲人的关爱和温暖，但她不直接说出来，而是用"呼呼喝起来"回答这种无声的关爱。母亲的感情很隐忍，作者写母亲这段也写得欲言又止，但个中的情感表现深沉有力、细腻精微。再举一个例子。在《自己的人生与艺术》一文中，铁扬写到了这么一件事："听

---

① 梁实秋：《论散文》，《新月》第一卷第八号，1928 年 10 月 10 日。

② 铁扬：《母亲的大碗》，见《母亲的大碗》，人民文学出版社 2015 年版，第 80 页。

大人说，我降生后爱哭。一哭就痛不欲生。一次，我真的哭死了自己，家人便把死去的我交给长工去埋。这个长工正在打麻将，便说，等打完一圈再去。我则在院内一个什么地方等人埋，当这位长工打完一圈，去埋我时发现我又哭起来。"①这就像小说笔法。这个长工如果不打这一圈麻将，"我"可能就被埋掉了，就没了，这本来是惊心动魄的事情，也是人生当中极为惨烈的事情，但作者用非常冷静、不动声色的笔触来叙述，不仅不影响这件事情在他生命过程中的惨烈感，甚至还更强烈，这就是隐忍所带来的艺术效果。这令我想起铁凝在一篇散文中，写过两个丹麦亲戚见面的场景："我以为她们会快步跑到一起拥抱、寒暄地热闹一阵，因为她们不常见面……但是姑嫂二人都没有奔跑，她们只是彼此微笑着走近，在相距两米左右站住了。然后她们都抱起胳膊肘，面对面望着，宁静、从容地交谈起来，似乎是上午才碰过面的两个熟人。"铁凝接着说："拉开距离的从容交谈，不是比紧抱在一起夸张地呼喊更真实么？拉开了距离彼此才会看清对方的脸，彼此才会精心享受世界的美好。"②这正是节制这一美学观的精到诠释：喜欢"拉开距离的从容交谈"，拒绝"夸张地呼喊"。铁扬的散文写作，践行的也是这种美学观，他忆起旧人旧事，总是保持一种距离，引而不发。即便他写自己的母亲，写给他留下了难以磨灭的印象的母亲那只

① 铁扬：《我的人生与艺术》，见《母亲的大碗》，人民文学出版社 2015 年版，第 397 页。

② 铁凝：《共享好时光》，见《铁凝散文》，浙江文艺出版社 2001 年版。

大碗（在母亲葬礼上摔碎在她的棺木上了），也只是说到自己一生酷爱收集瓷片，还把瓷片编成系列，但"我的瓷片里却没有我母亲那只大碗的一星半点"①。这淡淡的结尾，如此隐忍，却隐藏了作者多少缺憾和痛楚！

或许，如此节制地处理内心的感情，并非铁扬有意为之，而是他到了这个年龄，一切都波澜不惊了，他对生命的感受也已经走向了达观和平等。一旦他看待这个世界发生的各种人事，有了平静、宽容、一视同仁的眼界之后，他的写作就必然会采取减法，不用那么多修饰词，不流露那些强烈的感情，他把自己藏得越深，反而越有力量。或者说，他根本无须隐藏什么，因为生命澄澈之后，一切都一目了然了。

以简单写复杂，以平静写热烈，这本就是散文写作极高的艺术。

铁扬的散文是独特的，厚重的，有些篇章，堪称精品。他独异于当代散文界，他的声音，也没有加入当下散文界的合唱，他有自己的角度，自己的生活底子，也有自己特别的经历。他的散文，有一条主线，那就是"我"的观察、记忆、感受、沉思。他回望自己，讲述和自己及自己的亲人有关的故事，他也在这种追忆和讲述中为他们加冕。梁实秋说，"有一个人便有一种散文"②，确实，那些难忘的生命段落，难忘的人物，以及那

———————
　　① 铁扬：《母亲的大碗》，见《母亲的大碗》，人民文学出版社 2015 年版，第 82 页。

　　② 梁实秋：《论散文》，《新月》第一卷第八号，1928 年 10 月 10 日。

些生动的细节，构成了铁扬散文的写作基础，而他生命的学养、节制的笔法，又把他的写作带入了一个宽广的境界。他的文字背后，终归是站着他这个人，一个视艺术为生命、对土地无限深情并一生守护着记忆的人。

第三章

艺术实现的方式

第一节 自然与雕琢

散文，就是自由散漫的文字，它无论抒情、写意、叙事、状物，还是沉思和漫游，"散"都应是它的基本神态。泰戈尔在给他朋友的一封信中，就用过一个生动的比喻，他说，散文像涨大的潮水，淹没了沼泽两岸，一片散漫。可见，散文的写作应该是没有成规，没有"岸"来约束它的，它可以从容任意地挥洒。但我们并不能由此认定，散文的写作是没有边界的。比如一个"散"字，里面就大有文章，它虽有散漫之意，却也反对一盘散沙、松散拖沓的话语作风，用朱自清的表述，散文之散，当为潇洒自然的意思。

散漫中透着潇洒自然，应为散文写作的极高境界了。那些太紧张、太用力，或者做作空洞的文字，即便挂着散文的名义，终究是多余的笔墨，对散文的繁荣并无助益。如果以散文作自恋状（这在当下散文界很盛行），那就更让人无法忍受了：明明是一些无关紧要的个人秘事，还要强迫读者来共同欣赏，这只会使人失去对文字的敬畏。福克纳曾经很不客气地形容这类写作："他所描述的不是人类的心灵，而是人类的内分泌物。"[1]

这一切，已经把散文变成了一种可疑的文学门类。面对大

---

[1] 毛信德主编：《诺贝尔文学奖颁奖演说集》，百花洲文艺出版社 1991年版，第 374 页。

量膨胀、疯狂繁殖的话语泡沫（它们往往都叫散文），真正的散文精神很可能处于隐匿之中，以致好的散文篇章也难逃被淹没的危险。我想起一件事。几个月前，一家出版社邀请我主编年度优秀散文选，我思索良久，还是拒绝了，原因是，在如此浩瀚的文字面前，我已经失去了将好散文遴选出来的信心。估计没有一个人的阅读能力和阅读视野能和当下盛大的散文写作规模相称，所谓年度优秀散文选，便注定是挂一漏万的。事实证明，我所读到的几部类似的散文选本，对于描述当年度的散文成就而言，均无多少代表性，不过是呈现了年度散文状况的一个小小侧面而已。散文的产量太大了，在一切文字载体上，都充斥着散文，或长或短，难以计数，你如何全面地阅读和选择？尽管"中国是个散文成绩最辉煌，作者最众多的国家"（冰心语），但要说散文写作的作者和数量，历史上可能还没有一个时代能达到今天这样的盛大规模——因为现代媒介和出版的发达，为散文提供了前所未有的发表空间。

散文这一文体，正在成为越来越多作者话语狂欢的表达方式。

这正是散文的两难境遇。一方面，它自由散漫的话语特征，使之成了写作者最容易参与的文体类型（相比之下，小说、诗歌和戏剧的写作，都要求作者具有一定的专业训练），甚至还给人造成了一种散文容易写的错觉；另一方面，散文写作如果过于抑制自由，注重雕琢，既不潇洒也不自然，那又将失去散文的精髓。多数的散文作者，都面临着如何在自由与雕琢、潇洒与匠心之间找到平衡点的困惑。散文写作的难度正在于此。也就是说，从表面上看，散文可以是自然随意、漫不经心的，但它的背后，却不能缺乏作者的经营和用心。散文有自由的一面，也有工于技巧的一面，这二者只要不是断裂的，就并不冲突。有一种散文，过于自由了，读起来其实是一盘散沙、不着边际；也有一种散文，太过刻意，苦心雕琢，结果徒剩一个文字空壳。散文应该在自由与经营（工）之间徘徊，寻找二者的平衡，以达潇洒自然之境。用苏轼的话说就是："大略如行云流水，初无定质，但常行于所当行，常止于所不可不止，文理自然，姿态横生。"（《答谢民师书》）——"行于所当行"是一种行云流水式的自由，"止于所不可不止"是一种自我克制式的工，二者缺一不可。

散文界一度有误解，以为散文作为无拘无束的自由文体，应该反对求工，拒绝有意的经营，这其实是走了另一个极端。依我看，好的散文篇章中，并无不工、不经营的，不过它们工得自然，不刻意，也没有露出生硬的痕迹而已。周作人算是散文大家了，他的散文如"家常絮语"（胡梦华语），是一种自然简单的"美文"，但他在《燕知草》的跋中谈到小品文的特点时也说："不专说理叙事而以抒情分子为主的，有人称他为'絮语'过的那种散文上，我想必须有涩味与简单味，这才耐读，所以他的文词还得变化一点。以口语为基本，再加上欧化语、古文、方言等分子，杂糅调和，适宜地或吝啬地安排起来，有知识与趣味的两重统制，才可以造出有雅致的俗语文来。"①"必须有涩味与简单味"和"杂糅调和，适宜地或吝啬地安排起来"，这何尝不是一种工和经营呢？没有这点，就不会"耐读"，不工，就没有好散文。

欧阳修有一个广为人知的观点，叫"穷而后工"。"凡士之蕴其所有，而不得施于世者，多喜自放于山巅水涯之外，见虫鱼草木风云鸟兽之状类，往往探其奇怪。内有忧思感愤之郁积，其兴于怨刺，以道羁臣寡妇之所叹，而写人情之难言，盖愈穷则愈工。然则非诗之能穷人，殆穷者而后工也。"（《梅圣俞诗集序》）这是欧阳修在韩愈"不平则鸣"一说的基础上发展出来的理论，它对于理解文学与现实的关系，提供了新的角度。但说到现代散文，"穷而后工"也许可以改写为：自由而后工。愈自由则愈工，这实在是散文写作中深刻的辩证关系。

自由是散文的命脉，而工是为了使自由不至于被滥用，使写作主体保持必要的自我克制，使自由通过话语转换走向艺术。但如同自由不能被滥用一样，工作为散文写作者有意为之的艺术经营，也必须是自然而流畅的，决不能落入刻意雕琢的作文架子里。散文再怎么求工，总要达到浑然天成、"有时不能自已而作"（苏轼语）的境界，那才算是成功；如果硬要"凿空强作"，苦索求工，没了"散"这一基本神态，那就会成为工匠，与艺术创造无缘。对此，苏轼还有过一段精辟的论述："夫昔之为文者，非能为之为工，乃不能不为之为工也。山川之有

---

① 周作人：《〈燕知草〉跋》，见《周作人自编文集·苦雨斋序跋文》，河北教育出版社 2002 年版。

云雾，草木之有华实，充满勃郁，而见于外，夫虽欲无有，其可得耶？"（《南行前集·叙》）许多时候，为文容易，只是"不能不为之"的写作状态难寻。可以肯定，"能为之"时而工的散文，多半平庸，唯有"不能不为之"时而工的散文，才有可能是灵感奔涌、"不能自已"之作，如同云雾之于山川，果实之于草木，都是现于外的结果，再自然不过了。苏轼在《春渚纪闻》中把这种境界称为"意之所到，则笔力曲折，无不尽意"，并说这是人生之"快意事"。

和苏轼的"不能不为之为工"相类似的说法，是张耒的"不待思虑而工"："文章之于人，有满心而发，肆口而成，不待思虑而工，不待雕琢而丽者，皆天理之自然，性情之至道也。"（《贺方回乐府·序》）这进一步说，文章之工，还得回归到"自然"与"性情"，绝非仅仅关乎技巧。朱自清写《背影》，单看题目，就知道是一篇着意经营的文字，但由于作者对父亲的爱出于真心，深沉自然，笔底流泻出来的那份至情至性，当然就能长久地感动读者；史铁生写《我与地坛》，是像写小说那样遴选了细节和场面的，笔力之工，一目了然，但作者真情流露，就连思索和追问都带着自身的切肤之痛，虽为长文，读来依然让人觉得天趣自然，直指人的内心。这些散文，都是"自由而后工"的典范：既自由，又工巧；看似无法，实为有法；看似自然，背后也颇费经营；它有技巧，却不膜拜技巧；它崇尚自由，但不放任自由。

法在无法之中，情在自然之中，这可谓是散文在自由与求工之间的完美结合。

散文写作要想越过工巧，直达无法、无技巧的天然之境，那是幻想。散文也需要用心经营。历代散文家中，都有善于经营、工于言词的一类。古代的不说，以当代的梁衡为例，他在散文上算是苦心经营、用力求工的，所以有人称他的散文为"苦吟派"。梁衡的散文很少有随意之举，大至全文的立意，小至个别的字句，一眼就可看出，作者是用心琢磨过的，大有以工求完美的雄心。他的名篇《晋祠》中，有"春日，黄花满山，径幽而香远；秋来，草木郁郁，天高而水清"的概括描写；后期的《觅渡，觅渡，渡何处？》中，有"哲人者，宁肯舍其事而成其心"的简练总结，仅此两例，便可看出作者在散文工巧上的精到。

梁衡的散文不轻松随意，而是严谨细密，它看似自然，其实处处可读到技巧。他最重要的成就是山水散文和政治散文。其中，他的山水散文之工，主要表现在层次明晰、结构匀称、语言考究上。比如《晋祠》，先总写晋祠的外貌、历史和由来，再分写它的山美、树美和水美，接着进一步写"最美"——我国古建筑的"三绝"，最后是概括和升华。比如《吴县四柏》，头一段总写吴县有四棵古柏树——"清""奇""古""怪"，接着四段分写这四棵树，最后一段概括和升华。这样的结构和行文，可谓求工到了极致；语言，也多用对仗和短句，颇有韵律和节奏上的美感。梁衡的散文能入选中学语文课本，我想，主要是因为他的散文多符合规范，而少随意和恣肆，适合于中学生模仿学习。而他的政治散文之工，则主要体现在独特的视角和情理的交融上。他写瞿秋白，是以瞿家旧祠堂前的觅渡河为视角——"他一生都在觅渡。可是到最后也没有傍到一个好的码头，这实在是一个悲剧。"（《觅渡，觅渡，渡何处？》）他写毛泽东，是以延安的窑洞为视角——"我看着这一排排敞开的窑洞，突然觉得它就是一排思考的机器。"（《这思考的窑洞》）他写周恩来，是以周恩来的"六无"为视角——"总理这时时处处的'有'，原来是因为他那许许多多的'无'……啊。"（《大无大有周恩来》）他写邓小平，是以一座院子和一条小路为视角——"这座静静的院子和这条红土小路，……走出了一条改革开放、为全世界所震惊的大道。"（《一座小院和一条小路》）本来是非常坚硬、很难写好的政治题材，因着作者选择了比较柔软、较富人性的独特视角，情感和思考的空间就开阔起来，这样就容易触及历史和人物的偏僻角落，进而发挥散文自由挥洒的长处。作者所追求的"大事、大情、大理"，也因着有了这个视角，容易从史实的拘泥中跳脱出来，找到思考的新意。此外，在情理的交融上，梁衡也工于经营，代表性的作品是《觅渡，觅渡，渡何处？》，他把历史迷离的真相、人物真实的内心（理）和作者感伤的叹息（情）交织在一起，充分探寻瞿秋白纵横交错的复杂内心，从而达到了同类散文不多见的感人深度。

从工的一面而言，梁衡的散文确实是一个典范，至少在当代，很少有人像他那样苦心经营、着力雕琢的了，这是他的优势。所以，他的散文水平比较稳定、均匀，规范性强，没有大的破绽，我把这种散文称为"专业散文"。但这种散文读多了以后，心里不知不觉会产生深深的不满足感。或许，散文过于"专业"之后，会抑制它的自由心性；或许，规范多了之后，人会开始向往随意和恣肆。

回到前面关于散文是"自由而后工"的说法，我认为，梁衡的散文面临着"工而不自由"的困境。比如，他的一些散文，总爱用跳跃式的升华方式来结尾，多少显得突兀、勉强而多余。试举几例："丰收岭的绿岛啊，就从这里出发，我们会收获整个世界。"（《西北三绿》）"我明白了，当我们爱红花绿树时，其实是在爱自己的生命。"（《这热辣辣的生命之美》）"在这里，或者说在这里的秋景里，我看到的，不只是一个过滤了的季节，而且是一个过滤了的世纪。"（《和秋相遇在莫斯科》）由"绿岛"到"整个世界"，由"红花绿树"到"自己的生命"，由"这里的秋景"到"一个世纪"，这种跳跃式的升华方式，其实是大而空的感叹，把文章结束在这里，不仅有故意拔高之嫌，也落了俗套。我记得梁衡曾专门撰文批评过散文界的"杨朔模式"，看来，要把这种模式化的东西从我们每个人的心中连根拔起，并不是件容易的事情。

在梁衡的政治散文里，有不少过于绝对的结论性话语，它放在政治论文里或许是合适的，但放在散文里，就会限制自由想象的空间，也会缩小情感张弛的弹性，使得作品的文学性减弱，精神指向性也显得过于单一。有意思的是，文学的持久魅力恰恰不在于它是否下明确的结论，而在于它的暧昧和多义能给读者创造无限多的想象可能性。也试举几例："中国历史上有无数个名人，但没有谁能像诸葛亮这样引起人们长久不衰的怀念。"（《武侯祠：一千七百年的沉思》）"人来人去，政权更替，这种戏演了几千年，但真正把私心减到最小最小，把公心推到最大最大的只有共产党和它的领袖们。"（《红毛线，蓝毛线》）"唯物质生活的最简最陋，才激励共产党的领袖们以最大的热忱，最坚忍的毅力，最谦虚的作风，去作最切实际的思考。"（《这思考的窑洞》）"周总理是中国革命的第一受苦人。""一百五十年来，实践《宣言》精神，将公私关系处理得这样透彻、完美，达到如此绝妙之境界者，周恩来是第一人。"（《大无大有周恩来》）……试想，散文里如果充满了"没有谁""最""只有""唯……才……""第一受苦人""第一人"这样不容置疑的、绝对的话语，势必对读者的阅读接受造成压迫，直至排斥。况且，绝对的话语也多有武断之嫌，比如，为什么说"没有谁能像诸葛亮这样引起人们长久不衰的怀念"？那孔子呢？李白呢？为什么说"唯物质生活的最简最陋，才激励共产党的领袖们……"？难道物质生活改善了就不再激励？类似的判断是经不起追问的，是对复杂问题的一种简化，"说理论事涉于迁就"（刘熙载语），它严重制约了作者的精神发现的能力，以致全篇散文只要一读到这句，读者就已经知道了作者的情感方式和精神指向，审美的期待必然随之中断。

这些问题，依我看，都是由于作者过于注重工巧、预设了思想结论而造成的内心不自由所致。尤其是政治散文，事关历史，作者更应放低自己，拒绝膜拜，尽可能张扬散文的自由精神，才有价值，否则，感情力量就会显得非常单薄。比如在《这思考的窑洞》一文中，作者对毛泽东极为膜拜，因为住在窑洞里写作和指挥战争的毛泽东如有神助。顾炎武在《日知录》中说："古人作史，有不待论断而于序事之中即见其指者，惟太史公能之。"因为《史记》以史实为依归，不轻易贬抑和褒赞历史人物，用班固的话说，"其文直，其事核，不虚美，不隐恶"。今天回过头看，《史记》会成为历代散文家多次反抗形式主义文学的旗帜和典范，确实有它的道理。

看来，散文要真正写好，做到"自由而后工"，还得克服与之相伴的两个死结："自由而不工"和"工而不自由"。具体说来，就是为文不可不作，也不可强作，而是要"不能不为之为工"。梁衡的散文之工显著，但文体和思想的自由度不够，规范太多，以致工得有失自然，用简单的话说，就是太用力了，思想中预设的东西太多了，目的性太强，自然难穷心中之快意。这或许对梁衡是一种苛求了。但我一直记着萧纲在《诫当阳公大心书》中的名句："立身先须谨重，文章且须放荡。""放荡"即自由，不受成规拘束，散文写作更是如此。

自由而后工，这可能是最接近散文的一种理解方式。

第二节　闲笔和闲心

关于散文研究，单正平有一个说法，他认为："跟小说比起来，散文是很难评论的。作者要说的都说了放在那里，你智力要没有问题，该理解的大致也都能理解。因此要说出点什么特殊的感悟、发现，还真比较困难。君不见，文学批评家成百上千，十有八九是吃小说和诗歌饭的，我们能记得起谁是权威的散文批评家？文学批评理论和方法五花八门，又有哪一种是专门针对散文的？"[①]我深有同感。尤其是那些写得好的散文，往往平和随意，自由不拘，既一目了然，又让人回味无穷，这个时候，批评家若跳将出来，喋喋不休地在那概括、分析、阐释、指手画脚，不仅不能帮助人更好地享受散文，反而容易破坏散文的文气和境界。

有一种散文是只适合阅读不适合阐释的。周作人的散文就是这样。我们都知道它好，但很难说清楚它好在哪里。不是有人说他的散文是闲适的吗？但周作人自己却说："拙作貌似闲适，往往误人，唯一二旧友知其苦味……"[②]貌似闲适实为苦涩，这可能才是周作人散文的真谛。一九二八年，他称赞俞平伯的

---

① 单正平：《亮程散文》，见赛妮亚编：《乡村哲学的神话》，新疆人民出版社 2002 年版，第 84 页。

② 周作人：《药味集》（序），见《周作人自编文集·药味集》，河北教育出版社 2002 年版，第 2 页。

散文是"最有文学意味的一种",是"雅"文:"我说雅,这只是说自然,大方的风度,并不要禁忌什么字句,或者装出乡绅的架子。平伯的文章便多有这些雅致,这是他近于明朝人的地方。不过我们要知道,明朝的名士的文艺诚然是多有隐遁的色彩,但根本却是反抗的……"①周作人一再强调闲适里也有反抗这一点,并不是要为"手拿不动竹竿的文人只好避难到艺术世界里去"的情形开脱,而是不愿让自己以及自己的追随者(俞平伯、废名等人)的文字混同于"小摆设""供雅人摩挲"的行列。从二十世纪二十年代开始,一直到现在,这样理解周作人等人散文的可谓大有人在。

要在周作人这种"得半日之闲,可抵十年的尘梦"的散文境界里读出涩味和反抗来,仅靠批评家的阐释是无济于事的,更重要的是,每一个读者要有心境去揣摩、回味、响应。没有合适的心境,那是不能读周作人的散文的;即使读了,也可能会读出另外一个模样。好散文常常拒绝阐释,尤其要警惕过度阐释。有些散文是适合阐释的(它们总能给人提供话题),而有些散文是拒绝阐释的(它只适合用心闲读)。后一种散文往往为批评家所忽略,却不影响读者对它们的喜欢。每个人都需要重新成为一个纯粹的读者。至少对我个人而言,许多不错的散文,都是在我作为一个纯粹的读者时才发现的。

比如朱增泉的散文,如果以一个批评家的身份,我是不会

---

① 周作人:《〈燕知草〉跋》,见《周作人自编文集·苦雨斋序跋文》,河北教育出版社2002年版,第123—124页。

注意到的。我读过他的诗，知道他走的是抒情、升华的路子，并不是我喜欢的那类。加上我知道他是一个将军，心里面就会想：他的散文，会不会是像一般官员那样的公文写作？——这显然是批评家的偏见。读完他的散文，我有点吃惊，因为比起另一些官员写作那种装腔作势、大话连篇来，朱增泉的散文要真实、诚恳得多，语言也实在、简练、自然而流畅。这是一批老实的散文。让我感到诧异的是，作者也写历史、写文明——他的《边地散记》①和《西部随笔》②这两部散文集里的多数篇章，写的都是这类内容，可他没有像其他一些历史文化散文作者那样，给人留下一种堆砌史料、刻意张扬的印象，他的散文里，很可贵的一点，就是贯穿着一个"我"，这个"我"在观察、思考，有时是突出的，有时是若隐若现的。不少历史文化散文作者，在处理这个"我"时，往往是居高临下地审视历史、断言文明的，他们所占有的史料，成了他们可以理直气壮地发文化感慨的资本，读他们的散文，让人觉得他是在教导我们，即便牵强附会之处甚多，也还是说得振振有词。一些读者会对这类散文表示反感，是有理由的。朱增泉散文里的"我"不是这样，他不仅没有居高临下的姿态，反而把自己放得很低。这一点，不但在那些追思历史的散文里是如此，在其他一些散文里也是如此。比如，《我惦记着两位西部士兵》一文，写的是"我"如何和二十多年前属下的两位士兵重新见面的情形，现实一条线，

---

① 文化艺术出版社 1999 年版。
② 作家出版社 2002 年版。

回忆一条线，二者交织在一起，情真意切。这样的题材，本来是很容易写成领导关怀部下的套路的，朱增泉没有，他把"我"放得很低，两位士兵的真实形象就被凸显了出来。

朱增泉并非没有纵论历史、文明的资本。在《长平之战》《寻访赵王城》《遥远的牧歌》《秦俑随想》《孤独的陵园》等系列篇章中，他对历史都有不凡的见地，比如，他说秦兵俑，"将'人'的形象塑造得如此高大，寄托着他们的理想。但是，秦兵俑这种辉煌的古典雕塑艺术，它反映的是新兴的封建主义的时代精神；因而，它所突出强调的还不全在于个体的'人'，更是在突出强调群体的'人'。秦兵俑的庞大阵容表明，他们必须绝对服从统一意志，这是中央集权制封建政权对人的基本要求"（《秦俑随想》）。他写清朝孝庄文皇后"下嫁"小叔子的传闻，"孝庄文皇后成功地驾驭住了小叔子多尔衮，这是清室入关后能夺取天下、坐稳江山的关键一环。但她的这一成功，却为她身后带来了莫大尴尬。全部原因在于她的背后有一双汉族文化的眼睛，正以儒家礼教的目光紧紧盯着她，望风即捕，见影便捉"（《孤独的陵园》）。这样的史识，还是有说服力的。

朱增泉的散文真正吸引我的并不是这些，我看重的是他进入散文时的心境：他放低自己，不再居高临下地俯视历史和现实，这个话语姿态，为他的散文赢来了一片闲心。有了闲心，他的散文就出现了许多颇有意味的闲笔。正是这些闲笔，使得他散文里那些本来密集的历史资料和现实事象有了喘息的机会，并获得想象空间。比如，《孤独的陵园》一文，朱增泉并没有过于用力地去考证孝庄文皇后究竟有没有"下嫁"小叔子，他想探讨的是，在不同的文化视角下隐藏着多么不同的"历史评价"。他提到，"王昭君先后嫁了单于父子二人，岂不是更失'体统'？但千百年来，人们似乎很少提到这一点，王昭君在人们心目中一直保持着美好形象"。什么原因？文化视角不同。人们看待王昭君的婚姻是用"从胡俗"的眼光去看的，觉得这是他们胡人的正常习俗，没有什么；但孝庄文皇后的婚姻必然被汉人的眼光所审视，她的"下嫁"仅仅是传说就已"不堪入耳"。朱增泉用王昭君来比照孝庄文皇后，实属闲笔，但这样的闲笔不仅为他的散文提供了强有力的文化参照，也使我们对历史的想象有了更开阔的空间。又如，《我惦记着两位西部士兵》一文，有两处闲笔都是非常精彩的，一处是现实的："我"问蒋副州长用彝语给老乡们讲了什么，蒋副州长说，他要他们讲卫生，天天洗脸，养成讲卫生的习惯；还有一处是回忆的：部队给两个士兵探亲假，结果他们都提前归队了，原因都出在婚姻问题上，一个是在老家碰到了要同时嫁给他的两姐妹，一个是家里人告诉他，哥哥已经结婚，哥哥的妻子也是他的妻子——寥寥两处闲笔，就把这两位士兵的生活环境和个性面貌写出来了。而在《遥远的牧歌》这样的长篇散文里，类似的闲笔就更多了。

也有纯粹是闲笔的篇章。像《小院杂记》《剪削人生》这样的文字，我尤其喜欢。它放松而有趣，生活味浓，没有凝重、阔大的主题，却颇见作者淡泊、沉着的澄明心境，以及在散文艺术上谋篇布局的功力。坦率地说，像朱增泉这样的一种官员身份，本来是最容易走"蓄道德而能文章"（曾巩《寄欧阳舍人书》）的散文路子的，但他没有，反而在自己的写作中一直保留着一份闲心和闲笔，我以为这是他的散文成功的关键。

并非每个散文作者都有这份闲心，并具备这种闲笔写作的能力。有些散文作者，只要一写历史题材，就端着一个架势，用史料把文章搞得密不透风，以为这就是文化关怀，我看是太过紧张和自信了；还有些散文作者，花一两年时间写一篇文章，精雕细琢，恨不得字字珠玑，但在散文里寄寓了太多的东西，也难免会有失望的时候。这些人的问题，就是闲不下来，总在那里"写"散文，"用"散文。他们可能从来没有想过，许多时候，散文不是"写"出来的，而是流露出来的；许多时候，散文是"无用"的，它仅仅是为了呈现作者的一片闲心而已。

我认为，除了个别的战斗檄文（如陈琳为袁绍起草的《讨曹操檄》等）之外，真正的好散文必须是能供人闲读的，因为只有闲读的时候，读者的心才能贴上去，才能触摸到散文的生命和体温。这样说，并不是要所有的散文作者都来写闲笔文字（那就单调了，完全不符合散文的自由精神），而是希望散文作者能有多一些闲下来的时候。一个散文家，如果没有一点闲心和闲笔，要写好散文，恐怕是很难的。而许多人之所以闲不下来，并不是艺术技巧的问题，实在是他还没具备写好散文的心境罢了。每次读到这些人的散文，我都会联想起梁实秋在《论散文》里的一段话，说得太好了："散文是没有一定的格式的，是最自由的，同时也是最不容易处置，因为一个人的人格思想，在散文里绝无隐饰的可能，提起笔来便把作者的整个的性格纤毫毕现地表示出来。"①

第三节　没有偏见的叙述

散文写作的丰富与散文理论的薄弱，一直是散文发展史上的悖论之一，古今中外莫不如是。中国算得上是一个散文大国了，研究散文者也不少，但在散文理论的建设上，同样是所得寥寥。倒是一些有成就的散文家，他们在写作实践中所得的关于散文的一些感想，反而为我们更好地理解散文提供了有效的路径。比如梁实秋的《论散文》，哪怕今天读起来，也不得不承认是出自一个真正通晓散文秘密的作家之手。梁实秋在文中用了一个词——"文调"，这个词在当时引起了左翼作家们的反感，连郁达夫也在《中国新文学大系·散文二集》的导言里对它大加讥讽。但我觉得梁实秋说的不无道理："近来写散文的人，不知是过分的要求自然，抑是过分的忽略艺术，常常的沦于粗陋一途，无论写的是什么样的题目，类皆出之以嬉笑怒骂，引车卖浆之流的语气，和村妇骂街的口吻，都成为散文的正则。像这样恣肆的文字，里面有的是感情，但是文调，没有！"照梁实秋的说法，"文调就是那个人"，散文的文调"应该像一泓流水

---

①　梁实秋:《论散文》,《新月》第一卷第八号，1928 年 10 月 10 日。

那样的活泼流动"，"有一个人便有一种散文"。①这里的"文调"，意思与林语堂的"笔调"、周作人的"志"、郁达夫的"体"相类似，强调的是文字的风格、文体的讲究、作者的个性。散文一旦没有了这样的"文调"，势必在艺术上大打折扣，"常常的沦于粗陋一途"。后来的散文发展一再证实，梁实秋在二十世纪二十年代的担忧并非多余，因着散文是一种自由的文体，极为随意，也反对约束，许多人写着写着，就写到潦草、粗陋、作态、虚情假意的格调里去了，那些篇章，貌似"散"文，实为文字泡沫。

没有清醒的文体意识、出色的语言造诣、深邃的对事物和思想本身的穿透力，一个作家的"文调"就无从建立；而"文调"就是作家的文学个性，它是一篇散文有无光彩的命脉所在。一个人的散文，如果不能一眼就让人辨识出出自谁的手，那就说明这个人还没有建立起自己的"文调"、自己的风格。"文调"和风格是一个散文家成熟的重要标志。比如鲁迅，哪怕看到的只是他的只言片语，敏感的人也能立即辨认出这是他的文字。他那奇特的文体，简约、睿智并富穿透力的语言风貌，坚定而阴郁的内心和表情，是任何人都难以将他混淆的。他的《朝花夕拾》和《野草》，薄薄的两个小册子，创造的却是两套经典的散文话语：一种是记述性的，松弛、有趣、散淡、感伤；一种是内省式的，感受与意象奇妙的结合，使里面的每一个字仿佛

---

① 梁实秋：《论散文》，《新月》第一卷第八号，1928 年 10 月 10 日。

都洋溢着象征，并指向精神的迷津处境。正是这两种文字，有效地缓解和软化了鲁迅在杂文中建立起来的坚硬而冷峻的形象。比如张爱玲，她的文字多是"从柴米油盐、肥皂、水与太阳之中去找寻实际的人生"[①]，并讲究分寸感，反对"善与恶，灵与肉的斩钉截铁的冲突那种古典的写法"[②]。在散文普遍社会化（"代群众出冤气"）和个人化（"曲高和寡的苦闷"）的时代里，张爱玲散文中的世俗化和市民味便成了她独有的风格。又比如沈从文，他的散文多是漫不经心的，表面上看，甚至还有稀松平常的感觉，其实，他的散文，文体优美，语词考究，意蕴深远，绝不同于别的人写的。这就是语言个性，文体风格，"有一个人便有一种散文"。

在中国当代，具有如此鲜明风格、一眼就能让人辨识出来的散文家，有张承志、贾平凹、汪曾祺、王小波、史铁生、于坚等人，这些人的文字感觉，以及他们抵达事物和内心的方式，都是独一无二的，或者说，他们都拥有了自己的散文语言和散文文体。余华也算是其中之一。虽然他的散文和随笔文字数量不多，但诚如汪晖在给余华第一本随笔集《我能否相信自己》[③]一书的序言中所说："他对语言、想象、比喻的迷恋成为一种独特的标记，只要读上一两小节，你就知道某篇文章出自他的手笔。他对句子的穿透力达到了惊人的程度，以至于现实仅仅存

[①]　张爱玲：《必也正名乎》，见《流言》，花城出版社1997年版，第47页。

[②]　张爱玲：《自己的文章》，见《流言》，花城出版社1997年版，第178页。

[③]　人民日报出版社1998年版。下文若没有特别注明，所引余华散文均出自《我能否相信自己》一书。

在于句子的力量抵达的空间，含混却又精确，模糊却又透明。"①
这其实是余华写作中的基本风格，包括他的小说，同样也贯穿
着这种"对语言、想象、比喻的迷恋"，"对句子的穿透力"。散
文和小说，对于余华来说都是一种表达现实和自我的叙述，一
种对词语和事实的追踪过程，它们之间的内在一致性，让人觉
得，以小说的方式还是以散文的方式写作，对余华已经不重要，
重要的是余华的叙述本身。

　　叙述问题从来是为大多数散文家所忽略的。叙述不仅是一
门语言艺术，也是散文风格化的醒目路标。余华是一位先锋作
家，在现代叙述上的严格训练，使他建立起了高度自觉的文体
意识和语言觉悟——这是多数专业散文家们所匮乏的。我认为，
这么长时间来，散文之所以无法从那种陈旧的、急需批判和清
理的话语制度里解放出来，一个重要的原因就是，大多数散文
家都对整个二十世纪最重要的文学遗产——现代叙述艺术——
所知甚少。他们所依赖的话语制度，似乎从来就没有变化过，
也没有前进过。这对于小说或诗歌写作是不可思议的。很难想
象，一个现代作家，还能以巴尔扎克的方式写出杰出的小说，
或者以莎士比亚的方式写出优秀的诗歌或戏剧来，但散文似乎
不同，它的经典写法从无大的改变。所以，一直以来，小说、
诗歌界的革命热潮风起云涌，唯独散文界动静极小。以现当代
文学的比较为例，经过二三十年的文学革命，当代小说也许还

──────────
　　① 　汪晖：《无边的写作——〈我能否相信自己——余华随笔选〉序》，
《当代作家评论》1999 年第 3 期。

没有产生像鲁迅、张爱玲或沈从文这样的大家，但就文体、结构、形式、视角等叙述艺术而言，却要比现代小说丰富得多，也创新许多；比起现代诗歌，当代诗歌的变化和成就则更是不可同日而语；当代散文呢，无论从哪个角度看，都远远落后于现代散文的成就。尽管多年来，散文界要求变革的声音也有不少，但收效甚微，究其原因，恐怕缺乏现代叙述艺术和文体艺术的训练是核心问题之一——奇怪的是，散文界至今还没意识到这是一个需要解决的问题。

这个时候谈论余华的散文，对当代散文的写作是有启发和参照意义的，尤其是在语言的表现力、理解人与事物的方式、现代叙述意义上的文体自觉这三个方面，余华的才华都是突出而不可忽略的。

曾经有人问过余华，在写作中对语言有些什么要求？余华的回答像他的小说叙事一样简洁：

　　我对语言只有一个要求：准确。一个优秀的作家应该像地主压迫自己的长工一样，使语言发挥出最大的能量。……作家的语言千万不要成为一堆煤，即便堆得像山一样，能量仍然有限。[1]

准确的语言是最有表现力的语言。它在余华的散文里，主

---

[1]　余华：《我能否相信自己》，人民日报出版社1998年版，第250页。

要体现在词语的选择和比喻的应用上。余华可能是选择词语最谨慎但最喜欢用比喻的作家之一。他总是能为词语找到新的组合方式，以此来扩大语言的表现力和吸引力。他写儿子刚从子宫出来时，"一个护士让我抱抱他，我想抱他，可是我不敢，他是那么的小，我怕把他抱坏了"（《儿子的出生》）。不仅父亲的心态真实无比，而且，"我怕把他抱坏了"这句里的一个"坏"字，把新生婴儿的小和脆弱彻底写活了。此前，有多少人写过这个场景，但没有一个人能写得像余华这么生动和真实。他写房顶上糊的旧报纸，"毛泽东身边的人不断地变化着，而每年国庆节报纸第一版的巨幅照片里惟一没有变化的人就是毛泽东自己。随着我房顶旧报纸的更换，我看着毛泽东的形象逐渐衰老，后来因为国庆节报纸的第一版不再刊登实地拍摄的毛泽东照片，改用当时统一的挂满全国的毛泽东像，毛泽东在我房顶上的衰老才被制止住"（《国庆节忆旧》）。以"毛泽东在我房顶上的衰老"这个细节来回忆国庆，本身就很独特，加上"衰老"与"制止"一词的奇妙结合，既让人忍俊不禁，又暗示了一个时代的荒诞。他写印第安人的苦难，是说"在人口稠密的太平洋一边，殖民者将成千上万的印第安人赶入大海，让滔滔的海浪淹没印第安人悲伤的眼睛和绝望的哭泣"。他写非洲人的浩劫，是说"殖民者掠夺了非洲整整四个多世纪的健康和强壮，只有老弱病残留在了自己的家园，于是非洲病入膏肓"（《灵魂饭》）。海浪淹没的是"悲伤的眼睛和绝望的哭泣"，殖民者掠夺的是"整整四个多世纪的健康和强壮"，这样的表达，比任何控诉都更为直接而形象。他写母亲对于每一个人来说只能是一个，"一个人可以在两个以上的城市居住，却不能在几个子宫之间旅游"（《谁是我们共同的母亲》），"子宫"和"旅游"这两个词语的选择，同样具有幽默和直指人心的力量。

让我们再看一些这样的比喻："一个黑人姑娘开着车迎面而来，她在车里就开始招手，我看到那个上了年纪的黑人站了起来，仿佛春天来到了他的脸上，他欢笑了。"（《灵魂饭》）"我父亲用扫把将我们的屁股揍得像天上的彩虹一样五颜六色，使我们很长时间都无法在椅子上坐下来。"（《医院里的童年》）"在我的座位上看三位男高音时就像是三只麻雀，我用望远镜看也不过是三只企鹅而已。"（《午门广场之夜》）"（天津狗不理包子）我们谁也吃不下去了，每个人都把自己的胃撑得像包子皮一样薄，谁也不敢再吃了……"（《包子和饺子》）"平庸的细胞在长篇小说里一旦扩散，其速度就会像人口增长一样迅速。"（《长篇小说的写作》）在本应花许多笔墨才能表达充分的地方，余华仅用一些独特的词语和比喻就能长驱直入，这就大大扩展了散文语言的个性和表现力。余华创造了一种简洁而丰富的文体风格，不仅使语言和想象的边界得到了巨大的延伸，还为此开辟了一种理解人与事物的新的方式。

往往在这个时候，余华的笔触就会变得精微、细致、形神兼备。他总是用心描绘事物细部的微妙变化，我想，这是他的写作一直显得饱满、有力的主要原因。余华坦言这方面是受了川端康成的影响。"在川端康成做我导师的五六年时间里，我学会了如何去表现细部，而且是用一种感受的方式去表现。感受，这非常重要，这样的方式会使细部异常丰厚。"①余华的小说和散文均证实了细部的丰满之于一部作品的重要性。我一直忘不了他在《最初的岁月》一文里所写的四岁的"我"开始自己回家的情形："我把回家的路分成两段来记住，第一段是一直往前走，走到医院；走到医院以后，我再去记住回家的路，那就是走进医院对面的一条胡同，然后沿着胡同走到底，就到家了。"一个四岁孩子的心智、记忆力和处理事情的简单才能，之所以在余华笔下昭然若揭，这不正是得力于细部（"我把回家的路分成两段来记住"）的精确和传神吗？我还记得他这样写三大男高音歌唱家午门音乐会的场景："三位男高音的演唱就像炉火一样，刚开始仅仅是火苗，然后逐渐燃烧，最后是熊熊大火。演唱会越到后面越是激动人心，尤其是三人齐唱时，他们的歌声飞了，而且像彩虹般的灿烂。"（《午门广场之夜》）本来是难以言传的音乐，但余华以火的细微变化来描绘某种辉煌的声音，就使这种声音具有了实在的质感和形象。

还有更典型的，那就是余华描写一岁零四五个月的儿子漏漏第一次喝可乐时的情景：

　　他先是慢慢地喝，接着越来越快，喝完后他将奶瓶放在那张小桌子上，身体在小桌子后面坐了下来，他有些发

---

① 余华：《我能否相信自己》，人民日报出版社1998年版，第252—253页。

呆地看着我，显然可乐所含的气体在捣乱了，使他的胃里出现了十分古怪的感受。接着他打了一个嗝，一股气体从他嘴里涌出，他被自己的嗝弄得目瞪口呆。他不知道发生了什么，睁圆了眼睛惊奇地看着我，然后脑袋一抖，又打了一个嗝。他更加惊奇了，开始伸手去摸自己的胸口，这一次他的胸口也跟着一抖，他打出了第三个嗝。他开始慌张起来，他可能觉得自己的嘴像是枪口一样，嗝从里面出来时，就像是子弹从那地方射出去。他站起来，仿佛要逃离这个地方，仿佛嗝就是从这地方钻出来的，可是等他走到一旁后，又是脑袋一抖，打出了第四个嗝。他发现嗝在紧追着他，他开始害怕了，嘴巴出现了哭泣前的扭动。[①]

　　这就是余华。他不笼统地写四个嗝，而是很有耐心地写漏漏"打了一个嗝""又打了一个嗝"，直到"打出了第四个嗝"。在嗝声中，漏漏的神情也从"发呆"到"目瞪口呆"，从"惊奇""慌张"到"害怕"，再从"害怕"到"哭泣前的扭动"，一路变化下来，加上一系列动作，一个孩子对可乐的感受彻底被放大了，显出罕见的生动和逼真。这就应了余华自己谈写作的一段话：

　　　　当人物最需要内心表达的时候，我学会了如何让人物

---

　　① 余华：《可乐与酒》，见《灵魂饭》，南海出版公司2002年版，第7—8页。

的心脏停止跳动，同时让他们的眼睛睁开，让他们的耳朵竖起，让他们的身体活跃起来，我知道了这时候人物的状态比什么都重要，因为只有它才真正具有了表达丰富内心的能力。①

当代作家中，除了余华，没有谁会用这样的耐心去注意一个孩子的嗝，并将这个孩子的嗝写得这样有趣。这不仅因为余华是一个训练有素的小说家，更重要的是，余华对人与事物有着深切的理解，有着不同凡响的感受。他在写人与事物的时候，总是带着感受，在他温和的目光里，没有空洞的感叹，即便是表达深邃的思想，他也学会了用事物的形象来加以说明。只有心灵像这个世界一样宽广的人，才能洞察人与事物中那简单而永恒的本质。余华的写作，许多时候，企图进入的就是这个境界。他写自己曾经作为一个牙医的记忆时说："这是我的青春，我的青春是由成千上万张开的嘴巴构成的，我不知道是喜是忧。"（《我的第一份工作》）他写沈师傅给人拔牙手腕使劲时，"脸上出现了痛苦的表情，像是在拔自己的牙齿似的"（《我的第一份工作》）。他写一个作家失去了信心之后，会"觉得自己正在进行的工作只是往垃圾上倒垃圾"（《长篇小说的写作》）；他说红薯的甜，是"那种一下子就占满了口腔的甜"（《灵魂饭》）；他写声音，就说"是那种消失得比风还要快的东西"（《午门广

_____

① 余华：《内心之死》，《读书》1998 年第 12 期。

场之夜》)……余华有一种将抽象的事物具象化的能力。他写青春，一定要写"成千上万张开的嘴巴"；他写甜，一定要写"一下子就占满了口腔"的感觉；写声音，则一定要说"消失得比风还要快"；写了一个"垃圾"还不够，还要说"往垃圾上倒垃圾"。

这几乎是余华散文中最常用的话语策略，也成了余华散文中的经典语式。

这不由得令我想起余华经常引用的几句名言。一句是海涅的诗句"死亡是凉爽的夜晚"，一句是博尔赫斯写到佩德罗·达米安生命消失时的比喻"仿佛水消失在水中"，另一句是马提亚尔的话："回忆过去的生活，无异于再活一次。"细心的读者会发现，余华的许多经典语式和这些话几乎如出一辙，它们在追踪一种事物的形象和本质时，都不求助于思想和逻辑，而是借着敞开另一种事物的状态，使前者变得透明而实在。这样的表达里面，蕴含着一种深入人心的力量，那是来自事物本身的力量，来自语言的力量。

这也是叙述的力量，文体的力量。叙述，以及在叙述中生成的文体，在词语的前进过程中，开始获得独立的力量。余华说自己喜欢钢琴的叙述，"那种纯粹的，没有偏见的叙述，声音表达出来的仅仅只是声音的欲望"(《流行音乐》)。而我上面所说的词语的选择、比喻的应用、细部的丰满、理解人与事物的独特方式等等，就为余华达致一种"没有偏见的叙述"奠定了基础。所谓的现代叙述艺术，其实就是用有现代感的语言方式、理解方式和文体自觉，来敞开事物内部的真相，同时，也敞开人物的内心世界。

要说散文的革命，这肯定是一条重要的道路。它的根本是使语言获得现代感，以期使散文从陈旧的话语制度里解放出来，从而看到，散文不单是一种散淡的写作，更是一种现代叙述意义上的写作。所谓散文的文体创新，其实就是要在散文写作中建立起现代叙述的维度，在写什么之外，使得怎么写也成为一个问题——这个在小说界早已达成共识的问题，散文界还得从头学起。余华散文的意义正在于此。他用自己创造性的表达、独特的文体，在照亮文学是语言的艺术这个古老命题的同时，进一步告诉我们：散文也是一种现代叙述意义上的文体艺术。不知道现代叙述艺术为何物、没有清醒的文体意识的散文家，他只能继续在旧的散文套路里徘徊。

第四节　回望文章的传统

有的时候，散文写作并非一直是在前进的，它也可能是一种后退——后退到中国灿烂的文学传统中寻找资源，后退到那个古老的人心世界里省察自身。现在看来，这是完全可能的。王蒙的《尴尬风流》[①]作为一部杂体文学，就提供了这方面的写作范例。

---

　　① 作家出版社 2005 年版。

《尴尬风流》的主人公叫"老王"，整部作品的三百多个小随想，都和"老王"有关。这个"老王"，和作者王蒙自己有某种神似之处。但是，如果由此就以为这是王蒙的人生自述，是他对生活的自我招供，那就未免失之简单了。王蒙不过是通过"老王"的眼光打量世界，从而说出自己对世界及对人心的种种犹疑、困惑、矛盾、释然、心领神会。这是一本提出问题但不出示答案的书，它像随笔，可观察世界的方式又像是小说；它呈现生活的散乱状态，同时不忘告诉我们，生活存在着无穷的可能，它并没有一个整齐、一致的答案等待我们去认领。因此，王蒙在《尴尬风流》里创造了一种新的说话方式，他在超然的口吻下，掩饰不了自己对生活的热爱。由爱，产生好奇；由好奇，产生无数纷乱的思绪。这就构成了现在这部《尴尬风流》。它没有激烈的命运冲突，只是一些片段，一些意味深长的片段。

有人说，这是王蒙想模仿生活的无序流动，想借此表达"老王"之"心"也是非线性的，是延展的、卷曲的、循环的——不是向着一个目标、一个终极前进的。小说重在表明，中国人之"心"并未死灭。我完全同意，并据此认为，王蒙的这一努力，对中国散文如何走出现有的困局，也有着独特的意义。它至少在以下两个方面，赓续上了中国文学的古老传统：一是它使随笔重新在"生活世界"和"人心世界"里扎根，二是它使随笔再一次具有了"文章"的从容。

"生活世界"这个概念，是思想家胡塞尔在其晚年的著作《欧洲科学的危机与超越论的现象学》一书中着重提出的。"生活"是人存在的基本场域。人类一切的文化创造、意义建构、精神表达,其基础材料均来源于"生活世界"——立于"生活世界"这一坚实的地基上,写作才能扎根,灵魂才能落实。中国当代文学,有一段时间,极为蔑视对日常生活的书写,以为文学的关注点只应是远方的、宏大的,以为那些日常的琐事,是不能登文学的大雅之堂的,这其实是对文学最大的误解。文学在经验的层面上说,肯定是具体的、世俗的,即便是文学的感情,也以能够返回人世为最动人。正因为如此,王国维才说《红楼梦》写的是"通常之人情",鲁迅才把《红楼梦》称之为"清代之人情小说的顶峰"——以优美的人情写天道人心,这是中国文学的伟大传统;而人情就在世俗之中,天道也隐于日常生活里面。

另外,文学中的"生活世界",还应与"人心世界"对接。二十世纪下半叶之后,中国文学是越写越实了,都往现实人伦、国家民族上靠,顺应每一个时代的潮流,参与每一次现实的变动,结果却把文学写死了——缺乏一个比这更高的灵魂视点,无法实现超越现实、人伦、国家、民族的精神关怀,无法在人心世界里建构起丰富的精神维度。这个时候,在文学写作中强调人心世界,张扬灵魂叙事,就显得尤为必要。中国人讲"天道人心",其背后的意思是说,"人心"和"天道"同,对此,王阳明解释为:"盖天地万物与人原是一体,其发窍之最精处,是人心一点灵明。"归结点还是"人心"二字。王阳明还说:"心即理也。天下又有心外之事,心外之理乎?"陆九渊也说:

"道外无事，事外无道。"可见，要真正领悟"道"和"理"，就得进入一个广大的人心世界，这既是真理之入口，也是文学之通途。王国维赞李后主的词"不失其赤子之心"，叶嘉莹评李后主的词"春花秋月何时了，往事知多少"，说他一语直指宇宙之心，这些都是很精到的理解。

文学是灵魂的叙事、人心的呢喃，这是任何时候都不能动摇的根本指向。中国文学素来看重对生活中的人心世界的解析，所以钱穆才说中国的宗教其实是一种"人心教"，这和西方人只向往彼岸世界的人生观念是完全不同的。所以，在《尴尬风流》那些貌似随意的片段中，处处可以看到中国生活中的人心万象。"老王"是这个"生活世界"的参与者、体验者，也是这一"人心世界"的观察者和发现者。有人说"老王"是一个精神上、思想上的智者，同时又是一个生活上、人情上的弱智，这话只说对了一半——一个人在某些方面的智慧短路，有时反而能为他敞开另一个世界图景，所以，王船山才说，庶民是"至愚"，又是"至神"。

《尴尬风流》中的"老王"，就是这样一个集"至愚"和"至神"于一身的人。他看起来达观，其实经常着急；他智慧，却不断犯错；他认真执着，也自省自嘲；他认为外孙女的天真稚语，本身就是"解构主义"；他为躲避贸然来访的亲戚借口出门，却发现是大雾弥天，不宜散步；他为了写回忆录而买电脑，电脑买回来却开始忙活电脑，不再写回忆录……都是一些生活琐事，但王蒙有一种能力，使这些琐事和片段通达灵魂，直抵人心，这是一种境界，一种从容、潇洒、睿智、大方的话语风度。

胡兰成曾说，"新的境界的文学，是虽对于恶人恶事亦是不失好玩之心"①，《尴尬风流》是朝向这一境界的。"老王"的"至愚"和"至神"，如果没有"好玩之心"来使之运转，恐怕他就无法从生活的小事中发现大智慧，也无法对生活中的诸多错位和荒谬发出会心一笑。而王蒙笔下的"好玩"，之所以能成为一种人生态度，这跟他的写作系于中国式的人情、中国式的智慧密切相关。比如，在《赢家》这则随笔里，王蒙写道：

> 老王的大孙子是象棋棋手。说起来还跟老王的培训有关。孙子自打两三岁上就跟爷爷下象棋，起初下不过时，哇的一声就哭。爷爷心疼孙子，所以年幼的孙子，在跟爷爷下棋时，是无疑的常胜将军。
>
> 十五年以后，孙子还要跟爷爷下象棋，好心的爷爷还是以当年的心情，时时注意让着孙子一点，该支士的时候偏偏飞象，该跳马的时候偏偏拱卒。但不论爷爷怎样想方设法输给孙子，最后还是回回赢棋。
>
> 老王的眼睛湿润了。②

这就是中国式的、儒家的人情。孔子在《论语》中说，"君

---

① 胡兰成：《中国文学史话》，上海社会科学院出版社2004年版，第119页。
② 王蒙：《尴尬风流》，作家出版社2005年版，第142页。

子务本，本立而道生，孝悌也者，其为仁之本与"，他认定
"仁"之根本在于"孝悌"；而《孟子》中也说，"仁，人心也"，
并称"仁之实，事亲是也"，"尧、舜之道，孝悌而已矣"。"孝
悌"无疑是中国式人情的核心。在《尴尬风流》中，有许多小
故事、小细节，都说到中国这种日常生活中的人情和孝悌，但
它背后所通达的却是几千年的传统和人伦秩序。经过二十世纪
以来一系列狂飙突进的文化革命和思想革命，中国的人情也面
临着很大的挑战。尤其在年轻一代身上，反叛和破坏成了他们
面对传统的基本方式，很少有人继续追问，在自己所要践踏的
传统中，是否也存在着现代人不可或缺的精神元素。人情文化，
在过去一直被视为中国传统的糟粕，可是，当人情像世情一样
变得冷漠而残酷之后，一个温暖的社会如何得以重现？中国文
化在二十世纪的传承，主要不再是依靠讲学和阅读典籍（这些
都被思想世界和生活世界的"革命"所抛弃和损毁），而是靠日
常生活所留存的一些记忆和痕迹——中国人的人情、处世、生
活方式中，反而保存着最为丰富的中国精神。正是在这个意义
上，我认为《尴尬风流》对人与人之间那些微妙关系的警觉，
含示着王蒙对现代社会的变化持不信任的态度，但他并不对此
提出严厉的批判，而是以一种自嘲的方式回望过去，同时渴望
在自己的现在和自己所回望的过去之间，能达成一种有效的和
解。因此，《尴尬风流》也可以说是一本呈现精神和解的书，那
些矛盾、冲突、悖反、荒谬，至终都被"老王"的"心"所溶
解。世界在"老王"眼中，不是现象的世界，也不是物质的世

界，而是"心"的世界。他一边看着世界万象，一边却是在省察自身，而这，正是中国儒家思想的要义之一。

但是，"老王"身上除了具有一种儒家知识分子的伦理责任和介入精神之外，他还有达观和逍遥。尤其是在化解困难和尴尬的时候，"老王"向往的是自然，反对造作。《书经》说"无有作好""无有作恶"，这里的"作"，就是造作的意思，一造作，就刻意了，也变得不自然了，而刻意、造作的"好"和刻意、造作的"恶"一样，都属于私心。心有不平，心就显得不自然而虚假了。道家讲自然，就是要把造作去掉。《尴尬风流》中的"老王"，似乎也深谙这种道家的精神。比如，在《记性》这则故事里，说到"老王"发现自己的记性愈来愈差了。一开始他很着急，后来他很悲哀，又过了一段，他忽然恍然大悟：

> 有记忆就有忘记，没有忘记，谁受得了？忘记是背叛？什么不该记的都记住就不背叛啦？更麻烦！记忆没有选择怎么行？记忆应该有利于身心健康，学习进步，积极向上，这是起码的！记性不好了，这岂不更好？去他妈的吧，不该记的事全忘了，不想搭理的人全忘了，不想参加的活动全忘了，不想废话的事儿全忘了，一问三不知，神仙怪不得，自动消磁，自我保护，自动删除，保证内存有效空间，上哪儿找这样的好事去？ ①

---

① 王蒙：《尴尬风流》，作家出版社 2005 年版，第 255 页。

这就是中国式的、道家的智慧。道家正是在"忘"中把"正言"说出来。按照哲学家牟宗三的研究，道家的智慧就是"忘"的智慧。如《庄子》所说，"鱼相忘于江湖，人相忘于道术"。鱼在江湖大海里可以相忘，你不要照顾我，我也不要照顾你。人相忘于道术，在有道术的时代，人才能够相忘。我们在一个没有道术的时代，所以大家都不能相忘，都找麻烦，我给你麻烦，你给我麻烦。敌对是麻烦，有时候照顾也是麻烦。这就需要相忘，相忘是一种很高的智慧。《道德经》也说，"忘其身而身存"，大家都想自己能保存得住，你如何使自己保存得住呢？最好是把你自己忘掉。①

王蒙在"记性"中的感慨和老庄的哲学有异曲同工之妙。

《尴尬风流》中的绝大多数片段，写的都是中国的人事、人情，通向的也是中国的智慧和人心。"老王"的"心"，正是绵延于中国社会几千年之"本心"，它所映照的，又何尝不是中国生活中那些基本的、不变的精神血脉？中国的典范人生，从来不是以逻辑和思想来运转的，相反，它常常求助于感悟和直觉。也就是说，构成"老王"之"心"的，更多的是"老王"对生活的瞬间觉悟，而"老王"所有的生命追求，都以这种自我觉悟为旨归。在中国，教导别人觉悟的小说很多，表达自我觉悟的小说却很少。因此，当代小说总是有一种傲慢的气息：作家

---

① 参见牟宗三：《中国哲学十九讲》，上海古籍出版社 2005 年版，第114—142 页。

们在写作的时候，返回内心的时间太少，叙事精神中也缺少必要的谦卑和敬畏，作家所有的注意力都集中在了喧嚣的世界；他们表达了世界的各种情状，可能唯独没有触摸过自己的"本心"。这样的写作，其实很可能是一种精神的造假。

《尴尬风流》试图向另一个方向行进，它不重在呈现世界的万象，而是重在让"老王"的"心"沉潜下来，以"心"觉悟世界。在"老王"眼中，世界是通透的，因为它不过是"心"的在所。世界再纷繁复杂，《尴尬风流》里的"心"却不慌乱。

我尤其欣赏王蒙在"老王"身上所贯注的那种尽力、达观、郑重的人生哲学，这为今天这个浮躁、浅薄、游戏的时代如何才能重新接续上中国文化中的核心精神，开辟出了一条细小的路径——尽力生活、郑重地看待生活，便是生活的最高境界。以自觉的力量生活，永远保持着对生活的好奇和兴趣，不厌弃当下，更不盲目向往"生活在别处"，这便是积极的人生，也是"老王"的生活态度。我相信，这样一种人格的建立，就是对中国当下的精神现状的反思。梁漱溟说，中国人常常有逐求、厌离、郑重这三种人生态度，若能经"逐求"和"厌离"，再跨入"郑重"，即为人生之化境。"我之所谓郑重，实即自觉地听其生命之自然流行，求其自然合理耳。郑重即是将全副精神照顾当下，如儿童之能将生活放在当下，无前无后，一心一意，绝不知道回头反看，一味听从于生命之自然的发挥……"[1]从《尴尬风

---

[1] 梁漱溟：《朝话：人生的省悟》，百花文艺出版社2005年版，第63页。

流》中可以看出，"老王"有"好玩之心"，但也是一个尽力和郑重之人。好玩加郑重，就能成就一颗智慧的童心，就能自由地运转生命、安顿生命、发挥生命。

这颗郑重的童心，其实也是一颗闲心——《尴尬风流》就是由这闲心而致的闲笔所成。三百多个小故事，都是些闲散的生活笔记，这些闲心、闲笔，使《尴尬风流》看起来不像长篇小说，而更像是一篇篇"文章"。我以为，这种"文章"传统的恢复，恰恰是得了中国小说的神髓的。中国小说的叙事精神，从来不是只跟着情节走的，它在制造故事的同时，往往也把小说叙事当作"文章"来经营。比如，《水浒传》第二十五回，写潘金莲毒死武大郎，这么凶险、狠毒的场面，可作者仍然不忘来一句"看官听说"："原来但凡世上妇人哭，有三样哭：有泪有声谓之哭；有泪无声谓之泣；无泪有声谓之号。当下那妇人干号了半夜。"这就是写"文章"时才有的闲笔，这就是一个小说家的从容。中国古典小说中常常穿插诗词歌赋，甚至故意将故事情节停下来，大写一个人的穿着或者一桌酒菜的丰盛，其实就是为了缓解小说本身的紧张，使小说因为具有了"文章"的味道，而变得从容、沉着。这是中国小说独特的叙事艺术，在今天，它被很多人遗忘了。

《尴尬风流》的出现，再次提醒我们，散文比起小说，更是需要体现作者的闲心和闲笔，散文一旦没有了"文章"该有的那种从容、潇洒的风采，就不能不说是一个巨大的缺憾。从这个意义上说，《尴尬风流》又可称为"文章"，它的每一个故事和片段，都是平常而普通的，但汇聚在一起，就如同许多碎片所折射出来的世界一样，显得异常丰富、奇特。这作为一种写作探索，不同的读者自可有不同的评价，但《尴尬风流》所洋溢和传承的中国散文中的闲笔情致，却不容轻视。这部作品，因为从容而显得潇洒、透脱，因为传统反而变得另类。

这样的闲心，如果是道地的中国心，读者读起来，就不仅是在读文字，更是在读作者这个人了。当代散文中，尤其需要从心里来的闲笔，来缓解一种过于紧张的写作焦虑。

第五节 "写一切"的雄心

于坚是中国诗坛"第三代诗歌"代表性诗人，在诗歌写作和诗论方面皆自成一格。诗人于坚代表了南方、昆明、口语、日常生活、反抗遮蔽、拒绝隐喻、回到事物本身、诗言体、诗歌领导生命……他的诗被反复讨论、争辩，被视为口水或者不朽的景观，但不管怎样，只要论及二十世纪八十年代以来的中国诗歌，谁都无法绕开于坚。于坚是诗歌界的革命者。"于坚的诗歌所要反抗的不是某种类型的写作，而是整个的诗歌秩序和话语制度本身。于坚称之为'总体话语'，并说写作就是在于'对现存语言秩序，对总体话语的挑战'。……于坚相信，他所离开的事物，并非事物的本身，而恰恰是事物的遮蔽物；也非存在的本身，而是存在的附生物。如革命冲动、乌托邦、集体幻想、神话原型、知识谱系，诸如此类。这里所蕴含的新的话语霸权，导致的是对真正的诗、真正的生活的压抑。于坚向它们发出挑战，旨在把诗歌和生活中被压抑的部分彻底地解放出来，不再使诗歌沉浸于那些大词、大话的幻觉中，从而恢复生活中那些微小、琐碎、无意义之事物在作品里的存在权利。这种向下的写作努力，把生活还原成了生活本身，而不再是传奇、乌托邦、形而上。"①于坚也把这种文学观念贯彻到了他的散文写作之中。庞杂、自由、口语化、滔滔不绝、对细小经验的雕刻、层出不穷的生动譬喻，这些已构成于坚散文的独特风格，它们是完全不同于传统散文的篇章，只是，于坚的诗名太盛，遮盖了他作为散文家的探索和成就。

有必要对于坚的散文做一次全面研究。

从一九九七年出版《棕皮手记》至今，于坚已出版几十部散文集（包括选集）、文论集，正如他自己所说，"在汉语中，一切写作都自文发端"，"散文就是写一切"②。他的散文写作确实以一种"写一切"的雄心和"好胃口"，不断地拓展个人写作的疆界。散文，就是有感而发，兴之所至，散而漫之，止于所当止；散文就是说话，和朋友、客人、邻居、亲人说话，和自己说话；散文就是以文记事，以文立心，既知晓俗世，又贯通天地。散文写一切，也在一切之中，它是自由主义的文体，任何概念和

---

① 谢有顺：《回到事物和存在的现场——于坚的诗和诗学》，见《诗歌中的心事》，福建人民出版社 2017 年版，第 185—186 页。

② 于坚：《挪动》，四川人民出版社 2017 年版，第 1 页。

限定于它都是不合身的。好散文没有一个既定的标准，往往是读到了一篇新的、有创造力的散文，才发现散文原来也可以这样写。于坚的散文就是如此。它体量庞大、题材芜杂、思想密集、诗文互证，这些"文"，是中国当代文学写作范式中极具原创性的一种。

于坚的散文集通常以"某某笔记""某某记"命名，如《暗盒笔记》《人间笔记》《火车记》《印度记》《昆明记》《巴黎记》《建水记》等。记就是记忆、记录、记载，结绳记事。"记"作为文体的名称，最早出现于曹丕《与吴质书》中"元瑜书记翩翩"，可见西汉时期"书"与"记"是并称的，"书"指的是书牍文，"记"则指一种公牍文奏记。唐代以降，"记"慢慢演化为一种对日常所见所闻、所思所感的书写，由于题材过于宽泛和复杂，也被称为"杂记"①。在于坚这里，"记"的内涵和外延变得更加丰富，他书写过去的记忆，记录"正在眼前的事物"，也记载那些远大世界中失落或兴盛的部分，以及精神历险中的一次次升腾或折堕。

在貌似事无巨细的日常书写中夹杂大量形而上的探讨和论说，是于坚行文的一大特色，它充分展现了于坚语言强大的衍生性和雄辩风格。在《游泳池记》中，他从稀松平常的泳池中看到戴着金链子游泳的男人，因而联想到"文化仅仅是文凭么？不对。金项链也是文化……当图书馆、文凭、博士帽、裸

---

① 章必功：《文体史话》，同济大学出版社2006年版，第162—163页。

体什么都不准入场的时候，金项链就是唯一的文化"①；而在《开会记》中，他从年轻时代开过的大会联想到鼹鼠的会议、知识界的会议、人在集体之中的状态，言辞之间尽是讥诮、反讽和无奈。日常叙事与个人史紧紧连接，"我主张一种具体的、局部的、片段的、细节的、稗史和档案式的描述和'度'的诗"②，他的散文写作也是如此。他将叙事聚焦在生活化的庸常琐事、鸡零狗碎中，譬如装修、治病、运动、约架、打麻将等。不仅是"螺蛳壳里有道场"，更因其早已觉察到历史对个人生活的巨大影响力，"除旧布新，新桃换旧符，才能使生活永远保持着与新时代的联系，获得永不过时的价值和意义，这是我家人在革命时代悟出来的真理"③。这种日常化的书写可视为是对传统的、只有进入集体记忆的大事才能被记入历史的书写习惯的一种反抗，"我们习惯于蔑视那种一切庸常琐事都记住的技艺，那种闲极无聊的庸人的记忆，我们追求的记忆是与时代同步的"。后知后觉、麻木不堪的人是难以忍受的；在看似琐碎、闲极无聊的记忆中，一代代人存在，并完成他们的生活，一个人的"记"则"能够穿透那些已经完成的东西对存在的遮蔽"④。

　　如果说这种朝向记忆和历史的书写容易滑向一种内向、封闭、下沉的结构，那么于坚在大地上行走而来的"记"，则敞开了一个通向世界的广阔空间。

---

① 于坚：《火车记》，云南人民出版社 2018 年版，第 11、23 页。
② 于坚：《拒绝隐喻》，云南人民出版社 2004 年版，第 2 页。
③ 于坚：《火车记》，云南人民出版社 2018 年版，第 279 页。
④ 于坚：《棕皮手记·活页夹》，花城出版社 2001 年版，第 255 页。

> 我平生第一次坐上火车，平生第一次远离故乡。火车是老式的木板车厢，座位也是木的，我跪在上面，虔诚地望着窗外黑扑扑的天空。星星寥寥，风寒刺鼻，天亮时我忽然看见云南北方那荒凉、雄浑的山岗和荒野，我心头一阵感动，那印象我永远难忘。后来我一直跪着，眼睛紧贴那嘘满水汽的玻璃，我看见一只麂子站在山上。①

这是典型的于坚式"记事"，见闻的新奇与诗性的抒情充盈在生动的细节和雄浑的风景之中。初次远行以新的生命经验冲击着于坚的心灵，也奠定了他在大地面前的虔诚之姿，"故乡、大地，是我必须顺天承命的"②。第一次离开故乡之后，于坚的脚步渐行渐远，他的"个人地理"版图从出生地云南辐射到了齐鲁大地、西北高地、苏轼行迹，远隔重洋的印度、希腊、巴黎、澳洲、密西西比……这个大地的勘探者在漫长的游历中，再次确信"文字固然带来意识形态，但它也记录历史，创造文化，影响风俗、道德、行为，影响生活世界"③。"记"是不可或缺、必然发生的，它是"志"的强有力补充。"记"不仅为个人提供了确凿的地理存证和精神档案，更将个人化的历史和历史的个人化混杂成交互性、公共性的结构：只有在持续不断的书写中，

---

① 于坚：《云南这边》，云南人民出版社 2019 年版，第 322 页。
② 于坚：《答诗人乌蒙问》，《诗歌月刊》2008 年第 1 期。
③ 于坚：《众神之河》，太白文艺出版社 2009 年版，第 278 页。

个人化的历史想象力才有可能获得多元的阐释空间。

在于坚的地理行记中，中国古代山水吟游的传统被打破，他不再是那个跪在老式火车木板上的年轻人，而是怀抱着为每个地方著书立传的勃勃野心，试图将自己的精神世界与此地紧密相连。在地理空间确切的游历中，那些过去渴念过的远方生活焕发着奇异的光芒，于坚的目光只短暂地停留在"此处"的风光、风情，他的心态是向更深处看的，他思索着自己与此地的感应，探寻着人类赖以存续的精神密码。"印度往往能给我们强烈的空间感，它是无数的空间、场合、碎片的集合体，某种看不见的叫印度的东西凝聚着它。新德里不像以往的首都，感觉不到世界城市的那种轴心式的格局。或者说有许多轴心，政治的轴心、宗教的轴心、生活的轴心、贫民窟的轴心。"[1] 而在《希腊记》中，当他看到希腊神庙时感叹道："汉字就是中国的神庙，西安碑林可以说是中国的帕特农神庙。"[2] 文化的力量彰显在世界的各个角落，语言和文字的功能一次又一次被扩容，于坚为某一地而"记"的书写渐成系列，这已成为中国当代地方主义写作中的重要景观。

迈克·克朗在《文化地理学》中认为，抱持地方性契约精神和土地伦理的作家和诗人总会出现，他们在文本世界中构建出"最后一个形象""一个地方特殊的精神"，他认为人们对一个地区产生精神依恋和联系，是因为体验到了超出了物质和感

---

① 于坚：《印度记》，重庆大学出版社2013年版，第75页。
② 于坚：《希腊记》，《芙蓉》2020年第2期。

官的特殊体验，它通往并深深嵌入人类心灵和情感之中，而文学和艺术就是来处理这些感受的方式。① 于坚是不是这种抱持地方性契约精神和土地伦理的写作者尚不能定论，但他努力在为一个个地方确立"形象"，却是不争的事实；这样的形象包罗了他对日常的凝视、文化的思虑、情感的沉淀。非虚构、田野调查的粗粝叙事，夹叙夹议、神思畅游的语言结构，怀古鉴今、将大人物和小人物并置在同一时空之中的手法，让于坚的"记"显得厚重、扎实、意趣横生。于坚说："我试图探索一种散文，它在未来会取代小说的地位。这种散文是古代没有的，我的《某某记》就是这方面的尝试。"② 这样的探索是有意义的，它的方向是面对一个具体的实存世界，观察、记录、体验、想象，带着个体和地方之间的独特联系，在精神上切近它，并通过密集的叙事为这种精神打造出一个物质外壳意义上的容器，进而实现物质与精神、现实与历史的深度融合。

一九九八年，于坚在《人间笔记》的自序中写道："这本书我写了将近五年，就像一只爬行在时间的硬壳之上的蜗牛，我通过写作探索的是时间的另一种形式。"③ 何为"时间的另一种形式"？在二十世纪七十年代，"朦胧诗"派所体会和强调的时间是"今天"，就是当下、存在和现场，而于坚观察到"有闲阶

---

① ［英］迈克·克朗著，杨淑华、宋慧敏译：《文化地理学》，南京大学出版社 2005 年版，第 54—74 页。

② 转引自刘会军、马明博主编：《散文的可能性——关于散文写作的 10 个提问及回答》，人民文学出版社 2006 年版，第 208 页。

③ 于坚：《人间笔记》，解放军文艺出版社 1999 年版，第 1 页。

级手腕上的表走着的只有枯燥的罗马数字，没有气味色彩光线变化的时间"，指出新的时代语境使时间产生了多重的异化，而"刻于时间中的细节，极大地扩展了意义的空间"①。现代艺术所要表达的，常常是时间的变形、折叠、循环、压缩、重合，时间并不仅是物理刻度，也不仅是一种线性的对世界的描述，它成了一种世界观，一种生存态度。当曾在、此在、将在这三种时间维度经常被作家们并置在一起时，人所意识和想象到的世界开始显示出复杂而幽深的面貌。

写作就是对这个世界的重现。于坚说：

> 少年时代，故乡那些永不结束的金色黄昏，使我对世界产生了一种天堂般的感受，虽然世界并非如梦境，但昆明确实给予我过这样的感受，这种感受深刻地影响了我的整个人生，使我在内心中永远爱着，爱着这个与生俱来的世界。……水泥路在县城外一公里的地方就突然截断。时间的两个边境。这边，人们所谓的"现代的"一词所指的种种；那边，落后与果实，土气与贫穷。典型的通向旧世界的道路，路面凹凸不平，红土尘造成的雾旋转起来，当它们稍稍消散，大地立即在道路的两边出现了。②

一边是回忆，一边是现实，过往的时间赋予人温暖地看待

① 于坚：《昆明记》，重庆大学出版社2015年版，第102页。
② 于坚：《昆明记》，重庆大学出版社2015年版，第102页。

世界的感情基调，而现实的时间则冲击着于坚的视野，新世界的道路是高速公路和高架桥林立，疾速运转的世界里，旧时间在消逝，同时也意味着世界的新秩序在强悍生长，如叶芝所言，"世界改变了，一种可怕的美已诞生"①。无论是在中国边陲的城市和乡村，昆明、丽江、建水、澜沧江，还是在地球另一侧的法国、美国、欧洲各地，即使是被大作家们反复书写过的国际大都会，过去的经验和秩序逐渐失效，对过往经验的自信消失了，在旧时间节节溃败的处境下，于坚只能在一些"有根"的事物中寻求一种内心的稳定性。"一个满脑袋子曰诗云的书呆子曾经自得其乐的中国世界已经在空间上消失，但没有在时间上消失，文明已经成为血液、基因，文化依然通过汉语和民间社会私人世界中的无文秘密传承着。这种传承最显著的迹象就是人们依然迷信'原生态'"②；"人们说不出他的存在，他只能说出他的文化"③。在一个旧时间不再可靠的新世界，诗人建立自我观察坐标的方式悄然发生了位移，那就是必须站在文化、文明的高度，深入民间社会的语言和风俗之间去体察人的存在和境遇。

这种打量新世界的方式，与早期便一直强调回到口语、日常、民间的于坚是契合的，他想一再确认的是，一个写作者应该从大地、故乡、身体这些在场的个人感受和生命经验出发去

---

① ［爱尔兰］威廉·巴特勒·叶芝著，李立玮译：《苇间风》，中国社会科学院出版社 2004 年版，第 149 页。

② 于坚：《沉默表演者》，云南人民出版社 2018 年版，第 158 页。

③ 于坚：《棕皮手记·从隐喻后退》，东方出版中心 1997 年版，第 2 页。

写作，而不是从知识、观念、意识形态出发。在一个巨变的时代里，固有的知识记忆、价值观念并不能有效地解释已经变化的现实，并不存在一个现成的思想结论供作家去认领；作家的观察和体验必须有实证根基，他的写作才是可信的、具有当下感的，而这个根基不会仅仅来自知识记忆，它更多的是来自生活的现场和身体的感受。于坚曾说，看见比想象更困难，他信仰看见，也即更相信建立在事物之上的发现和判断，所以于坚也重视影像之于当代现实的重要意义。他摄影、拍纪录片，他的文字里也充满画面感——这一切，或许都是为了在一个"灵光消逝的时代"里，保持着一个作家的敏锐和在场。

于坚更想成为在时间中观察、感受、生活的人，而不仅是追忆逝水年华。

宣称"拒绝隐喻"的于坚，当然知道"时间"才是最大的隐喻。"我以为时间有两种：'无时间'的时间和'有时间'的时间。'无时间'是普适的、无相的。'有时间'是当下的、片段的和具相的。"这种从海德尔格那里蔓延而来的时间与存在之问，被于坚赋予了中国传统文化的色彩，他接着说："在汉语中，时间意识非常强大。时间一直是汉语诗歌的主题。"[①]时间也是于坚散文写作的母题之一，他在"有时间"和"无时间"中穿行，既在在场感强烈的行旅、俗物、故事中辗转，耐心地描绘"此在"的生活，又在有悠久传统的文化和文明中勘探着无

①　于坚：《时间、旅行、史诗和吾丧我》，《天涯》2017 年第 6 期。

限的世法或曰"永恒的彼岸"。为此，"有时间"的日常性书写，在变幻无常的新世界中如何获得"无时间"的意义和价值，这一直困扰着于坚的写作。他也常有迷茫的时刻，"全球化领导的同质化正摧枯拉朽，它最后的障碍就是语言。巴别塔摇摇欲坠，一个同质化的、无聊乏味的新世界已经出现在地平线上，我深感恐惧"①。当扁平化、同质化的生活通过信息技术成为大多数人的生活，那种个人化、异质性的言说方式，是否还能获得另一种存在的可能？奥克塔维奥·帕斯认为，伴随着古老自然的消失，取而代之的是"抽象的城市"和"机器可怕的新奇"。千百万的现代人孤单地和巨大的城市生活在一起，"他的孤独就是千百万和他一样的人的孤独"②。人群之中的孤独更具压迫感，人们出走、逃离、试图用不同的方式"返乡"，可真正的故乡在哪里？"当所有的故乡都被摧毁之后，巴黎成了世界故乡。"③人类借助不断革新的科技，不需要再像古代文人那样用脚步去丈量大地，一日千里、时速几百公里的速率使现代人可以用极短的时间体验先辈们倾尽一生也无法完成的旅途。现代人时间似乎变得富余而平坦、一览无余，但"时间的划分越来越细，生命的展开被打上越来越细密的刻度，这一刻度只不过丈量出人生命资源的匮乏，彰显出人生命的压力。时间成了一道厚厚的

---

① 于坚：《时间、旅行、史诗和吾丧我》，《天涯》2017年第6期。

② ［墨西哥］奥·帕斯著，赵振江编：《批评的激情——奥·帕斯谈创作》，云南人民出版社1995年版，第31页。

③ 于坚：《在巴黎，寻找全世界的故乡》，《文学报》2020年4月12日。

屏障，遮挡着生命的光亮"①。写作者的使命是要揭开这些屏障，擦拭或点燃生命的光亮。

于坚的写作，正是一种"祛魅"和"擦拭"，他追随先贤行走于旷野，"仰观宇宙之大，俯察品类之盛"，又不断返回眼前那些鲜活的个体，直视当下的处境。现代人的生命已精确到分秒的刻度，崇尚瞬间即永恒，但在内心深处，仍会有所从何来的困惑和迷茫，写作就是在不断地澄明这一困境。只是，身处一个由机器、工业和消费文化所塑形的世界，我们该向哪里寻找源头？于坚常常也是带着迷思上路的。他在青藏高原上发出疑问："那些山岗中，到处都是源头。一条大河怎么可能只有一个源头呢？"②他在丽江大研镇想起了罗马，"它们在今日都是世界上不朽的城市，但它们的起源是多么不同"，他认为这些不朽之城之所以伟大，因为它们是"为过日子而不是为思想建造"，城市的"思想与大地没有分裂""它栖居在它的思想中"③——这些是典型的于坚式的思忖。他认为的诗意栖居，是人类身心的统一、天地自然的和谐；时间没有发生扭曲或被随意掌控，时间不是"物"的堆积和观念的碎片，也不是线性、单一的流逝，而是具有多重属性的自主存在。

这种散文之思，某种意义上说就是对"现代时间"的一种对抗。在《众神之河》中他用冗长甚至略显拖沓的篇幅叙述一

---

① 朱良志：《中国美学十五讲》，北京大学出版社 2006 年版，第 205 页。
② 于坚：《在源头》，青海人民出版社 2021 年版，第 223 页。
③ 于坚：《正在眼前的事物》，云南人民出版社 2004 年版，第 163 页。

个地方的物事，譬如越南河内老城街道上的林林总总、拉拉杂杂；也经常使用密不透风、排山倒海般的语词来复述一个故事，譬如《在东坡那边：苏轼记》中讲人们是如何将一众美好的东西献给苏祠。于坚的散文用密集、堆叠的语言结构强化了时空的交错，他在城市和乡村往返中体认到现代时间已把人从自然中分裂出来，人不再拥有家园的那种"被遗弃感"和不知所从何来的茫然无措，不仅只是个体经验，而是日益被指认为人类整体性的历史经验和时代感知。所以，表面看来，于坚的写作是回望式的，他不断谈论诗经、楚辞、孔子、杜甫、苏轼、道法自然、生生之谓易、郁郁乎文哉，为已逝的伟大传统招魂，但他的终极目标是要让"文"落地、落实，通过对此时、此地、此在的领会，伸张自由想象和反抗存在的权利，"写作要解放单向度的意义（自我）对身体的控制"①。于坚的语言方式和精神追问其实是非常现代的，他更像是一个都市孤独的游荡者，在各地游走，收集可以慰藉人心的碎片；但在于坚心里又非常清楚，在这个破碎的世界里，碎片或许是唯一值得信赖的形式，他无法改变整体性陷落的处境。他用一只手挡住虚无和绝望，另一只手试图拼合出一个能让自己安心的文化地图，但他终究无法改变自己作为现代社会精神浪子的身份。从这个意义上说，写作即救命，只不过它首先救度的是自己，这种救度，也可视为是在另一种时间的形式里返乡。

---

① 于坚：《棕皮手记："不学诗，无以言"……》，《山花》2021 年第 10 期。

很自然就想到了于坚的诗歌。无论是为他带来声名和争议的《尚义街六号》《0档案》，还是他持续在写的《便条集》，均可看出他强势、丰沛的写作风格。他将口语化、故事体、戏剧化、流水账、传记性的书写熔为一炉，这种风格强烈的"不像诗的诗"曾招致各种批评，而这些驳杂的美学特征也成就了于坚。他的诗，他的文，都是在呈现于坚这个人。有些人在谈论于坚散文时，会用"诗人散文"这种说法，意即是一个诗人在写散文。于坚并不认同这一点，他说："我一直是诗歌散文一起写。只是以前写的很多东西难以发表而已。最近花城出版社出版了我的另一个散文集《棕皮手记·活页夹》，里面收了许多我八十年代的作品。"[1] "我的诗歌是我散文的黑暗，我的散文是我诗歌的黑暗。"[2] 这两种写作是同时并行、两种"黑暗"也是同时并置的，并不存在表里关系，无法取代；它们相互佐证、相互映照并相互扩容。在大量关于云南、幼年生活轨迹这些具有个人传记色彩的"回忆录"中，我们看到了尚义街的影子、摆着烧烤摊的老城、乘着马车的宜良人、坐在墙角的祖母……也看到了《0档案》中的主人公如何事无巨细地重复着单调的生活。于坚的写作能量，无法让自己一直停留在诗歌之中，他的大脑像一个可以吸纳五花八门物事的深不见底的容器，其所见、所思之物，都会漫漶于自己的文字之中。

---

① 于坚：《谈散文》，《文艺评论》2004年第6期。
② 张鸿、于坚：《我的诗歌是我散文的黑暗——于坚访谈》，《作品》2008年第1期。

在散文《挪动》中，于坚挪动了一块澳洲荒原上的石头，因之写下了一首足有四十二行的诗歌《卡塔出它的石头》[①]，这还不够，他后来又将该诗"挪动"进一篇长达几万字的长文中，文中还夹带了《便条集29》和另一首诗《飓风桑迪》。这种诗文并置的书写方式在于坚笔下并不鲜见，《诺地卡记》《棕皮手记：诗如何在》《大理之神》等都是例证。诗文的交互，让于坚的写作在密集、庞杂的书写中变得松弛，有一种"文体变奏"的阅读效果。无怪乎，于坚诗歌的"黑暗"率先为人所识，散文的"黑暗"却犹如水面之下冰山的基座，缓慢、沉重、不易挪动，似乎在等待读者的确认。但于坚并不顾及这些，这些年他在散文的写作中用力尤深，并在这硕大、冰冷的"黑暗"中找到了一种确信。"诗言志，有无相生，志是无。诗是语言之有。有无相生，以文照亮，谓之文明，文教。人通过语言而在。"[②]有与无，诗与文，这是于坚的语言，是他存在的方式；他显然迷恋于在二者之间游走，他要突破文体的区隔和限制。

写作是自我的在场，语言是说出存在。而具体如何说、怎么说，并不是只有一种叫"诗"或"散文"的形式，正如我们日常说话，既不是说诗歌、散文，也不是说小说，既非单一的叙事，也非一味地抒情，它是一种杂语，是多种语言经验的混杂和融汇。最早的日常说话体经典是《论语》《圣经》，孔子和

---

① 该诗见于坚：《挪动》，四川人民出版社2017年版，第135页。

② 于坚：《诗言志》，《云南师范大学学报》（哲学社会科学版）2005年第1期。

耶稣教导门徒，皆是日常性的言论和事件。记述他们言行的文字，时而叙事，时而议论，时而抒情，既有故事，也有诗和文，完全是混杂的，这其实是对人类日常说话的模仿。于坚一直重视日常和口语的书写，所以他的诗与文都有一种说话体的特征，带着个人的腔调在说话。持续地说，坚决地说。适合诗歌的，用诗歌说；适合散文的，用散文说。诗做不到的，交给散文；散文抵达不了的地方，交给诗歌。这样的写作雄心，是于坚独特的向"文"致敬的方式。

> 中国古代那些伟大的经典无不是文，……汉语是一种大地语言，所以，上善若水，随物赋形。这意味着写作是文的流动而不是形的凝固。①

他认为苏轼是"中国最后一位伟大的文人"，苏轼站在"文明史的阴阳线上"，面对着诗的黄金时代的垂暮，一生都在力挽狂澜。"文章为天地立心，文就是为了立心，文就是通过写作照亮世界，为原始黑暗的世界文身，召唤心灵出场。"② 于坚经常论及的那些重要名字：孟子、杜甫、王国维、惠特曼、庞德、希尼……这些都是"为世界文身"的人，不仅是以文观世、以文立心，更是人格的典范。而这样的回望，在于坚看

---

① 舒晋瑜：《于坚：现代写作其实是"文"的复活》，《中华读书报》2020年4月1日。

② 于坚：《分行》，《当代作家评论》2009年第6期。

来，并非简单的复古，而恰恰是一种先锋写作。当多数人都把先锋视为破坏、颠覆、前卫、一往无前，或许，后退才是真正的先锋。先锋是独异、冒犯、创新，是和时代的潮流做着相反的见证。

前卫不一定都是创造性的，传统也并不总是代表守旧或落后，在今天这样的时代，有时回到传统也是先锋。其实就是关于如何重新理解固有的文化资源，如何与人类历史上那些伟大的灵魂一起"为世界文身"。万物皆备于我，传统也是。为此，于坚特意引用了海德格尔的话："寺庙，站立在那里，将其自身展现给人类。只要艺术仍然是艺术，只要神没有从寺庙中离开，对寺庙的理解就始终开放着。"①对传统与伟大灵魂的回望，是对文化的朝拜，是承认文化教堂（寺庙）的存在。每一个写作者都有自己的"神"，只是，于坚的"神"在心灵的暗处、在市井之间、在古籍的册页、在高峻的山岭和微物之中。文存在，源头就在，记忆和未来也如两种"黑暗"，可以彼此激活、相互照亮。

我预感于坚会越来越转向散文的写作。他喜欢自由无羁、自然流泻的写作，或诗，或短章，或手记，或一帧照片的引语，都可通称为"文"。唯有"文"是无定法、无限制的。事实上，于坚后期的很多诗作，已经接近于文，叙事、抒情、论说混杂在一起，其实就是杂语、杂说，就是一种文人的腔调，就是建

---

① 转引自于坚：《希腊记》，《芙蓉》2020 年第 2 期。

立一种观察和言说世界的方式。童庆炳说，"主体性是文体产生的深隐原因"①，有强大的主体性的人，才会有更执拗的文体意识。散文显然是更符合于坚写作旨趣的文体。"散文是没有形式的，或者说它的形式是开放的。散文是现代汉语中与民间话语联系最密切的部分。只要它不是小说的、诗歌的、新闻的、戏剧的……它就可以是散文的。"②统观于坚的散文，常常是小说、诗歌、新闻、戏剧等多种原料搅拌在一起的"大杂烩"，充分实践着一种"文"的无羁：《火车记》《众神之河》中有很多是小说的结构和非虚构叙事；《词与物》《诗歌之舌的硬与软》是论文式的谈艺录；《东坡记》《印度记》等书中穿插了许多摄影作品及其文字说明……"我的写作是文人的写作，文，就是写一切。"如此斩钉截铁的自我定论，盖因"我什么都写，诗、小说、随笔、散文、摄影、纪录片，我每天都要写毛笔字，不是什么书法，就是保持和汉字的身体性关系"③。问题仅仅在于，在这个时代做一个文人，意味着在"活着的有用超过了美的无用"④的时代，要如何才能找到自己真正的写作之"道"或存在之"家"。

　　或许，只有面对自己家乡的时候，于坚才会是羞怯的、犹

────────────

①　童庆炳：《文体与文体的创造》，云南人民出版社1994年版，第182页。

②　于坚：《谈散文》，《文艺评论》2004年第6期。

③　于坚：《写作是建造个人语言金字塔的终身劳动》，《北京青年报》2017年12月7日。

④　于坚：《在东坡那边：苏轼记》，江苏凤凰文艺出版社2021年版，第149页。

疑的。

在写作《昆明记》时，他说："我的写作只是一种似是而非，吞吞吐吐、不能信以为真的东西，回忆是靠不住的，它只是一个自作多情、多愁善感的、没有家的幽灵。"①这就是一个现代人的处境，生活在人群之中，却孤独、无家、流离，比之于传统的生活确定性和价值确定性，现代写作者面临的更大挑战是，如何在一个不确定的时代里，既写出个体的感受，也最大限度地通向"时代"？在追求日日新的世界，现代人已无心体察那些稍纵即逝的事物，尤其在高速飞驰、瞬息万变的城市，每个人都可能是异乡人。故乡是回不去了，人类生存模式的全面改变，使无数人不断离开土地，进入流水线和格式化的城市空间。"现代主义的全球化是一种不可抗拒的流放，各民族的古典世界、象征系统都在被流放中，这是一种物对精神的流放，未来对过去的流放，全球村对祖国的流放，修辞对诗的流放。"②于坚认为，在这种同质化的世界中写作无异于"在废墟中写作"。面对人类整体性的命运变迁，安顿肉身和栖居精神的方式也在发生不可思议的裂变，如果对"文"的传统只是简单沿袭，那只会徒留一个空洞的姿态；现代写作意义上的"文"，更多的是要面对孤独、无家、痛苦、不确定性、碎片、废墟这样一些事物。这是一个新的精神基点。回望不是复古，而是一次重新出

---

① 于坚：《我的故乡 我的城市——昆明记》，《大家》2000年第6期。

② 于坚：《于坚说Ⅰ：为什么是诗，而不是没有》，北岳文艺出版社2020年版，第312页。

发，是"我"坚决地进入世界，又不惧怕于被世界所吞没。伟大的写作，是在有我与无我之间徘徊；这个建立"我"与丧失"我"的过程，就是一个作家与时代的对话、搏击、冲突、和解，"吾丧我"，心如死灰，又生生不息，"任何人的死亡都是我的损失，因为我是人类的一员"（英国诗人约翰·多恩语），任何人的幸福，我也可以从中分享喜悦。古人说"通而为一"，大概就是这种写作的最高境界。

诗是为了写出那些无论如何与"我"相关的事物，而散文更像是不断地将这个"我"扩大、稀释、蔓延，让这个"我"与足够多的人、足够广大的世界发生关联。写作要见到"我"，也要见到众生与世界；写作要有"我"的精神，但更重要的是，还要有他者的精神，有动物、植物的精神，甚至山川日月、草木河流的精神，由精微而深刻，由广大而致远，唯有如此，才能重建对"文"的想象和确信。

于坚亲近俗世，省察"正在眼前的事物"，那些肉身和日常的温暖细节也为他所爱，但他和很多日常主义者不一样的是，他从未放弃对永恒价值的追问，并深知自己处于怎样一种文化传统之中。"文人的幸运就是，文这个伟大的故乡还没有被拆掉，我们或许还可以通过文字不朽，但我已经不那么确信了，至少没有杜甫们那么确信了。"①即使不那么确信，于坚也不想成为简单的怀疑主义者和虚无主义者，而是一直对时代过于响亮

---

① 于坚:《写作是建造个人语言金字塔的终身劳动》,《北京青年报》2017 年 12 月 7 日。

的声音保持警觉，在过于舒适、甜蜜的现实面前带着犹疑，即便面对痛苦和绝望，也不回避，而让自己成为这个痛苦和绝望的一部分，并背负着这个痛苦和绝望继续写作与生活。而许多时候，正是这种警觉、犹疑、痛苦和绝望的面影，才是一个作家真正的冠冕。

第四章

记忆书写的伦理

第一节　给予历史一种意义

当代散文很多的变化，是随着媒体的蓬勃发展而来的。很多陈旧的散文写作在丧失影响力，而更多面对事物和自身的写作道路被开创出来，尤其是报纸专栏风靡一时，加上之后的博客、微博、微信公众号等介质所推动的民间写作，各种个人化、日常化、游戏化的文字，把林语堂所说的"娓语"发展成了一种更为柔软、轻松、趣味化的语言经验。一开始以为它是微不足道的，可短短的一些年，它便全面占领了新一代的阅读口味——在很多新一代读者看来，文字最大的敌人不再是艺术的粗糙，而是无趣。无趣的文字不可忍受，以至他们中的许多人，还在读中学的时候，便不再掩饰自己对一些入选课文（多半是无趣而僵化的）的嘲笑和愤怒。不可轻视这种语言情绪，它的背后，或许真的蕴含着汉语文学新的发展因素。

与无趣相对的是语言的趣味性。这一点能引起众人的关注，确实得感谢这个传媒时代，正是网络和报纸的发达，有效地打破了传统中那种正统思想一手遮天、文字面貌过于严肃的局面，并渐渐地把大家的眼光引向生活和文字的趣味。太多的人，过腻了无趣的生活，看烦了无趣的文字，再也不愿为一个空洞的乌托邦或大而无当的道德理想牺牲生活的趣味了。新一代最喜欢的写作偶像之一的王小波在《红拂夜奔》的序里说："每一本书都应该有趣。对于一些书来说，有趣是它存在的理由；对于另一些书来说，有趣是它应达到的标准。"① 又说："看过但丁《神曲》的人就会知道，对人来说，刀山剑树火海油锅都不算严酷，最严酷的是寒冰地狱，把人冻在那里一动都不能动。假如一个社会的宗旨就是反对有趣，那它比寒冰地狱又有不如。"② 回想起来，一些特殊时期，它梦魇般的记忆也许不单看它伤害了多少人，还在于它将民众生活中那些有趣、轻松、柔软、私人、有人情味的细节和经验都取消了，生活被简化成只剩下一些粗陋的口号，个人的喜怒哀乐被禁止，这种与趣味背道而驰的生活是黑暗的。现在，媒体的全面崛起，为每一个人表达个人真实想法提供了可能，它似乎表明，高尚的生活值得追求，平庸的生活也同样值得尊敬。而要让生活从过去那种单一的思维模式里解放出来，让每个人都可以在其中很好地活着，就必须恢复生活本身的趣味性、丰富性和多元化——这样的生活本身也蕴含着巨大的解放和重建的力量。正是深植于这个信念，一些年轻的散文作者，开始着力在生活中发现细节和细节中的趣味性。

这令人想起周作人在二十世纪三十年代说的话：

我很看重趣味，以为这是美也是善，而没趣味乃是一

---

① 王小波:《王小波全集·红拂夜奔》(序)，云南人民出版社2006年版。

② 王小波:《王小波全集·我的精神家园》(自序)，云南人民出版社2006年版。

件大坏事。①

　　新的散文作者开始在写作中追求趣味，一种幽默、睿智、简洁、直接的文风正在形成，它已构成和传统散文相抗衡的力量；这种轻松和幽默，不是一般意义上的插科打诨，而更像是他们识破生活真相之后发出的会心微笑。当然，在这种"微笑"之外，也还有其他一些散文写作，同样具有广泛的影响力，比如"文化大散文"。这种散文的普遍特点是，大规模地涉足历史后花园，力图通过对旧文化、旧人物的缅怀和追思，建立起一种豪放的、有史学力度的、比较大气的新散文路径。这个潮流的倡导者，以前有余秋雨，以后有王充闾、卞毓方、费振钟、朱鸿等人，这些散文的成就得到了很多人的激赞，但它遗留的问题也很多，值得深思。

　　我愿意在这个问题上提出自己的看法。文化大散文有一个普遍而深刻的匮乏，那就是在自己的心灵和精神触角无法到达的地方，作家们几乎都请求历史史料的援助。甚至，在一些人笔下，那些本应是背景的史料，因着作者的转述，反而成了文章的主体，留给个人的想象空间就显得非常狭窄，自由心性的抒发和精神追问的力度也受到了很大限制。很多的史料都有无法证实也无法证伪的局限，作为散文作者，不应受制于此，而是要尽可能多地去发现历史中的人性和精神碎片（除非你有历史

————————

　　①　周作人：《笠翁与随园》，见钟叔河编：《周作人文类编·千百年眼》，湖南文艺出版社1998年版，第681页。

考据之长，如李敖——遗憾的是，多数的历史文化散文作者并无这种考据能力）；历史这个大命题的诱人之处，并不在历史传奇和历史苦难的演义，而是在那些长年沉潜在民间文化或幽暗记忆里的独特段落。这些段落所蕴含的精神潜力，往往是震撼人心的，它与在野的文明、异质的文化、民间的传统一脉相承。如何更多地发现这些段落和瞬间，并为这些段落和瞬间找到合适的心灵形式，使之被缝合到一个大的精神洪流之中，是历史文化散文作者急需解决的难题。

历史是什么？对于历史学家来说，历史是知识和材料，是铁的事实，他们有理由去寻求历史的正解；如果一个散文作者也像历史学家那样，试图以史料来求证历史的正解的话，那就失去了文学写作独有的意义。历史的力量，对于文学而言，恰恰是以非历史的方式达到的；文学不是为了寻求历史的正解，而更多是为了补上历史的肌理和血肉，让历史活起来。文学是活着的历史，逝去历史中的烟火气、日常细节、个人命运，那些无声的痛苦和悲伤，主要是通过文学来记录和保存的。历史下大的事实判断，文学记录小的精神波纹，历史不太会在意洪流中的渺小个体，而文学天然地贴近被侮辱、被损害的小人物。文学是让无声者发声，让无力者前行。

可当下的文化散文作者，在进入历史（历史文化和历史人物）的时候，往往表露出一种试图纠正历史的文化态度，他们的行文中，似乎总是在辩白，在澄清，在告诉读者历史是这样的，不是那样的，而忘记了他们手中那些有限的材料，并不足以做这样正大的事情（张爱玲说，历史是一个美丽而苍凉的手势；胡适则说，历史像一个小姑娘，你怎么打扮她都行）；结果，多数的历史文化散文，都落到了整体主义和社会公论的旧话语制度中，它无非是专注于王朝、权力、知识分子、气节、人格、忠诚与反抗、悲情与沧桑之类，并无多少新鲜的发现。

这样的历史文化散文可以休矣！散文是个人的、独立的，它最怕落入整体主义和社会公论之中。困境就在这里，当历史在为散文作者提供有力支援的同时，也为他们设下了陷阱：由于历史的阴影过于强大，作家往往无法挣脱它的圈套和逻辑，最终只好臣服于它。在最需要作家发表史识、最需要作家表现出人性洞察力的时候，作家的身影却淹没在历史那阔大的阴影里，这与文学所需要的独立、创造的品质是背道而驰的。散文的写作不应受制于历史（更不是简单地转述历史），而是要以非历史的方式来面对历史本身，只有这样，他的写作才会显露出真正有价值的个人眼光和精神省悟。

什么是非历史的方式？也许就是我上面所说的"在野的文明、异质的文化、民间的传统"，它们可能处于历史的背面，在常态化历史的暗处，这个最接近人性的区域，才是散文真正值得用力的地方。如果说，历史研究主要是材料发现和辨析，那么，散文写作则应该是一种精神发现和挖掘。这种精神发现，往往是非历史的，是在野的、异质的、民间的——它能有效地联结历史和作家之间的精神通道，能到达历史所蕴含的人性的深处。

这其实是一种历史的方法论，也是一个"历史理解"的问题。对于当下盛行的历史文化散文的写作者来说，历史理解的问题依然悬而未决，他们更多的还是操用"历史纠正"的方式，而我想强调的是英国哲学家卡尔·波普尔的"历史理解"的观点。波普尔在《通过知识获得解放》一书中说："理解我们自己的世界和我们自己还不够。我们也想去理解柏拉图或戴维·休谟[David Hume]，或伊萨克·牛顿[Isaac Newton]。好的历史学家会增强这种好奇心，他会使我们想去理解我们以前所不了解的人们和情境。"①好的文化散文作家也应如此，面对历史，他们不该热心于"去纠正"，而是要谦卑地学会"去理解"，这二者有着不同的精神指向：前者指向材料和事实，后者指向人性和精神。

如果换一种说法，那就是，历史学家多追求"历史的意义"，散文作家则多追求"生活的意义"。如此概括，并不等于说散文写作遇见历史问题时，就去刻意地回避，不是的，它同样需要追问，需要沉入历史的深处，以聚集那些话语碎片里的精神力量。说散文写作追求"生活的意义"，就是要它不仅有历史意识，还要有精神识见，用卡尔·波普尔的话引申出来说，那就是：作家可以给予历史一种意义，一种对于自己今天的生活和精神有崭新发现的意义，而不是一味地去探求历史的隐蔽意义。

---

① ［英］卡尔·波普尔著，范景中、李本正译：《历史哲学的多元取向》，见《通过知识获得解放》，中国美术学院出版社 1996 年版，第 204 页。

"给予历史一种意义"，还是"探求历史的隐蔽意义"，这对于历史文化散文的写作是根本不同的。前者才真正体现文学的主体创造。若陷在"探求历史的隐蔽意义"这一泥淖之中，就会丧失文学写作应有的价值发现和自由想象的权利。尤其是历史文化散文的写作，不是依靠"历史的方式"，而是寻求"非历史的力量"；不是追求"历史的正解"，而是指向"在野的文明、异质的文化、民间的传统"；不是"去纠正"，而是"去理解"；不是表现"历史的意义"，而是寻找"生活的意义"；不是"探求历史的隐蔽意义"，而是"给予历史一种意义"。在当代，能有如此识见的历史文化散文作者并不多，这种路径的散文写作，在余秋雨之后一直未见大的起色，原因也在于此。没有史识，作家就不可能真正与历史、文化进行精神对话，反而容易被各种亦真亦假的史料所淹没。

关于这点，鲁迅的一段话值得回味。他在一九三二年八月十五日晚上写的一封信中，向台静农谈论郑振铎的《中国文学史》一书（该书深受胡适影响）时说：

> 郑君所作《中国文学史》，顷已在上海预约出版，我曾于《小说月报》上见其关于小说者数章，诚哉滔滔不已，然此乃文学史资料长篇，非"史"也。但倘有具史识者，资以为史，亦可用耳。[1]

---

[1]　鲁迅致台静农信（1932年8月15日），见《鲁迅书信集》（上册），人民文学出版社1976年版，第319页。

其实，在当时那种境况下，郑振铎能写出一部"文学史资料长篇"，已属不易，鲁迅之所以还提出批评，原因在于他坚持了"史识"这一更高的标准，并推崇以"史识"看史料。在他看来，唯有这样，才能写出真正的"史"，才能发现真正有价值的"史论"。这是有道理的。以此来观照当代的历史文化散文写作，会更觉"史识"的重要和可贵，否则，面对浩瀚的史料，作家如何才能从中解放出来？又如何才能发出自己独立的声音？

> 资料有时可以借助于别人搜集的成果，"史识"则必须是研究者具有独到的见解，能够从大量资料中找出它们的内在联系。①

正因为看到了这一点，当下也有一些作者，试图在历史文化散文领域做出新的努力，比如卞毓方，他那本颇具影响的"文化大散文"《长歌当啸》②，就试图找寻一些新的写作思路。这本历史文化散文集，一共写了二十位文化名人（其中多数生活在二十世纪，如毛泽东、蔡元培、鲁迅、胡适、郭沫若、钱锺书等人），作者通过描述这些人物的存在旅程和精神轨迹，呈现了

---

① 王瑶：《鲁迅古典文学研究一例》，见《王瑶文集》（第6卷），北岳文艺出版社1995年版，第538页。

② 东方出版中心2000年版。

一个现代书生与文化伟人对视时的复杂景象。说实话，这种散文是很难写好的，面对的都是"须仰视才见"的高大人物，即便作者把眼光和姿态放得再平，主导的语调还是景仰和赞美，很难真正逼近人物的内心。韩愈在《荆潭唱和诗序》中说："欢愉之辞难工，而穷苦之言易好。"但细心的读者都能看出，卞毓方力图在创造一种能与伟人平等对话的语体，也极力想通过史论的方式，出示自己言说的价值依据。甚至在语言雕琢、谋篇布局和取材创意方面，卞毓方的散文可资借鉴的地方也有不少，这点，已经有不少人撰文论述，我不想多说。

我要继续追问的是：卞毓方的《长歌当啸》作为新的历史文化散文范本，是否突破了我上面所说的困境，进而呈现出了新的视野和境界？我觉得没有，至少，并没有打消一直残存在我心中那些对历史文化散文的疑虑。它不仅是卞毓方要面对的问题，其实也是所有历史文化散文写作者必须面对的问题。比如，如何在连篇累牍的史料中建立起"非历史"的、"去理解"的读解方式，卞毓方似乎还没有足够的自觉，他还经常受制于公共层面的历史结论（最典型的是写马寅初的《思想者的第三种造型》一文，如果抽掉那些我们耳熟能详的马寅初的光辉事迹和豪壮言行，以及由此生发出的知识分子的骨气方面的慨叹，属于作者自己的独特识见实在不多），而难以找到一条线索，将个人的眼光和史识贯彻到底；个别的篇章，甚至还有在转述史料时被史料淹没的危险。而我上述所说的"非历史的力量"，"在野的文明、异质的文化、民间的传统"，"给予历史一种意义"等要素，一旦不能在历史文化散文中得到有效的落实，就我个人而言是不满足的，因为除了这些，你找不到让散文写作独立于历史研究的其他理由。

德国理论家瓦尔特·本雅明的一段话，或许值得所有历史文化散文写作者牢记：

> 历史地描绘过去并不意味着"按它本来的样子"（兰克）去认识它，而是意味着捕获一种记忆，意味着当记忆在危险的关头闪现出来时将其把握。[①]

其实，即便是历史本身，也有许多"生活的意义"在等待作家们去掌握和发现，关键是看作家是否具有掌握和发现它的识见和能力。比如，我注意到，那些进行历史研究的学者（如胡适、傅斯年、陈寅恪等人），比起那些研究文学、哲学的学者（如金岳霖、冯友兰等人），内心常常是较为清醒的，在一些大是大非的关键时刻，在需要做出果断的价值抉择的时刻，他们往往有着更令人敬佩的精神姿态。可是，如此明显的事实，并没有什么人用"给予历史一种意义"的史识来言说它，原因很简单，就是面对历史，我们缺少"去理解"的人。

因此，历史文化散文的困境，不在于作家们缺乏历史知识，

---

① ［德］瓦尔特·本雅明著，［德］汉娜·阿伦特编，张旭东、王斑译：《启迪：本雅明文选》（修订译本），生活·读书·新知三联书店2012年版，第267页。

而在于他们缺乏史识，缺乏深邃的精神发现；无"史识"，你就无法超越材料，获得洞见。而按我的理解，散文之"识"，对于历史文化散文尤其具有决定性的意义，它的准确说法是：面对历史，"去理解"，并努力"给予历史一种意义"，以最终完成一种"非历史的力量"。

我喜欢这个说法，尽管它看起来多少有点高不可攀。

余秋雨之后，中国开始进入一个崇尚大文化散文的阶段。如何像余秋雨那样，从历史活动中升华出一种较为开阔的散文精神来，一直是一些人在散文写作中悬而未决的难题；也有人跟在余秋雨的身后开始摸索，小有所成。但开创者余秋雨却受到了严厉的攻击。这未必是公平的。只要回想一下在余秋雨之前中国散文的境况，就会知道，余秋雨在散文的文体、气象和语言上的探索，还是为当代散文写作提供了许多新鲜的经验，也部分改变了当时那种腐朽、僵化、小气的散文路径。而且在阅读的愉悦性上，余秋雨的散文也是其他人难以匹敌的，当然，我指的主要是《文化苦旅》和《山居笔记》。

问题也就出在这里。很多人对余秋雨的散文大加批判，一个重要罪证是他的散文过于煽情，并据此认为，他散文中的一些史实纰漏也是因为煽情的结果。这种说法不无道理。但我要追问的是，散文作为一种话语性的精神活动，难道只能遵循史实逻辑，而不能遵循情感逻辑？难道作家的笔触要处处都符合历史和理性的标准？也不一定。毕竟，文学中的情感表达有其独立的价值，并常常凌驾于历史和理性之上，哪怕夸张一点也是常事。如果不是这样的话，历代的文学作品，恐怕没有几部是经得起推敲的——李白的"千里江陵一日还"，卡夫卡的人变甲虫，就事实而言，又何曾有符合历史和理性的地方？这是一个文学常识。所以，若能将作为散文家的余秋雨和作为学者与明星的余秋雨区别开来，就不难获得关于余秋雨散文的客观认识。说余秋雨的散文是大散文，指的是他的散文在视野、气势和深度上，都超越了现有的模式，气象上较为大而开阔，确有过人之处。尽管他后来的一些书越来越弱，但他对于大散文的概念被确立为散文写作的一种主要方式，还是有贡献的。

而我常常感到奇怪的是，周涛的散文居然也被划归到了大散文的行列中，甚至坊间还有"南余北周"的说法——从如此粗糙的命名中，不难发现当代文学潜藏的混乱情形。稍微读过这两人作品的人，都能看出他们是完全不同的两类散文作家：余秋雨有缜密的思维、文雅的语言和深刻的历史洞察力，而这恰恰是周涛所匮乏的，周涛的长处在于作品中有松弛的心性和自由的情思。余秋雨的散文在情感上常常大起大落，周涛散文的情感起伏往往显得平淡。

我当然知道，周涛在散文上也曾做过追求"大"的努力，但他这种努力并不成功。俗常所说的大散文，需要的是有深度的哲思，而非周涛这种浅淡的感想；即便在语言上，它要的也是那种有内在前进力度的语言，而非周涛这种散淡而松弛的语言。遗憾的是，周涛自己在这点上并无足够的自觉。他大概受外面评价他的声音的影响，多少有点迷失在这种散文之"大"

里，这从《游牧长城》和《山河判断》这样的书名中就可看出。很多作者和读者，都陷入了一个误区，以为散文的"大"，是指作家所关注的物质时空的"大"；其实，散文真正意义上的"大"，指的是精神空间、思想境界的开阔与深邃。如果一个作家没有这种思想能力，却硬要去把握一个大的题材，最终就会显得空洞而漂浮。

周涛与余秋雨的区别正在于此。比如，同样是写山西，余秋雨的《抱愧山西》有那个能力，通过对山西历史的梳理而贯注自己对这个地理区域人文状况的独特思索；周涛在《老家在山西》《酒一样的乡情醋一般酸》《老父还乡》这些涉及山西的文字中，写得好的部分是带着感情的现实人事，而绝非对山西进行整体性的观照。可周涛偏偏不甘心自己的笔触一直沉迷于现实事象，他总想将自己的思绪扬起来，于是，他在散文中就常发感慨。他在《老父还乡》中这样写道：

> 我们为什么要如此重视故乡呢？从空间上讲，故乡已与我们的生活相距甚远；从时间上讲，故乡早与我们相隔数十载，相会不过两日，匆匆又将离去；从环境上讲，故乡还很贫困，远不如我们生活的那座边城。①

这段话，作者是想用来提升"还乡"的意义，以深化这篇

①　周涛：《老父还乡》，见《周涛品味文集》，广东人民出版社2001年版，第65页。

散文的力度，但我认为，这恰恰是对整篇散文真实情愫的破坏，因为这段话除了空洞的抒情之外，并不能承载起作者要它承载的任何"意义"。与其用类似的肤浅议论来转换散文的精神指向，还不如保持散文该有的诚实作风，以情动人。周涛自己似乎不这样看，以至这种有意的"升华"成了他散文写作中的基本话语方式。《老父还乡》（这算得上是周涛写得比较好的散文之一了）的整个行文，就一次次地失败在这个地方，就连"我"带"我父亲"经过北京，作者也没忘记重重地抒情一回：

> 北京对我父亲来说是个什么地方呢？是陌生，是熟悉。是拥有，是失去；是别时容易见时难，是一段情缘两相弃。北京啊北京，你怎么说也是我们心中一颗明亮的星……你还是我们生命历程这部大书的一篇总序言，打开这一页，整部书里的各个章节历历在目。①

这是典型的过度升华。一个有现代意识的散文家应该知道，过度升华是现代散文的大忌。像"北京啊北京，你怎么说也是我们心中一颗明亮的星……"这样的刻意升华，看起来是为了使散文走向"大"，实际的效果却不仅平庸，而且空泛。类似的例子还有很多。我并不欣赏散文界盛行的这种尚"大"之风，它使许多散文变得轻浮，离自己的心越来越远，好像大家都在

---

① 周涛：《老父还乡》，见《周涛品味文集》，广东人民出版社2001年版，第49页。

为远方写作，很少有人关心自己身边的细节和经验，并记录下最为日常的精神发现。

散文离开了诚实的面貌和真实的内心，仅仅依靠一些阔大的感叹，就能抵达理想的境界吗？阔大的感叹只会落入社会公论和人云亦云之中，唯有透彻的个人感悟和锐利的精神发现，才是维护散文个性的重要力量。因此，散文写作与其追求空洞的"大"，还不如从实在的"小"处进入，把力量集中在一点上，尖锐地表现事物本身，这未尝不是企及大散文境界的方式之一。

周涛的写作，也提供了这方面的成功范例，比如他的《狗狗备忘录》。它是周涛最优秀的散文篇章之一。它的成功，就是因着我上面所说的"把力量集中在一点上，尖锐地表现事物本身"的缘故。在《狗狗备忘录》里，周涛有效地克制了自己的升华欲望，而把笔触的重点转移到对"狗狗"的细节摹写上，并在这种摹写中进一步发现狗与人的微妙关系。由于有大量从日常观察而来的细节、经验，周涛可谓将一只"狗狗"给写活了，角度虽小，可力量一旦集中起来，就能将"狗狗"身上潜藏的内涵给逼示出来，至终，这只"狗狗"就成了有锐利发现的精神个案。

试看下面这段话：

> 人在决定养什么狗的时候（偶然收养的不算），总是以自己的品味、性情、审美眼光来挑选的，可以说，是挑选

更像自己的狗。人是在养一个非己的自己，生活在一起，沟通，解闷；狗呢，调动起全部的生存本能和聪明才智，适应你，讨好你，依赖你；本来是为了有骨头啃，渐渐成为习惯和本能，代代遗传，代代进化，以至成为人类的保镖、门将、战士、仆从和弄臣。①

同样是带着升华性质的议论性话语，为什么在《狗狗备忘录》一文里，读起来不会像《老父还乡》里的议论文字那样空洞？原因在于，它的背后是以富有表现力的细节和经验作为基础的，而且，这段话也充满了作者个人的精神发现。二者一结合，散文的境界就会开阔起来。这样的散文，作者所择定的视角是小的，切入点也是小的，但因为作者所选择的点可以准确地将自身的力量集中起来，可以在事物的本质里面长驱直入，散文所需要的精神深度就得以建立。从小处进入的散文，同样有可能是大散文。这个时候的散文之大，不在于散文的广度，而在于它的深度；而好散文的深度，正是靠作者个人的精神发现来完成的。

当代散文要重获新的美学境界和精神空间，光在外面求"大"是无济于事的。那不过是一个假象。已经有太多的人，为了使自己的散文看起来是"大"的，不仅篇幅越写越长，而且在主题选择上也显得刻意而张扬，好像只有以纵横上下五千年

① 周涛：《狗狗备忘录》，见《蘸雪为墨》，河南文艺出版社2002年版，第2页。

的方式来写敦煌、沙漠、历史古迹、寂寞文人等，才符合所谓的"大散文"的模式——余秋雨在这方面的成功太显著了，其他人自然就趋之若鹜。余秋雨身后，出现了太多解读历史文化、感叹自身情怀的散文仿品。要想从这种状况里突围，首先必须转变散文观念：不要一味地求"大"，相反，写作要用真实的"小"来对抗虚假的"大"；把力量集中在一点上，并尖锐地进入这个点的深处，反而能够达到散文的"大"境界。

散文之"大"，不在于某种外面的架势，而在于它深处所敞开的精神密码、所隐藏的个人感悟有多少，以及作者在作品中所完成的心灵建构和文体创造是否具有鲜明的辨识度。这些才是最终衡量一个散文家是"大"还是"小"的根本尺度。就此而言，我对周涛散文的总体评价刚好与现成的文坛结论相反：周涛那些试图写"大"的散文，往往容易显得空洞而刻意；他那些从"小"处集中力量的篇章，更见他松弛的心性和自由的情思。我愿意将后一种散文谓之为"大"。

第二节　写作的幻术

钟敬文说，"五四"之后，中国散文发生了三大改变："'白话'替代了文言，是文字媒体的改变；纵意、随心的'即兴'笔墨替代了起、承、转、合的严谨'规矩'，是内在精神外现为结构、布局的改变；鲜明的主体'个人'（个性、人格）替代了宗法的'君亲师'，则是最深层、最根本的改变。"①这个概括有些已是当代散文的常识，唯有第三点，就是"个人"（个性、人格）的强化，至今仍是中国当代散文写作远未完成的使命。这几十年来，任何一次散文变革（或大或小）都与个人的创造性再次获得了解放有关。

由余秋雨而起的文化大散文的热潮，就是典型的个人面对自然、历史时的一次突入和创造。在他身后，游记有了更深的人文追索的意味，历史也在个人视角下进行了现代阐释和精神重组。在散文本来已无所作为的领域，余秋雨以他的个人独有的方式，为散文重新面对自然和历史发言找到了一条新的通道。大概受余秋雨的"文化苦旅"启发，二十世纪九十年代的散文界，从南到北，都开始了一场声势浩大的文化旅行，出行者众，发表的文字也多，统一把它们都称为"文化散文"来考察，倒也方便。

按照余秋雨自己的表述，他在自然和历史中旅行，目的不是为了观赏和研究，而是有一个更大的雄心——"为社会和历史提供一些约定俗成的起码前提"（《文明的碎片·题叙》），而核心的依据是"基于文化良知的健全人格"（《风雨天一阁》）。在另外一个场合，余秋雨又说：

> 我们这次旅行，就是为了寻找景物背后这种没有凝聚

---

① 钟敬文：《共通与殊异——中国散文发展脉络漫谈》，《光明日报》1996 年 4 月 25 日。

成实体的精神。这也是我以前在国内旅行时的目标，整整十五年，边走边伸手探摸，常常大喜过望，因为我触摸到了远处传来的体温，正像黑格尔所说的那样，在灰烬堆中摸到了历史远处的余温。①

中国游记散文历史悠久，但堆砌辞藻者多，被名山大川、历史古迹吓得目瞪口呆者也多，余秋雨这种"寻找景物背后这种没有凝聚成实体的精神""在灰烬堆中摸到了历史远处的余温"的思想自觉者，并不多见。因此，余秋雨得以开创一种散文话语的新潮流，并非真像一些人所说的那样，仅仅是出于历史的巧合或媒体的炒作，还是应该看到，这背后有散文自身变革和创造的需要。

其实，从二十世纪八十年代中期出现"寻根文学"以来，文化批判和文化反思就一直是当代文学的重要维度。但小说的叙事性，注定它所做的文化追问只能是暧昧而晦暗不明的，理论的精英化，又使得文化研究只能为少数知识分子所理解，余秋雨的出现，为文化关怀和文学传播找到了一条更大众化的途径——文化散文。余秋雨率先将自己从景物迷恋和知识崇拜中解放出来，将景物和历史置于大的人文视野中来观照，并将自己的个人感叹交织其中，学识、智慧和感情融会在一起，一种新的散文文体就诞生了。

---

① 　余秋雨：《河畔聚会》，见《行者无疆》，华艺出版社2001年版，第213页。

我无意在此对余秋雨的散文特色做更多的研究，也无意在此探讨余秋雨散文的得失（这是另一篇文章的任务），只是惊讶，何以余秋雨的话语方式具有如此巨大的再生性和复制性？这些年所读到的文化散文，在某种程度上几乎都呼应了余秋雨的两个文化意象：自然的人文化和历史的当代化。但多数人没有余秋雨的才气和学识，以致文化散文在繁盛的同时，也落入了俗套——要么是站在景物面前，盲目升华，信口开河，大发公共的感叹；要么是沉在历史里面，皓首穷经，忙于考证，最后被一些了无新意的知识和材料所淹没。余秋雨的文化散文，远比资料考证、历史重述和文化评价要复杂得多，除了文字上的创造性，绵延在余秋雨散文深处的，其实是一种以个人方式进行文化心理追索并试图重建一种文化人格的写作指向。

这种重新书写自然和历史的文化散文，我姑且把它称之为表意散文。它对于过去那种表物散文（极力描写事物和景物的外在形象）、表情散文（以写作对象为由，抒发自身的感情）和表人散文（写人并与这个人的人格进行深层沟通）来说，是一种突围。关于表意、表物、表情和表人的分法，只是我一时权且用之，并非什么严谨的学术概念。表意的意思是，一切的人、事、物，都不是作者的表达目的，它们都为作者所用，或者说都为了伸张作者那个人化的文化感悟（"意"）。"意之所到，则笔力曲折，无不尽意。"（苏轼《春渚纪闻》）有了这个"意"，文章就有了一种综合能力，一种统摄力量，无论是自然的人文化，还是历史的当代化，因为有了创造性的"意"的贯彻，避免了深陷于景物描写和知识考据之中，作者的精神关怀才能得以超拔起来，灵动起来，旧的自然景观和历史事件才能获得当代性的人文阐释和审美回响。比如，余秋雨写三峡，一开始就意识到，几乎每一块石头，每一座山峰，每一处的江水，每一个典故，都已经被人写滥了，"过三峡，是寻找不得词汇的"，这种情况下，后来的写作者，就只能写一种人文山水了，只有人文山水是见仁见智，可以给个人留下想象和阐释空间的。

写人文山水，就是要在山水中"表意"：

> 白帝城本来就熔铸着两种声音、两番身貌：李白与刘备，诗情与战火，豪迈与沉郁，对自然美的朝觐与对山河主宰权的争逐。它高高地矗立在群山之上，它脚下，是为这两个主题日夜争辩着的滔滔江流。[①]

"白帝城"和"滔滔江流"人文化的过程，就是作者表意化的过程。"两种声音""两个主题"的"日夜争辩"，这个创造性的"意"无疑深化了三峡的景观文化，使它变得暗含历史沧桑和生命感怀。因此，景观只是一个表意的契机，文化慨叹和精神追问才是作者的用心。在这么一个大家耳熟能详的景观面前，即便有了资料、学问和观察力，也并非每个人都能"意之所到，则笔力曲折"，它还需要作者有强大的话语创造力和文化整合能

---

① 余秋雨：《三峡》，见《文化苦旅》，东方出版中心2002年版，第43页。

力，用英国作家弗吉尼亚·沃尔夫的话说：

> 在一篇散文里，必须凭借写作的幻术把学问融化起来，使得没有一件事突兀而出，没有一条教义撕裂作品结构的表面。①

在中国当代，有这种"把学问融化起来"的"写作的幻术"的作家是很少的。好的文化散文，就如同是一种"幻术"，能把你带到一种文化的迷幻境界，改写你心中那些陈旧而顽固的文化结论。但是，如果缺乏这种"写作的幻术"，作家所谓的"学问"就会反过来伤害散文，使得他写的每一件事都"突兀而出"，每一条教义（"意"）都"撕裂作品结构的表面"。文化散文写作中这种失败的例子，实在是太多了。

"写作的幻术"就是一种能将景观、知识和个人创造性的"意"完美结合的话语能力。余光中说"一位真正的散文家，必须兼有心肠与头脑，笔下才能兼融感性和知性，才能'软硬兼施'"②，也是这个意思。停留在景观描写和知识堆砌的层面上，散文不仅流俗，而且容易乏味，以前我们深受其害，现在虽有人跟在余秋雨身后试图获得文化审视的力量，多数时候又力不从心。从这个意义上说，散文实在是心灵和话语的实验场，作

---

① ［英］弗吉尼亚·沃尔夫著，辛亨复译：《论现代散文》，《散文世界》1986 年第 8 期。需要说明的是，沃尔夫现译为伍尔夫。

② 余光中：《散文的知性与感性》，见《余光中集》（第 8 卷），百花文艺出版社 2004 年版，第 338 页。

不得假的；心灵企及不了那个境界，话语又匮乏文化整合能力，即便借助了很多辅助性的手段（篇幅越来越长，史料越来越多，语气越来越大），终归没有那个气象。

知识是很好的东西，关键是看你怎么整合和应用它。美国学者，也是我个人很喜欢的散文家爱默生说，书本理论是高尚的，但一个写作者要"用自己的心灵重新进行安排，然后再把它表现出来。进去时是生活，出来时是真理；进去时是瞬息的行为，出来时是永恒的思想；进去时是日常的事务，出来时是诗。过去的死去的事实变成了现在的活生生的思想。它能站立，能行走，有时稳定，有时高飞，有时给人启示。它飞翔的高度、歌唱的长短都跟产生它们的心灵准确地成正比"①。要将"过去的死去的事实变成了现在的活生生的思想"，心灵就得深度参与。因此，文化是一种"意"，心灵也是一种"意"；表意既是一种文化关怀，也是一种心灵建构。

"凭借写作的幻术把学问融化起来"和"用自己的心灵重新进行安排"，这正是我们要追求的文化散文的两个重要文学维度。很多文化散文作者其实意识到了这两点的重要性，但一进到写作实践，则有天壤之别。

文化散文依靠史料创新的可能几乎不存在了，文学审美毕竟不能混同于文化研究，它能用力的地方，就是通过作者自身体验和发现，找到一种能把"过去的死去的事实变成了现在的

---

① ［美］拉尔夫·沃尔多·爱默生：《美国学者》，见孙法理选译：《美国散文选》，重庆出版社1985年版，第76页。

活生生的思想"的心灵能力，"凭借写作的幻术把学问融化起来"。这样，文化散文才能突破现在的困境，获得新的对话空间。这种对话，就是贯彻作者的笔意、心意、情意的过程。无"意"就无文化散文，但"意"若流于史料堆砌、公共结论，文化散文也就失去它的个性了。

只是，在余秋雨等人的影响下，越来越多的人涉足历史的后花园，力图通过对旧文化的缅怀和追思，建立起一种豪放的、有史学力度的、所谓大气的新散文路径。这个潮流所出示的话语方式，满足了许多人的文化期待，也使许多人觉得在散文中建构大话语模式的梦想正在实现。朱大可在其批评余秋雨的长文《抹着文化口红游荡文坛》中，详细分析了余秋雨所代表的话语经验里，是如何贯彻煽情主义策略的。比如，余秋雨《苏东坡突围》一文，有这样一段话："贫瘠而愚昧的国土上，绳子捆绑着一个世界级的伟大诗人，一步步行进。苏东坡在示众，整个民族在丢脸。"朱大可尖锐地指出："这是动辄上升到'民族高度'进行煽情的范例。苏东坡遭到告发和逮捕，这首先与'贫瘠'和'愚昧'无关（他无非是险恶的官僚政治斗争的牺牲品而已），其次与'民族'大义无关。试问：余文的'民族'究竟是一个什么样的概念？是宋代的汉民族，还是今天的所谓'中华民族'？苏的被捕究竟丢了谁的脸面？谁又在'民族'之外进行了文化或道德注视？或者说，民族的'脸面'又是怎样一种价值尺度？然而，毫无疑问的是，正是这一陈述所包含的道德力量，点燃了人们对'差官'以及昏君的仇恨。同时，旧式文人的尊严，在这个叙述和阅读的时刻里获得了短暂的实现。"①

朱大可所论，可谓触及了散文界这种想象性写作的一个痛处。我在读王充闾的历史文化散文集《沧桑无语》时，就经常想到余秋雨，同时也想到了朱大可的相关批评。王充闾这本散文集和余秋雨的《文化苦旅》都属于上海东方出版中心的"文化大散文系列"，而且王充闾和余秋雨有着相似的历史兴趣。他们想象的边界都在一些类似的文化名人和名胜古迹上展开。不过，与余秋雨比起来，王充闾的文字显得冷静一些。冷静，并不等于内心就趋于寂静了。王充闾不机械地追求回到事实中的历史现场，他走的是以诗证史、以诗言思的话语道路。所以，他对李白、苏东坡、陆游这些诗人情有独钟。他在《沧桑无语》一书的附录中说：

> 我在散文创作中，追求诗、思、史的交融互汇。……一篇优秀的历史文化散文，不应满足于只对历史场景的再现，而应是作家对史学视野的重新厘定，对历史的创造性思考与沟通，从而为不断发展变化着的现实生活提供一种丰富的精神滋养和科学的价值参照。②

---

①　朱大可：《抹着文化口红游荡文坛》，见《十作家批判书》，陕西师范大学出版社 1999 年版，第 36 页。

②　王充闾：《沧桑无语》，东方出版中心 1999 年版，第 290—293 页。

诗文与山水，往往是散文写作者进入历史的两条最重要的通道，王充闾的写作也不例外。他的优势在于他有较丰富的古代文化的学养，以及对浸淫着文化血脉的山水的游览经历。这些特点，在王充闾的文字中不难看出。王充闾对历史和文明有一种深情和专注，他这么一个有许多俗务缠身的人，没有放弃对权势、专制、暴力的警惕，转而竭力地思索文明的命运、历史的沧桑，确实是一件让人感慨的事。在《文明的征服》一文的最后，王充闾说："呜呼，遐方禹域，依旧是天淡云闲，铁马金戈，都付与荒烟蔓草。谁是最后的征服者？不是拿破仑，不是沙皇亚历山大，也不是熙宗、海陵、世宗完颜三兄弟，而是文明。"①我想，有了对文明的信仰，人的生存才会有展开的底线和基础。

写作就是不断地从历史中，从已有的文明中找寻精神的源流和光芒。历史里还有太多的资源没有被发掘出来，我们的精神贫乏，常常是因为忘记了人类是从哪里走过来的。即便是无情地批判中国数千年"吃人"历史的鲁迅，也在《中国人失掉自信力了吗》中说："我们从古以来，就有埋头苦干的人，有拼命硬干的人，有为民请命的人，有舍身求法的人……虽是等于为帝王将相作家谱的所谓'正史'，也往往掩不住他们的光耀，这就是中国的脊梁。"②进入历史，理解历史，关键是看你用什么

① 王充闾：《沧桑无语》，东方出版中心1999年版，第171页。
② 鲁迅：《中国人失掉自信力了吗》，见《鲁迅全集》（第6卷），人民文学出版社1981年版，第118页。

样的眼光，汲取什么样的滋养，它将决定你所获得的历史馈赠到底如何，正如理解、信服"中国的脊梁"，一个人就会多一些骨气和力量。

当然，王充闾与历史场景、文化名人的对话，远比这些要广泛。他除了鉴赏文化人的人格魅力之外，还极力把读者引到诗性与审美的道路上来，希望以此来显现生命本应有的意义。这种特殊对话通道的建立，是王充闾散文最有价值的地方之一。他说："我相信古人说的：'诵其诗，读其书，不知其人可乎？'所以，每当读了某人的诗文集，我总要沉思默想一番作者的音容笑貌、品性丰神，努力使他（她）在眼前挺立起来，活灵活现。"[1]这话出自《梦寻》一文，在该文中，作者考察了宋代诗人陆游诗情交织的曲折历程，这比俗常所理解的陆游是一个爱国诗人，意境上要广阔得多。作者抓住陆游与唐婉之间因着母亲反对而夭折的短暂婚姻的悲剧性，作为进入陆游诗歌和心迹的解码口，进而追逼出陆游身上被时间逐渐隐去的部分。"陆游，这个生当理学昌盛时期的封建知识分子，没有也不可能以足够的觉悟和勇气，去奋力抗击以母亲为代表的封建宗法势力，但在他的内心世界，却始终不停地翻腾着感情的潮水，而且，一有机会就冲破封建礼法的约束，作直接、率直的宣泄。"[2]一方面是现实的残酷与无情，另一方面是"梦中结想、梦中追忆"，后者是对前者的缓解和抚摸，它构成了陆游身上基本的心灵节律，

[1]　王充闾：《沧桑无语》，东方出版中心1999年版，第90页。
[2]　王充闾：《沧桑无语》，东方出版中心1999年版，第87页。

这是非常动人的。作者最后总结道：陆游"晚岁返回故乡，尽管大部分时间流连山水，但他仍然念念不忘沦陷的中原，念念不忘地下的唐婉，这是他晚年的两大隐痛。'尚余一恨无人会'，'但悲不见九州同'。正是这两个情结，为我们留下了一个感情完整、境界高远的诗翁形象"①。这种行文方式，已经接近于做专业论文了，或许这就是王充闾所说的"诗、思、史的交融互汇"吧。又比如在《青山魂》一文中，作者同样注重诗人李白的生命状态的呈现，从"现实存在的李白"和"诗意存在的李白"这两个向度，来探查李白身上带有普遍性的"士"的性格与命运的悲剧。这两个向度之间的巨大反差，"形成了强烈的内在冲突，表现为试图超越却又无法超越，顽强地选择命运却又终归为命运所选择的无奈，展示着深刻的悲剧精神和人的自身的有限性"②。看得出，作者对生命的奔放和飞扬状态是心向往之的，所以，他一再提到"魏晋风度"和"盛唐气象"，还特意论及李白的"痛饮"，并解释说："他要通过醉饮，来解决悠悠无尽的时空与短暂的人生、局促的活动天地之间的巨大矛盾。在他看来，醉饮就是重视生命本身，摆脱外在对于生命的羁绊，就是拥抱生命，充分享受生命，是生命个体意识的彻底解放与真正觉醒。"③我从这样的阐释文字中，读到了作者想从自己笔下的文化大家身上获得温暖的意向。

---

① 王充闾：《沧桑无语》，东方出版中心1999年版，第99页。

② 王充闾：《沧桑无语》，东方出版中心1999年版，第1页。

③ 王充闾：《沧桑无语》，东方出版中心1999年版，第15页。

类似的段落与篇章，在《沧桑无语》中还可以找到许多。它与全书平实、沉稳的叙述风格一道，构成了王充间最为重要的话语面貌。他和余秋雨的写作方式都是难以模仿的，因为一般的写作者会受到游历的局限，而随着这种写作的模式化，估计写作者对堆砌、梳理历史知识的兴趣也会越来越弱。王充间等人还是走的一条偏于宏大叙事的写作路子，而更多的人，是倾心于表达个人的体验和思索。这似乎是一种趋势。在一个自由、多元、分崩离析的时代，已经找不到任何确定性力量来规范写作这种纯属个人的精神事务，过去所坚守的散文规范会不断被打破，大多数散文作者所依附的那些陈旧的、急需批判和清理的话语体制将面临挑战。当代散文界有太多紧张、空洞、烦冗、毫无语言敏感的面具式写作，而我所期待的是看见一种松弛、睿智、沉着的心灵，以及舒适而健旺的话语风度。散文中最不能容忍的就是屈从于虚假和炫耀知识，或者试图通过对一些无关痛痒的细小经验的话语改造，来完成假想中的宏大命名。

然而，一种轻松、斤斤计较、无所事事的写作风习，正在悄然崛起，尤以散文界为甚。散文写作，成了许多人养病的方式，这种写作背后，没有精神上的困难与疑惑，没有建立任何写作难度，以及做出超越这种难度的努力，写作的意义正变得越来越空洞。带着困惑、质疑、不安和存在勇气的写作，才是有难度的写作。写作是一种自我斗争，它不仅要克服自己在智力、学识和精神体验上的不足，还要克服艺术惯性，以及道德上的松懈。但凡有自我追问的写作者，都会面临这样的疑问：我说的与我写的不一样，我写的与我想的不一样，我想的与我愿意想的又不一样——真实正在趋于梦想。把这些尖锐的问题省略掉之后，散文就丧失了精神基座，因此，与其通过历史述说去发那些空泛的慨叹，还不如为这个世界留下一些真实的精神碎片，这种有关内心和思想的自我训练，最终留下的或许只是一些话语碎片，但巴塞尔姆说，"碎片是我信赖的唯一形式"①，这种碎片也能诠释出散文写作的现代意义。

第三节　理解历史的方法

香港学者梁锡华在《多角镜下的散文》一文中预言，散文踏入二十一世纪中期以后"会衰退，甚至会消亡"，也许并非危言耸听。据他考证，自二十世纪四十年代之后，西方散文已日呈衰落之势，"即使驰誉世界数百年的英国散文，也难逃此劫"。②估计中国也不会例外。

余秋雨之后，很多中国作家的散文思维发生了明显的变化，散文的景象也和以前有了很大不同。尽管很多人对余秋雨有非议，但他对散文话语的改造还是开风气之先的，正如前面所说，

---

　　①　转引自［美］莫里斯·迪克斯坦著，方晓光译：《伊甸园之门——六十年代美国文化》，上海外语教育出版社1996年版，第221页。

　　②　参见梁锡华：《多角镜下的散文》，见《已见集》，香港中国学社1989年版。

今天所读到的所谓文化大散文，都在某种程度上应用了余秋雨的两个文化意象：自然的人文化和历史的当代化。可是，如果没有文化追问的能力和建构文化人格的自觉，文化大散文就会流于史料堆砌、思想雷同，也会把这种文体彻底写死。只有很少的人，能够在自己的写作中保持创造和发现的眼光，保持文化审思下的个体情怀。

浙江的张加强就是其中一个。我读过他的两本散文集，《傲骨禅心》和《忆江南》，文字纯粹、干净，能摸到作者的体温。他的一些散文，如《怅望南浔》《短命王朝长行歌》《赵孟頫出山》《长安道上一寒士》《太湖谣》等，读完令人怅惘。同样是关于历史沉思和回望古人，张加强的文字，没有给人一种堆砌史料、大发公共感叹的印象，一方面他在写作中贯注了难得的精神诚恳，另一方面他一直坚守理解历史、关注此在的写作立场，这就把他的写作从史料困境中解放了出来——他更关心的是人物内心和精神的踪迹。他的写作，不是为了重述历史，而是为了给自己找一条话语缝隙，以期由此真正理解历史，理解历史中的人和事。

很多文化散文作者，恨不得用掌握的历史材料把文章塞个水泄不通，以显示自己在历史面前拥有足够充分的阐释权。写作者在心理上变得很渺小，他甚至不敢相信自己的心灵和智慧，机械地求助史料，而无法以自己的理解去激活那些死去的历史细节，写作也就没什么创造性可言。张加强没有这样做，他早就意识到了这种写作方式的局限性，他无意摆出要发现历史真实、纠正历史错误的架势，而是尽可能地在有限的历史记忆中理解历史。

这是历史文化散文写作中应有的态度——理解历史。张加强在写作中贯彻着"去理解"的话语策略，并试图"给予历史一种意义"——不是陈旧的意义，而是带着张加强个人精神发现的此在意义。他笔下的历史，都是他自己理解过后的历史；他笔下的人物，也都是他在理解中渴望与之对话的人物。这些散文，大多情系江南，面对斯人斯世，作为一个此时的观察者，会有什么新的情思和感慨？张加强为《傲骨禅心》一书所作的代序，题目叫《寻找远逝的江南》，寻找，正是一种理解和发现的姿态。那个"远逝的江南"，在文化典籍和文化记忆里，已经有了固定而经典的形象，如张加强所描述的："徜徉在宋词的意境里，很古典地品味江南，在'杏花春雨'的氛围里，身心让黄鹂婉转、燕子啁啾的软绵绵的江南紧紧缠住。"[①]——"软绵绵的江南"，这正是江南文化留存给后人的基本记忆，今天的书写者也多半沿着这软绵绵的语气和湿漉漉的空气进入江南，以期为经典的江南增加注释和色彩。张加强原本也可以这样做，那是一种舒服的话语方式，躺在现成的文化结论里就可坐享其成，但他似乎更崇尚创造和发现，所以他没有放弃"寻找"。张加强要寻找什么？他要在"软绵绵的江南"之外，寻找和发现另一个江南，一个有血性和气节、傲骨和禅心的江南。读《怅望南

---

① 张加强：《寻找远逝的江南（代序）》，见《傲骨禅心》，东方出版中心2004年版，第1页。

浔》《短命王朝长行歌》《哲人之路》《赵孟頫出山》《长安道上
一寒士》等篇章，会发现张加强的散文确实呈现出了另一个悲
怆而深刻的江南。这个江南，和我们所知道的吴侬软语、秦淮
月色、越女浣纱、西湖泛舟式的江南，迥然不同。

这就是发现，就是面对历史的"去理解"。历史文化散文的
写作，如果没有这种"去理解"之后对现成文化结论的发现和
改写，它的意义便无从确立。

一般人都认为，就人文气质而言，慷慨悲歌之士多出于燕
赵之地，江南文士却难免给人一种"外装气度，内重心机，怀
揣一颗玲珑剔透之心，终究逃脱不了阴气的缠绕"甚至软骨头
的印象。确实，文人无行、文人无节的悲剧闹剧，在江南的历
史上并不鲜见，宋代科学家沈括对苏东坡的诬陷，明代高官温
体仁对袁崇焕的陷害，清初诗坛盟主钱谦益屡遭贬斥后的卑躬
屈膝，以及侯方域、吴梅村、龚定山、朱国弼等才子的软弱失
节，都曾令人叹息、诧异和悲愤。张加强顺势说："入太湖如入
仙境，赏西湖如赏仙子，江南人的软骨病是秀山丽水和日子富
庶的罪过，故江南人品尝不出南唐的滋味。"[①]行文如果仅仅至
此，终究没有脱离文化批判的简单思维，但张加强却将笔触伸
越到了江南的另一面，发现了另一个有气节、血性和傲骨的江
南：三国时，有位叫陈琳的江南人替袁绍起草的《讨曹操檄》，
使曹操出了身冷汗；江南才子骆宾王讨伐武则天的檄文，连武

---

① 张加强：《寻找远逝的江南（代序）》，见《傲骨禅心》，东方出版中心
2004年版，第11页。

则天自己看了都拍案叫绝；清军兵临扬州城下，颇有书生气的史可法用一篇《复多尔衮》来回应敌方的劝降书，傲骨凛然；而一代鸿儒方孝孺竟敢在明成祖登基前的大喜日子里，披麻戴孝行走于圣驾前，公然抗旨，被灭十族，浩气永贯……

　　想到这些文明史上的奇异段落，就会让人想起鲁迅在《中国人失掉自信力了吗》一文中所说的"中国的脊梁"，这些"中国的脊梁"已成了碎片，散落在故纸堆里了，假若没有人去发现和积攒，今天的人便难以再看见他们的光芒。张加强有意做一个这样的发现者。他说："江南是块不可触摸的柔软，这桃红柳绿、佳人欢娱之地，无法想象一群手无缚鸡之力的文化浪子，血写过一曲呼天号地的文化悲歌，给软江南带来英雄气厚重感。"①他呼吁："把气节从一种文化监护上升为一种文化内涵，为官荡涤五脏六根浊气，为文洗却尘世肮脏，使书香千古，使皎洁永恒。气节给江南以反思，江南何去，乃千古疑问，看来清一清江南水乡千年厚积的淤泥，实属必须。让江南从深厚走向宽广，让文化在种种转换中完成某种关怀。"②从寻找到发现，从发现到理解，张加强以散文的方式改写读者对江南的总体记忆，从而为这块桃红柳绿、佳人欢娱的软绵绵的富庶之地，注入傲骨禅心、血性硬气，"让江南从深厚走向宽广，让文化在种种转换中完成某种关怀"。张加强理解、关怀江南的此在，他有

---

①　张加强：《太湖谣》，见《傲骨禅心》，东方出版中心2004年版，第136页。

②　张加强：《寻找远逝的江南（代序）》，见《傲骨禅心》，东方出版中心2004年版，第14页。

意积攒江南历史上那些闪光的碎片，目的是要冲破固有的文化记忆，再现一个经由深度理解之后具有新的精神空间的江南。

江南成了张加强散文写作的生命之地，成了他扎根的地方，他喜欢和这块土地以及这块土地上死去的魂灵对话。他在逼近更为内在的真实。为了亲见这份真实，张加强即便写到江南的女人——本应是柔情似水的女人，他也不忘写出这些柔情女人身上常常被人忽略的悲怆、无奈和血泪。《到东吴去做女人》，写出了三国时期以小乔为代表的女性命运的悲凄和多舛；《忆江南》则专写"唐婉恨""西施怨""秦淮泪"，"秦淮之为河，旖旎已经不再，桨声、烟影、月痕已随流水落花去，然中国古之风月女子的辛酸却不肯淡去，说到底，该是中国男子汉的悲剧"[①]。张加强的文字，最有华彩之处，都在那些理解之后的体悟、沉思和感怀上；他用这种理解，把江南历史上珍贵的精神碎片缝合到了伟大文明的气脉之中。他在《赵孟頫出山》一文中说："赵孟頫一生注定孤独又寂寞，本质上是性情中人，他完全可以隐，但他选择了仕，选择了'降'，也就选择了一生的艰辛和屈辱，一生的沉闷与压抑，一生没有狂过，没有傲过，只有失望后的自省，只有对终极意义的眷恋。赵孟頫的不幸在于生活在悲剧的时代，隐亦悲、仕亦悲，成亦悲、败亦悲，一生自责，仕元的第四年，他开始反思'误落世网中，四度京华春'，次年再思'宦游今五年，掩卷一淋然'。以后又有'在山

---

① 张加强：《忆江南》，见《傲骨禅心》，东方出版中心2004年版，第211页。

为远志，出山为小草。平生独往愿，丘壑寄怀抱。昔为水上鸥，今如笼中鸟'。越是才高八斗，越是官至高位，越感觉累人。"①他在《长安道上一寒士》一文中说："浩若繁星的全唐诗人队伍里，杜甫和孟郊是两位苦命人，孟郊比杜甫的命更悲苦更凄惨，正是这两个人打破了盛唐美景。一见杜诗，仿佛见到盛唐荒芜的一角；一接触孟郊的诗，更见大唐的颓唐之容，正所谓'以诗证史'也。"②

这样的文字，不再是简单的历史转述，而是"历史理解"，以及理解之后的精神照亮。这正是当下历史文化散文写作所匮乏的。张加强的"历史理解"，为他散文中的历史景象打开了一个通向此在、通向内心的话语裂缝——在这个话语裂缝里，他的文化追问、文化关怀才得以有效地建立起来。如何使散文在写历史时关乎此在，写江南时走向个人，这中间的关键，就是"历史理解"。没有历史理解能力的人，不仅不能写好文化散文，沉迷史料的散文写作，文学性很可能荡然无存。爱默生说，书本理论是高尚的，但真正的写作者是要将"过去的死去的事实变成了现在的活生生的思想"③，这种从事实到思想的转换，需要的也许正是"历史理解"，以及如何"给予历史一种意义"。

---

① 张加强：《赵孟頫出山》，见《傲骨禅心》，东方出版中心2004年版，第57页。

② 张加强：《长安道上一寒士》，见《傲骨禅心》，东方出版中心2004年版，第83页。

③ ［美］拉尔夫·沃尔多·爱默生：《美国学者》，见孙法理选译：《美国散文选》，重庆出版社1985年版，第76页。

历史理解，其实就是"史识"，就是作者的独立见解和思想个性。这在崇尚文化关怀的散文写作中至关重要。"资料有时可以借助于别人搜集的成果，'史识'则必须研究者具有独到的见解，能够从大量资料中找出它们的内在联系。"①然而，面对历史，去纠正、去陈述的人很多，"去理解"的人却太少了。无"史识"，无"历史理解"，写作就不能超越材料，获得独特的洞见。历史之于写作的价值，绝非那些陈旧的记忆和史实，而是看它在此时、此地获得了怎样的全新理解。

一直以来，中国文人的写作都充满了对历史和土地的深情。所谓春秋笔法、史记传统，参证的依据是历史，但用以形容的却是何为好的文学，所以，《三国演义》《水浒传》《红楼梦》，名为小说，很多民间读者也是拿来做历史读解的。而历代诗文中的情怀，关乎土地、故乡的，更是不可计数。钱穆认为，中国文化是一种向后型的文化，因此文化人"很少向未来的热恋，却多对过去的深情"。这个观察是精准的。对历史和土地的情结，正是一种向后看的文化心理的表现。看清来路，以辨识出自己的血缘脉络，并找寻自己的精神根据地，这成了许多人心中潜藏的渴望。坊间流行讲论历史的书和电视节目，旅行崇尚去那些穷乡僻壤、荒野大漠，何尝不是都市人无处还乡之后的一种"对过去的深情"？只是，在许多文人那里，讲述历史变成了一种知识崇拜，朝向大地的写作，也成了其用来反抗现代化

---

① 王瑶：《鲁迅古典文学研究一例》，见《王瑶文集》（第6卷），北岳文艺出版社1995年版，第538页。

的一个道具而已。结果，文化大散文风行一时，回忆乡土的文学也比比皆是，但这些作品背后，唯独缺少的就是中国文学传统中最重要的品质：情怀，或者说心事。

没有独特的情怀和心事，历史、大地就不过是一些材料和物质而已，没有生命可言。那些死去的事实，并不能给活生生的思想以任何启示，那些大地上的花草树石，也不会和人建立起任何对话关系。很多的文学作品，背后一片寂静，无法发出有力量、有价值的声音，原因或许正在于此。

二〇〇九年，我在《作家》杂志上陆续读到欣力的专栏《骑鹤江湖》，觉得它柔韧有力，就在于这是一批内藏情怀和心事的好散文。欣力把一个风尘仆仆的行旅者的形象，缝合在历史、现实、沉思和追忆之中，那些细小的悲和喜，藏在文字深处，既是对过去的深情缅怀，也是对此世、对生活本身的一种积极回应。与那些空谈历史、堆砌材料的作家不同，欣力为自己的内心如何通往历史那些尘封的角落，准备了许多纤细的入口，而每一个入口，都浸润着作者对时光、记忆和生命本身的真实体验。

骑鹤江湖，是一种漫游方式，也是一种理想的抒发。据欣力自述，为准备这个专栏的写作，她从二〇〇八年开始的旅行，从西北到东南，行程逾两万里："西北从山西大同到内蒙丰镇、凉城、岱海、呼和浩特，经巴彦淖尔、磴口到阿拉善左旗、宁夏银川、中卫、甘肃兰州，再到张掖、玉门、嘉峪关，直到敦煌；东南由成都到富顺，向南经泸州、江安到蜀南竹海，再北上经宜宾到自贡，向西北到乐山大佛、雅安、上里古镇，回到成都；并三下扬州。其间走过燕山山脉、阴山山脉、贺兰山脉、祁连山脉；跨过黄河、长江和京杭大运河；目睹岷江跟大渡河在乐山大佛脚下汇流……"[①]在这个阔大的空间里，欣力以寻访先祖遗踪为线索，为自己绘制了一幅独特的心灵地图。

但在这个阔大空间的寻访和追思里，我以为，欣力笔下真正的主角不是她用脚丈量的那些空间，也不是她那些显赫而苦难的先祖，而是时间。我在她的文字里，到处感受得到时间的面影、时间的力量。人在时间里生活，也在时间里思索，最终都在时间面前获得公正、平等的归宿——死亡，这是人类生存的基本母题，也是人类渴望超越的精神困境。《骑鹤江湖》系列散文，昭示了人在时间面前的各种困难和情状，也写下了作者在面对时间磨碾下的家族往事时所难以释怀的一段沉重心事。

那些残破的旧居，无论是巍峨的将军府衙，还是褪色的平房，在时间的风雨中都露出了沧桑而黯淡的面容；而那些先人的气息，却似乎还在瓦缝、木纹和斑驳的窗格里发散着，在看着他的后人，也在某一种意义上滋养着他的后人。"廊柱像是一根粗原木，全裸了，没一点漆色，可雕刻的花纹迂回曲折，环环相套，精美可辨；廊檐下横梁三条，红蓝绿，斑驳了，中间以橘色、褐色雕花木条间隔；一溜白纸窗户通顶，小木格的，半人高的地方镶一尺见方的玻璃，配细绿木框；玻璃窗里露出

---

① 欣力：《开栏的话》，《作家》2009年第7期。

来——粉窗帘儿白窗帘儿花窗帘儿；窗外还有一层木头护板，镂花的，由木轴朝外支着，大开了。窗根儿摞了齐腰高的蜂窝煤，上头堆些杂物——奶箱子，笸箩，放饺子的盖帘儿；两根柱子之间拉一根绳，挂了男人衣裳，黑褂蓝裤，刚从砖窑里爬出来似的，全是土。"[1]那些旧物，那些昔日的风流，已被雨打风吹去，一切已物是人非，但在它的上面终归残存着曾经的主人的心气，当作者站在它们面前，一扇和先人对话的门就打开了。其实，历史作为陈年往事，之所以对我们这些活着的人有意义，就在于历史中其实隐藏着一团心气，而历史无论如何推演，这一团心气总是在滚动，在壮大。那些真正接通历史、理解历史的人，其实就是让这团心气在时间中继续壮大，并使之落实的人。欣力在《爱莲说——戊子年初秋在中卫》一文中写到，她收着她姥姥的一张画，画的是白莲，上面有她姥姥的题款，"还与韶光共憔悴，不堪看"，这是一个经历了时间风霜的老人对岁月的慨叹，如今，这团来自她姥姥的心气，也在激发作者继续对时间和人生做出思索，并在一种觉悟中体会到生命的通达：

> 生活究竟是怎么回事？人究竟是怎么回事？孔夫子说：四十而不惑。我已经过了不惑之年，体会是，这个"不惑"或许并非真的再没困惑，而是一种态度：人生看似纷繁，其实一切都是有因缘的。那个因缘埋得深，不容易叫人看

---

① 欣力：《我的阿拉善——内蒙阿拉善左旗寻阿拉善亲王府》，《作家》2009 年第 9 期。

见，可是你若认真看，就能看见。①

要在时间之中"看见"人生的因缘，这需要一种独特的价值视力，那种能够穿越纷繁的生活表象的锐利眼神。也许正因为有了这束眼神，作者笔下以她外祖母赵诵琴为核心的人物谱系，才会从时间的灰烬中站出来说话，并从内心深处触动作者的幽思。这个叫诵琴的、喜欢在自家花园廊下废寝忘食地读《红楼梦》的美丽少女，是如何经历漫长的人生，并成为一个心如死灰的老人的？作者写下的或许只是一些平常的人生断片，但在这些断片下面那颗波澜万丈的心，以及长达近一个世纪的浩茫心事，却写得精细传神。时间如此冷酷，生活如此沉重，赵诵琴或许不过是一粒历史中的尘埃，让人很难想象，无论经历了多少悲伤和变故，这个老人直到临终前都没有失去对爱情的追求、信仰，对记忆的忠诚守护。欣力在文中说："人说美从来都是脆弱的。再美再昂扬，以一个少女之身，怕也拗不过时代的推搡，生活的磨砺。"②但在我看来，赵诵琴那种自尊、美，她对死亡的淡然，却超越了时间和生活的磨砺，成了滋养后人的那团心气的一部分。

作者的姥姥赵诵琴，以及赵诵琴的祖父长庚将军，是《骑鹤江湖》系列散文中最动人的人物，当然还有作者的外祖父、吴爷爷、母亲等人，也写得令人感慨万千。作者这种由思念而

---

① 欣力：《爱莲说——戊子年初秋在中卫》，《作家》2009 年第 8 期。

② 欣力：《爱莲说——戊子年初秋在中卫》，《作家》2009 年第 8 期。

有的寻找，由寻找而有的记录，真不是为了给死者立传，而是希望给活着的人以一种活出意义的提示，为还在继续的人生找寻一个继续的理由。历史和历史中的人物，无论卑微还是显赫，对于追思者，都只是一个绳头而已，从它牵出来的，总是追思者的心事："可是，历史就像大自然，只能了解，没法改变。一点点挨进历史，我的手切上那条从不停歇的脉，我发现——他们就是大自然——我的祖父母、外祖父母、父亲和母亲，他们就是土地、草原、山川和河流，在历史的风尘里，坚忍昂扬地走过，让我不由得想去探寻他们经历过的岁月，想象他们的感受，我发觉，生命的意义于我，是从未有过地清楚了。"①那些消失于时间中的人和事，通过"我"内心的咀嚼、精神的反刍，让"我"领会了生命的意义，并让"我"的生命和他们的生命之间实现了对话和交流。以一个生命的专注来领会另一个生命的灿烂与悲情，以一个灵魂卷走另一个灵魂，这种以生命访问历史的写作方式，在众多有关历史文化散文的写作中，我以为是最为有效的一种。

历史必须是无论如何和"我"有关的历史，生命也必须是"我"所体验到的生命——写作就是不断地把客观化的历史和现实，变成个体的历史和现实，只有这样的写作，才有望成为"生命的学问"。历史和现实往往就衔接在个体的生命节点上，写作就是要不断地捕捉这个生命的节点，并书写出在这个节点

---

① 欣力：《我的阿拉善——内蒙阿拉善左旗寻阿拉善亲王府》，《作家》2009年第9期。

上的心事和感受。

> 今年暑假牛牛回来，我们俩去看他的姥姥、太姥姥。
>
> 我们买了两大捧花，一束是白百合配红玫瑰，给牛牛的姥姥我的母亲罗恒芳，我妈最爱百合；另一束五彩缤纷，有非洲菊、以色列玫瑰、小头康乃馨，还有带花点的小朵百合，配以黄英、星星草，热热闹闹一大捧，给牛牛的太姥姥我姥姥赵诵琴，她生前饱尝孤独滋味，我们愿她在那个世界里每天都过得欢喜。
>
> 把花在碑座上放好，我们擦碑石，沿着笔画儿，把她们名字上的灰尘擦掉。然后我们挨着站好，看她们。什么叫天涯相隔？我们跟她们之间隔着的已经不是天涯，而是两个世界。我们没有了她们，可我们还拥有彼此；我们的存在是因为她们的存在，我的存在是因为他的存在——我感觉着我的孩子，他像一棵瘦高的小松树在我身边，我感觉到我们的心，就在此刻，跳在一个节拍上——为了永远的怀念和爱，我想说：这就是人生的意义。[①]

这是欣力在《将军一去——到伊犁再寻长庚》一文中写下的感受。对生命意义的觉悟，是生命本身的馈赠，也是时间给予生命的光辉，而这个意义之所以真实，在于它可以返回到生

[①]　欣力：《将军一去——到伊犁再寻长庚》，《作家》2010 年第 3 期。

活中来，并让人对人生有新的认知。"我为此感谢我的先祖，是他们领我上路，让我看见这阔大的世界，和这些真实过活着的人们，让我终于看见生活的真相：纯朴地生活着，就是好的人生。这于我，真是大安慰。"① 这是欣力散文中极为动人的部分——她总是能够去发现日常生活中的美和温暖，并通过生活本身的力量去求证自己内心所渴求的事物。那些过去容易被作家们置放于高蹈位置上的意义和希望，其实一直在生活之中，在那些普通而可爱的脸庞上。一种可以在生活中实现出来的希望，才是可信的希望；一种可以在人性的日常中展示出来的意义，才是值得追求的意义。因此，我感慨于欣力的行旅和写作，她不是那种在历史的伤感中难以自拔的人，而是不断留意现实、生活对历史的回应，并通过这种回应来确证历史与现实中那条隐在的、一致的血脉。

在我看来，生活比历史更永久，因为生活是活着的历史，是正在进行的历史。太阳每天从东方升起，风吹过田野，小巷里的喧闹，街边飘来的酒香，一个婴孩的啼哭，校园里的读书声、鸡飞、狗跳，一个女人走过之后的香水味，饭桌上冒着热气的那碗粥，等等，这些生活的细节，不断在世界的每一个角落出现，在历史的每个时段上演，无论政局如何变化、苦难如何重压，日常生活都坚定地在着，不容修改。日常生活是时间长河中最为稳固的部分，是人类精神永不破败的肉身：

---

① 欣力：《将军一去——到伊犁再寻长庚》，《作家》2010年第3期。

　　大铁锅架柴火灶上，一锅酱色的汤翻腾着，鸡啊肉的，煮了一锅。像是刚开的锅，热气升起，香气才来。锅后头有水池，两只新杀的鸡头朝下栽里头。买了一大块卤肉，明知吃不了那么多，还是要了。但见这肉，暗红发亮，润泽无比，香气逼人，提在手上，让人不能不爱人生。

　　坐下，慢慢品炒菜搓鱼鱼配卤肉，看见对面店家的女人正照镜子。她四十左右年纪，穿碎花褂子；脸上有红似白的，想必粉儿没少扑；脑后一根"马尾"，左手腕戴坤表一块，右手拿镜——左面照，右面照，正面照，再左面右面正面……发现我看，人家别过脸去。我也别过脸去。不该那么看人。待会儿忍不住再看，人家拿了镜子，又在照。她的店没生意，所以她闲。她可也不跟别人似的招揽生意，只顾照镜子。①

　　这个画面，说出的是那种值得珍重的人世。铁锅，肉香，一个女人的爱美之心，这些都来自日常生活的最末梢，却传达着人世的暖意。那些历世历代不安的灵魂，其实不过是为了能够在这种有暖意的人世里栖居，就此而言，那些逝去的先人，他们的魂魄、梦想，从未消失，而是一直寄寓在日常生活这些周而复始的场景和段落中，我们每一个人，都带着自己的先人

---

　　①　欣力：《故里王孙曾远走——在张掖》，《作家》2009 年第 11 期。

在活着。我们是个体的人，也是复合的人。尼采说，一个作家的身上，不仅有他自己的精神，还有他朋友们的精神，说的也是这个意思。而那些能在日常生活中传承的精神，往往是最有生命力的。正是从这个角度，我感觉欣力是真正理解了自己寻找先祖遗踪的终极意义——她是为了更好地理解人世，并热爱它。为此，她写那些路遇的人，从内蒙古阿拉善博物馆的女子小陈，到阿勒泰的波兰毕克，喀纳斯的米娜，克拉玛依的古丽、韩龙，天山神境里的尼曼，伊犁河边的 Yilidalirasi，还有巴仑台的小娃娃阿吉达，欣力并不认识他们，可对他们却没有陌生感，好像早就认识过他们似的。她在追述一种历史的同时，总是愿意花笔墨去写这些平凡的人群，尤其是写他们那种看了让人觉得心里踏实的日常生活；在这种生活中，她仿佛看见了在时间的另一端活着的亲人。

我感动于此。一个能写出时间和生活的力量，并在时间和生活面前公正地看待人和事的作家，她的生命观一定是宽广的、仁慈的。确实，欣力在书写一种历史、描述一种苦难时，文字里没有丝毫的怪责和怨恨，而是充满饶恕和理解，充满理解之后的同情和释然。她说："莲花生莲子，莲子的心是苦的。可她并不怨恨。一颗受苦的心并不怨恨，是伟大的。"[1]这种仁慈而平等的生命意识的获得，使欣力找到了一种观察历史、理解人世的最佳视角。无论走过多少风雨，历经多少劫难，在我们前方

---

[1]　欣力：《爱莲说——戊子年初秋在中卫》，《作家》2009 年第 8 期。

的依然是那片生命的原野，它等待每一个人去求证，去爱，去生活。

骑鹤江湖，是为了返回人世的暖地；寻觅先人，也不过是为了回应生命的叹息。欣力的写作，使我们更好地理解了此世，也更好地理解了时间的公正和漠然、生活的热情和坚韧。

第四节　回忆就是想象力

中国自古以来重历史书写，历史大叙事与历史小叙事是两种不同的书写视角与切入模式。大叙事表现了历史的进程及其进步的意义，具有高度的概括意味，而这一意义被持续地模式化、经典化与公共化，往往会流于宏大而显得冷漠。随着这个时代商业权威的兴起、思想权威的弱化、后现代主义思潮的传播等，文化与文学开始呈现出多元并存的局面。新的历史书写的视角，即小叙事的角度，从家族、村落或个人的角度来叙述历史，是对以往固化的历史的一种补缀、丰富、深化甚至是对抗。"历史都是国家民族的历史，即所谓'大叙事'，而当'大叙事'走到尽头时，就要用老照片来代表个人回忆，或某一个集体、家庭的回忆，用这种办法来对抗国家、民族的大叙事。"①在这里，个人的历史叙述与老照片都可以看作一种私人性的历

---

① 李欧梵：《当代中国文化的现代性和后现代性》，《文学评论》1999年第 5 期。

史叙事，在公共性的历史大叙事中处于一种被遮蔽与消解的位置，"在官方的大叙事中，有些照片中的人物是或隐或现的，有时出现，有时又被抹掉"[①]。但正是这种基于私人性的个人感觉、个人记忆来书写历史的小叙事，敞开了以一种更为人性的眼光来看待历史的可能。

袁敏的《重返1976：我所经历的"总理遗言"案》（以下简称《重返1976》）就是一本追寻之作。她将一九七六年"总理遗言"案亲历者的经历与心灵历程真实记录下来，以纪实的方式执着地追寻历史冰层下的记忆与真相，通过微观历史关注，去探询她所熟悉的一群人的生命品性，以期"用文字撩起并解读过去的忧伤"。一九七六年，是一个非常态的时代的尾声。这个在中国现代史上有着某种标志性意义的年份，既是一个终点，也是一个起点。随着它的远去，很多东西由于历史的迷雾而日渐模糊，辨识、纪念它的最好方式是追忆、追寻和追问。它最初是《收获》杂志上的专栏文章，发表时经引起了广泛的关注，如今集纳成书，尤其能让人看出一个时代的创痛和感伤。

《重返1976》是以一种微观历史关注的方式，去讲述属于"总理遗言"案亲历者这个群体不可复制的时代体验、生命经历和面对历史的姿态，去展现小人物的命运在历史洪流中的跌宕沉浮，使文字涉及的历史同时也成为个人心灵的历史。但又不止于此，它还有着更广阔的关怀视野，即对于一代人的精神解

---

① 李欧梵：《当代中国文化的现代性和后现代性》，《文学评论》1999年第5期。

读，那细屑而丰盈的"小历史"背后，隐藏的是"大历史"那沉重的面影。

一九七六年轰动全国的"总理遗言"案就犹如历史长河中的一个点，而正是这个点，成了一群人生命抛物线中永远无法磨灭的原点。他们在历史的惊涛中曾被推至时代的风口浪尖，又被抛至命运谷底，被历史所遗弃。凡是这场劫难的亲历者，或许都希望忘却它，但情感可以淡化，灵魂里的伤口和烙印却无法忘怀。对于一段过去的伤痛岁月，文学家与史学家有着不同的记载方式：史学家偏重于灾难的史实，文学家更为重视受难者的心灵。《重返1976》的作者正是要我们走近当时"总理遗言"的制造者"蛐蛐儿"李君旭和传播者"瓜子"袁中伟、阿斗、"大耳朵"、晨光与毛宁等人，以期对一段生命经验进行挖掘。

从一九七六年那个春天的下午，作者的家被查抄，外出的哥哥"瓜子"与家中的父亲、姐姐相继被抓，作者与母亲被软禁在家，引出了对"总理遗言"案的再现。外号"蛐蛐儿"的李君旭是"瓜子"的同学，他外表俊朗阳光且颇有文才。李君旭与"瓜子"、阿斗、"大耳朵"、晨光等热血青年有一次围着火炉烹狗肉议时政的聚会，这群感时忧国的年轻人聊起了周总理逝世后是否留有遗言、如果有遗言内容如何等问题。正是基于这次聚会上朋友们的猜测与讨论，再加上自己的构思，李君旭偷偷创作了那份后来引起轩然大波的"总理遗言"。他笔下的这份"总理遗言"文字简洁节制、分寸把握精当，极符合人民心目中周总理的秉性与风格，更为重要的是符合那个"非常态"的政治年代内心普遍有着压抑情绪的民众的心理渴望与政治寄托。正因为如此，短短两个多月里，这份"总理遗言"已经传遍全国，由此引发了国家对伪造的"总理遗言"的追查。不到一周时间，"总理遗言"制造者李君旭就被公安局收入网中，但在那个特殊时代，内部斗争激烈的中央高层中以"四人帮"为代表的一方认为："总理遗言"案是重大的政治案件，隐藏着巨大的政治背景与政治阴谋。在政治高压与疲劳审讯之下，李君旭最终说出了"瓜子"等人的名字，导致雪球越滚越大，身边的朋友与亲人都牵连其中，分处关押。在漫长的羁押生活与无休止的反复审讯中，李君旭、"瓜子"等涉案人员都度过了人生中犹如梦魇的一段日子，他们每个人都为此付出了惨烈的代价：心力交瘁的"大耳朵"在恐惧中试图用掰成两半的小圆镜子割脉自杀；"瓜子"因关押在京城监狱时种下病根，出狱后与病魔搏斗整整六年才捡回一条命；李君旭因在监狱里长期失眠，靠吃大量的安眠酮才能入睡，药物依赖性已经等同于毒品上瘾，彻底毁灭了他，他被历史与命运所抛弃，失去了家庭、婚姻、健康与工作，脑部受重创，终日蜗居在斗室之中消磨残生……这一群人当时都是些二十岁刚出头的青年人，他们在生命最美好的时期被"政治"猛然拉离自己正常的生命轨道，虽然在这之后他们与同辈人一样工作、结婚、生活，但他们却对历史和生命有了更为深刻的认识与感悟，因为他们年纪轻轻就已承受了生命中难以承受的重压。

在作者朴实的回忆中，一种悲剧气息弥散在字里行间，它仿佛在哀悼青春岁月的逝去。作者写到袁中伟出狱时的审查结论材料的"右下角那枚带着国徽图案的中华人民共和国公安部的印章有着一种赫然和庄严"[1]，后来的平反材料"后面的月和日被一枚中华人民共和国公安部印章上庄严的国徽盖住了，努力辨认了半天还是看不清楚，便放弃了努力，因为我从心里觉得，这样的平反决定对我们亲历这个惊天大案的人来说已经不重要了"[2]——这样的细节让人真切地感到：在威严的政治面前，个人是多么的渺小。

《重返1976》力图在"个人自述"和"他者重构"中填补历史的缝隙，去追寻、补缀或恢复历史的本真面目，再现历史的真实。作者曾经与晨光、"大耳朵"与毛宁这三位当事人重返当年他们被关押的临安天目山留椿屋，去寻觅一九七六年的风雨烟云，还到关押过核心案犯"瓜子"、李君旭、阿斗以及他们父亲的北京白云路中央政法干校南门附近的那几排绛红色的砖坯平房去走访。这是穿越历史隧道、试图重返历史现场的一种执着的尝试。

许多时候，我更愿意看这种具有实证精神的作品，而拒绝看那些夸张、铺陈的回忆录或名人传记，因为那些作品里有太多想当然的、纯属虚构的场景、对话描写，缺乏的正是实证精

---

[1]　袁敏：《重返1976：我所经历的"总理遗言"案》，人民文学出版社2010年版，第47页。

[2]　袁敏：《重返1976：我所经历的"总理遗言"案》，人民文学出版社2010年版，第50页。

神。我当然知道，并不存在一种完全可靠、不被篡改的历史和事实，因为事实一旦成为历史，它的真实性也就随之消失了。任何人记住的都只是自己生活世界中一小部分的经验和常识。记忆的选择性，决定了人在多数时候是永远不知道真相为何物的。有时，你以为自己看到了真相，其实你看到的很可能还是假象——这个世界，谎言和欺骗总是比真实多得多。所以，丹麦哲学家克尔凯戈尔说，"回忆就是想象力"。这话显然在提醒我们，任何回忆录都不会是记录历史真实的可靠文本，它只能是想象的文本，是作者想象力的一次语言旅行。为此，克尔凯戈尔还专门辨析过"记忆"和"回忆"这两个概念之间的不同。他在《酒宴记》中说，你可以记住某件事，但不一定能回忆起它。"回忆力图施展人类生活的永恒连续性，确保他在尘世中的存在能保持在同一进程上，同一种呼吸里，能被表达于同一个字眼里。"而简单的记忆，记住的不过是材料，它因为无法拥有真实的、个人的深度，必定走向遗忘。因此，从哲学意义上说，回忆有时比记忆更有价值，精神的真实有时比经验的真实更为重要。

日本的竹内好说："历史并非空虚的时间形式。如果没有无数为了自我确立而进行殊死搏斗的瞬间，不仅会失掉自我，而且也将失掉历史。"[1]确实，对历史的叙述，如果没有一些"决定

---

[1] ［日］竹内好著，孙歌编，李冬木、赵京华、孙歌译：《何谓近代——以日本与中国为例》，见《近代的超克》，生活·读书·新知三联书店2005年版，第184页。

性的瞬间"，历史不过是一个苍凉的手势而已。

　　读《重返1976》，我看到了一九七六年之前这群年轻人在中学毕业时拍的合影，他们都微笑着，显得青春洋溢、神采飞扬，而三十年后这几位"总理遗言"案亲历者在为"蛐蛐儿"李君旭庆祝五十三岁生日的聚会上再一次合影，那段用血泪书写的岁月带给他们的伤害也昭然若揭。但照片上这群当年的"总理遗言"案亲历者却都有着一种安详的微笑，也许这群从历史的风云中走过来、曾经与死亡擦肩而过的人们都真切地意识到：活着真好！他们"为了自我确立而进行殊死搏斗的瞬间"，今天回想起来，未尝不是一种独特的历史见证。创作"总理遗言"的李君旭，他到底是时代造就的"英雄"，还是一个走在钢丝上的"说谎者"，还是如"瓜子"等人说的那样是一个"编故事"的人，其实这都不重要了。那份曾经传遍大江南北的"总理遗言"，虽然只是一个美丽的"谎言"，但在当时那个特殊的时刻"顺应了民心，张扬了民意"，自有它的历史能量。正如一九七六年那个冬夜里"瓜子"、李君旭、阿斗、晨光等忧国忧民的年轻人围着火炉激动万分忧心天下讨论时政的情景；"瓜子"只身一人去全国各地进行社会调查，下工厂车间和产业工人对话，到部队与军人长谈，了解全国情况；看到"总理遗言"的每一个人都激动不已地埋头抄写下来，再以最快的速度传递给自己的亲人和朋友……这些场景和细节，都是构成一段历史不可遗忘的瞬间，有了这些瞬间，我们才不会对那些已经远去的历史或曾经在历史潜流中跌宕起伏的人物进行粗暴的单向度的判断，才会用一种求真的意志和求实的态度去解码一个时代的精神，去探索历史、民族与生命存在的复杂性与多义性。

波德莱尔在《现代性》中谈到艺术家的作品与时代的关系时，强调艺术家应该以一种思辨意识去寻求时代还可能存在的价值，去提取"可能包含着的在历史中富有诗意的东西，从过渡中抽出永恒"，他认为艺术作品对时代"绝对的否定"是"一种巨大的懒惰的标志"，"因为宣称一个时代的服式中一切都是绝对的丑要比用心提炼它可能包含着的神秘的美（无论多么少多么微不足道）方便得多。……每个时代都有它的仪态、目光和举止"。① 真正试图在复杂的历史中寻找民族的或个体的存在性的时候，应该对其中的历史事件与历史场景所蕴含的复杂性贯穿更深层的思考。在《重返1976》中，幸而看到的不是"绝对的丑"，还在那一群年轻人身上看到了"美"：他们对于人性中某些弱点的真诚的宽容，以及感时忧国的"天下"意识与责任感，可以说是折射出了那个时代的一种精神之美。"在那个特定时期，特定环境的高压下，蛐蛐儿这么一个性格软弱的人为了寻求自身的解脱，他就会下意识地编故事"②，因此而受到牵连的"瓜子"等朋友们都没有怪过他，反而是后来在他病危之时，"瓜子"不顾自己的病疴之体而拼死将其送入医院进行疗救。李君旭的命运充满了悲剧性，失去了原本拥有的一切，只能以病

---

① 参见［法］波德莱尔著，郭宏安译：《现代性》，见《波德莱尔美学论文选》，人民文学出版社1987年版，第484—485页。

② 袁敏：《重返1976：我所经历的"总理遗言"案》，人民文学出版社2010年版，第137页。

躯蜗居于斗室了此残生，晚景凄凉，而正是当初的那一群"总理遗言"案的老朋友凑钱为其买轮椅，策划着为其创办一个民间基金，为他庆祝生日，为脑部受重创的他带来温暖。在那个癫狂而惨烈的时代，人性有过太多的背叛与谎言，也有过太多的软弱与自私，但书中写到，在唐山大地震之后，"瓜子"等关押在北京的犯人有了每天放风半小时的待遇，突然有一天，"瓜子"在放风院子的一个墙角砖壁上看到了一行小字："小弟，对不起！"这是李君旭写下的，他为连累无辜的人而发出的"灵魂的呻吟"①。读到这个小细节时，一种强烈的悲剧感油然而生，在宏大的历史进程中，这些小人物都会被湮灭在"轰隆隆"而去的巨大历史车轮之下，他们生命中的一些东西会被轧得粉碎，消散在历史的烟云之中，但他们的真诚呼告、灵魂自白，会被那些有心人牢牢地记住。它是历史幕布中不可缺少的亮色。

按时下常用的代际命名的方法，书中提到的李君旭、"瓜子"、晨光等人应该属于二十世纪五十年代生人，他们都有着巨大的政治热情与深切的忧国忧民的情怀。这群年轻人经常聚集在李家那间十几平方米的低矮阁楼上"激扬文字挥斥方遒"，他们对于时局的那种忧虑，对于祖国前途命运的担心，有一种使命感。在他们的血液里，有着那个时代刻意赋予他们的精神营养，诸如革命、英雄、奉献、理想等宏大的信念在激荡、在燃烧。我相信这是整整一代人所共有的"集体无意识"。

---

① 王旭烽：《人间四月三十年（代跋）》，见袁敏《重返1976：我所经历的"总理遗言"案》，人民文学出版社2010年版，第293页。

今天看来，他们那时的激情或许显得过于高蹈了，但以他们的人生对照当下的中国，是不是也能发现新的贫乏？当现在的年轻人都在追求特立独行的时候，不可否认，他们身上也强烈地带着消费社会的精神贫血，这与上一代因政治造成的贫血其实并无两样。于是，这些新一代在躯体的欲望与狂欢中沉浮多年之后，脑袋就开始起来造反——过早地体会到了欲壑难填，生活无趣。一些年轻的作者在作品中宣称："所谓的幸福所谓的激情、爱欲，都不过是转眼而过的神话。面对生命的荒谬，我们唯一的合理姿态就是神采飞扬。""很多人在频频发生艳遇，伤心或狂喜，暴富或潦倒，失眠或酒精中毒，写作或歌唱，拉帮结派或相互攻击，达达或啦啦啦。"这是另一幅生活图景，说出的是一种总体性丧失、个人崛起之后的新的生存现状，或者说生存危机。就此而言，李君旭、袁中伟、晨光等人的人生，可以视为一种理想性人生的参证，他们的激情与付出，体现出的同样是个体的尊严所在。因为真正的个人，他的精神并非只是单一地指向自己，他总是要回应内心和社会的某种要求。

《重返1976》将重大历史事件、公共记忆的思考进行个人经验化的讲述方式，以大量丰富的细节而呈现出"碎片化的历史"，这也是一种写作上的探索。

正如法国学者弗朗索瓦·多斯在《碎片化的历史学：从〈年鉴〉到"新史学"》[①]一书中论述的那样，微观史学是当代西

---

① 北京大学出版社2008年版。

方史学的重要趋势之一，这在一定程度上反映了历史学向更深层次演进的倾向。这种历史的"碎片化"或许会导致我们失去对宏观的把握，但是一种能更好地解释历史事件的历史学，恰恰是通过对这种"碎片化"的历史进行整合后建构起来的。旧有的对于历史整体的把握，多是建立在虚构的结构、意识形态和不可靠的关联上的，而更有质量的宏观综合还是需要"碎片化"的历史来支撑。作者在史实的细节上做了深度挖掘，从个体的记忆中聆听那些被历史烟云所湮灭的声音，从而对历史有了更丰富、更有质感、更立体化的发现。这种私人化的亲历倾诉，是对我们已知的正统的公共历史的另一种言说，这些细小的声音，在对正统历史进行"解魅"的同时，也为作者的历史反思提供了逻辑前提和写作基础。

"总理遗言"案过去了不过几十年，当时的年轻人几乎都还活在人世，而且都还未至耄耋之年，但在书中可以感觉到，虽经作者与其他亲历者的执着追寻与还原，但该案仍在一些关键性的地方存在着幽深而不可知的内幕。从某种意义上说，这段历史的某些真相，将永远埋藏于"总理遗言"撰写者——李君旭一个人心中。因此，对待历史，任何单一的视角都无法涵盖与支撑历史本身的复杂性与多义性，我们应学会在多维视野中去甄别和思考。

德国哲学家雅斯贝斯认为，人们之所以建构历史，是为了理解自己，历史是回忆。"这种回忆不仅是我们谙熟的，而且我们也是从那里生活过来的，倘若我们不想把我们自己消失在虚无迷惘之乡，而要为人性争得一席之地，那么这种对历史的回忆便是构成我们自身的一种基本成分。"①《重返1976》的作者也是当事人之一，她追问这段历史，的确不是为了书写一个传奇，或者简单地为某些人辩解、立传，而更多的是对自我的确认，对一种精神的召唤。确实，这一段历史已经内化到了作者心中，它是一次集体的受难，也是一种个体的创伤。看清自己是怎样走过来的，是为了自己能更好地走向未来。

也许需要记住像"瓜子"这样的人，他从关了十八个月的京城监狱释放出来后面对想采访他的媒体说："二十年内我们谁都不要说这个事情。"他温和、隐忍地面对历史与命运，他没有执着于仇恨与过往，而更多的是以一种理性的姿态去思考自己的生命走向，即使后来面对着狰狞的病魔与死神，他仍然像当初被关押在监狱里那样，以一种朴素而强烈的生命理念来支撑自己与之抗争："活下去，活着真好！"在这种生命尺度里，一切历史苦难和历史变迁都成了个体生命的一部分，他不是在对历史的责难中生活，而是带着历史生活。历史就在他的身上。与之相较，李君旭生命意义的悲剧性就被深刻地凸现了出来。这种悲剧性既隐含着生命在宏大历史面前的低微、无助，又折射出脆弱的生命个体无法跨越自身精神囹圄的悲哀。他到最后都没有坦然地面对自己的一生，终究也没有说出"结果清清楚

---

① ［德］卡尔·雅斯贝斯：《历史的起源与目标》，见［英］汤因比等著，张文杰编：《历史的话语：现代西方历史哲学译文集》，广西师范大学出版社2002年版，第55页。

楚，过程模模糊糊"的"总理遗言"案的一些关键性的真相。人性如此复杂，最终也使本来就纠结不清的历史更加迷雾重重。也许历史终归成为遥远而虚妄的记忆，而苦难历史中那些许美好人性的呈现和勃发的生命强力却仍然能让我们为之震撼，这是对历史中不断被异化和扭曲的人性的一种纠正。

在历史的长河中，一代人转瞬间即已成为过往，芸芸众生的身影在历史的困境中悄无声息地存在着，然后又被巨大的历史大潮裹挟而去，终而弥散。谁为他们的存在做证，去勾勒出他们那依稀的背影，去聆听他们在历史中心之外的边缘的声音？文学是人学，是个体心灵的历史，文学是对于"人"的精神关怀与烛照，是对生命存在、生命价值的一种深切的关怀与体认。在一个历史真相还在被各种话语所改写和遮盖的年代，"的确是需要有一些人，愿意面对历史的黑暗角落，进行心灵的逼问和审视，否则，那段历史就会轻易地被权力篡改，归于虚无"①。正是基于此，《重返1976》将亲历与寻访结合起来，使一段湮灭的历史浮出水面，在时空坐标点上复原"总理遗言"案的始末，并将笔触伸入个体生命的深层体验，去表现人性的隐忍、搏斗、无奈、纠结与坚韧。作者从个人记忆出发，没有沉迷于历史秘闻的炫奇，而是基于自身的生命立场去发现历史，追问历史，也由此领会历史给予人生的启示，使我们在对历史的回望、对人性的审视中，得以将目光越过那些个人的肩膀，

---

① 谢有顺：《话语的德性》，海南出版社2002年版，第60页。

去发现其背后巨大的历史存在。

雅克·德里达说："唤起记忆即唤起责任。"①《重返1976》是一声叹息，也是一声呼喊，它值得我们记住。

第五节　散文的常道与变道

中国学者素重写史，以史观看文学，也成为学界研究文学的一种基本方法。但文学史作为二十世纪以来盛行的一种新型治学方式，发展到现在，也开始面临困境。从近年泛滥的史著来看，有一些文学史，不过是材料的简单重复，有一些文学史，则是水准不齐的集体作业，真正形成了自己史识、史观的文学史，其实并不多。材料或许是做得日趋精细了，但材料背后如果没有学者独到的识见和价值观，就终归挺立不起一种精神，无法真正从根底上理解文学的发展和变化。因此，文学史写作，除了重史料，更需重史识，重材料背后的精神。古人做学问，讲人文修养，现代学者则更看重理论和方法，本来二者都不可偏废，但是，在一个把学问普遍等同于材料和注释的时代，重申学问与精神、修养、心力之间的关系，就变得异常重要。何以古人推崇"先读经，后读史"？就在于"经"是常道，是不变的价值；"史"是变道，代表生活和精神的变数。重修史，并在

---

① ［法］雅克·德里达著，蒋梓骅译：《多义的记忆：为保罗·德曼而作》，中央编译出版社1999年版，第1页。

修史中探询变道之规律，试图以变来为文学的发展立论，这是当下文学史写作的大势，学者之间的分歧也多出在对文学之变有不同看法。可是，文学作为一种人心和灵魂的叙事，除了变道，应该还有常道；也就是说，在变化之外，文学中还有不变的精神，所谓天地可变，道不变，这个不变，就是人类精神中的常道。

文学的常道是文学写作的原则、方向、基准。体悟到了文学的常道之后，看文学的方法就会大有不同。常道关乎价值、灵魂、生命，所谓"生命的学问"，探究的正是常道以及常道与个体生命之间的联系。生命的普遍性，蕴含在常道之中，理解了这一点，就能明白何以学问的一家之言，往往通向一个人的身世，通向一个人对生命的感悟。宋代学者程明道说，"不学便老而衰"，讲的正是学问中的生命。生命力活泼了，强劲了，才能去了悟问题、洞察自己，否则便会衰颓。这个意思，如果用梁漱溟的话说，就是"学问贵能得要"，"学问家以能得为要，故觉轻松、爽适、简单"。得要就是心得、自得。"在学问里面你要能自己进得去而又出得来，这就是有活的生命，而不被书本知识所压倒。"[①]文学史写作，历来推崇的是客观、平正，似乎唯有如此，才能获得一种历史的眼光，这种编撰方式，使得文学史家对材料产生了过度依赖，而恰恰遗忘了文学本身是一个生命的世界，如果缺乏艺术的感受力，缺乏对一个作家或一种

---

① 梁漱溟：《谈学问》，见《朝话：人生的省悟》，百花文艺出版社 2005 年版，第 31—32 页。

文学现象的解释能力，那个单纯由材料所堆砌起来的文学史世界将会多么的无趣而枯燥。

因此，在文学研究界一直有一个怪现象：史家在编撰文学史的过程中，往往大量借鉴文学批评家对作家作品的解释和评判，可他们一边在用文学批评家的成果，一边又把文学批评斥于正统的学问之外。造成如此的学术怪现象的原因，说到底是学者们对一己之性情、一己之生命与学问之间的关系，还缺乏共识。尼采说，一个作家的身上，不仅有他自己的精神，还有他朋友们的精神。这是多么不可思议的表达！治史，没有史料，是一种无知，但如果眼光太琐碎，无法从史料中超拔出来，则会面临一种精神瘫痪。现在看来，面临精神瘫痪、艺术饥饿的文学史真是太多了。文学史家陈平原在《中国小说叙事模式的转变》一书中，也谈及要防止以僵硬的教条来约束、规范活生生的创作，为此，他引用了弗吉尼亚·伍尔夫的一句话："你可以解剖你的青蛙，但是你却没法使之跳跃；不幸得很，还存在着一种叫做生命的东西。"①

"存在着一种叫做生命的东西"，这是我们面对一个活泼的文学世界时需要常常提醒自己的方面。离开了生命、灵魂、感受力，文学若只剩下一些知识和材料，它还有何魅力可言？

范培松是著名的文学史家，他之前的两部文学史——《中

---

① 转引自陈平原：《中国小说叙事模式的转变》，北京大学出版社2003年版，第253页。

国现代散文史》①和《中国散文批评史》②，是我喜欢读的。在众多文学史写作中，范培松的文风显露出了少有的激情、感悟和见识。他是严谨的学者，有疑也有信，有材料也有观点，并且有很强的对作家作品和文学现象的解释力，但他坚持在叙述中带着温润的感情和个人的见解看问题，同时，他的写作有鲜明的文体意识。他并不追求一种纯客观的态度，相反，他常常迷恋自己说话的口吻——在描述一种文学事实的同时，加入许多有心灵体温的文学感受。这已成为范培松治学的一大特色。

　　长达百万余言的两大卷《中国散文史》③的出版，更是这方面的典范。以一己之力，写就这样浩大的文学史著作，并且对散文的断代、分期，对散文作家的个人取舍，均有自己独到的见地，文风也不板结，有学者的锐利，也有散文作家的温润情怀，这在二十世纪文学史的写作中，并不多见。记得多年前，范培松曾说："一过'知天命'年龄，奇怪得很，对未来的理想竟越来越具体。……而今我的理想就是这样具体，在后半辈子撰写一套'20世纪中国散文研究系列'，它包括：《20世纪中国散文批评史》《20世纪中国散文批评文选》《20世纪中国散文史》和《20世纪中国散文选》，计划要达三百余万字。"④要完成这么巨大的计划，假如没有对文学的挚爱，没有充沛的学术激情，

---

　　①　江苏教育出版社1993年版。

　　②　江苏教育出版社2000年版。

　　③　江苏教育出版社2008年版。

　　④　范培松：《自说自话（跋语）》，见《中国散文批评史》，江苏教育出版社2000年版，第608页。

是难以想象的。多年来，我也对散文研究一直怀着浓厚的兴趣，但深感在这一领域，可靠的研究成果太少，所以我对范培松的《中国散文史》有很高的期许，我相信，一个出版了《中国现代散文史》和《中国散文批评史》这样优秀的文学史著作的学者，必定会在他的新著里为我们画一张更有价值的二十世纪的散文地图。

《中国散文史》的出版，达成了我的这一愿望。

要客观评价这部作品的价值，有必要对新时期以来散文史的研究做一次简要的回望与梳理。必须承认，散文体专史的写作，在现当代文学史的著述中，一直处于次要的地位。比起小说、诗歌来，散文也更像是一种无足轻重的次文体，仅仅停留于对作家作品的一般介绍上。加上散文的革命性不强，无法分享更多的文学思潮和文学运动，这在史著写作中，容易被忽略，即便写到，也往往是平铺直叙，散文的面孔就显得呆滞、沉闷。造成这一局面的原因，固然有散文无理论之困境，也和散文这一文体自身的研究难度有关。但文学史写作若藐视散文的存在，必然会遗漏一些重要的文学侧面，且不说"文"乃是我国古典文学的两宗之一，就二十世纪而言，转换了语言形式的白话散文仍旧沿着"新文体"，《新青年》的杂感，鲁迅的杂文，周作人、林语堂的小品文，革命斗争时期的军旅散文，报告文学，新时期的文化散文这条线索，走出了一条属于它自己的从萌芽到兴盛的道路。现代白话散文早已有了成熟的景象，但关于它的研究，并没有多少与之相称的成果。

新时期以来，散文研究者开始多起来，先有林非所著的《现代六十家散文札记》《中国现代散文史稿》，后有俞元桂主编的《中国现代散文史》。而俞元桂在治史的同时，亦主持了《中国现代文学总书目·散文卷》《中国现代散文理论》《中国现代散文家研究资料索引》等一系列现代散文资料的开掘、收集、整理工作，功不可没。后来，散文史研究日渐兴盛，现代散文史方面有范培松的《中国现代散文史》，当代散文史方面，较有影响的则有六七种之多，但这些散文史，大多还是停留在资料整理和现象分析上，关于散文理论的研究仍然十分薄弱——除俞元桂主编的《中国现代散文理论》，真正对二十世纪散文理论进行全景式梳理的，唯有范培松的专著《中国散文批评史》。但总体而言，比起小说史、诗歌史，散文史写作的整体水准并不高，现有的著作，或者史识陈旧，或者体例雷同，或者忙于堆积材料，缺少判断，或者对研究对象不能发微显隐，人云亦云，语言花哨不实或以政治评价来定位作家作品，无视文体自身的特征与规律的人，也不在少数。这样的研究现状，当然难以赢得学术界的尊敬。而把现代、当代割裂开来，也是当下散文史研究的常见方法，以致对二十世纪散文的演变和发展缺乏一个整体把握，即便偶有《二十世纪中国散文史》之类的著作问世，也因作者缺乏一种整合能力，无法在思想、史识上为散文史研究开辟新的道路。

《中国散文史》完成了这一开创工作，它不仅深度把握了二十世纪散文这一文体的发展潜流，而且在视野上还大篇幅地容纳了台港澳地区的散文。范培松能以材料和作品分析说话，又能把材料系统化，并发掘其内在的精神谱系，从而为散文在二十世纪的发展进程做出了绵密的注释。这一论著的深度、视野和个人眼光，在当下散文研究界，堪称独树一帜。

这是一部有自己的文学史观的论著。范培松的散文史观的建立，不仅体现在他对百年散文史的重新分期上，还在于他传承了前面几本文学史批点作家作品的那种锐利、准确和勇气——建基于这种艺术分析，范培松的百万言便真正显示出了文学史、文体史写作的专有特色。

一种健全的文学史观如何形成？材料加史识。翔实的材料，再经由卓越的史识的辨析、论证，史家的眼光就建立起来了。因此，范培松的散文史，有新材料，也有新论，其建立散文史观的雄心，其实早在他构建"二十世纪散文研究系列"这一设想时便已经确立。他在《中国现代散文史》的跋语《多余的话》中说，"在编撰这本《中国现代散文史》时，我坚持以体为本，以变为纲"，"它所承担的任务只能是向人们忠实地记录一种特定的文体成长发展的艰难历程，好比是描述一棵树如何从幼苗到栽种到长成参天大树，也好比是描述一条河从哪里发源到哪里曲折到哪里和其它河流汇合成巨川"。他还说："张氏可用张氏的写法，李氏可用李氏的写法，虽则是同一本文学史，应该允许打上'张记''李记'的主观烙印，应该允许充分展示作者的主观意志，但终极目的——'还历史的本来面目'应该是确实无疑的。"① 显然，"以体为本，以变为纲""主观意志""终极目的——'还历史的本来面目'"是其中的关键词。

研读范培松的近作，可发现这些核心观念仍然贯穿其中。

"体"即是文体，以之为本，就把握住了文体专史写作的精髓。"散文文体是一个非常有争议的弹性的文体。"② 在中国古代，它就形成了一个品类繁多的文体形式。从广义上说，包括一切与韵文相对的散行文字；从狭义上说，是与应用类文章区别开来的富于艺术美感的叙事、议论、抒情并重或偏于一二的文体。现代散文的最大革新是由文言转变为白话，而基本的品类以及艺术感觉、审美原则却并没有与古文的精神气脉割断，不过由于时代、生活的变迁，可以书写的内容更多，可以创新的文类更广。孙犁说："散文并非文章的一体，而是许多文体的总称。"③ 这是有道理的。所谓杂文、小品文、报告文学、游记、日记、书简等，都囊括在了散文之中，散文实则是一个庞大的文类集合名称。范培松在《中国散文史》一书中选取的也是这样一个集合概念。但每一种文学文体都有它自己较为恒定的审美质素存在，小说是虚构，诗歌是有韵，戏剧是表演，散文的核心精神是什么？这仍然是一个开放而未有定评的学术话题。该书扣住的是散文的写作主体，"自我"，即人，它的边界或许显

---

① 范培松：《自说自话（跋语）》，见《中国散文批评史》，江苏教育出版社 2000 年版，第 608 页。

② 范培松：《中国散文史》，江苏教育出版社 2008 年版，第 689 页。

③ 孙犁：《欧阳修的散文》，见《秀露集》，百花文艺出版社 1981 年版，第 246 页。

得模糊，因为其他文体也都有"我"在，但散文中的"我"的确更平易、更坦白，也更容易显露心灵的秘密。所以，"和其他文体相比，散文在被阅读时，作家的'我'常常会被人们联想和窥视"，"散文始终和人的'性情'相联结，也可以说，散文就是作者的'性情'"。①

范培松的散文史观正是从"自我"和"性情"出发的。他抓住的是"以体为本"这一核心线索，所以，他并不因人而废文，也不因时而废文。前者有一个典型个案——周作人，这是当代史家极为关注的话题之一。诚然，在二十世纪八十年代中期以后，史家多以宽容的态度评价周作人，肯定他在现代文学史上的理论贡献和写作成就，范培松也居于此列，但他的观察角度特别，对周作人的理解也比一般人深。在《中国散文史》上卷中，作者唯独给周作人分设了两节来进行讨论（一节为专论，一节与他人合论，但亦占了一半篇幅），可见作者用心良苦。范培松以一个理论家的卓见，高度评价周作人为"五四"后确立散文主体——"自我"——所起的先锋作用，并以周作人的《自己的园地》《文艺上的宽容》以及大量的小品文为例，表明其离"道"、厌"道"、恶"道"的决心，他以"美文"的自觉追求，创造了冲淡闲适的散文境界，也直接推动了现代散文的成熟。范培松认为，周作人作为现代散文这一文体基石的奠基人，其散文成功实现了三个转变：一、"实现散文情绪从极化

---

① 范培松：《中国散文史》，江苏教育出版社 2008 年版，第 1 页。

到淡化的转变"；二、"实现了散文的结构从封闭式到散漫化的转变"；三、"实现了散文语言从雅致到絮语的转变"。①范培松对散文文体本身进行了细微体察，亦细致地区分了周作人在各个时期的艺术风格——从"清冷苦涩"到"利己"冷漠，等等，这些艺术特征的梳理，都是对散文文体充分理解之后才有的发现。比如，他在分析周作人的《若子的死》一文时这样写道："这本是撕人心肺的至亲至痛，然而周作人已跳出父女的圈子，如一个医生般漫不经心地向他人介绍若子死的经过。他是有意识地在把情绪淡化，这固然有他的'死是还了自然的债'的彻悟在指导，但更重要的是他凭借漫不经心的运笔艺术，巧妙地把至痛至悲的情绪化成冲淡的情致。如若子抱母的一声低语，就把留恋人世的情绪不露声色地糅进字里行间，供读者慢慢咀嚼，从而更加余味无穷。"②这样的理解，真是深刻洞悉了周作人在散文写作中的艺术用心。

不因时而废文，则从范培松对何其芳的分析中可以见出。关于何其芳，多数论者都有褒前抑后的倾向，他们极力推崇他前期的散文写作，而普遍认为他在延安时期及之后的写作是艺术上的倒退。这或许是事实。但政治意识形态主控之下的写作，往往有其复杂性，论者若持先入之见，必定难以对何其芳后期的写作进行一种心平气和的品读。范培松不是没有看到何其芳"由于客观的环境和他的工作的负荷，这些散文大多是匆

---

① 范培松：《中国散文史》，江苏教育出版社2008年版，第197—201页。

② 范培松：《中国散文史》，江苏教育出版社2008年版，第199页。

匆的报告和急就章，相对来说，比较粗糙"的缺陷，但他仍客观评价道："何其芳散文创作变化是属于艺术转型，而不是艺术倒退。""在这一时期内，何其芳已不再是个无依无靠的孤独者，在集体的熔炉里，何其芳'喜出望外'，'当我和人群接触时我却很快地，很自然地投入到他们中间去，仿佛投入我所渴望的温暖的怀抱'。他开始厌弃精致的独语，把《画梦录》称为娱悦自己的'玩具'，'可怜的一本书'。这些反省以及他在脱离孤独后所激发出来的热情，使得他虔诚地专心致志地注视客观生活中的一切，并用纪实和报告的手法来加以表现。因此，这些散文中的感情质地可以说是起了脱胎换骨的变化，其中有些篇章所显示的感情是异乎寻常的纯净……"[1] 这是范培松发现的另一个何其芳，是纯净地、欣喜地沐浴着解放区阳光歌唱着的人，他对自己以前写作与生活状态的真诚的否定，对新生活毫无保留的热情拥抱，虽然缺乏思辨、警醒的力量，却十分真实，确实代表了当时大多数奔赴延安的作家们的心理。范培松对何其芳后期心态及作品的研究，不仅丰富了对一个个体生命的理解，也带动了对这一写作群体的思考。

文和人其实是"体"的两面，文的背后站着的是人。范培松论散文，从不忘对人心的体察、人性的挖掘与人情的展现。正如他在分析散文家及批评家李健吾时所说："这里李健吾先生在对我们进行他的'根据人生'批评文学法的示范操作。是说

---

[1]　范培松：《中国散文史》，江苏教育出版社2008年版，第351—353页。

文还是说人？可以说既是说文又说人，文是人作，说文必说人，说人才能真正说文，这样就能品出文的真正滋味来。"[1]评价何其芳，理解的是他这个人；分析周作人，烛照的也是他对于人性幽微处的认识。他从周作人的文字中读出了其由斗士向"皈依冲淡"迈出的第一步，读出了他时而自适在一种心理平衡中，时而又在两个"鬼"（周作人语，即"流氓鬼"与"绅士鬼"）的"双头政治"间左冲右突的紊乱心理，而最终"向无原则无限度的中庸迈进"，完全将自己的心关闭起来，麻醉起来——从这样的论析中，我们仿佛看到了一个挣扎的灵魂，一个活的周作人。他对鲁迅、沈从文、朱自清、徐志摩、丰子恺、郁达夫等人的论述，也是根据他们的人生做出阐发，从文中见出人，仿佛和那些远逝的灵魂一一照面、握手，并和他们一起叹惋、哀痛或欣喜，以"富丽的人性的存在"，打破了"人与人之间的层层隔膜"，从而实现了人与文的深度交汇、彼此阐释。

"以变为纲"，"变"是锁眼。"变"可能是散文的一种自主选择，也可能是散文的别无选择：

在不到十年的时间里，散文经历了两次选择，第一次是在三十年代初，在"以自我为中心，以闲适为格调"和"匕首""投枪"的论战中，散文选择了"匕首"和"投枪"。在四十年代的延安文艺整风中，散文的选择是拒绝了

---

① 范培松：《中国散文史》，江苏教育出版社 2008 年版，第 300 页。

　　"匕首"和"投枪"。

　　　散文已别无选择。①

　　如何辨析出"变"的背后那条显在和隐在的线索，应是文学史写作中最基本的一种能力。汤哲声在论到范培松的《中国现代散文史》一书时，曾对"变"做过一番颇有意味的分析："在客观存在的人们共同认可的文学宏观背景之下，除了对作家作品作出必要筛选和篇幅安排等技术性处理以外，怎样评价和分析作家作品的升降沉浮，前后变化是文学史家最为重要最难处理的问题，是从'进化'的角度看作家，还是从'变化'的角度看作家，这无疑是当前文学史撰写之中主要的分歧之一。'进化'的角度是作家随着时代前进，从初级向高级，幼稚向成熟进化发展，落实到方法论上是写作家的成长过程，'变化'的角度是写作家在时代变化之中的变迁，它并不强调作家一定是从低向高的发展，也许是从高向低的变迁，落实到方法论上是写作家心态的轨迹。很显然，进化的角度强调的是时代对作家的影响，变化的角度强调的是作家的心态对时代的感应。"②两相对照即可发现，"进化"观是一种螺旋式上升的走势，"变化"观则是一种波浪式起伏的荡漾姿态。范培松显然选择了后者。时变、文变、人变、心变，范培松以对变化的把握，使得

────────────

　　① 范培松：《中国散文史》，江苏教育出版社 2008 年版，第 509 页。

　　② 汤哲声：《评范培松著〈中国现代散文史〉》，《中国现代文学研究丛刊》1994 年第 3 期。

他这部散文史写作有一种艺术的流动感。这是一种气韵，如同一位好的画家，描人即有衣带飘袂之态，状物则有呼之欲出之感，临山摹水亦有山川秀色灵动飞扬，而粗劣者虽可极物写貌，穷力追新，但他笔下却没有生命的呼吸。散文史写作方面不是没有这样的例子，他们遵照权威的论断或普遍的公理，将历史、流派、文学现象、作家作品僵死定格，先划定了一个圈子，然后牢牢坐稳，再不愿移易。这与史家"究天人之际，通古今之变，成一家之言"的探索精神实在相去远矣！

范培松对二十世纪散文史的发展变化，偏偏爱在那些云谲波诡中追问变化的原因，透析深层的旨意，反省文化的悖谬，思索人、文的境遇，比如，他提炼出"五四"散文家特定的时代心态——"愤"，这是个精神突破口，有了这个突破口，许多的论证便有了根基。还可举一个例子。熟知散文史的人都知道，杨朔曾提出把散文"当诗一样写"，对这一观点的演变和影响，范培松有详尽的分析和论述。他考察了二十世纪六十年代的时代背景，并阐释了与此相关的"两个神话"。一个是用散文构筑起来的"工农兵"英雄神话，最典型的是魏巍的《谁是最可爱的人》，"正是这篇散文，使人民接受了'他者'——中国人民志愿军。中国人民志愿军也由此获得了一个神圣的称号：'最可爱的人'。《谁是最可爱的人》居然能调动全国读者的情绪，并使一支武装部队获得一个新的称号，这不能不说是一个二十世纪散文史上用爱构筑起来的'神话'"①。另一个神话是关于破坏的。一方面，散文家不断矮化自己，文学想象干涸；另一方面，政治想象力却空前高涨，散文与政治、制度、组织携手，一同制造了对胡风书信的批判、对"右派"杂文的批判以及对《三家村札记》《燕山夜话》的批判等自毁与他毁的"神话"。同时，他进一步分析了把散文"当诗一样写"中的主体贫乏，由于先天的营养不良，它虽一度风行，但仍是一种新范式的"颂歌散文"，必然会走到它的末途。很显然，这也是一种对散文之"变"的犀利观察。

巴赫金认为，文学史的任务是要"在不断形成的文学环境的统一体中研究文学作品的具体生活；在包围着它的意识形态环境的形成中研究这种文学环境；最后，在渗透于其中的社会经济环境的形成中研究这种意识形态环境"。"而文学史家却应当去揭示意识形态形成的内幕。"②确实，文学史家的身份是一个探秘者而不是泥瓦匠，文学史要在"具体生活""文学环境""意识形态环境""社会经济环境"这几个因素的互动关系中，才能辨析出那些文学话语和非文学话语是如何通过一系列的运动进入文学领域的——《中国散文史》的成功，就在于它很好地平衡了这几种因素之间的关系。

当然，"以体为本，以变为纲"，它在范培松的《中国散文

---

① 范培松：《中国散文史》，江苏教育出版社2008年版，第521页。
② ［苏］巴赫金著，李辉凡、张捷译：《文艺学中的形式主义方法》，见《巴赫金全集》（第2卷），河北教育出版社1998年版，第132、143页。

史》里并不是割裂开来的两极，它的整体感，还贯穿在《中国散文史》一书对百年散文史所做的分期上。全书分上、下两卷，除绪论外，总共分为四个部分：第一编，异军突起（1918年—20年代末）；第二编，裂变分化（20年代末—40年代中期）；第三编，消融聚合（40年代中期—80年代中期）；第四编，和而不同（80年代中期—90年代末）。这种打破惯常的文学史分期的学术体例，其实在他的《中国现代散文史》中便已初具雏形。《中国现代散文史》的体例是：绪论；第一编，诞生早熟期（1918—1927）；第二编，裂变分化期（1928—1937）；第三编，消融聚合期（1937—1949）。撇开绪论不谈，《中国散文史》除了对年代有些微调之外，与前著并无多大不同，只是由于《中国现代散文史》止于一九四九年，所以"消融聚合"的总体思路没有得到延续。由此可见，范培松的散文史意识及对其分期形态的认识，很早就已成形，但他还在不断地探索、深化这一思索。到《中国散文史》，他关于二十世纪散文史的整体观越发显得成熟、严密。

或可将之对比于张振金主编的《二十世纪中国散文史》一书。张振金将二十世纪散文史分为五个阶段：一、二十世纪末戊戌变法前后至"五四"前夕，这是现代散文的准备阶段；二、"五四"到三十年代中期，现代散文的诞生和成长阶段；三、全面抗战到新中国成立，即从"救亡"到"解放"，是现代散文的深入阶段；四、新中国成立后十七年，现代散文的曲折发展阶段；五、新时期开始至世纪末，经历了十年浩劫，现代散文在倒退和消亡中重新复苏和超越阶段。这显然是二十世纪散文史的惯常划分方式，特别以政治运动和社会转折作为划分的依据，且在发展阶段的概括上，偏于前面提到的"进化"观，似乎是普遍承认的公理，其实这样的划分多有重复，且把一种文学文体的发展完全附着于政治和社会的发展，是一种学术惰性的表现。相较之下，范培松的时期划分更像是一次冒险之旅，他以"消融聚合"的名义，把被人视为公理的后三个阶段打乱，消融聚合在他的"40年代中期—80年代中期"这一大的时间跨越中。未必每个人都同意这样的划分，但躺在现成的五段论里重复言说，必然会掩盖散文文体自身演变的痕迹，而时期划分上的创新，正是范培松从文体演变和文体革命出发的新史观精神之一种。

"消融聚合"期的起点是二十世纪四十年代初批判王实味等文化事件和一九四二年毛泽东发表《在延安文艺座谈会上的讲话》，作者以"'工农兵'代言人时代的散文"和"后'工农兵'代言人时代的散文"名之。"'工农兵'代言人时代的散文"讨论的是在散文家的写作主体地位遭到否定、写作对象遭到限定、写作思维遭到规约之后散文界知识分子由自主选择"匕首""投枪"还是"小摆设"的时代，进入彻底的"颂歌的通道"，开始了"非知识分子"写作的时代。[①]"后'工农兵'代言人时代的散文"的界定则是考察了"文化精神特征"之后所下的结论：

---

① 参见范培松：《中国散文史》，江苏教育出版社2008年版，第509页。

从 1976 年"文革"结束到八十年代中期的近十年时间里，和其他文体，如小说、诗歌等相比，散文的文体变革和发展相对比较缓慢，小说、诗歌在"文革"结束不久，就很快和"工农兵"代言人时代告别，但散文却一直徘徊，我们把它命名为后"工农兵"代言人时代。因为这十年中，散文创作的基本倾向，散文家的状态，思维的模式，抒情的姿态以及话语，基本上和"工农兵"代言人时代一脉相承，也就是说，这一时期的散文的风气和主流倾向是对"工农兵"代言人时代的散文创作经验的承认，但散文的蜕变、叛逆却又和这一承认同时存在的。世界在变，现实在变，散文家的"自我"虽然还在包裹的状态之中，但已经蠢蠢欲动，"工农兵"代言人时代即将终结。事实证明，到八十年代中后期，余秋雨、贾平凹、王小波、夏坚勇、邵燕祥等站出来，以文化"自我"为中心，创作一批散文，和以前的"我"告别，实现了文化"自我"的自由，散文终于走出了"工农兵"代言人时代。[①]

这样的论述表明，决定范培松对散文史做出新的分期的理论依据，不是政治和社会的演变线索，而恰恰是"散文的风气和主流倾向"，也就是"散文创作的基本倾向，散文家的状态，

---

① 范培松：《中国散文史》，江苏教育出版社 2008 年版，第 550 页。

思维的模式，抒情的姿态以及话语"。说到底，作者是想找出散文文体自身演变的内在逻辑，从而把自己的史论写作重新置放于文学视野中来观察。从文体意识的涣散、消解，到文体自身的重新建构，从精神的扭曲到自我的回归，范培松所推重的散文本体观，就这样被一点点地塑造起来。

"一个不忠诚于自己的人，是很难进行散文创作和研究的。所以撰写这本论著我一直把'忠诚于自己'作为自己的最高学术理想。""散文是穿泳装的文体，它无所依傍，只有凭自己的本色取胜。我研究散文，穿的也是泳装，我没有什么依凭，靠的也就是本色！"①多年前，范培松的这段表白，也可视为他的治学宣言。"忠诚于自己"，以本色的"自我"进入散文这一本色的文体，将自身的感觉通道全部打开，用纯真的生命感觉去阅读散文，去聆听散文作家笔下真我的声音，范培松的研究确实是这样进行的。

他在分析鲁迅的恋爱观时感叹道："爱得是如此艰难！这固然有历史的阴影在作祟，还有当时所处的大环境的险恶。他们之间的爱，几乎是在咬紧牙关中挣扎过来的。"②他对于周作人对爱女和恋人的死所持的"死本是无善恶"的态度，不敢苟同："这一感悟尽管是把人生看透了，但，是与非，善与恶也在这看透中泯灭了界线。"③在分析颂歌散文最后的"辉煌"——"致敬电"

<hr>

① 范培松：《自说自话（跋语）》，见《中国散文批评史》，江苏教育出版社2000年版，第608页。

② 范培松：《中国散文史》，江苏教育出版社2008年版，第103页。

③ 范培松：《中国散文史》，江苏教育出版社2008年版，第185页。

时，他竟忍不住要怒吼了："全国处在仇恨之中，人人仇恨，仇恨人人。散文的灵魂是爱，诗意的灵魂也是爱，失去灵魂的散文焉有'诗'？"在愤怒中又发出"权威需要精神奴隶的同时，又需要奴隶式的'英雄'来支撑"[①]的精辟之论。而对于香港散文作家小思，他甚至衷心地祝福："像这样善良的人，完全应该拥有一块属于她自己的土地。她应有美好的明天。"[②]这就近于一种天真的痴了。这样的论述，还有很多，这种打上了范氏烙印的动情、动心的文字，润泽了本来枯燥的文学史叙述。

或许，"应该允许充分展示作者的主观意志"和"还历史的本来面目"，也可以是一体的。最高的学问，当然是和研究对象之间有生命的对话，而历史本来的面目，也是由生命的群像所构成。好散文作为一个时代的记录，关乎生命的各种情状，如何呈现这些情状，是散文家所追求的，而散文研究者又何尝不想还原一个生命被表达和被关注的现场？生命、自我、性情、本色，这终归是学术的精神根底。离了这个底子，研究和论述就容易成为知识的附庸。

正因为范培松不愿被知识所奴役，他才在史观里贯注着自己对生命和世界的理解。他在此书的代序《百年中国散文之命运》中，明确提出"道"的问题，也可看作是他对散文与人生这一生命课题的诠释。"现代散文是在布道中诞生的"，这个"道"，"因时代而变，因人而变，因社会而变，具有不确定

---

① 范培松:《中国散文史》，江苏教育出版社 2008 年版，第 537 页。

② 范培松:《中国散文史》，江苏教育出版社 2008 年版，第 897 页。

性"①。在可道与不可道之间，在载道与离道之间，"道"仍然主宰、影响百年散文的命运：战火纷乱的年代是"道"促使散文家们裂变分化，权威的一统也凭借"道"向散文发号施令；在多元并存的时代下，散文主体的回归与张扬仍在"道"的影响之下；即便是现当代散文家表现出的"激进"与"中庸"的心理冲突与审美取向，也都围绕着"道"这根绳索——只不过是载道还是离道罢了。就连二十世纪一个突出的文化现象，城与乡的对立、碰撞，也可以从"道"的角度来阐释，正如散文史中的京派与海派，一个近乡，一个近城，但是，"'乡'也罢，'城'也罢，都是一种避'道'的姿态，所以，他们在对待'道'的态度上是完全一致的"②。——研读百年散文的命运，能从史论中抽出"道"这条绳索来贯穿者，独范培松一人。尽管要准确定义"道"还比较困难，但这至少表明，范培松想建立一个宏阔的散文史视野的雄心有了一个落实的精神基点。

这种从大处着眼的史论意识，在具体的行文中又和作者颇具眼光的艺术分析结合在一起，像论述沈从文、贾平凹等人的章节，尤其显得丰盈、饱满，创造了文学史写作中不多见的个人眼光和学术阐释相得益彰的范例。当然，这种有意发展自己的个性眼光的撰史方式，有时也会受个人旨趣的局限，而失之单薄和偏颇。比如，他论到海派散文时，就较简单地把海派散

① 范培松：《百年中国散文之命运（代序）》，见《中国散文史》，江苏教育出版社 2008 年版，第 1 页。

② 范培松：《百年中国散文之命运（代序）》，见《中国散文史》，江苏教育出版社 2008 年版，第 11 页。

文与"圆通""时尚""平庸"等同起来，对于其中的灵魂人物张爱玲，评价也未必精准："这才是顶要紧的，在这'孤岛'要活下去，不向上海人抛几个飞吻，怎能混下去呢？张爱玲能在'孤岛'的兵荒马乱中走红，靠的就是'市民'这块俗得不能再俗的招牌。"[①]虽然后面作者对张爱玲的一些作品也做出了肯定，但类似的个人情绪，还是制约了他对海派散文的公允评价，至少，对比于他对京派散文的慷慨，笔墨上就显得吝啬多了。包括他在第四编的章节安排上，对比前面几编的比重也明显失衡。该编名为"和而不同（80年代中期—90年代末）"，这一时段，在我看来是中国散文发展的重要时期，产生的话题和作家都有相当的重量，可作者并没有对那些做出了重要贡献的写作个体给予必要的篇幅上的倾斜，像余秋雨、贾平凹、张承志、史铁生等人及其散文风格，都是值得设专节讨论的，但他们在自己的时代，却并未获得更充分的阐释机会，这不能不说是一种缺憾。

从这也可以看出，范培松在判断现代散文的自信上，远超他对当代散文的看法。或许，靠得太近的事实，总是不容易看清，但范培松是一个有勇气和识见的散文史家，他不愿意一直远观，而是敢于把发生在身边的文学事实也纳入自己的视野——尤其是那些还活着的作家，那些在自己家乡附近生活的作家，也许还需要作者有更冷静和更长时间的消化，才能做出

---

① 范培松：《中国散文史》，江苏教育出版社2008年版，第468页。

真正理性的分析。但无论如何，这幅浩大的散文地图，已经为我们建立起了百年散文史上的关键路标，一些存疑多年的话题，也得到了深入的探讨。《中国散文史》的开创性和整全性，已经成了中国散文史写作的一个高标。散文原本是自由主义的文体，但经由范培松的拆解和建构，我突然发现，这道自由主义的河流下面，原来也有曲折而清晰的河床。

第五章

散文背后的人

第一节　细节与情理

在中国，散文是最成熟也最悠久的文体之一。到二十世纪，小说为王了，散文的影响力却在衰微。故事已是新的阅读主宰，虚构成了作家最为看重的才能，没有多少人再愿意听作家们的絮絮叨叨了，这个时代所热爱的，更多的是欲望和传奇。然而，当故事越来越变成胡编乱造，当虚构也成了精神造假的幌子，一些散文的写作，似乎也在偏离真心和自然的轨道，加入了虚假写作的合唱之中。一方面是伪造的自我大量出现在当代散文中，另一方面是文化关怀和知识崇拜几乎窒息了散文的自由精神——随着文化大散文的兴盛，二十世纪九十年代以来的散文写作，正在进入一种新的公共写作的时代：经验类型、话语方式、精神指向，都有着相类似的边界，无非就是历史调查和人文山水。这场话语变革，由余秋雨所开创，却被更多没有个性的写作者所模仿。于是，散文界在相当长的时间里，都弥漫着尚大之风，举目所见，都是宏大的历史追溯和山水感叹，很少见到那个渺小、真实的个人。

这可能是当代文学最重要的困境之一，在一种写作的背后，却看不到一个真实的人。在这点上，小说、诗歌或许还有技巧可以掩人耳目，但散文是本色的文体，很难作假，它不像小说，可以让自己笔下的人物站出来说话，散文必须直接面对读者，随时向读者发言。所以，余光中曾说，"散文家必须目中有人"①。散文是无规范的，它比小说和诗歌更为"近人情"（李素伯语），它理应是业余的文学，那些专以写作散文为业的人未必能帮助他们写出真正的好散文来。

当代的散文实践可以证实，我的这一判断并不是空穴来风。至少，现在进入我视野的最好的当代散文家，绝大多数都不是专业意义上的，反而是客串和业余的身份，使他们写出了令人难忘的散文篇章。比如，汪曾祺、王小波、贾平凹、李国文、史铁生、韩少功、张承志、余华、叶兆言、铁凝等人，他们的文学身份更多的是小说家，而于坚是诗人，余秋雨原是理论家，他们的散文写得好，难道仅仅是出于偶然吗？不，也许它不过进一步证实了我的设想：使散文更好地成为"业余的文学"，才是散文的出路和正宗。

至少，小说家散文兴起之后，过度抒情的问题得到了有效的克制，这大概跟小说家长于叙事而不长于抒情有关，他们更注重经验和事实，更注重自我存在的心灵印痕。这种散文的崛起，使散文在事实和经验层面上的面貌发生了改变，凌空蹈虚的东西少了，细节、人物和事实的力量得到了加强，作家开始面对自己卑微而真实的经验，以及自己在生活中的艰难痕迹，"我"开始走向真实。

多年前，汪曾祺谈到小说家的散文时说，小说家散文的特

---

① 余光中：《不老的缪斯》，见《余光中集》（第8卷），百花文艺出版社2004年版，第261页。

点，"是有人物"和"总是想到人"，寥寥几字，说出了散文写作的正大一途，是要和人物相关。

散文写作应该面对人物、面对个人，散文家只有学会了如何与自己说话，他才能向许多人说话。散文的后面站着一个人，这个人在散文家的笔下，是藏不住的，它随时会站出来向读者发言。比如，不少人说贾平凹的长篇小说《秦腔》①阅读起来有困难，因为它没有一个核心情节和主要人物，而是以生活流的方式来写乡土中国，这种写法是一种探索——它是否成功，不同的读者可以有不同意见。但是，读过《秦腔》后记的人，几乎都承认，这是一篇难得的好散文。这或许正应了上面的说法，小说是戴了面具的写作，是利用角色在说话，可是写《秦腔》后记的贾平凹，是在写散文，是自己站出来发言，他对故土、对亲人的赤子之心，一旦揭去了伪装，那就完全袒露于天地间了。刘志荣说，《秦腔》的后记"写得那样朴素感人，让人感觉他的散文是写得越来越好了，如果他能完全放开心态，像写散文那样写这部小说，在艺术境界上会截然两样"②。这是很有见地的看法。

其实，很多人都注意到了一个现象，那就是自《废都》事件之后，贾平凹每出版一部新的小说，都会引起较大的争议，到了《秦腔》，更是出现了很多针锋相对的意见。但是，关于贾

---

① 作家出版社 2005 年版。
② 刘志荣：《缓慢的流水与惶恐的挽歌——关于贾平凹的〈秦腔〉》，《文学评论》2006 年第 2 期。

平凹的散文成就，文学界似乎有公认，并无太大的争议。同一个人的小说和散文，引起的是读者截然不同的反应，这在国内文学界并不多见，值得研究。贾平凹自己也意识到了这个问题：

> 对我的小说和散文，各有各的说法，有人说小说写得好，有人说散文比小说好。我是有些偏，你要说我的散文比小说好，我就偏不写散文而去写小说；你说我小说好，我就又这一阶段主要写散文了。经常有这种情况。……我写散文最多的时候，是我心情极不好的时候。散文和小说比，小说是虚构性的东西，散文则更多的是作者跳出来的。①

梁实秋说，"有一个人便有一种散文"②，这话是对的，贾平凹的散文，表达的正是贾平凹这个人，他是"跳出来的"，所以我常常能在他的散文中，读到辛酸和悲凉，这种感觉，比读他的小说时要强烈得多。

贾平凹的散文，早期也有一些文字稚嫩、感情直白的篇章，但他在二十世纪八十年代中期以后的散文，多数都率真、自然、朴实无华、情感充沛，在语言上，尤其令人回味不已。即便是一些不喜欢他小说的人，也承认他在散文的语言和文体上独树

---

① 贾平凹、谢有顺：《贾平凹谢有顺对话录》，苏州大学出版社 2003 年版，第 240 页。

② 梁实秋：《论散文》，《新月》第一卷第八号，1928 年 10 月 10 日。

一帜，很多篇章，即便是掩去作者的名字，也能从语言风格上辨认出那是出自他的手笔。他是一个已经形成了自己的文调和语体的作家。

他的散文，笔触是松弛的，感人的原因是它里面藏着作者的真心。难怪三毛看了贾平凹的散文之后，在给他的信中会说："看到您的散文部分，一时里有些惊吓。原先看您的小说，作者是躲在幕后的，散文是生活的部分，作者没有窗帘可挡，我轻轻地翻了数页。合上了书，有些想退的感觉。散文是那么直接，更明显的真诚，令人不舍一下子进入作者的家园……"[①]这是很多读者共有的感觉。在当代，当越来越多的人把散文写作当成一种养病的方式时，散文如何才能从心出发，吐露真言，便成了一个急需解决的问题。否则，散文就容易落入旧话语模式里，要么人云亦云，要么昏昏欲睡。

真正的散文，最需要警惕的，就是依附在陈旧的话语制度上，平庸地谈论一些大而无当的公共话题。只有在语言中将自己那充满个性、自由且有锐利发现的感知贯彻出来，将文字引至思想、心灵和梦想的身旁，精神的奇迹才会在语言中崛现。也正是基于这一点，福斯特才有"假如散文衰亡了，思想也将同样衰亡，人类相互沟通的所有最好的道路都将因此而切断"的说法。今天，散文生产上的庞大数量之所以无法掩饰散文自身的贫乏，就是因为散文的写作普遍落到了公共话语的俗套之

---

① 《三毛致贾平凹的信》，转引自李星选编：《平凹散文》，浙江文艺出版社 2000 年版，第 313 页。

中，写作者援用的也多是被文化传统和意识形态作用后的语言方式。个人精微的感觉、独特的心灵敏感、语言的及物能力，以及细节的准确力量，往往被悬置在一旁。比如，当下追思古迹、缅怀历史的大散文获得了崇高的地位，赞美者都提到了其中的文化关怀、悲悯之情，然而，这些文化关怀、悲悯之情又有多少来自作者的独创？

贾平凹也曾提倡"大散文"的概念，这并非意在追求散文言说方式上的大（因为这样的大，往往导致空和虚），而是倡扬一种散文精神的大境界、大气象。贾平凹自己就是这样实践的。他的散文，说书、说话、说人、说事、说生说死、谈奉承、请客、花钱、谈房子、打扮、玩牌，都是从微小的细节入文，趣味生动，精神也自在，没有陈规，整体上还给人许多开阔的想象。我想，散文之大，应该指的就是这种从小而大的大。事是小的，但精神是大的。如果反过来，事是大的，精神却是小的，那散文的气象和格局就完全不同了。当今流行的许多散文，其实就是这个套路。作者一下笔，就摆开了架势，见到一块石头或一个古迹，就从《诗经》或古希腊开始说起，不断地往历史或精神的高大结论上去升华，结果，一旦想在文字里感受作者自身的精神气象，却发现是一个结结实实的无。空的，没有根，甚至连自己的心都没有抖动一下。这样的散文日益泛滥，不过是在扩张散文本已十分严重的语言造假而已。

因此，贾平凹散文里那种实在的、生活化的基础部分，它虽是一些细节和经验，却使贾平凹的散文有了坚实的物质外壳。上面说的那些散文的弊病，有一个根本的症结，就是缺乏有力的物质外壳，只是一味地感怀、沉思、感慨、怨叹、激愤，基本的表达方式是升华，朝一个假想的精神目标一路务虚下去，但一直看不到散文的物质基础究竟建基于哪里。没有物质性的散文，就像没有身体的灵魂一样，是没有家的，不真实的，苍白而乏味。贾平凹的散文不是这样，他是赋予了散文以丰富的血肉的，他不凌空蹈虚，而是从平常心出发，以细节和事实见出精神的底色。他的散文开头，往往是再平常不过了："父亲贾彦春，一生于乡间教书，退休在丹凤县棣花；年初胃癌复发……"（《祭父》）"我突然患了肝病，立即像当年的四类分子一样遭到歧视。"（《人病》）"和女人在一起，最好不提起说她的孩子——一个家庭组合十年，爱情就老了，剩下的只是日子，日子里只是孩子，把鸡毛当令箭，不该激动的事激动，别人不夸自家夸——她会全不顾你的厌烦和疲劳，没句号地说下去。"（《说孩子》）"通渭是甘肃的一个县。我去的时候正是五月，途经关中平原，到处是麦浪滚滚，成批成批的麦客蝗虫一般从东往西撵场子……"（《通渭人家》）但是，我们再读下去，就会发现，贾平凹的散文其实是不平常的，因为众多物质性元素（坚实的细节和经验），支撑起了他散文内部精神流动的河床和气势。比如，他说父亲的坚韧和爱："我记得父亲在邻县的中学任教时期，一直把三个堂兄带在身边上学，他转到哪儿，就带到哪儿，堂兄在学生宿舍里搭铺，一个堂兄尿床，父亲就把尿床的堂兄叫去和他一块睡，一夜几次叫醒小便，但常常堂兄还是尿湿了床，害得父亲这头湿了睡那头，那头暖干了睡这头。"（《祭父》）他说通渭缺水："一间私人诊所里，一老头趴在桌沿上接受肌肉注射，擦了一个棉球，又擦了一个棉球，大夫训道：五个棉球都擦不干净？！老头说：河里没水了嘛。"（《通渭人家》）他说自己得了肝病的窘况："我有我的脸盆、毛巾、碗筷、茶缸，且各有固定的存放处。我只坐我的坐椅，我用脚开门关门，我瞄准着马桶的下泄口小便。他们不忍心我这样，我说：这不是个感情问题！我恼怒着要求妻子女儿只能向我作飞吻的动作，每夜烧两盘蚊香，使叮了我血的蚊子不能再去叮我的父母，我却被蚊香熏得头疼。"（《人病》）

这些我称之为散文的物质外壳的部分，是呈现散文精神的基础，也是连接作者与散文之间血脉的关键，它可能是琐碎的、实在的、不经意的，但又是必不可少的。今天的散文似乎并不缺少精神性的抒写，缺的正是有价值的物质元素。什么是散文的物质性？贾平凹的散文做了很好的回答。散文的物质性就是大量经过内心发现和精神省察的事实、经验和细节，它们在散文中的全面建立，使心灵的颤动变得真实，也使那些徒有抒情、喻理之外表的散文在它面前变得轻佻而空虚。孙犁说："贾平凹是有根据地，有生活基础的。是有恒产，也有恒心的。"① 这个"根据地"和"恒产"，就是贾平凹散文的物质外壳，也是他的心灵和精神得以显现的秘密通道。

---

① 孙犁：《贾平凹散文集序》，见《尺泽集》，山东画报出版社1999年版，第194页。

　　散文光有物质外壳当然是不够的。之所以在此特别提起这种物质性，其实是想说散文也是有身体的，而反对散文一味地沿着现有的务虚的路子走下去。只有把散文写实了，才有真和心的参与，这就好比我们要想真正认识一个人，必须要见到他的身体一样。物质是我们认识事物、探索精神的基础。但这只是散文的一部分，好的散文，在物质元素之上，还有作家的精神发现和心灵看法，可这也必须是与散文的物质性相结合而生的。——事实、经验和细节之上，贯彻着作家的精神发现和心灵看法，这就是散文最重要的两个维度，它们的完美结合，才能产生好散文。

　　尽管作家余华在他的随笔集《我能否相信自己》的开篇就引用美国作家艾萨克·辛格教导自己的弟弟时说的一句话，"看法总是要陈旧过时，而事实永远不会陈旧过时"，并坦言自己被这话"深深吸引"。我想，这话从某一个角度上说是对的，但如果从另外一个意义上说，没有"看法"的"事实"也可能是一堆垃圾。以卡夫卡的小说为例，《变形记》中人变成甲虫这一"事实"，无论如何都是简陋而粗糙的，如果没有卡夫卡在这只甲虫身上寄寓的对这个世界的崭新"看法"，这个"事实"不会有任何意义。《饥饿艺术家》里的艺术家拒绝进食这个行动本身是"事实"，但他说"找不到适合自己胃口的食物"时，就是发表"看法"——这个"看法"对小说太重要了。还有，《诉讼》中K被无端处决是"事实"，但他死后，卡夫卡接着说"耻辱却依然存于人间"，这同样是"看法"，而且是不可或缺的看法。

在我看来，卡夫卡正是通过这些经典的"看法"影响着他身后的作家们。

如果用这个角度来观察当代散文，你会发现，许多散文，要么没有"事实"和"看法"，要么"事实"和"看法"太多，总是难以达到"看法"（精神发现）和"事实"（物质元素）的平衡和结合。贾平凹似乎意识到了这一点。他的散文，"看法"往往与"事实"并举，而就在这个时候，散文的境界也变得开阔起来。他甚至专门写了不少以"看法"为主体的散文，像《看人》《闲人》《关于女人》《关于父子》《说房子》《说花钱》《说死》等，都很精到，原因在于，贾平凹不空洞地谈看法，他的看法总是建基于生活的细节之上，是从文字里面生长出来的。在《人病》中，他说："当他们用滚开的热水烫泡我的衣物，用高压锅蒸熏我的餐具，我似乎觉得那烫泡的、蒸熏的是我的一颗灵魂。我成了一个废人了，一个可怕的魔鬼了。"这样的"看法"就是一个肝病患者的切肤之痛。还有一些"看法"，贾平凹是将它隐藏在事实中的，比如他说："有三种人我是不知道该怎么对待的，一种是喝醉酒了的，一种是给你说好话的，一种就是念他文章让你听的。"（《我读李宗奇散文》）"出奇的是这么个地方，偏僻而不荒落，贫困而不低俗；女人都十分俊俏，衣着显新颖，对话有音韵；男人皆精神，形秀的不懦，体壮的不野。男女相间，不疏又不戏，说、唱、笑，全然是十二分的纯净呢。物产最丰富的是红枣，最肥嫩的是羊肉。于是才使外地人懂得：这地方花朵是太少了，颜色全被女人占去；石头是太少了，坚强全被男人占去；土地是太贫瘠了，内容全被枣儿占去；树木是太枯瘦了，丰满全被羊肉占去。"(《延川城感觉》)幽默的叙说中，自有一种他对人事的洞察。甚至在谈到一些文学问题时，贾平凹用的也是这样的话语方式：

>　……语言好比花朵，少女插戴头上能增添妩媚，而老妪戴在头上却十分地妖娆。好比酒要醇香，茶要清淡，水要无色无味，这才恰到好处，少一分则欠妥，过一分则质变。①

　　有人说，好的散文是悟出来的。悟其实就是看法。贾平凹就是这样一个善于悟的散文家。当他说"听灵堂上的哭声就可辨清谁是媳妇谁是女儿"(《我读李宗奇散文》)时，你能感受到，这是一个用心观察世界的作家。尽管贾平凹的散文中也有应景的文字，但我所看重的是他在散文中呈现自己、表达内心，而且，他为自己的呈现和表达找到了一种方式，那就是通过事实、经验和细节来说出看法。他的散文，既有小说家的实（物质性），又有思想者的悟（精神性），有趣，也有味道。其实，散文的写作并不复杂，往往在你握住"事实"和"看法"，并为之找到了最精确的结合点和表达方式的时候，好散文就产生了。贾

---

①　转引自孙见喜：《鬼才贾平凹》，北岳文艺出版社1994年版，第284页。

平凹说，"天地贯通以后的人才能写散文，才能写出好散文"①。他的散文后面站着他这个人，他的写作是一直努力往这个方向走的。

对此，不妨再举贾平凹的《祭父》一文详加分析。《祭父》是贾平凹的散文名篇。类似的主题，很多作家都写过，对亲人辞世的缅怀和祭奠，作为沉痛情感的一种经典表达，笔力深厚者，都能把它写得如泣如诉。贾平凹此文的特别之处，并不在于他的情感抒发比别人沉痛，而恰恰在于他懂得如何节制情感——这种对情感的控制，是通过一种事实感的获得而完成的。所谓事实，即经验和细节，它记述生活本相，雕刻人物内心，表现于散文写作中，就是重叙事、轻抒情，这是小说家写散文最为常见也最具特色的写作风格。

我读散文，是喜欢这种有节制的情感抒发的。没有节制，散文就会流于滥情，走向浮浅，而失却文字的真和美。梁实秋说，散文的美，"美在适当"②。此"适当"落实于感情中，就是节制。汪曾祺也说："过度抒情，不知节制，容易流于伤感主义。我觉得伤感主义是散文（也是一切文学）的大敌。挺大的人，说些小姑娘似的话，何必呢。我是希望把散文写得平淡一点、自然一点、'家常'一点的……"③这是中肯之论。中国的散文，一度是过于抒情了，行文中，往往肆意地升华、拔高，散

① 贾平凹、谢有顺：《贾平凹谢有顺对话录》，苏州大学出版社2003年版，第249页。

② 梁实秋：《论散文》，《新月》第一卷第八号，1928年10月10日。

③ 汪曾祺：《蒲桥集》（自序），作家出版社2000年版，第2页。

文的酸腐、空泛之气日盛，心灵的真实和朴素的经验日少，散文家的嗓音中，已很难找到本应有的自然、随意、漫不经心的音调。要想恢复这种平实的声调，就需要通过强化散文的叙事功能，以节制情感的表达。

《祭父》是这一类散文的典范。它写于作者的父亲去世后的三十三天，五七未过，一个孝子的悲痛溢于言表，似乎在情理之中。但贾平凹却落笔镇定、朴实："父亲贾彦春，一生于乡间教书，退休在丹凤县棣花；年初胃癌复发，七个月后便卧床不起，饥饿疼痛，疼痛饥饿，受罪至第二十六天的傍晚，突然一个微笑而去世了。其时中秋将近，天降大雨，我还远在四百里之外，正预备着翌日赶回。"[①]这个开头，初看起来，无一字交代作者的处境，他只叙述父亲的生平、疾病、去世的时间与情状，但从他冷静的笔触下面，我们不难发现作者那段波澜壮阔的心事。父亲因疼痛而受罪，到带着微笑离世，这个结局，对生者而言，或许悲伤之余，也有一丝慰藉，但接着的"中秋将近，天降大雨"八字，虽是闲笔，却仿佛是作者身后的幕布，硬是衬出了他苍凉而沉痛的面影。

以隐忍的笔写生命中的至痛，以平静、舒缓的开篇写父亲不平凡的一生，这就奠定了《祭父》一文的情感基调。贾平凹不急于抒情，他进入的是回忆的情境，看得出，催迫他写此文的动力，并非失去父亲之后的自我抒怀，而是父亲这个人——

---

① 李星选编：《平凹散文》，浙江文艺出版社2000年版，第341页。

他的人生、心志，他对后辈的惦念，他的坚持和不舍，需要通过一种讲述，让他在"我"的记忆中，重新变得清晰起来。因此，"祭父"固然是以儿子的情感来"祭"，"祭"的目的却是回忆父亲。既是回忆，它真正的主角，必定是父亲真实的人生。所以，接下来，贾平凹所记述的都是父亲的人生点滴：从病的起因，说到家庭；从家庭，说到父亲的身世；从身世，说到父亲的喜好和悲苦的内心。所有这些，作者坚持用一种克制的方式来讲述，情感的锋芒被悄悄地敛去了，给我们印象最深的，反而是那些场景、细节和事实。

这篇散文的后面，有一个人，这个人不是虚浮的、摇晃的，而是由许多事实、经验和细节构筑起来的真实的人。一旦这个背后的人站立起来了，作者即便把情感藏得再深，也仍旧会有情感的波纹，在作品里涌动。

这个情感的波纹，就是疼痛、追忆和告慰。其实，贾平凹并不是不抒情，而是一直在写作中保持着一种引而不发的节制。像"一下班车，看见戴着孝帽接我的堂兄，才知道我回来得太晚了，太晚了"这一句，后面重叠的"太晚了"，就是抒情。可是，如果任由笔往这个路子上走，写作就容易感伤过度，读者读之，易动情，难动心，精神的力度就会显得不够。所以，贾平凹笔锋一转：

　　父亲安睡在灵床上，双目紧闭，口里衔着一枚铜钱，他再也没有以往听见我的脚步便从内屋走出来喜欢地对母亲喊："你平回来了！"也没有我递给他一支烟时，他总是摆摆手而拿起水烟锅的样子，父亲永远不与儿子亲热了。[①]

　　这是作者第一次和去世后的父亲照面，但他用了写实的笔法，父亲"双目紧闭，口里衔着一枚铜钱"。记忆在这时突然活起来了：以前听到"我"的脚步声，父亲就会向母亲喊话"你平回来了"；以前"我"递给他香烟，父亲总是摆摆手拿起自己的水烟锅。这两个生动的细节，再也不会出现了，但作者不就此直说父亲走了，也不说"我"再也见不到父亲的样子了，而是用"父亲永远不与儿子亲热了"，来写生死两茫茫的沉痛隔绝。"父亲永远不与儿子亲热了"这句，也是一种抒情，但之所以能感人，就在于这个抒情里有事实——亲热。"亲热"二字，并不是一种空谈，在此之前，"亲热"的场景是有细节的。父亲喊话、摆手，这么平实的细节，却写出了乡村人表达亲情的真切方式。

　　据我所知，在多数的中国乡村，两代人之间，是难以直接表达感情的，父母不太可能对儿女说"我爱你"，儿女也难以开口对父母说"我想你"，"爱"和"想"这些过于书面化的表达，极不适合乡村的情感模式。乡村的情感表达往往是隐忍的、间接的，甚至是相反的。比如，明明是爱他，却故意要把他说成是"你这个杀千刀的"；明明是期待儿女回家，他们真回家了，

---

① 李星选编：《平凹散文》，浙江文艺出版社2000年版，第341—342页。

也就淡淡地说一句"回来了？"……中国底层的情感表达是拒绝夸张的，因此，只有真正了解农村的人，才会知道，农村人的情感传递，常常是需要中介的——这个中介，多数时候就是物质。儿女孝敬父母，必然少不了买营养品这一形式；父母爱儿女，多半也是以煮一桌丰盛的饭食，或者给你端上一盆洗脸水为标志，言辞上却几乎不涉及"爱"和"想念"这样的字眼，他们往往只以行动来表示。认识到这一点，就能明白贾平凹所写的父亲喊话、摆手这两个不起眼的细节，已经是乡村里父子之间最为放达的"亲热"之举了。而"父亲永远不与儿子亲热了"，不仅意味着儿子被父亲抛弃了，也意味着儿子被那些温暖的、富有人情味的"亲热"场景抛弃了。生命中属于父亲的这一块，真正地空了，这样的悲伤是无须说出来，也说不出来的。

正如要写出"亲热"需要有细节的支持，要写出一个人的悲伤和痛苦，也需要为他的内心找到一个合理的情感出口，这个悲伤和痛苦才会有事实的根基。《祭父》的主体是写父亲的人生，是对他的缅怀和祭奠，不过，贾平凹在处置个中情感时，从不空谈，而是像乡村人的情感表达需要物质中介一样，他也为自己的情感表达找到了坚实的物质外壳——这个物质外壳就是经验、细节、事实和情理。他说父亲"干了几十年教师工作，不愿涎着脸给人家说那类话，但事情逼着他得跑动，每次都十分为难"，到底怎么一个为难？"他曾鼓很大勇气去找人，但当得知所找的人不在时，竟如释重载，暗自庆幸，虽然明日还得再找，而今天却免去一次受罪了。"小人物的自尊和无奈，写得活灵活现。他写父亲怎样照顾自家兄弟的孩子："我记得父亲在邻县的中学任教时期，一直把三个堂兄带在身边上学，他转到哪儿，就带到哪儿，堂兄在学生宿舍里搭合铺，一个堂兄尿床，父亲就把尿床的堂兄叫去和他一块睡，一夜几次叫醒小便，但常常堂兄还是尿湿了床，害得父亲这头湿了睡那头，那头暖干了睡这头。"由此就知，为何父亲先走一步后，二伯和三伯会"老泪纵横，瘫坐在椅子上不得起来"。他写父亲是怎样"极不甘心地离开了我们"："他照常要服药，说他还要等着早已订好的国庆节给小妹结婚的那一天，还叮咛他来城前已给菜地的红萝卜浇了水，菜苗一定长得茂密，需要间一间。就在他去世的前五天，他还要求母亲去抓了两服中草药熬着喝。"惦念家里的菜苗，坚持喝中药，这背后透出的对亲人和尘世的不舍，确实令人心酸。

《祭父》一文的叙述，往往都是有事实感的，以细节见情理，以物质写灵魂，以实事照见人生的底色，这或许正是贾平凹散文的基本风格：

> 当检查得知癌细胞已广泛转移毫无医治可能的结论时，我为了稳住父亲的情绪，还总是接二连三地请一些医生来给他治疗，事先给医生说好一定要表现出检查认真，多说宽心话。我知道他们所开的药全都是无济于事的，但父亲要服只得让他服，当然是症状不减，且一日不济一日，他说："平呀，现在咋办呀？"我能有什么办法呀，父亲。眼

泪从我肚子里流走了，脸上还得安静，说："你年纪大了，只要心放宽静养，病会好的。"说罢就不敢看他，赶忙借故别的事走到另一个房间去抹眼泪。后来他预感到了自己不行了，却还是让扶起来将那苦涩的药面一大勺一大勺地吞在口里，强行咽下，但他躺下时已泪流满面……①

情、理、事实，三者交织在一起，核心是写人生。那种悲怆和不忍，不是直接宣泄出来的，而是被事实压抑着，这样的写作，仿佛是一种论证——用物质的细节，来论证一个精神的存在；物质外壳坚实了，精神的存在也就不易受到怀疑。

贾平凹为自己的散文写作构筑了坚实的物质外壳，他的散文精神也由此建立。

我反对散文过度务虚，相反，只有把散文写实了，并扎根于物质的根据地了，作家的情感和精神的抒发才有真实、可信的来源。材料不可靠，读者的阅读信任感就无从建立；物质外壳出现了破绽，精神的核心也就无处藏身。藐视物质的人，他笔下的灵魂一定也是空洞的。当然，好的散文，在物质外壳（事实、经验和细节）里面，还要有作家独特的精神发现和心灵体验——这是散文写作最重要的两个维度，缺一不可。《祭父》一文，就真实地见证了这一点。

当代散文中，重视人的塑造、重视性情自然流露的，其实

---

① 李星选编：《平凹散文》，浙江文艺出版社2000年版，第351页。

并不多。因此，这种写作品质值得倡扬。从俗世中来的，才能到灵魂里去，这可以说是文学写作的重要法则。而事实感、世俗心的提出，正是要校正现在一些散文家的高蹈心理，使之具有平常心，并重视散文写作的情理、逻辑和常识。

真正优秀的文学是重视常识的，它的目的是要通过个别写出普遍性来。如果个别只是代表个别，那就不算成功。偶然的事件，极端的举动，匪夷所思的情感，作家不是不可以写，只是，如果一部作品，通篇都充满这种偶然、极端和匪夷所思，那么就很可疑了。好作家，往往不是通过极端来体现作品的力度的，相反，他可能通过一些习焉不察的常识和经验，把力量隐藏在平常的人与事底下。这就好比真正痛苦的人，往往是没有声音的，是在饮泣；那些哭得惊天动地的人，反而有可能是在做戏，是故意哭给人看的。同样的道理，在文学写作上，平常心有时比极端叙事更为有力。我不赞成一些成名的作家，写了几十年了，还把自己的文字面貌弄得很乖张、很极端。年少的时候，往往会在散文中加很多装饰，等到老了，人生的阅历和经验丰富了，反而写得朴素而日常了。所谓老僧说家常话，就是这个道理。现在的问题是，很多作家不肯说家常话，不肯尊重常识，他们还是想在极端和新奇上费力气，结果呢，作品出来的效果可能很强烈，但写作最为核心的——真诚和世俗心，他却丢了，这是得不偿失的事情。

有了世俗心、平常心，一个作家才有可能具备常识、注重情理。什么叫具备常识？就是要作家都来做世俗生活的专家。

他对生活的表达，不能只看到生活中极端和偶然的部分，还要看到生活中的常识部分——只有常识部分的生活才是具有普遍性的。这个常识要怎样才能建立起来？只有一个途径，那就是要着手去调查和分析自己所要写的那种生活。巴尔扎克说，"小说是一个民族的秘史"，你要想把这个民族的秘史写出来，不对这个民族的文化、风俗和生活进行调查和分析，是不可能的。一旦你对这个民族的了解有了足够多的常识，你的笔下就会自然呈现出这个民族的生活风貌。沈从文说，专家就是一个有常识的人。一个丝绸专家，任何绸缎一到他的手中，他就要知道是什么质地的，什么年代和什么地方出产的；一个瓷器专家，瓷器一拿到手上，他就要知道这是什么朝代的，它是不是官窑的作品。他有足够多的关于丝绸和瓷器的常识，他才能成为这方面的专家。写作也是如此。你只有对一种生活调查了、研究了，或者说你经历过了、懂得了，有常识了，你才能写出真正的好作品。

当代作家写历史，一般都不敢写器物，为什么？因为他没有这方面的常识，即便写，也写不好。像苏童的《妻妾成群》，可以把那种微妙的人与人之间的关系写得入木三分，但他还是不敢轻易碰那个时代的器物，这是二十几岁时的苏童对历史的敬畏。《红楼梦》第三回，林黛玉进荣国府，第一次去王夫人的房里见她。小说中写道："茶未吃了，只见一个穿红绫袄青缎掐牙背心的丫鬟走来笑说道：'太太说，请林姑娘到那边坐罢。'老嬷嬷听了，于是又引黛玉出来，到了东廊三间小正房内。正房炕上横设一张炕桌，桌上磊着书籍茶具，靠东壁面西设着半旧的青缎靠背引枕。王夫人却坐在西边下首，亦是半旧的青缎靠背坐褥。见黛玉来了，便往东让。黛玉心中料定这是贾政之位。因见挨炕一溜三张椅子上，也搭着半旧的弹墨椅袱，黛玉便向椅上坐了。"[①]初读这段话，并无特别之处。但脂砚斋在评点的时候，就上面的三个"旧"字，大发感叹说："三字有神。此处则一色旧的，可知前正室中亦非家常之用度也。可笑近之小说中，不论何处，则曰商彝周鼎、绣幕珠帘、孔雀屏、芙蓉褥等样字眼。"甲戌本的眉批接着又说："近闻一俗笑语云：一庄农人进京回家，众人问曰：'你进京去可见些个世面否？'庄人曰：'连皇帝老爷都见了。'众罕然问曰：'皇帝如何景况？'庄人曰：'皇帝左手拿一金元宝，右手拿一银元宝，马上捎着一口袋人参，行动人参不离口。一时要厕屎了，连擦屁股都用的是鹅黄缎子，所以京中掏茅厕的人都富贵无比。'试思凡稗官写富贵字眼者，悉皆庄农进京之一流也。盖此时彼实未身经目睹，所言皆在情理之外焉。"[②]这是很精到的点评。确实，只有像曹雪芹这样经历过富贵、繁华生活的人，才敢正面写荣国府的器物，甚至把荣国府的引枕、坐褥、椅袱全部写成"半旧"的。那些"未身经目睹"的，一定以为荣国府的引枕、坐褥、椅袱都是绸缎的、簇新的、闪闪发亮的，因为他没有富贵生活的经

---

① 曹雪芹著，脂砚斋评，邓遂夫校订：《脂砚斋重评石头记甲戌校本》，作家出版社 2005 年版，第 121 页。

② 曹雪芹著，脂砚斋评，邓遂夫校订：《脂砚斋重评石头记甲戌校本》，作家出版社 2005 年版，第 121 页。

验和常识，所言必然是"在情理之外"，正如上面说的那个"庄农"，没见过皇帝，只能想象皇帝"左手拿一金元宝，右手拿一银元宝"。没有常识，光凭不着边际的想象，有时是写不出可信的文字来的。福楼拜的小说像机械钟表的仪器一样，严丝合缝，这没有对生活的认真研究，是不可能做到的。这种严丝合缝必然会产生特别的力量，这种力量不是从天而降的，而是从一些具体的常识和细节描写中累积起来的。为什么伟大的作家往往都是写自己所熟悉的那个小地方？像鲁迅写绍兴，沈从文写湘西，莫言写他的高密东北乡，福克纳写自己那像邮票一样大小的家乡，贾平凹写商州——每一个伟大的作家，往往都会有一个自己的写作根据地，这个根据地是他所熟悉的、所懂得的。这就是写作的常识。如果写自己不知道的人和事，写出来的作品就一定难以说服读者；写作一旦失了世俗心，挣脱了情与理，作者写的愤怒读者不跟着愤怒，作者写的痛苦读者不跟着痛苦，作者写的快乐读者无法跟着快乐起来，这样的写作，就是失败的。

第二节　灵魂的重量

余光中在《散文的知性与感性》一文中说："在一切文体之中，散文是最亲切、最平实、最透明的言谈，不像诗可以破空而来，绝尘而去，也不像小说可以戴上人物的假面具，事件的隐身衣。散文家理当维持与读者对话的形态，所以其人品尽在文中，伪装不得。"①这话是不错的。散文作为受外来影响最小的文体，它的成就之所以一直很稳定，一个很大的原因，可能就是因着它的亲切、平实和透明，技巧性的东西比较少，实验性的文学运动也多与它无关，这就大大减低了写作者的参与难度，凡有真情和学识的人，都有可能写出好的散文篇章来。许多好散文，往往并不是专业意义上的散文家写的——这对于其他文体来说是不可思议的。很难想象，一篇好小说，一首好诗，一部杰出的戏剧，会是出自一个"业余"作者之手。但散文不同，它拥有最为广阔的写作人群，更重要的是，有许多的哲人、史家、科学工作者都在为散文的繁盛推波助澜、贡献智慧，因此，散文是永远不会衰落的。

只是，许多人并不知道"散文易学而难工"（王国维语）。因着散文是亲切、平实和透明的文体，话语的姿态放得很低，结果，那些轻飘的感悟、流水账般的记述、枯燥的公文写作、陈旧的风物描写、堆砌的历史资料，都被算作散文了。慢慢地，散文就丧失了文字上的神圣感，就连平常的说话，记录下来恐怕也得算一篇口语散文。莫里哀的喜剧《暴发户》中，就有一个商人叫儒尔丹的，他听说自己的一句话"尼哥，给我把拖鞋和睡帽拿来"就是散文时，不禁得意地喊道："天哪，我说散文说了四十年，自己还一直都不知道！"所以，只要和文学沾边的人，很少有人会承认自己是不会写散文的，但承认自己不会写

---

① 余光中：《散文的知性与感性》，见《余光中集》（第8卷），百花文艺出版社2004年版，第335页。

诗的人则不在少数。在多数人眼中，散文实在是太容易写了。

这种"太容易"所造成的散文数量的庞大，究竟是散文的幸还是不幸？散文的门槛实在是太低了，这就带来了一个不容忽视的问题：现在的散文是越写越轻了。许多的散文，你读完之后不会有任何遐想，也不会让你静默感念，它更像是一次性消费的话语垃圾。散文当然可以有轻逸的笔触，但我认为，散文在骨子里应该是重的。它隐藏在文字后面的情与思，越重就越能打动读者，越能呈现经验和事实的力量。作家毛姆说过："要把散文写好，有赖于好的教养。散文和诗不同，原是一种文雅的艺术。有人说过，好的散文应该像斯文人的谈吐。"我想，"教养""文雅"和"斯文人的谈吐"，绝不会是轻的，它一定暗含着对生活和存在的独特发现，同时，它也一定是一种艺术创造，否则就不会是"文雅的艺术"了。

说到散文之重，我们也许首先会想到的是鲁迅的《野草》、朱自清的《背影》、史铁生的《我与地坛》和《病隙碎笔》、贾平凹的《祭父》等等，这些的确是杰出的篇章，里面所蕴含的深邃情感，以及对存在本身的逼视，无不体现出作者强烈的精神自尊，并为文字建立了神圣感。有一个大学教授对我说，自一九九一年以来，他每年都花十几节课的时间给中文系学生讲《我与地坛》。一篇散文何以值得在课堂上花这么多时间来讲述和研究？如果这篇散文里没有一些重的东西，没有一些与更广阔的存在相连的精神秘密，那是难以想象的。而《野草》，更是因着它阴郁、决绝的存在主义意味，即便被批评家反复地阐释，也仍旧被视为最为多义而难解的文本。

当然，我在这里并不是说，只有显露出像鲁迅的《野草》那样沉痛的表情，才是达到散文之重唯一的道路。其实，即便是像汪曾祺那样淡定的文字，里面又何尝没有重而坚实的情思？散文依据的毕竟多为一种常识（诗歌则多为想象），它不能用故作深沉的姿态来达到一种所谓的深刻，许多时候，散文的深来自体验之深、思想之深。真正的散文家必须在最为习焉不察的地方，发现别人所不能发现的事实形态和意义形态。这或许正是散文的独特之处：一些看似平常的文字，其实蕴含着深邃的精神秘密；相反，一些看起来高深莫测的文字（比如一些所谓的文化散文、历史散文），后面很可能是空无一物。

我理解中的好散文，就是那些在平常的外表下蕴含着不平常的精神空间的篇章。试看以下这段文字：

> 这时，坐在我身边的小喇嘛突然开口说："我知道你的话比师父说的有道理。"
>
> 我也说："其实，我并不用跟他争论什么。"但问题是我已经跟别人争论了。
>
> 年轻喇嘛说："可是我们还是会相信下去的。"
>
> 我当然不必问他明知如此，还要这般的理由。很多事情我们都说不出理由。
>
> "其实，我相信师父讲的，还没有从眼前山水中自己看见的多。"

　　我的眼里显出了疑问。

　　他脸上浮现出一丝犹疑的笑容："我看那些山，一层一层的，就像一个一个的阶梯，我觉得有一天，我的灵魂踩着这些梯子会去到天上。"这个年轻喇嘛如果接受与我一样的教育，肯定会成为一个诗人。

　　我知道，这不是一个可以讨论的问题，对方也只是说出自己的感受，并不是要与我讨论什么。这些山间冷清小寺里的喇嘛，早已深刻领受了落寞的意义，并不特别倾向于向你灌输什么。

　　但他却把这样一句话长久地留在了我的心上。①

　　这是作家阿来在一篇题为《离开就是一种归来》的散文中的一段文字。这篇散文，在初读的时候，会觉得一切是那么平常，并无多少意外的惊喜。但是，如果多读几遍，慢慢地，就会发现，小喇嘛的那段话居然使一个对多数人来说悬而未决的信仰问题瞬间就释然了。这难道不是一种文字的境界吗？把一层一层的山比作"阶梯"，并说"我的灵魂踩着这些梯子会去到天上"，如此令人难忘的表达，使"我"以上的争论变得毫无意义——信仰更多的是指向世界的奥秘状态，是生命的一种内在需求，它并不能被理性所证明或证伪，因此，辩论对于信仰者来说是没有意义的。当小喇嘛说出"我的灵魂踩着这些梯子会

---

　　①　阿来：《离开就是一种归来》，见《就这样日益丰盈》，解放军文艺出版社2002年版，第9页。

去到天上"时，他已经悄悄地从辩论的理性漩涡里出走，来到了生命直觉的现场，或者说，大自然的奥秘轻易就制服了他心中还残存的疑问。

阿来记下了这个难以言说的精神奇迹。它也许只是一句话，但作家的心灵捕获到这句话的分量时，他的文字就与这句话中广阔的精神空间紧密相连，散文也就在这个时候离开了轻浅的外表，成了内在心灵的盟友。这使我想起诗人布莱克的著名诗句："在一粒沙子里看见宇宙，/ 在一朵野花里看见天堂，/ 把永恒放进一个钟点，/ 把无限握在手掌。""一粒沙子"是轻的，但"宇宙"是重的；"一朵野花"是轻的，但"天堂"是重的。散文的轻重关系，似乎也是这样：在它所记述的事情和人物里面，也许仅仅是一些常识，但作家要提供一个管道，使读者能从常识里看见"永恒"和"无限"。也就是说，散文的话语方式可以是轻的，但它的精神母题则必须是重的，它的里面，应该隐藏着一些可供回味的心灵秘密。

阿来散文最重要的特点，就是将散文的轻与重的关系处理得非常恰当。本来，像他这样的藏族作家，写起宗教和西藏，是很容易走向神秘主义的，话语方式上也很容易变得作态，正如其他一些作家那样。但阿来没有这样，因为他对自己所写的东西已经了然于胸，它们已经内化到了他的生活之中。他专门写过一篇散文，叫《西藏是形容词》，目的是为了还原真实的西藏。他说："西藏在许许多多的人那里，是一个形容词，而不是一个应该有着实实在在的内容的名词。""一个形容词可以附会了许多主观的东西，而名词却不能。名词就是它自己本身。"[1] "当我以双脚与内心丈量着故乡大地的时候，在我面前呈现出来的是一个真实的西藏，而非概念化的西藏，那么，我要记述的也该是一个明白的西藏，而非一个形容词化的神秘的西藏。"[2] 阿来对西藏的态度，其实也可看作是他的散文立场：反对概念化和附会，追求"以双脚与内心丈量"故乡大地。比如西藏，这本是一个"重"的命题，但太多的膜拜者已经把它变成了一个过于沉重和神秘的地方，真实的西藏实际上已经远去。这个时候，写西藏就不该使它变得更"重"，而是要从西藏的神秘里超越出来，走进西藏的日常生活，走进西藏的人群，重新找回西藏的真实。可以说，此时，本真的西藏、不神秘的西藏反而成了西藏真正的"重"之所在，因为这样的"重"不是附会上去的，而是从里面生长出来的。

这就好比阿来在《怎样注视自然》一文中所提到的"自然"问题。当大多数人都把自然当作抒怀的对象的时候，人们会发现，那个被彻底遗忘的自然本真才是自然的"重"之所在。他说，《话说飞鸟》一书的作者儒尔·米什莱"在历史研究之余，把眼光转向了大自然。对于一个历史学家来说，历史上的很多东西，都是非常残酷的，而法国南方的地中海岸，自然却呈现出和谐美妙的景象。于是，他便乐而忘返了。这种情况，在中

---

① 阿来：《西藏是形容词》，见《就这样日益丰盈》，解放军文艺出版社2002年版，第135页。

② 阿来：《西藏是形容词》，见《就这样日益丰盈》，解放军文艺出版社2002年版，第136—137页。

国历史上也一次次地发生过。很多学人被宫廷放逐，如柳宗元、苏轼、范仲淹等等。他们处于江湖之上便寄情于山水，写出了很多传诵千古的名篇。比如《永州八记》《赤壁赋》和《岳阳楼记》。但他们共同的特点还是借景抒忧愤之情，其兴趣还是在人文政治，而不是真正想要认知自然。也就是说，自然本身的特性并未进入他们的视野"。"可以说，中国知识分子注视自然的时候，也是返观内心，在自省，在借物寓意；而在米什莱们那里，注视自然，便是真正认识自然、阅读自然，并让自然来教育自己。"①

把自然还给自然，把西藏还给西藏，这似乎一直是阿来写作中的内在愿望。他写大地、星光、山口、银环蛇、野人、鱼、马、群山和声音，完全祛除了多余的神秘，但文字中又无时不在地洋溢着和广阔天地的交流和私语。即便是那些科学美文，阿来也不忘把读者引向更为广阔的精神空间。比如，他写天文望远镜的发明时说："从此，这个世界上便多了一种时时想把天空看得更清楚，更深远的人。"②"我们的视线在穿越空间的同时，也正在穿越时间。"③他写藏族人的生活时说："通过这些故事和传说，我学会了怎么把握时间，呈现空间，学会了怎样面对命

①　阿来编:《自然写作读本》（A卷），中国科学技术出版社2018年版，第54页。

②　阿来:《视线穿越空间与时间》，见《就这样日益丰盈》，解放军文艺出版社2002年版，第150页。

③　阿来:《视线穿越空间与时间》，见《就这样日益丰盈》，解放军文艺出版社2002年版，第154页。

运和激情。"①正是阿来身上这种对事物的内部意义穷追不舍的精神，才最终使他的文字从平常走向了深邃，从轻走向了重。

阿来原来是一个诗人，我们或许能从他对聂鲁达和惠特曼这两位伟大诗人的感激中，窥见他的写作秘密：

> 感谢这两位伟大的诗人，感谢音乐，不然的话，有我这样的生活经历的人，是很容易在即将开始的文学尝试中自怜自爱、哭天抹泪、怨天尤人的。中国文学中有太多这样的东西。但是，有了这两位诗人的引领，我走向了宽广的大地，走向了绵延的群山，走向了无边的草原。那时我就下定了决心，不管是在文学之中，还是文学之外，我都将尽力使自己的生命与一个更雄伟的存在对接起来。②

"尽力使自己的生命与一个更雄伟的存在对接起来"，这样的美妙言辞，已经很少有作家说得出来了。而正是因为少了"雄伟的存在"这一"重"的维度，才导致现在的文学越来越轻，越来越无根可扎，以致沦落到了话语泡沫的境地。阿来曾经引用佛经上的一句话，大意是说：声音去到天上就成了大声音，大声音是为了让更多的众生听见。"要让自己的声音变成这样一种大声音，除了有效的借鉴，更重要的始终是，自己通

---

① 阿来：《视线穿越空间与时间》，见《就这样日益丰盈》，解放军文艺出版社 2002 年版，第 291 页。

② 阿来：《从诗歌和音乐开始》，见《就这样日益丰盈》，解放军文艺出版社 2002 年版，第 247—248 页。

过人生体验获得历史感和命运感，让滚烫的血液与真实的情感，潜行在字里行间。"①阿来的写作，就是一种有声音的写作，这些声音，可能发自作者的内心，也可能发自山川和草木，因着有那个"雄伟的存在"，每个字都可以说话，每种生物都可以歌唱，关键的是，你是否有那个心和耳朵来倾听它。

这个声音，其实也就是好散文所需要的隐秘维度。它的存在，将使散文的内在空间变得宽广和深刻。而现在的散文，普遍的困境就是只有单一的维度，它的轻，就在于单一，除了现实（事实和经验）这一面，作家不能给读者提供更多想象的空间；而一种没有想象的散文，必定是贫乏的散文。好的散文，有重量的散文，它除了现实和人伦的维度外，至少还必须具有追问存在的维度（人之为人的存在意义何在）、超验的维度（和无限对话的维度，神秘感和死亡体验等）和自然的维度（包括大自然和生命自然）。也就是说，只有多维度的声响在散文内部交织在一起的时候，散文的价值空间才是丰富的、厚重的。阿来的散文，在某种程度上说，就是一种多维度交织的散文，一种有声音的散文，也是一种重的散文。它的重，就在于他那干净文字后面，从来就没有停止过对世界、人生和存在的追问。

在散文界泛滥着太多轻浮和浅白文字的年代，让散文写作恢复一种重的向度，显然已经非常必要。

这个重的向度，很大程度源自阿来是一个有超越性精神的

① 阿来：《穿行于异质文化之间》，见《就这样日益丰盈》，解放军文艺出版社2002年版，第294页。

作家。他当然也像别的好作家一样，可以写生机勃勃的日常生活、世俗生活，他笔下的西藏之所以特别，很大程度上就在于它写出了一个世俗的西藏。阿来也说他要呈现出一个本来的西藏，既不想美化它，也不愿意丑化它。确实，在他写作长篇小说《尘埃落定》之前，文学界对西藏的书写不乏偏狭与曲解。"原因很简单，在中国有着两个概念的西藏。一个是居住在西藏的人们的西藏，平实，强大，同样充满着人间悲欢的西藏。那是一个不得不接受现实，每天睁开眼睛，打开房门，就在那里的西藏。另一个是远离西藏的人们的西藏，神秘，遥远，比纯净的雪山本身更加具有形而上的特征，当然还有浪漫，一个在中国人嘴中歧义最多的字眼。"①

把西藏生活神秘化、"奇观化"（苏珊·桑塔格语），这种"东方主义"魅惑一度非常普遍。尤其在西方国家，不少人自己创造了一个神秘的、理想的西藏形象，这个"西藏"，未受过文明污染，充满了精神性，与农奴制时代的西藏现实截然不同。一个典型的例子是英国作家詹姆斯·希尔顿的小说《消失的地平线》，他把藏区某地写成了一个遗世独立的世外桃源。但阿来清醒地认识到，"东方主义"不仅仅是一个西方问题，由詹姆斯·希尔顿的小说《消失的地平线》引发的云南省迪庆藏族自治州中甸县更名为香格里拉县，则是"中国社会对于东方主义的再生产"，脱离了藏民族的生活常态，其背后暗藏着东方主义

---

① 阿来：《走进西藏》，《四川省情》2002 年第 3 期。

与消费社会的逻辑。

阿来坦言自己的写作是为了祛魅和唤醒。他说："我二十多年的书写生涯中所着力表现的西藏，正是这个世界最乐意标注为异域的地区。当我书写的时候，我想我一直致力的是书写这片蒙昧之地的艰难苏醒。苏醒过来的人们，看到自己居然置身一个与其他世界有着巨大时间落差的世界里，这也是这个世界与其他世界最关键的不同。面对这种巨大的落差，醒来的人们不禁会感到惊愕，感到迷惘与痛楚。他们上路，他们开始打破地理与意识的禁锢，开始跟整个世界对话，开始艰难地融入。当我开始写作的时候，就非常明确，作为一个写作者，最大的责任就是记录这个苏醒的过程，这个令人欣慰，也同时令人倍感痛苦的过程。"[1] 基于此，阿来的小说写作更多关注普通藏族人的生活与命运，努力去发现人与人之间的共通性、相似性与普遍性，"消除分别心"，而不是只看到差异。在他看来，异族人过的并不是另类人生，每个故事里面的角色与我们大家都有一个同样的名字：人。像他在《蘑菇圈》中所写的这种场景是非常动人的：丹雅说阿妈的眼神不好，大朵的蘑菇都留给了野鸟，阿妈说，"那是我留给它们的。山上的东西，人要吃，鸟也要吃"。阿妈对蘑菇有一种像对人般疼惜的情感，"她开始采摘，带着珍重的表情，小心翼翼地下手，把采摘下来的蘑菇轻手轻脚地装进筐里。临走，还用树叶和苔藓把那些刚刚露头的小蘑

---

① 阿来：《当我们谈论文学时，我们在谈些什么》，陕西师范大学出版总社 2017 年版，第 231 页。

菇掩盖起来。……你们这些可怜的可爱的小东西，阿妈斯炯不能再去山上看你们了"[1]。而他在长篇小说《云中记》中，在写祭师与亡灵的对话中，突出的也是人内在深沉的情感。《云中记》以一个小的入口，写了一个以汶川大地震为背景的即将消失的村庄，并借由祭师阿巴独自返乡而让生者与死者深度对话。小说叙事辽阔而细腻，人物命运打动人心。阿来对这个村庄的历史与现状做了很多的调查、研究，对以村庄为中心的群山、河流、草木、动物也做了丰富、生动的描绘。他的写作是有实感的，但他同时也为人的存在建立起了一个超越性的背景。这种写作，是一种虚与实、身体与灵魂相交织的写作，它对天地、众生的理解，对人的命运深刻的体恤，共同造就了《云中记》的悲伤品格。这部作品的重量，正是通过对活着和死去的灵魂的深刻逼视来实现的。

让一个个丰满的、有血有肉的人，在一种真实的藏人生活中站立起来，这正是阿来写作的独特意义。

但我依然想指出，阿来之于中国文学的重要意义，不仅在于他有力地拓宽了文学表达的疆域，更重要的是他以自己的方式为中国文学建立起了一种超越性。文学光有世俗性而没有超越性，写作就会匍匐在地上，站不起来，全是那些细小、庸常的趣味，容易流于轻浮和浅薄——这也是当代文学面临的困境之一。

---

① 阿来：《蘑菇圈》，人民文学出版社2016年版，第181页。

　　阿来与他们不同的是，他的作品有超越性。世俗性是变数、变量；超越性是常数、常道。在变化中寻找不变，这个不变就是超越性。中国文学迷信变化太久了，不变的东西在多数作家笔下是晦暗不明的，甚至是缺失的。阿来的写作，使我们重新意识到这个世界还有值得相信的、不变的东西。他说："作为一个漫游者，从成都平原上升到青藏高原，在感觉到地理阶梯抬升的同时，也会感觉到某种精神境界的提升。但是，当你进入那些深深陷落在河谷中的村落，那些种植小麦、玉米、青稞、苹果与梨的村庄，走近那些山间分属于藏传佛教不同教派的或大或小的庙宇，又会感觉到历史，感觉到时代前进之时，某一处曾有时间的陷落。"[1] 他不是一个只在大地上行走和漫游的人，而是常常感受"精神境界的提升"和"时间的陷落"这些永恒主题。尽管阿来的写作一再强调，他是写出一个族群如何从一种隔绝的状态回到一个更大的群体之中，但他笔下的人的生活，仍然是独异的，他们看到山川会生敬畏之心，看到云彩会不断赞美，甚至看到一朵小花、一朵蘑菇的开放，都会想到这是神的馈赠——这种从日常性向神性的过渡，不是通过玄想，而是通过一种生活智慧的启发，一种自我本心的体悟，这样的神性因为有了世俗的基础，才显得真实。

　　阿来是藏族，他的民族是有宗教信仰的。因此，我们一谈文学的超越性，难免会联想到他的民族，他的民族所信仰的宗

---

　　[1]　阿来：《大地的阶梯》，四川文艺出版社 2017 年版，第 6 页。

教。就文学而言，把一种宗教的东西指证为自己写作中的超越性，这不仅毫无新意，还可能会形成一种专断的精神意志。文学不一定喜欢这种专断。而阿来的超越性之所以是文学的，在于阿来找到了他自己的理解超越的方式。这种方式的关键词，就是历史和自然。阿来对自己的村庄、部落、民族的历史，对群山、河流、草木、动物都有浓厚的兴趣。他的写作实感正是建基于此。

何以在历史、自然中可以建立起文学的超越性？这个问题值得探讨。但凡超越性，都和无限、永恒联系在一起。可历史是有限的，哪怕再久远的历史也是有限的。历史的有限性就是它的局限性。既然有这种有限、局限，按理说它不可能成为一个人超越现实的力量。但从另外一个角度说，几千年的历史之于一个只有几十年生命的人而言，他就是接近于无限了。历史的有限说明它具有形而下的一面，但它之于人的无限而言，它又是形而上的。中国人超越现实的方式，不是简单地相信一位终极意义的、有位格的神，而是找寻到了一个代替物，这个代替物之一就是介乎形而下和形而上之间的历史。这种对已过历史的信仰，其实就是对时间的信仰。李泽厚曾经指出，中国精神的发展、确认经历了一个从巫到史的转换。历史维度、历史意识的确立，塑造了中国人的基本品格。中国人认识世界、认识人的尺度往往不是以宗教的眼光，而是历史的眼光。我们评价一个人的价值，不是看他的灵魂是否永生，而是看他能否青史留名，这背后的根基正是历史精神。

阿来所具的历史意识，决定了他的写作不会只有"现在"这一个维度，而是将现在和过去、未来联系在一起，此在、曾在、将在三者合一，这就是历史的眼光。他说："无论是某一个人，某一个民族，某一阶层，虽然现今所处的现实还有种种的分别与区隔，但从历史的角度看，我们却不可能拥有不同的将来，我们所有人，都只有一个共同的将来。如果将来也是不同的，有区别的，那结果就非常糟糕，是简单与严酷的字眼：那就是灾难以至于毁灭。"①他写很多作品，都做艰巨、笨拙的案头工作、田野调查，也是为了获得一种讲述历史的权利。"这样翔实细致的材料可以破除两种迷思。一种迷思是简单的进步决定论，再一种迷思，是近年来把藏区边地浪漫化为香格里拉的潮流中，把藏区认为是人人淡泊物欲，潜心向佛，而民风淳朴的天堂。持这种迷思者，一种善良天真的，是见今日社会物欲横流，生活在别处，而对一个不存在的纯良世界心生向往；一种则是明知历史真实，而故意捏造虚伪幻象，是否别有用心，就要靠大家深思警惕了。"②并不是每个作家都懂得以历史的眼光来审视现实、想象未来，尤其深陷于"现在"的各种繁杂细节之中后，作家们获得的很可能只是瞬间的感受，一些思想的断片，而在这种潮流中努力追求整全性感受的作家，自然就显得与众

---

① 阿来：《不同的现实，共同的将来——〈空山·达瑟与达戈〉获〈芳草〉"女评委"大奖答谢词》，见《看见》，湖南文艺出版社2011年版，第159页。

② 阿来：《瞻对：终于融化的铁疙瘩——一个两百年的康巴传奇》，四川文艺出版社2014年版，第262页。

不同了。

另外一个介乎形而下和形而上之间的事物，那就是自然。土地、自然，貌似是大家共同的主题，但如何理解土地和自然，则是作家和作家的区别之所在。以自然为一种唯美，或以自然的原初性来对抗物欲横流的现代生活，是常见的思想方式，但阿来不同，他笔下的自然有着更丰富和博大的内涵。他热爱自然，自称是"自然之子"："拜血中的因子所赐，我还是一个自然之子，更愿意自己旅行的目的地，是宽广而充满生机的自然景观：土地、群山、大海、高原、岛屿、一群树、一棵草、一簇花。更愿意像一个初民面对自然最原初的启示，领受自然的美感。"①阿来经常细致地描绘山川、河流、草木、花朵，是抱着一种谦卑的姿态，他不仅是为了呈现一个本然的世界，也是在向这个世界学习。如此开阔敞亮，如此生生不息，它们只是在着，而并不在乎如何在着、为什么在着，它们充分展现着生命的本性，这种无声的灿烂，其实是更高的创造意义。没有这种认知，阿来不可能写出这样的文字："他会把耳朵贴着树干上最深最长的裂缝，屏息静气，仔细倾听。很多时候，他听见的是自己身体里各种各样的声音。但有时候，他真的能听到，树的躯干里，似乎是在吮吸的声音，似乎是水在流淌的声音。母亲说，是啊，春天里，树扎在泥土里，岩石里的根都醒过来了，它们在喝水，它们把喝到的水一直送到树顶的天空，顶着雾气

---

① 阿来：《群蜂飞舞》，辽宁人民出版社2013年版，第191页。

的最高处。因为树还想再长得高一些。"[1]

事实上，群山，河流，草木，云卷云舒，这些生生不息的事物，本身就具有不动的、不变的、近乎永恒的品质。但它依然是有限的。因为照着宗教学的观点，天地都要废去，只有神的话一笔一画都不能废去；天地也会朽坏，唯有真理才能够永存。但自然、山川、河流、草木之于一个有限的人而言，它又近乎无限了，也是形而上的，也具有鲜明的超越性。

历史不朽，自然不朽，这可以说是中国文学中最为重要的两个不变的价值根基。阿来的写作记下了这个世界所具有的这种不朽的品质。正如他在《离开就是一种归来》这篇散文里所写的，那个年老的喇嘛说，小庙有一万年的历史了，阿来不信，与他争论，后来，小喇嘛在送阿来的路上对阿来说，"你的话比师父说的有道理"，"可是我们还是会相信下去的"。道理改变不了一个人的信仰。小喇嘛还说，"师父讲的，还没有从眼前山水中自己看见的多"，"我看那些山，一层一层的，就像一个一个的阶梯，我觉得有一天，我的灵魂踩着这些梯子会去到天上"。这种"大地的阶梯"所代表的自然的力量，以及个人史、村庄史、部落史、民族史背后的时间的力量，是一种雄伟的存在，阿来渴望自己的生命与这些雄伟的存在对接在一起。这个不动的、不变的、介乎形而下与形而上之间的精神背景，正是阿来写作的超越性，也是他的写作比之很多作家更有重量的原因。

---

① 阿来：《河上柏影》，人民文学出版社 2016 年版，第 139 页。

历史意识与自然维度的建立，表明阿来不是选择用神的眼光来看人，来认识世界。尽管他也承认一切不可言说的奇迹、那些令人震撼的群山背后自有神秘的存在，但他依然拒绝用神的眼光来解释一切，因为这对他来讲太简单、太便捷了。于是，他选择了以人的角度来打量他的民族，来看这个世界以及这个世界里的人。他自己也说："文学更重要之点在人生况味，在人性的晦暗或明亮，在多变的尘世带给我们的强烈命运之感，在生命的坚韧与情感的深厚。""我愿意写出生命所经历的磨难、罪过、悲苦，但我更愿意写出经历过这一切后，人性的温暖。即便看起来，这个世界还在向着贪婪与罪过滑行，但我还是愿意对人性保持温暖的向往。"①他一直非常注重小说的普遍性表达，他在《落不定的尘埃——〈尘埃落定〉后记》中强调："在我们国家，在这个象形表意的方块文字统治的国度里，人们在阅读这种异族题材的作品时，会更多地对里面一些奇特的风习感到一种特别的兴趣。作为这本书的作者，我并不反对大家这样做，但同时也希望大家注意到我在前面提到过的那种普遍性。因为这种普遍性才是我在作品中着力追寻的东西。这本书从构思到现在，我都尽了最大的力量，不把异族的生活写成一种牧歌式的东西。"②小说不同于历史、哲学之处，正是在于它更关注具体的人。"民族、社会、文化，甚至国家，不是概念，更不是

① 阿来：《蘑菇圈》（序），人民文学出版社 2016 年版，第 2 页。
② 阿来：《群山的声音：阿来序跋精选集》，四川文艺出版社 2018 年版，第 7 页。

想象，在我看来，是一个一个人的集合，才构成那些宏大的概念。要使宏大的概念不至于空洞，不至于被人盗用或窜改，我们还得回到一个一个人的命运，看看他们的经历与遭遇，生活与命运，努力与挣扎。对一个小说家来说，这几乎就是他的使命，是他多少有益于这个社会的唯一的途径，也是他唯一的目的。"①确实，比起关心一种文化的消失，一个族群的命运，也许一个个具体的人的命运，尤其是他们的悲剧性命运，才是文学更重要的书写任务。阿来重视写人，写历史中的人、自然中的人，而正因为阿来为人的存在建立起了一个超越性的背景，所以他笔下的人是有一种从现实中超拔出来的力量的。这个超越性的力量，恰恰不是宗教的力量，而是人文的力量。

与其说阿来作品中具有宗教精神，还不如说他的写作里面有人文精神。人文精神是更中国也更文学的一种精神。下面这段话，也许就能很好地诠释阿来的这种人文精神："现在，虽然全世界的人都会把藏族人看成是一个诚信教义，崇奉着众多偶像的民族，但是，做了一个藏族人的我，却看到教义正失去活力，看到了偶像的黄昏。那么，我为什么又要向非我力量发出祈愿呢？因为，对于一个漫游者，即或我们为将要描写的土地给定一个明晰的边界，但无论是对一本书，还是对一个人的智慧来说，这片土地都过于深广了。江河日夜奔流，四季自在更替，人民生生不息，所以这一切，都会使一个力图有所表现的

---

① 阿来：《人是出发点，也是目的地——第七届华语文学传媒大奖获奖词》，见《阿来散文》，人民文学出版社 2015 年版，第 159 页。

人感到胆怯甚至是绝望。第二个问题，如果不是神佛，那这非我力量所指又是什么？我想，那就是永远静默着走向高远阶梯一般的列列群山；那就是创造过，辉煌过，也沉沦过，悲怆过的民众，以及民众在苦乐之间延续不已的生活。"①可以把这种思想路径，理解为中国式的超越性，它不直接指证为一种宗教意义上的有位格的神，而是指向生生不息的人的生活。钱穆说，世俗即道义，道义即世俗，这是中国文化的最特异之处，说的也是这个意思。甚至，这种独特的、中国式的超越性精神，不仅让阿来重新理解了宗教，也让他站在人的角度，重新理解了人——理解了一群既生活在现实中又能够从现实中超拔出来的人。我以为，这个观察人和理解人的角度，对中国当代文学极为重要。

说到散文的重，史铁生的文字也是极好的例子。

史铁生喜欢读思想和哲学著作，这决定他的写作既关注现世，也关注永恒，无论小说，还是散文，他总是持续地在思索人的存在如何才能获得意义的确认。他害怕自己走失，他正视自己的迷茫，并不断地向时间发问，也不掩饰自己渴望获得终极意义上的救援——事实上，唯一能帮助他的只是他自己的思索。他的思索，不像其他一些思想者那样干枯，而是保留了一个作家的感性，甚至他还模仿宗教语体，在作品中用了许多比喻，从而使他的文字散发着浓郁的人间气息。所以，我在他去

---

① 阿来：《大地的阶梯》，四川文艺出版社 2017 年版，第 8—9 页。

世后重读他的著作时，感觉他并未离去，他所深思的那些问题，和每一个人都如此切近，且从未过时。我想，只要语言的交流在继续，肉身的隔绝就并不重要，正如我第一次见他是在他去世前十年，那十年，我们只是偶尔联系、见面，更多的时候，我是在他的文字中与他交谈，但我对他从未有任何陌生感。所谓的超越性，这也是其中一种吧。

肉身的死亡，"是一个必然会降临的节日"①，他并不避讳这点。甚至，死亡对他而言，也未尝不是一种解脱。我见过他做透析时的辛苦，写作的艰难就更是难以想象了。他的生命，似乎是不完整的，时间仿佛也是切碎的——他所能享受的，不过是其中很小的一块。所以，他说自己的职业是生病，业余是写作。他活着，照常人看来，就是磨难、疾病、残缺，坐着轮椅频繁往返于医院，病情在快速恶化，死亡的邀约已经发出多次，奇怪的是，我每次见到他，他总是温和地笑着。他的眼神里，传递的从来不是虚无、抱怨，而是相信——相信生命，也相信生命展开的过程。

许多人活着是关心结果，而史铁生看重的是过程。他认为，对付绝境的唯一办法就是重视过程。"一个只想使过程精彩的人是无法被夺剥的，因为死神也无法将一个精彩的过程变成不精彩的过程，因为坏运也无法阻挡你去创造一个精彩的过程，相反你可以把死亡也变成一个精彩的过程，相反坏运更利于你去

---

① 史铁生：《我与地坛》，见《秋天的怀念》，华夏出版社2011年版，第21页。

创造精彩的过程。"[①]"生命的意义就在于你能创造这过程的美好与精彩，生命的价值就在于你能够镇静而又激动地欣赏这过程的美丽与悲壮。"[②]他在二〇一〇年的最后一天逝世，这个过程似乎已经结束，但当我看到许多人在烛光追思会中举着史铁生的照片时，我强烈地觉得，肉身的寂灭，不过是一个影儿，灵魂的存在如此真实，它确实是在以别的方式延续着。

过程在到处继续，在人间、在天堂、在地狱。史铁生说这话的时候，是在人间，如今他不过是换了一种存在方式吧；他去了天堂，但我们仍然能在文字中听到他的低语、沉吟。

我把他的书从书架里找出来。其中有一本散文集《灵魂的事》，是我应约帮他挑选篇目并拟定书名的。灵魂的事，对于别的作家而言，或许是一种虚妄，但对史铁生，就不过是他自身的经验而已。因着长年困守于轮椅，空间的延展极度受限，他只能向内心进发，向时间索要生命的意义。"左右苍茫时，总也得有条路走，这路又不能再用腿去趟，便用笔去找。"写作是为了找路，救赎之路，通往内心之路，但在前行的路上，他又不是只重虚无和玄思，直奔彼岸，而是时刻意识到还有一个沉重的肉身——看见此岸的残缺、肉身的苦难，正视人的有限性，才能默想无限和永远。史铁生有一首诗，题目就叫《永在》："我一直要活到我能够／坦然赴死，你能够／坦然送我离开，此

---

① 史铁生：《好运设计》，见《秋天的怀念》，华夏出版社 2011 年版，第 66 页。

② 史铁生：《好运设计》，见《秋天的怀念》，华夏出版社 2011 年版，第 67 页。

前／死与你我毫不相干。／……／此后，死不过是一次迁徙／永恒复返，现在被／未来替换，是度过中的／音符，或永在的一个回旋。"

核心的问题就是：在。如何在？何为永在？经过《我与地坛》的自我省思，《务虚笔记》的深沉思辨，到《病隙碎笔》，它把史铁生的存在之思推向了一个高峰。这本书曾经获得"华语文学传媒大奖·二○○二年度杰出成就奖"，它的厚重、深刻、警觉，以及对人生和世界的通透观察，我和评委们都曾为之深深折服。它有力地证明，史铁生不仅是一个文学家，也是一个思想家，更是一个有大质量心灵的人。我当时为他写的授奖辞是：

> 史铁生是当代中国最令人敬佩的作家之一。他的写作与他的生命完全同构在了一起，在自己的"写作之夜"，史铁生用残缺的身体，说出了最为健全而丰满的思想。他体验到的是生命的苦难，表达出的却是存在的明朗和欢乐，他睿智的言辞，照亮的反而是我们日益幽暗的内心。他的《病隙碎笔》作为二○○二年度中国文学最为重要的收获，一如既往地思考着生与死、残缺与爱情、苦难与信仰、写作与艺术等重大问题，并解答了"我"如何在场、如何活出意义来这些普遍性的精神难题。当多数作家在消费主义时代里放弃面对人的基本状况时，史铁生却居住在自己的内心，仍旧苦苦追索人之为人的价值和光辉，仍旧坚定地

向存在的荒凉地带进发，坚定地与未明事物作斗争，这种勇气和执着，深深地唤起了我们对自身所处境遇的警醒和关怀。①

确实，他是当代少有的能把灵魂的力量展示出来的作家。他的写作，是有重量的，有方向的。比起当下许多作家的肤浅和轻佻，你会感觉史铁生和他们完全不在一个世界，甚至不像是同一个人类。《病隙碎笔》作为单篇随笔，在刊物上陆续发表，当时并未引起多少人的注意。这些思想的碎片，指向的是日常生活中的精神疑难，也是作家对自我的一次透彻认知，但真正对他的心语有响应者，寥寥可数。所以，他一直在倾听、在追问，内心的忧思却从未释然过。史铁生说，"作家应该贡献自己的迷途"，看得出，他的内心还有矛盾，文字中也一直背负着重担，他不愿轻易地和现世和解，而是通过一种对有限性、残缺性的省思，为人的存在如何朝向无限和不朽发出了坚定的吁求。

他是一个有自己写作母题的作家。在他的眼中，书写那些"主要的真实"，才是唯一值得用力的，是任何别的俗世安慰所不能代替的。他为了企及这个写作目标，甚至有意采取了一种带有先锋色彩的叙事探索，而并不在意读者的阅读习惯，尤其是他的两部长篇小说，思力深厚，那种无处不在的超验之问，

① 《南方都市报》2003 年 4 月 18 日。

充满心灵的冒险，也充满诗意。他的语式和时下流行的文学也是不同的，他是在自我追问，也是在寻找一条切近精神本体的道路，进而确证现代人的生存困境及其救赎方式。我非常着迷于他所创造的文学世界，但我也知道，他的方式往往是孤寂的，是一般人所难以理解的。第七届茅盾文学奖终评时，很多人都感叹他的《我的丁一之旅》读不懂——他们只关注小说的趣味性和可读性，而从未想过为史铁生式的精神冥思留一个空间。现在，这个奖将永远错过史铁生了！

我忽然想起，二〇〇三年"非典"时期，史铁生来广州领奖，戴着几层口罩，行动不便，身体受苦，甚至在广州的几天时间，他还去医院做了一次透析，可他仍然客气地面对每个来访的人，安详而宁静。他上台领奖时，那么多双手不约而同地抬起他的轮椅，场面极为感人，那些在台下注视他的眼神，也都饱含钦佩和痛惜。他这样一个时刻面临死亡威胁的人，却用自己的文字，见证了自己坚韧的生、有幸福感的活。

在今天这个庸常、实利、娱乐化的时代，我们或许能记住一个作家的文字，但很难在文字中遇见一个作家的人格，更难辨识出这种人格的光辉。史铁生却是少数的例外。他是中国当代最关注内心的磨难，进而到达一种深渊境遇的作家。他的作品，几乎每篇都带着他的生命体验，也贯注着他的诘问和迷思；通过写作，他拥有了获救之舌，并成功地为自己的心灵创造了一个居所。他是一个真正有灵魂，也是尊灵魂的大作家，他的去世，为中国当代文学写下了悲伤而令人心痛的一页！

第三节　存在的冲突

"我的确时时解剖别人，然而更多的是无情面地解剖我自己。"[1]一九二六年十一月十一日晚上，鲁迅在自己的杂文集《坟》的后面，写下了这句话。当时，电灯虽然一直亮着，但鲁迅的内心却显得有些阴暗，并经受着忧愁对他的袭击，他开始后悔印行自己的杂文集了。甚至，鲁迅在给李秉中的一封信中还说："我也常常想到自杀，也常想杀人，然而都不实行，我大约不是一个勇士。"[2]这是一些非常真实的片段，鲁迅的一生常常被这种矛盾、不安所捕获。然而，鲁迅死后，很多人不太注意鲁迅曾经有过的复杂的内心生活，他们更关心作为批判家、讽刺家的鲁迅，更喜欢鲁迅的愤激和尖刻。尤其是今天，当神化鲁迅和贬抑鲁迅都成了一种时尚的时候，要获得鲁迅式的清醒立场，越发成了困难的事情。鲁迅在《且介亭杂文二集》里曾引用过契诃夫的一句话："被昏蛋所赞美，不如战死在他手里。"这才是鲁迅的真性格。那些容不得别人说鲁迅任何缺点的人，其实是对鲁迅最大的误解。

仍然有必要重新寻找接近真实的鲁迅的有效途径，或者说，

---

[1]　鲁迅：《写在〈坟〉后面》，见《鲁迅全集》（第1卷），人民文学出版社1981年版，第284页。

[2]　鲁迅：《鲁迅全集》（第11卷），人民文学出版社1981年版，第430页。

寻找鲁迅之于现在写作界的特殊意义。作为一个孤独、坚强的个人，鲁迅对存在的闭抑性，对周遭现实中的苦痛，对自身所处境遇的自知和自省，已经成了中国今天最缺乏的精神资源。在当下这个以抽空痛楚性为代价的时代，写作演变成了一种轻松的事业，一个巨大的苦难消解机制，由此而形成的词语滚动中，生活的尊严日益丧失，现实的敌人也悄然隐匿，仿佛"黄金时代"已经来临。用鲁迅自己的话说："现在丢开了当面的紧要的敌人，却专一要讨论枪的亮不亮（此说如果发表，一定又有人来辩文学遗产和枪之不同），我觉得实在可以说是打岔。我觉得现在以袭击敌人为第一火，但此说似颇孤立。"[1]"我们都不太有记性，这也无怪，人生苦痛的事太多了，尤其是在中国。记性好的，大概都被厚重的苦痛压死了；只有记性坏的，适者生存，还能欣然活着。"[2]鲁迅的提醒，不过是要每一个人都回到自己的内心，重新注视自己脚下所站立的位置，重新省察来自存在领域的精神消息。让无病呻吟或熟视无睹退场，让每一双睁着的眼睛都来发现，生活的屈辱与沉重，到了需要为之垂泪的地步。安德烈·纪德在《人间食粮》中感慨万千地说："你永远也无法理解，为了让自己对生活发生兴趣，我们付出了多大的

---

① 鲁迅：《书信·致胡风》，见《鲁迅全集》（第13卷），人民文学出版社1981年版，第160页。

② 鲁迅：《华盖集·导师》，见《鲁迅全集》（第3卷），人民文学出版社1981年版，第55—56页。

努力。"①阅读鲁迅，我心里经常有一个突出的感觉：这是一个在生活面前努力过的作家。

鲁迅非常清楚，生活和现实对于他意味着什么。他知道自己前进到了什么地方，也明白前方的障碍究竟在哪里，所以才有《影的告别》中"我不如彷徨于无地"，"我终于彷徨于明暗之间"这样的孤独言辞。设想，如果没有鲁迅对自身处境的深刻敏感，必定也没有鲁迅火一般热情和锐利的文字。鲁迅一生用过许多比喻，如"碰壁""铁屋子""过客"等，无一不是指向闭抑的存在本身。他说："中国人向来因为不敢正视人生，只好瞒和骗，由此也生出瞒和骗的文艺来。由这文艺，更令中国人更深地陷入瞒和骗的大泽中，甚而至于已经自己不觉得。"②鲁迅说这话距今已近百年，但许多中国作家的精神状况似乎没有多少改变，依然是"不敢正视人生"，依然是被"瞒和骗"所奴役。在当下流行的文学话语中亲见的多还是下列事物：私密经验的展示、斤斤计较的心灵、琐碎烦冗的文风、轻松虚无的精神，以及把写作当成获利的手段和找乐的法子，等等。在这些事物的背后，活跃着的是一颗颗可疑的心灵，他们对真正的、需要为之垂泪的现实却普遍保持沉默。

萨特在《存在主义是一种人道主义》中有一句名言："是懦夫把自己变成懦夫，是英雄把自己变成英雄；而且这种可能性

①　[法]安德烈·纪德著，李玉民、罗国林等译：《人间食粮》，见《纪德文集》（散文卷），花城出版社2002年版，第6页。

②　鲁迅：《坟·论睁了眼看》，见《鲁迅全集》（第1卷），人民文学出版社1981年版，第240—241页。

是永远存在的，即懦夫可以振作起来，不再成为懦夫，而英雄也可以不再成为英雄。要紧的是整个承担责任……"[1]鲁迅把自己塑造成了战士、孤独者、绝望的弃儿的形象，而核心的问题是"整个承担责任"。鲁迅承担了什么？并不像多数人所说的那样，鲁迅只是为一个民族而战斗，或者为底层民众而呐喊，其实，鲁迅首先承担的是他这个个人内部的事物——属于他自己的内心冲突。这一点，可以见之于《野草》《两地书》和一些诸如序、跋之类更带个人性的文字中。

翁——客官，你请坐。你是怎么称呼的。

客——称呼？——我不知道。从我还能记得的时候起，我就只一个人。我不知道我本来叫什么。我一路走，有时人们也随便称呼我，各式各样地，我也记不清楚了，况且相同的称呼也没有听到过第二回。

翁——阿阿。那么，你是从那里来的呢？

客——（略略迟疑，）我不知道。从我还能记得的时候起，我就在这么走。

翁——对了。那么，我可以问你到那里去么？

客——自然可以。——但是，我不知道。从我还能记得的时候起，我就在这么走，要走到一个地方去，这地方就在前面。我单记得走了许多路，现在来到这里了。我接

---

① ［法］让-保罗·萨特著，周煦良、汤永宽译：《存在主义是一种人道主义》，上海译文出版社 1988 年版，第 20 页。

着就要走向那边去，（西指，）前面！ [①]

"过客"，这分明是鲁迅的一种自我指认。当他察觉存在是
一条荒诞、孤独的旅程时，并没有逃避，仍然"要走到一个地
方去，这地方就在前面"，到最后，"过客"几乎喊着说："然而
我不能！我只得走。我还是走好罢……（即刻昂了头，奋然向
西走去。）"面对个人的存在旅程，面对命运的折磨，"过客"选
择了承担，选择了前进。明知前面的结局是旷野，是坟，是死，
仍然拒绝一切尘世的和解方式，义无反顾地向存在的深处进发，
"于浩歌狂热之际中寒；于天上看见深渊。于一切眼中看见无所
有；于无所希望中得救" [②]。这即是一种写作与存在的勇气，而这
一勇气的背景和根源，在于对绝望和虚无的承认，以及随之而
起的反抗。"明知前面是坟而偏要走，就是反抗绝望，因为我以
为绝望而反抗者难，比因希望而战斗者更勇猛，更悲壮。" [③]

比起当下一些作家被荒诞的现实和虚无的精神所奴役的状
况，鲁迅的写作的确是有勇气的写作。而任何真实、有勇气的
写作都起源于作家对此时此地的存在境遇的热烈关怀，并坚持
用自己的心灵说出对这个世界的判词。东方民族是一个拥有巨

---

① 鲁迅：《野草·过客》，见《鲁迅全集》（第2卷），人民文学出版社
1981年版，第189—190页。

② 鲁迅：《野草·墓碣文》，见《鲁迅全集》（第2卷），人民文学出版社
1981年版，第202页。

③ 鲁迅：《书信·致赵其文》，见《鲁迅全集》（第11卷），人民文学出
版社1981年版，第442页。

大的痛苦消解机制的民族，任何痛苦、沉重的经验一进入这个机制里，都可能迅速地被消解、轻化，从而进到空无的境界里。这种消解机制所带来的麻木性，使得作家与现实之间的关系往往是轻松、闲适、游戏的，缺乏紧张的冲突，作家一进入写作，就采取人格虚化的办法，回避心灵与现实的正面相遇，从而把心灵的压力减轻到最低限度。于是，颓废的经验，生存的残酷性，欲望的袭击，使一些人的写作充满了精神软弱带来的屈服性。很多作家不再是现实的抗争者，而是成了被现实奴役的人。他们会在一些毫无意义的日常生活场景面前忍气吞声。

这种被奴役的原因在于，作家对现在的境遇失去了愤怒（这恰好是鲁迅最为可贵的品格）。如同一个作家对过去失去了记忆，对未来失去了想象，会将存在带进暗昧之中一样，作家对现在若失去了愤怒，则会将存在带进软弱之中，从而使写作被无关痛痒的生活事象所困，或者被浅薄的过日子精神所左右。愤怒，就是对现在的存在境遇表示不满，是一种拒绝与现实和解的姿态。在愤怒中，作家将看到现实的局限、苦难以及它内在所包含的危险性，由此，心灵就渴望向终极攀缘，渴望存在的幸福出现以平息这种怒气。现在的事实是，有一些作家与生活中的庸俗哲学和物质主义思想建立起了亲密、暧昧的关系，由此而派生出来的文学是软弱的文学、没有勇气的文学，存在于他们的作品中正逐渐趋于沉默。

鲁迅不是这样，他自始至终都是以彻底的存在主义者的面影出现，在那个黑暗的年代，用大质量的心灵坚持了自己与存在之间的冲突，并在这种冲突中证明了自己的良知与勇气。鲁迅是无畏的。他的写作，一次次地把个人所应担负的生存责任还给个人，以达至最终的自我实现。如他在《华盖集·北京通讯》中所说："我自己，是什么也不怕的，生命是我自己的东西，所以我不妨大步走去，向着我自以为可以走去的路；即使前面是深渊，荆棘，狭谷，火坑，都由我自己负责。"①——"我自己负责"五个字，是一种庄严的承担，它道出了鲁迅定意在自己身上实验"虚无""黑暗"的个体存在思想的决心。"我的思想太黑暗，但究竟是否真确，又不得而知，所以只能在自身试验，不敢邀请别人。"②试验的结果，当然是鲁迅以个人的记忆、经验、独特的话语，为那个时代保存了一份真实而深刻的内心证词。

为什么强调自我承担，声称"我自己负责"的鲁迅，他的写作并没有滑向私密话语的后花园而孤芳自赏，也没有当下写作界所盛行的建基于身体经验的自渎精神。我想起前些年议论纷纷的所谓"个人化写作"的问题，好像它是拯救写作的救命稻草，其实，只要读一读鲁迅，就知道早已是那样了。只是，鲁迅的个人，与当下这种以展示私密经验为特点的写作不同，他凸现的是个人的存在感，而非个人的身体细节。比如《野草》，鲁迅很少写实，但通篇充满的都是鲁迅对存在之荒谬境遇

---

① 鲁迅：《华盖集·北京通讯》，见《鲁迅全集》（第3卷），人民文学出版社1981年版，第51页。

② 鲁迅：《两地书·二四》，见《鲁迅全集》（第11卷），人民文学出版社1981年版，第80页。

的独特感悟，是一些有切肤之痛的个人体验。在鲁迅笔下，不但"过客""战士"是孤独的，就连朔方的飞雪和秋夜的枣树，都浸透着孤独的气息。孤独，实在已经内化到了鲁迅的灵魂之中，在他，这并非什么姿态，他就这样活着。

鲁迅的力量或许正源于此，他的文字里蕴含着内在的真实。

但鲁迅的写作还是有他自己的界限。他没有过度发展自己的个人私语，没有把自己幽闭于自我经验这个窄小的空间里，或者说，他除了彷徨之外，还有呐喊——所谓呐喊，实际上是对一个群体的局限性的觉察，是一次公开的行动。个人和群体这两条线索，在鲁迅身上有非常显著的发展痕迹。鲁迅能成为二十世纪的民族灵魂，跟他背负着个人与群体双重的使命有关。他给许广平的一封信中，有一段话非常有名：

> ……我所说的话，常与所想的不同，至于何以如此，则我已在《呐喊》序上说过：不愿将自己的思想，传染给别人。何以不愿，则因为我的思想太黑暗，而自己终于不能确知是否正确之故。至于"还要反抗"，倒是真的，但我知道这"所以反抗之故"，与小鬼截然不同。你的反抗，是为了希望光明的到来罢？我想，一定是如此的。但我的反抗，却不过是与黑暗捣乱。其实，我的意见原也一时不容易了解，因为其中本含有许多矛盾，教我自己说，或者是人道主义与个人主义这两种思想的消长起伏罢。所以我忽而爱人，忽而憎人；做事的时候，有时确为别人，有时却

为自己玩玩，有时则竟为希望生命从速消磨，所以故意拼命的去做。此外或者还有什么道理，自己也不甚了然。但我对人说话时，却总拣那些光明些的说出，然而偶不留意，就露出阎王并不反对，"小鬼"反不乐闻的话来。总而言之，我为自己和为别人的设想，是两样的。所以者何？就因为我的思想太黑暗，但究竟是否真确，又不得而知，所以只能在自身试验，不敢邀请别人。①

个人与群体的关系，用鲁迅自己的话说，"是人道主义与个人主义这两种思想的消长起伏"，"我为自己和为别人的设想，是两样的"。秘密就在这里，当鲁迅坚守个人立场的时候，他并没有忘记共同的人道主义，没有忘记为别人设想；当他在为别人设想时，也不忘在自身试验那些"黑暗"的思想。这种平衡能力是非凡的。相比之下，无论个人，还是群体，在当下的写作界，都成了陷阱。一种人，是完全落入了个人私语之中，精神通道塞满了黑暗的隐私和庸常的身体细节，写作仿佛成了个人那点可怜的生活事象的展览馆；另一种人，他的写作则被社会公论和集体记忆所左右，除了空洞的代言身份和历史结论外，我们读不到多少属于他自己的精神感悟，个人在那个时代是怎样一步步地走过来的艰难历程被轻易地省略了，作家成了一个直奔远大目标的幻想者。对于前者，福克纳在诺贝尔文学奖获

① 鲁迅：《两地书·二四》，见《鲁迅全集》（第11卷），人民文学出版社1981年版，第80页。

奖演说词中有一段话说得非常好："他所描绘的不是爱情而是肉欲，他所记述的失败里不会有人失去任何有价值的东西，他所描绘的胜利中也没有希望，更没有同情和怜悯。他的悲哀，缺乏普遍的基础，留不下丝毫痕迹。他所描述的不是人类的心灵，而是人类的内分泌物。"①靠"内分泌物"写作的人，其实是对写作与存在尊严的变相放弃；而对于后者，多是假大空的思维，它最大的匮乏就是遗忘此时此地的存在，鲁迅说到这种丧失个人承担的写作时曾说："我看一切理想家，不是怀念'过去'，就是'希望'将来。而对于'现在'这个题目，都缴了白卷。"②

　　鲁迅不做空洞的理想家，他的写作是现在的写作，是与自身此时此地的生存密切相关的写作。所以，他有一种说话的痛楚——"当我沉默的时候，我觉得充实；我将开口，同时感到空虚"③，"我所说的话，常与所想的不同"④；他无时无刻不在反抗着生活的压力——他至死都背着通缉令，且说"走'人生'的长途，最易遇到的有两大难关。其一是'歧路'……其二是'穷途'了"⑤。建基于这种深切的个人体验之上，才谈得上鲁迅为

　　①　毛信德主编：《诺贝尔文学奖颁奖演说集》，百花洲文艺出版社1991年版，第374页。

　　②　鲁迅：《两地书·四》，见《鲁迅全集》（第11卷），人民文学出版社1981年版，第20页。

　　③　鲁迅：《野草·题辞》，见《鲁迅全集》（第2卷），人民文学出版社1981年版，第159页。

　　④　鲁迅：《两地书·二四》，见《鲁迅全集》（第11卷），人民文学出版社1981年版，第79页。

　　⑤　鲁迅：《两地书·二》，见《鲁迅全集》（第11卷），人民文学出版社1981年版，第15页。

群体的思想。即便是为群体，鲁迅走的也不是集体话语的道路，依旧是塑造一个个独立的个体，比如狂人、孔乙己、祥林嫂、阿Q等等，是这些真实的个人共同构成了"普遍的基础"，从而接通了个人与群体、为自己和为别人设想之间的道路。一次，鲁迅在病中自语道："街灯的光穿窗而入，屋子里显出微明，我大略知道，熟识的墙壁，壁端的棱线，熟识的书桌，堆边的未订的画集，外面的进行着的夜，无穷的远方，无数的人们，都和我有关。"① 很多人都喜欢这段话，它几乎可以看作进入鲁迅心灵深处的解码口：这里有"我"（存在者），也有"街灯的光""微明""墙壁""棱线""书桌""画集""夜""远方""人们"（存在的环境，以及存在的群体），鲁迅为之确立的关系是"都和我有关"——再次返回到个人承担的命题之中，而且，我们知道，这种个人承担是非常人性化的，也有广阔而坚实的现实基础（"无穷的远方，无数的人们"），鲁迅自己所说的"人道主义与个人主义这两种思想的消长起伏"，就在这个基础上展开。

鲁迅终生都活在"两种思想"的矛盾之中，但多数人只是注意他的群体精神，而忽略了他更为重要的精神联结点——孤独的个人；另外，多数人都以为鲁迅这两方面的矛盾（也有人称之为"两个鲁迅"）最终得到了解决，或者说，他们更乐意看到一个解决了矛盾的鲁迅。其实这都是对鲁迅的误读。在我认为，

---

① 鲁迅：《且介亭杂文末编·附集·"这也是生活"》，见《鲁迅全集》（第6卷），人民文学出版社1981年版，第601页。

鲁迅至死也没有解决这些矛盾，所以，自始至终，他与现实之间的关系都是极为紧张的，甚至一度到了不共戴天的地步。鲁迅是那种少有的将内心冲突贯彻到底的作家，他的确是二十世纪的先知。而我，一想到我们今天所讨论的写作问题，依然是鲁迅当年所面临并试图解决的，不但没有进步，反而从鲁迅的存在起点上落了下来，甚至还有人以为鲁迅已经过时，恨不得早日铲除他，就会有悲哀的感觉。

我们对鲁迅的遗忘，还远不止这些。面对这个苦痛的灵魂，非有特别的敏感，是很难与之达至共鸣的。这一点，鲁迅自己似乎早有觉察，他说："拿我的那些书给不到二十岁的青年看，是不相宜的，要上三十岁，才很容易看懂。"[①]"我的文章，未有阅历的人实在不见得看得懂，而中国的读书人，又是不注意世事的居多，所以真是无法可想。"[②]但鲁迅所没有想到的是，他的作品会在某些特殊的历史时期成为钦定的经典，这是完全有悖于鲁迅本意的。鲁迅一生反对思想强迫和阅读强迫，推崇独立、个人、战斗，他清楚自己的身份只能是时代的异端，而非代表多数。鲁迅只适合于少数悟自身之为奴、有人生创痛、在小事上都竭力争取生存尊严的人，而一旦将鲁迅神化，树为楷模，必定变质，甚至可能发展成为打击人的武器。只有回到鲁迅所生活的沉痛的存在现场，才有可能真正理解鲁迅，否则，他身

①　鲁迅：《书信·致颜黎民》，见《鲁迅全集》（第 13 卷），人民文学出版社 1981 年版，第 346 页。

②　鲁迅：《书信·致王冶秋》，见《鲁迅全集》（第 13 卷），人民文学出版社 1981 年版，第 350 页。

上所固有的偏执、愤激、刻薄、多疑、一个也不宽恕的思维特点，一不小心，就会显露出非常危险的一面。可以想见，在一个暴力、野蛮、践踏人性的年代，鲁迅若落到狂热而失去理智的人群手中，会被糟蹋成什么样子。鲁迅的生存现实、内心压力，鲁迅对现世的绝望，以及他与黑暗捣乱的决心，是接近真实的鲁迅的必由通道，离了这些，必然发生对鲁迅的严重误读。

误读不仅发生在"文革"期间，此前此后，都是如此。闻一多早就说过："当鲁迅受苦受害的时候，我们都正在享福，当时我们如果都有鲁迅那样的骨头，那怕只有一点，中国也不至于这样了。骂过鲁迅或者看不起鲁迅的人，应该好好想想，我们自命清高，实际上是做了帮闲帮凶！"[1] 即便是现在，真正理解鲁迅的人依然是极为少数，有时我甚至想，面对如此复杂的鲁迅，也许只有鲁迅才是唯一理解他自己的人。他在临死前写的《女吊》一文，最后一句是："我到今年，也愈加看透了这些人面东西的秘密。"[2] 读起来真是惊心动魄。

与鲁迅比起来，我们的匮乏太多。如何正确、清醒地传承鲁迅这笔遗产，仍是一个巨大的问题。直到现在，依然有太多鲁迅的真精神还处于隐匿状态，也有太多依附于鲁迅作品的思想强制没有清除。需要珍惜这段二十世纪精神史上的奇异段落。"没有伟大的人物出现的民族，是世界上最可怜的生物之群；有

---

① 闻一多：《在鲁迅逝世八周年纪念会上的讲话》，见林文光编：《闻一多文选》，四川文艺出版社 2010 年版，第 10 页。

② 鲁迅：《女吊》，见《鲁迅全集》（第 6 卷），人民文学出版社 1981 年版，第 619 页。

了伟大的人物，而不知拥护、爱戴、崇仰的国家，是没有希望的奴隶之邦。"①

当文学日渐丧失精神力量，写作也不断陷入暧昧而庸常的状态时，回想鲁迅一生所进行的伟大的灵魂探索，的确是一次有效的解放。他对自身为奴境遇的自知，对个人孤独旅程的承担，对一个群体的闭抑性的呐喊，对此时此地的存在细节的敏感，对希望与绝望、黑暗与光明、人与兽、友与仇、死亡与生存、爱者与不爱者的痛楚指认，对弱者的悲悯，以及对未知的、神圣事物的敬畏（像《祝福》中，祥林嫂问及"我"死后是否有灵魂与地狱的问题时，"我"不安、吃惊、悚然、惶急，如有芒刺在背的神情；又如《我要骗人》一文中，鲁迅说，"我不爱看人们的失望的样子"，"倘使我那八十岁的母亲，问我天国是否真有，我大约是会毫不踌躇，答道真有的罢"②），这些可贵的心灵品质，鲁迅有，很多作家却没有；而鲁迅所没有的逍遥、遗忘、游戏、玩世不恭、轻松美学等，我们似乎全有，如鲁迅所说，"真是无法可想"。"凡有可怜的作品，正是代表了可怜的时代。"③"此后如竟没有炬火：我便是唯一的光。倘若有了炬火，出了太阳，我们自然心悦诚服的消失，不但毫无不平，而且还

---

① 郁达夫：《怀鲁迅》，见《郁达夫全集》（第3卷），浙江大学出版社2006年版，第289页。

② 鲁迅：《且介亭杂文末编·我要骗人》，见《鲁迅全集》（第6卷），人民文学出版社1981年版，第487页。

③ 鲁迅：《且介亭杂文二集·七论"文人相轻"——两伤》，见《鲁迅全集》（第6卷），人民文学出版社1981年版，第405页。

要随喜赞美这炬火或太阳；因为他照了人类，连我都在内。"①

第四节　背负重担的反思

在散文中显得最有重量的，也许是思想随笔这一支。它往往直接说出作者心中所想，表达作者对人生和社会的看法，逼视自己的内心——这种背负精神重担的写作，和那些闲趣散文不同，它是另一种话语实践。

最具典范意义的就是巴金和他的《随想录》。

巴金这位活了一个多世纪的老人，他的写作史和生命史，像二十世纪的中国历史一样复杂。他曾信仰过无政府主义，但也曾接受当局的号召亲赴抗美援朝战场；他主动批判过无辜的朋友，但醒悟之后曾以文字的形式向这些朋友郑重谢罪；他在荒唐年代曾经怯懦，但他后来为自己的卑怯真诚忏悔；他曾天真地信仰某种新生活，但也曾被这种生活所惩罚，并在往后的岁月中一直带着这些痛苦记忆活着……他成功地通过心灵漫长的挣扎、变化、反思，完成了对自己百岁人生的完美谢幕。因此，他今天留给我们的印象，就不仅仅是一个文学家了，他更是一个热情的人，一个有良心的人。

这样的作家，这样的知识分子，在当代已经快要绝迹了。

---

① 鲁迅：《热风·随感录四十一》，见《鲁迅全集》（第1卷），人民文学出版社1981年版，第325页。

现在的人，普遍忘性大，对历史的创伤、现实的苦痛，越来越漠不关心，愿意背负历史重担的作家也越来越少。就此而言，巴金作为一个正直的、良知觉悟的人，尤其值得我们尊敬和推崇。

巴金的离去令许多人悲痛。我从《巴金纪念集》①一书中，看到了数以百篇自发的怀念文章，大多出自当代中国的知名人士，他们在谈论这位世纪老人的时候，无不洋溢着一种难以言表的伤怀和发自内心的崇敬——这是不多见的文化现象。巴金贯穿一生的真情怀，在最后的时刻，感动了无数具有同样情怀的人。"一个时代结束了"，这样的句子，这十几年来，几乎被用来形容每一位文化老人的离去，然而，直到巴金逝世，人们才越发感受到了这句话的真实含义。在他之后，我们很难再看到这样有力量的心灵了。很多知识分子，心灵曲线是单一的，不复杂，也不丰富，即便经过了挫折和失败，他们的思考往往也无大的进步，更谈不上向我们展现新的勇气和信念了。时代的无情磨碾，断送了现代中国留存下来的许多优秀的大脑。一代甚至几代人的思想停滞，导致中国文人的精神人格萎缩，独立、自由和创造的品质，也从文人的文化生活中普遍退场，到今天，斯文扫地的事，大家都见怪不怪了。但是，一种绝望从哪里诞生，一种希望也会从哪里准备出来。那些破碎而坚韧的心灵，在合适的时候，总是会从废墟中被重新聚拢起来，进而

---

① 上海文艺出版社 2006 年版。

发出自己庄严的声音，所谓"天不灭斯文"，此是也。

巴金是最早从"文革"废墟中觉醒过来的知识分子之一。他晚年所写的《随想录》，成了当代中国公认的反思历史、悔悟自己的精神旗帜，通过它，巴金在知识界也成了一个直面苦难、抵抗遗忘的榜样。你很难想象，从写出《家》《春》《秋》这样的名著，再到写出《随想录》，这中间隔着的几十年，巴金的写作几乎是一片空白——尽管这期间他也在政治的夹缝中写了不少作品，但就文学本身的价值而言，并不具有多大的代表性。一九八二年，巴金在《未来》一文中自己也说：

> 我不久前编自己的选集，翻看了大部分的旧作，使我感到惊奇的是从一九五〇到一九六六年十六年中间，我也写了那么多的豪言壮语，我也绘了那么多的美丽图画，可是它们却迎来十年的浩劫，弄得我遍体鳞伤。我更加惊奇的是大家都在豪言壮语和万紫千红中生活过来，怎么那么多的人一夜之间就由人变为兽，抓住自己的同胞"食肉寝皮"。我不明白，但是我想把问题弄清楚。①

由此看，这个时候的巴金，已不认同那些"豪言壮语""美丽图画"了，他知道这都是在时代意志的作用下写的，是大脑独立思考能力衰退之后的产物，是他写作生涯中并不美丽的插

---

① 巴金：《未来》，见《随想录》，作家出版社 2005 年版，第 337 页。

曲。因此，他迫切需要一次重生、一次醒悟，以把自己从这种放弃独立意志的思想盲从状况下解救出来，从而赓续上早年所扎根在自己身上的"五四"精神。

于是，《随想录》诞生了。

晚年的巴金是幸运的，历史给了他还债的机会——"讲真话"。"《随想录》是我最后的著作，是解释自己、解剖自己的书"，他说，老托尔斯泰给他指出了一条路，"改变自己的生活，消除言行的矛盾。这就是讲真话"①。这个说法太普通了，可细细一想，又觉得太难了。有几个人肯去改变自己的生活、去消除言行上的矛盾？当我们随着各种情势，空话连篇或做下不少违心之事后，何曾想过要找机会消除言行的矛盾？有机会也常常放弃，随波逐流，蒙混过关。一个作家，不能只停留于空谈，还是要有一点行动力，要把信念化为人生和写作的底色，做些"改变"与"消除"工作的。相比之下，许多与巴金同龄的作家就没有这样幸运，比如胡风，早年被鲁迅称为"明明是有为的青年"，自从二十世纪五十年代初因"胡风反革命集团案"获罪后，历经几十年的磨难，七十年代末出狱后，再想写东西，已经没有可能了。

巴金也经历过残酷的人生，也长时间失去过自我，但他是少数在晚年对自身为奴的境遇有所觉悟的作家，因此，从精神意义上说，他比同代的许多作家多走了不止一步。《随想录》最

①　巴金：《最后的话》，见《巴金七十年文选》，上海文艺出版社1996年版，第504页。

大的价值，就在于巴金使自己的苦难记忆及其反思成了一份历史备忘录，成了这个时代新的醒世恒言。要像巴金那样站出来清算自己曾经有过的荒唐和卑怯，坦然面对历史和自身的污点，这需要巨大的道德勇气。经过血与火的教训，他本可选择遗忘，删除记忆，或者把所有的错误都推给那个罪恶的时代，从而轻装上阵，重新生活——很多和他同时代的人都是这样做的。但巴金做不到，因为他的心觉醒了。他知道自己不能像沈从文那样，死前能说自己"一生在大风大浪中尽了自己的责任，清清白白，无愧于心"①。他无法这样坦然，这样轻松，他觉得自己对历史有愧，他蒙难的良心也不让他安静离去，他需要一种正直的声音来告慰自己的残生，"因为我并未尽了自己的责任，还欠了一身债，我不可能不惊动任何人静悄悄离开人世。那么就让我的心长久燃烧，一直到还清我的欠债"②。

那么，巴金是怎样"还债"的呢？他为自己找到的方式是"把心掏出来"，"讲真话"。由此可见，他承认自己以前并没有活自己真实的心，而他欠的债，正是心债，是一个"假"字。当时整个社会都假话连篇、谎言遍地，巴金自然也深陷其中，像喝了"迷魂汤"一样，"我断了念，来一个急转变，死心塌地做起'奴隶'来"，"我自己后来分析说，我入了迷，中了催眠

---

① 巴金:《怀念从文》，见《巴金全集》(第19卷)，人民文学出版社1993年版，第425页。

② 巴金:《怀念从文》，见《巴金全集》(第19卷)，人民文学出版社1993年版，第425—426页。

术"。① 这是很真切的感受。没有深刻的觉悟，没有承担的勇气，一个名作家，是不堪面对如此破败的自己的——有个哲人说，人不能忍受太多的真实。

是啊，一个新中国成立前还是民主、进步、自由的战士，"一个急转变"，就中了催眠术，喝了迷魂汤，丧失了自己的独立人格和批判精神，这个转变过程的确叫人痛心，它仿佛正应了鲁迅在《坟·灯下漫笔》中所说的："我们极容易变成奴隶，而且变了以后，还万分喜欢。"② 巴金后来反省道："我的'改造'可以说是从'反胡风'运动开始，在反右运动中有大的发展，到了'文革'，我的确'洗心革面，脱胎换骨'给改造成了另一个人，可是就因为这个，我却让改造者们送进了监狱。这是历史的惩罚。"③ 有了这种痛彻心扉的创伤，巴金对"四人帮""文革派""造反派"才充满仇恨，"真想一口一口地咬他们身上的肉"④。《随想录》被称为"一本滴血的书"，是有根据的，它"把一切丑恶的、阴暗的、残酷的、可怕的、血淋的东西集中起来，展览出来，毫不掩饰，让大家看得清清楚楚，牢牢记住，不能允许再发生那样的事"⑤。他说了很多现象，记述了很多关于"文革"迫害人的细节，反思的力度，今天看，当然还有不够深入

---

① 巴金：《十年一梦》，见《随想录》，作家出版社2005年版，第278页。

② 鲁迅：《坟·灯下漫笔》，见《鲁迅全集》（第1卷），人民文学出版社1981年版，第211页。

③ 巴金：《巴金六十年文选》（代跋），上海文艺出版社1986年版，第855页。

④ 巴金：《春蚕》，见《随想录》，作家出版社2005年版，第166页。

⑤ 巴金：《纪念》，见《随想录》，作家出版社2005年版，第578页。

的地方。毕竟，光罗列现象，谴责自己，还不足以审视人类和苦难记忆之间的关系，还不足以保证悲剧不再重演。对历史的反思还需要整体性的思想转向和制度变革来做后盾和保障。但那个时候的巴金还做不到这一点。尤其是"文革"刚结束那段时间，具体说，是在一九七九年以前，巴金对现实的反思还有很大的时代局限性。比如，那时的他，还是简单地以为"文革"的罪恶都是"四人帮"几个人造成的，对罪恶的根源没能做更透彻的追问。他当时写的文章，一再使用"伟大"这种习惯性的字眼，似乎从未想过，"文革"的灾难，不但有集体的责任，也有个体的责任。或许他心里隐约知道一些，但受时代语境的局限，无法直接说出来——这当然是我们后人对他的善意猜测了。

应该说，巴金的反思是和时代一同往前的，到二十世纪八十年代中后期，才走向真正的成熟。这一方面是他自己的思想在前进，另一方面，也不否认意识形态对"文革"做出的新的否定性结论，尤其是新时期以来大胆地推翻"文革"，壮大了巴金对历史做出新的判断的胆量——他的后半生，虽反复强调独立和自由，但听命、遵命的精神色彩，其实一直没有从他身上抹去，这也是一个事实。所以，巴金在那个时代只是重申了常识。

"讲真话"作为人之为人的基本常识，在残酷的政治运动中，居然隐匿了几十年，直到噩梦过去，才由巴金大声喊出，这看似奇怪，又一点都不奇怪。二十世纪以来，中国人其实都是在为常识的恢复而斗争、流血，每一点基本真理的重现，中国人都需付出巨大的代价。可是，经过这些年来自商业主义和各种思想对诚信的绞杀，中国人可能又将再一次生活在虚假的丛林里。巴金当年面对的就是这样的世界，一个虚假的世界，一个用未来推翻现实、用口号打倒常识的世界，一个"不知道自己是人是鬼，是兽是魂，是在阴司还是在地狱"①的世界。这个世界，并没有因为巴金的批判、因为时代的远去而一去不复返，相反，它无时不在地以新的方式、新的面貌重新出现在我们身边。因此，历史批判和自我省思，在任何时候都是不能中断的。

悲剧还在继续，虚假还在盛行，但我们已经没有巴金。

鲁迅说，"革命是教人活而非教人死的"②。事实往往正好相反。很多人都在利用"革命"，而不是以此来创造美好。为了掩饰谎言，不惜制造一个更大的谎言；为了自己荒唐地活着，可以让别人为他放弃活着。再好的思想一旦掺入私欲，必定变质。而一些激进的人，从来不会想到，人是要吃饭睡觉，要恋爱生子，要敬老爱幼，要免于恐惧，要廉耻自尊的。像鲁迅笔下的阿 Q，只会念叨"革命，革革命，革革革命……"的口号，不顾别人的死活，不顾生活还有没有一点美好的光彩，这样的"革命"，真是盲目而残忍。诗人于坚曾经说：

---

①　巴金：《"随心所欲"》，见《随想录》，作家出版社 2005 年版，第 548 页。

②　鲁迅：《二心集·上海文艺之一瞥》，见《鲁迅全集》（第 4 卷），人民文学出版社 1981 年版，第 297 页。

　　我相信革命的目的并不是要摧毁日常生活，它的目标是意识形态、上层建筑、某个阶级的生活方式。基本的觉还是可以睡的，做爱也是需要的，吃饭也还是要用碗来盛的，春天也还是可以换些柔软的衣服的，但革命的履带是铁板一样的原则，它并不能区别世界的坚硬部分与柔软部分、干燥部分与湿润部分，分子们垂死挣扎时的嚎叫与巴赫音乐中的激情或秩序感；它并不能区分属于腐朽的制度的东西和属于中国世界与生俱来，赖以为生的东西，所以它摧毁的不仅仅是制度、意识形态，也是世界和人生。传统中国成了不过是三十年河东三十年河西的腐朽政治和时代的陪葬品。在一九六六年，我作为五年级的小学生亲眼目睹红卫兵冲进四合院，用刀刮去古代木匠刻在房屋门上的麒麟、花鸟。砸碎镜子，把夫妻们做作的结婚照踩在脚下。红卫兵并不像他们的领袖那样理论化，在他们眼里，旧世界并不是一些抽象的符号，而是就在他们手边的具体的日常世界，时间、画栋雕梁、衣服式样、建筑、物品，甚至人们的风度。革命并不仅仅触及灵魂，而是导致中国人对昔日传统的日常生活，它的家具、气味、式样、建筑、食品、形式都丧失了信任感，当罪行不仅仅来自思想、历史，而且来自每天要过的日子，人们丧失的是对世界的基本信任。革命的后果不仅仅是摧毁旧世界的制度和文化，它同时摧毁了那些最基本的东西。当人们不能肯定听音乐或听鸟叫、不能肯定在阳台上欣赏一株五月的玫瑰是否属于罪行的一部分的时候，他们又如何能够生活？[①]

是啊，没有了历史和记忆，没有了人伦和秩序，没有了真实和虚假之间的界限，"如何能够生活"？巴金正是深切感受到了无法生活下去的窒息感，他才冲出牢笼，祭起"讲真话"这种"自己铸造的武器"，用文字进行最后的斗争。因此，与其说巴金的"讲真话"捍卫的是真理，还不如说他捍卫的是生活。没有基本的生活，何谈伟大的真理？真理如果不能落实于具体的生活，不能让人生活得更好，它就必定是骗人的谎言。

巴金毕竟是从苦难和死亡中受到了深刻的教育，所以，晚年的他，深知这个道理："只有维护自己权利的人才不会被神仙、皇帝和救世主吞掉。"[②]他醒过来了，不再被那些阔大的思想口号所迷惑，而是回到了生活的基本层面，并善于在生活中发现荒谬，提出问题。他这时的文字，除了反思和忏悔，里面还充满着一种珍爱生活的情怀。这种对新的、美好的生活的渴望，使他的文字里透出了一股动人的热忱和诚恳。许多时候，《随想录》并不是靠深刻来影响读者的，而恰恰是巴金那赤诚的情怀，感染了很多需要慰藉的心灵。到他说出"我就这样给逼着用老人无力的叫喊，用病人间断的叹息，然后用受难者的血泪建立

①　于坚：《关于未来神话》，《天涯》2001 年第 5 期。
②　巴金：《二十年前》，见《随想录》，作家出版社 2005 年版，第 607 页。

起我的'文革博物馆'来"①时，我想，每一个有良知的人读了，都会动容。他是想为历史提供一份实物档案，想为"真话"建一座纪念碑。他努力了。那个时候，他真觉得自己也是一个时代悲剧的标本，愿意放在博物馆里长期展览给后人看的。

提出建造类似的博物馆，这在巴金晚年的写作和生活中，是一个精神标志——他想用这种实物留存的方式，为记忆做证，为历史正言。这项事业还没有完成。我相信巴金的这个愿望里，寄寓着他最难释怀的那份心事，他的这个提议，也和他晚年所苦苦追索的奴隶哲学的根源所在一脉相承。现在看来，这充分体现了他作为一个有良知的中国知识分子的睿智和远见。遗憾的是，这么多年来，巴金在文学上的成就不乏研究者，唯独他晚年对"精神奴隶"的内涵所进行的深刻反省，正在慢慢地被人淡忘。让一个重要的精神命题从我们眼皮底下轻易地溜走，每个知识者可以说都负有道义的责任。应该看到，中国社会发展到今天，由鲁迅所开创的反奴性的事业还远远没有完成，"没有自己的思想，不用自己的脑子思考，别人举手我也举手，别人讲什么我也讲什么，而且做得高高兴兴"②的现象还有增无减，在这个背景里，重申巴金的自我反省、批判奴性的精神，有着特殊的意义。"要澄清混乱的思想，首先就要肃清我们自己身上的奴性"③，这话今天依然有效。

---

① 巴金：《〈随想录〉合订本新记》，见《随想录》，作家出版社2005年版，第5页。

② 巴金：《十年一梦》，见《随想录》，作家出版社2005年版，第278页。

③ 巴金：《十年一梦》，见《随想录》，作家出版社2005年版，第223页。

晚年的巴金深化了我们对中国人精神奴性的认识。他在《十年一梦》一文中说，他一直忘不了他十几岁时所读过的一部英国小说中的一句话："奴在身者，其人可怜；奴在心者，其人可鄙。"他进而声称"我就是'奴在心者'，而且是死心塌地的精神奴隶"。"奴在心者"一词，今天读起来，仍旧惊心动魄。在中国，一些人是被动为奴的，有值得可怜之处；可更多的人，不仅心被奴役了，许多时候他还欢迎这种奴役、助推这种奴役，这就十分可鄙了。要救治这一悲剧局面，唯一的路就是找回那颗觉悟、独立的心，并用这颗心来对抗这个在价值和道德上日益沦陷的世界。觉悟的第一要义便是反省。巴金说，"我明明做了十年的奴隶"，"我自称为知识分子，也被人当作'知识分子'看待，批斗时甘心承认自己是'精神贵族'，实际上我完全是一个'精神奴隶'"。[①] 这就是反省。他不愧是受过"五四"精神滋养的一代作家，在那个时代便能说出如此坦率而锐利的话，足见他比绝大多数人都清醒、勇敢。

我们之所以记住巴金，是因为巴金记住了不该忘记的历史；我们之所以没有遗忘巴金，是因为巴金曾经就是一个反抗遗忘的人。

哲人熊十力在《十力语要》中说："不孤冷到极度，不堪与世谐和。"[②] 推崇"讲真话"时期的巴金，大有熊十力所说的这种气概，所以有人称巴金为"中国知识分子的良心"，这并不为过。一个民族缺乏什么，就应该学会积攒什么，这样的民族

---

① 巴金：《十年一梦》，见《随想录》，作家出版社2005年版，第279页。
② 熊十力：《十力语要》，上海古籍出版社2018年版，第337页。

才会有希望。就当下的现实语境而言，奴隶哲学还是中国人迈向现代文明的主要障碍，尼采所说的让自己的头脑变成一个跑马场，任别人的思想的马匹蹂躏一通的状况还非常普遍，因此，巴金讲真话、反奴性的精神在当下也就越发显得珍贵。这是一笔亟须继承和发展的伟大遗产。

多年前，我曾听巴金的女儿李小林说，晚年的巴金，哪怕是在病榻上，念念不忘的依然是如何还历史的债，而且放不下建"文革博物馆"这一倡议。如今，他自己也成了历史的一部分，但他的文字、他的精神，还有多少能留在现实中，还有多少能被现实中的我们传承？我的看法并不乐观。今天的中国，各方面都在以加速度前进，尤其是消费主义思潮的跃进，更是恨不得一夜之间就把历史推倒，从头再来，谁还会主动接过巴金心头所难以放下的重担呢？王安忆在悼念巴金的文章《执绋者哀》中也不无伤感地说：

其实您已经说了很多，可我们都是不警醒的懵懂的人，又被今天的时代惯坏了性子——今天，时代渐渐地有些接近你们的期许，人们自由地恋爱，思想，和写作，对幸福的憧憬也渐渐合乎现实。可是，我们难免忘了来历，忘了先行者的牺牲；我们摘取前人思想的果实，将内瓤耗尽，空壳留下；我们自大地以为进步是从我们开始的，因为局限在自己的视野里，便觉得自己的生活最合理。那也是因为您在，我们才可能放心地任性地去背叛，去割绝，不必忧虑传承中断，无往可继。现在，我们要孤寂了，那一个时代逐渐成了追忆，没有依傍，要由我们独自担纲起自己的日子。我们能担纲得起吗？我们能像您那样自省，以告诫来者？我们孱弱的精神能承起您的热情，以传给来者？①

确实很难。前后几十年，时代的变化，人心的转移，实在是太大了。我想起多年前和《收获》杂志的编辑叶开聊天，他向我回忆第一次见到巴金的情景时，用了一个词——恍如隔世，当时听起来既感新鲜，又觉震动。是啊，一个出生在清朝的人，一个"五四"一代的作家，一个为鲁迅抬棺的青年，在今天成了另一个青年的同事（巴金生前一直担任《收获》的主编），怎能不让人觉得恍如隔世呢？

有时读完巴金的作品，再抬起头看看周围这个喧嚣的世界，我也会有恍如隔世的感觉。生活上如此，文学写作上更是如此。看看鲁迅、巴金那一代人，写作时总是背负着沉重的精神重担，再看看当代作家们在欲望和消费主义中漫游的轻松表情，一对照，就知道一切都已今非昔比。巴金生前提倡把心交给读者，并说过一段著名的话：

> 人为什么需要文学？需要它来扫除我们心灵中的垃圾，需要它给我们带来希望，带来勇气，带来力量。
> 我五十几年的文学生活可以说明：我不曾玩弄人生，

---

① 王安忆：《执绋者哀》，《文汇报》2005 年 10 月 22 日。

不曾装饰人生，也不曾美化人生，我是在作品中生活，在作品中奋斗。①

这可能是"五四"一代作家共有的写作理想。但这样的话，新一代作家几乎都不说了。对他们而言，写作更多的是展现欲望、呈现隐私，或者只是个人生活的秘密表达，根本和一个更广大的关于希望、勇气、力量、光明的世界无关。他们只创造纸上的世界，这个世界，可以完全和自己的生活分开。文学，仅仅成了一种语言的纸上表演。但巴金他们这一代人不同，他们除了书写黑暗和绝望之外，总不忘人间还有爱和温暖，总不忘在作品中出示肯定性的力量。因此，鲁迅的绝望背后，是怀着对生命的大爱的。很多人只在鲁迅的作品里看到憎恨和不宽恕，这是片面的，鲁迅不是没有悲悯之心，也不是没有爱，在我看来，他的悲悯和爱，是用一种憎恨的方式表达出来的——他是用恨来表达爱，用愤怒的方式来表达他对世界和人性的看法。这里面藏着他巨大的沉痛感。鲁迅对人世的热情是埋在心底的，一般人难以看出来。巴金则要直接得多。他的心是热烈的，总是迫不及待地要把自己的真实想法告诉读者："我有感情必须倾吐，有爱憎必须倾吐，否则我这颗年轻的心就会枯死。"②

---

① 巴金：《我为什么要写作》，见《巴金全集》（第19卷），人民文学出版社1993年版，第390页。

② 巴金：《文学的作用》，见《随想录》，作家出版社2005年版，第39页。

他还说，我"在作品中生活，在作品中奋斗"①——现在读这样的话，我心里是受感动的，这话由巴金说出来，显得真实、诚恳、动人。"奋斗"一词是大词，令人振奋，而文学有时也是需要有提振人心的力量的。今天的文学界，精神普遍萎靡，商业、欲望、权力，各种力量都在作用于我们，我们还有没有志向在作品中生活、在作品中奋斗？巴金说的"奋斗"，就是要让自己的作品能给人带来希望和勇气，并发出精神的亮光。他有一个比喻，说愿意做一块木柴，"把自己烧得粉身碎骨给人间添一点温暖"②，这个比喻像一个幼稚的文学青年所说，可由巴金说来，很真诚，也带着暖意。他是真心这么想的。假如今天的作家对读者说，他想成为一块木柴，要烧尽自己以温暖读者，估计很多人会觉得不真实，因为都知道，这个作家心里并不是这样想的，那么多用写作谋算各种利益的，怎么敢说燃烧自己温暖别人的大话？但巴金敢说，他这样说，也这样奋斗。

在这点上他和鲁迅是共通的：他们的写作都不是纸上空谈，他们本身就是这样生活的！鲁迅不仅写了黑暗和绝望，更是带着这种黑暗和绝望生活的；巴金不仅在作品中召唤希望和光明，更是在作品中为寻找希望和光明而奋斗。今天的作家，在欲望的沉浮中不能自拔的不在少数，缺乏的就是鲁迅、巴金他们那种带着深刻的绝望却仍然热爱生活的勇气。鲁迅、巴金的作品，

①　巴金：《我为什么要写作》，见《巴金全集》（第19卷），人民文学出版社1993年版，第390页。

②　巴金：《再访巴黎》，见《随想录》，作家出版社2005年版，第71—72页。

能在民众中一直产生广泛的影响，这是至关重要的一点。

以今天的眼光看，我们当然有理由要求巴金在思想上走得更远，他的《随想录》在实感层面写得真实感人，但精神追问还远谈不上透彻；我们也有理由遗憾，巴金在晚年显然过多纠缠于对历史的"怨恨"了，以至于阻碍了他的文字走向更高境界的宽广、仁慈和博大。据德国哲学家舍勒在《道德建构中的怨恨》一书中考证，"怨恨是一种有明确的前因后果的心灵自我毒害"①。怨恨会使一个人的心灵变得外在，也会使一个人的思想维度变得单一，从而影响这个人对世界的价值洞察力。《随想录》的许多篇章，都是在明显或潜在的"怨恨"情绪的控制下写的，感情浓烈，真知上却有所不足。不过，这是我们后人跳出历史环境之后，对一个老人率真的心灵自白的苛求了。无论如何，《随想录》是伟大的。

我常常在想，只要我们还拥有巴金这样一颗知耻、知罪，并勇于承担个人责任、勇于忏悔、永不屈服的心灵存在，文学就还有希望，人心就还有光明，历史的罪债就不会被轻易遗忘。法国学者丹尼·梭拉在论及卡夫卡时说："普鲁斯特已经表现了最低限度的希望，低于这种限度的希望是不存在的。但是卡夫卡却往下走得更远，远了很多；然而还闪烁着一线希望，那就是他在，就还不是完全的黑暗。"②在我看来，这是对卡夫卡的最

① ［德］马克思·舍勒著，刘小枫编，罗悌伦等译：《道德建构中的怨恨》，见《价值的颠覆》，生活·读书·新知三联书店1997年版，第7页。
② ［法］丹尼·梭拉：《论城堡》，见叶廷芳编：《论卡夫卡》，中国社会科学出版社1988年版，第47页。

高评价。今天，面对一个日益混乱、迷茫的世界，我也想用这句话来表达自己对巴金作品的真实看法——"他在，就还不是完全的黑暗"。

《随想录》达到了那个时期随笔写作的精神高度，它所呈现的一个人的记忆，以及一个人对这种记忆所背负的重担，值得更进一步地深入研究。关于记忆对一个人的心灵的影响，其实正是这几十年来中国当代散文的基本母题之一。

第五节　漂泊者的心灵

钱穆说，散文之所以被重视，是因为它最容易表现人生。[①]它对人生的观照，向外，也向内，不仅有日常的烟火气息，更有生命的温度与向度，有内在自我的问寻，是真我、真性情的本然裸呈。散文能打动人心，或许就在于对生命旅程的记录中，有这生命深处的凝眸、疑难处的思冥与追问，思想的淬炼、生命本体的升华都在这一过程中呈现。当人生遭逢无情的"风暴"，深陷困境与僵局，这样一种或独语，或絮叨，或抒情的文字，让人得以领略生命的厚重与破碎，坚韧与脆弱。

漂泊是一种人生现实，或许也是最为沉重的命运之一，而这一命运自有人类始，就像影子一样与人类相随。屈原的《离

---

① 钱穆：《中国文学论丛》，生活·读书·新知三联书店 2002 年版，第 40 页。

骚》大约算得上是我国古代最早出现的文学意义上的漂泊书写，"路漫漫其修远兮，吾将上下而求索"，这是对人生与理想的双重写实与寓言。古代仕人的斑驳心境，离不开流亡放逐的人生劫难，杜甫、柳宗元、苏东坡等人，在他们的诗文中亦有对这一心境的抒怀，可见漂泊的命运跟知识者有着不浅的缘分。

对于一个不再有故乡的人来说，写作或许就是他的居所。很多人都注意到了，到了国外以后，散文成了诗人北岛主要的写作文体之一，在他看来，"散文与漂泊之间，有一种互文关系：散文是在文字中的漂泊，而漂泊是地理与社会意义上的书写"①。经由漂泊，北岛开启了散文写作的阀门。他目前在国内出版的散文集，按照主题，大致可以分为三类。一类是对漂泊生涯的记录，不知身处何处的漂泊感，苦涩的乡愁，与作者有过交往的诗人及更多流浪人在作品中一一出场，集中在《蓝房子》《青灯》《午夜之门》《失败之书》这四本书中。一类是回忆性的，《城门开》是其代表，在记忆里回味不复存在的北京城，在往事的咀嚼中暗含着历史脉络及命运承继的检索，五味杂陈，有快乐，也有不堪言说的苦闷与伤感。此外，在其他的文集中亦有不少对人与事的回忆篇章。还有一类是介于诗歌传记与散文随笔间的学术文字，如《时间的玫瑰》，对比不同的诗歌翻译版本，畅谈语词之妙，诗歌往事、漂泊经历穿插其间。总体而言，此在的漂泊与彼在的历史仍然是贯通这些作品的关键词，

①　北岛：《失败之书》（自序），汕头大学出版社2004年版，第1页。

在这之中，作者体验生命的虚无与实有，命运的无常与玩笑，寻觅历史的真相和细节，重新发现生命病症及内在自我。

他在海外写作的散文与诗歌可以看作是一种"互文"，开放性的文本空间，互为对照和补充，共同享有一种精神气质，从而也让读者再一次感知身体与精神同系漂泊命运的诗人形象。

大概从二〇〇一年开始，文学界对于北岛的散文写作出现了褒贬不一的意见。范培松曾撰文《激情献给了诗歌，唠叨留给了散文》来评价北岛的作品，他认为北岛在叙述和立意上的"随便"、缺乏用心，使得他的散文缺少精气与激情。这样的评论对于散文写作的更高境界而言，自然中肯，但也许会忽略作者进行散文写作时的境遇，而这种境遇，是会决定一个人的文风及其作品质感的。这不禁让人想到周作人，他在谈到自己的散文时说里面有"流氓鬼"和"绅士鬼"的存在，而这两种截然不同的内在气质也造就了周作人不同的文风。在前期写作的有关新文学的论争及宣言文字时，他是颇有战斗力的，而当他遁入"自己的园地"，经营自己的小品文时，"平淡冲和"之气扑面而来，确切地说里面还掺杂着耐人寻味的"涩味"，这样一种"涩味"固然有他修辞和用语的讲究，但也与他当时的心境脱不开关系。他与鲁迅一样同是深味人间悲苦的人，在自己园地里的自我放逐，却不能做轻松状的逍遥游，毕竟生活在新旧交集时代的苦闷难以排解，挥之不去，曾经的理想之火还是会在暗处若隐若现，内心的压抑与苦楚并不难在他的字里行间捕捉到。

对于北岛而言，漂泊的语境是他写作的最大背景，身份的不清不楚，居无定所，不知道从哪里来，要到哪里去，虚无感、绝望感充斥内心，难以释怀。他坦言当初写作散文是为了生计，但是写久了，却发现他不用去面对语词之间的紧张关系，也就是说他可以在语词之间轻松自如地运转、表达。我把北岛对于这种自由不拘文体的写作，看作一种诉说。一个在世界各国漂泊的人，在无尽的寂寞与孤独中，他需要这样一种诉说，也需要一种与之相应的倾听。只有在这种倾吐似的讲故事一样的言说中，他才不必去斟酌语词之妙，不必在意精微深思语词所带给他的那种无法酣畅表达的拘囿感、紧张感。因而，在他的散文中，我们往往能够感受到叙述的松弛，与作者此前作为诗人那种浓烈之情相迥异的淡然，还有萦绕在文字间的苦涩、伤感、无奈的情绪张力。

　　一些读者也许会很好奇北岛漂泊的确切年份，或者漂泊到某个国度的具体时间，但是他的散文并非游记，也鲜有出现年份的记载，只感觉他的状态就是永不停顿地漂泊。他在散文中并不回避对这样一种状态的直接呈现："居无定所，满世界飞来飞去。仅头两年，据不完全统计，就睡了一百多张床。就像加速器中的粒子，我的旅行近乎疯狂。它帮我确定身份：我漂故我在。"[1]孤身海外的日子，如何应付无语的静夜，也许只能让酒精麻醉自己，"头几年住在北欧，天一黑心就空了，只有酒能

---

　　① 北岛：《旅行记》，见《青灯》，江苏文艺出版社2008年版，第139页。

陪我打发那漫漫长夜"①。无以排解的寂寞与孤独，异质环境的失语状态，作者的乡愁不时地应景而生。"一进入戴维斯，暮色苍茫，华灯初上。突然一股致命的乡愁袭来，我强忍泪水。戴维斯于我意味着什么？这个普普通通的美国小镇，就是我的家，一个人在大地上的住所。对于漂泊者来说，它是安定与温暖的承诺；对于父亲来说，它是守望女儿的麦田。"②"有时我在他乡的天空下开车，会突然感到纳闷：我在哪儿？这就是我家吗？"③浓郁的乡愁，满腹的伤感溢于言表。与此同时，我也发现，"天空""夜""机场""死亡""酒"等词汇高频出现时，不再是一种简单的状态及物质描写，它指向作者心理与现实的深层体验，从而也形成了如在北岛诗歌中一样的意象，这些意象的组合，且在散文中的反复出现，暗示着作者在漂泊生涯中精神孤悬的状态。

对于自己长时间没有终点的漂泊旅程，那种无奈和伤感，在北岛这里，时不时会转变成另外一种略带幽默的嘲讽，以及对自我和命运的调侃。比如，在《搬家记》中，作者这样写道："一九八九年至一九九五年的六年工夫，我搬了七国十五家。得承认，这行为近乎疯狂，我差点儿没搬出国家以外。"④再如，一

---

①　北岛：《饮酒记》，见《午夜之门》，江苏文艺出版社2009年版，第20页。

②　北岛：《他乡的天空》，见《午夜之门》，江苏文艺出版社2009年版，第98—99页。

③　北岛：《他乡的天空》，见《午夜之门》，江苏文艺出版社2009年版，第98—99页。

④　北岛：《搬家记》，见《蓝房子》，江苏文艺出版社2009年版，第151页。

个外国诗人问起北岛的近况时，他是这样写的："我告诉他算卦的说我明年就能回去了。他微笑地盯着我。在一个饱经风霜的人面前，我还嫩了点儿。"[1]这样一种无奈的戏谑话语，无异于喜剧的泪，细细读来留下的却是无言的神伤。但是，当话题转向同是与自己一样漂泊之人的叙述时，北岛的笔调却充满了悲悯之情，甚至是敬意。北岛写过一个叫迈克的美国诗人，为了诗歌移居英国，以刻板的小职员生活来维系自己的诗歌理想，却屡经生活的动荡，作者如此感叹："一个以泪解乡愁的纽约人，四处漂泊，却连个代表过去的纪念品都没有；好不容易回到故乡，居然住在一个没有窗户的房间里。"[2]写到美国教授约翰和夫人安，他们在老林深处筑屋而居，对抗外界与孤独，作者不由生出敬意："我意识到他们的内心磨难，远非我能想象。而他们自甘如此，毫不畏惧，在人类孤独的深处扎根，让我无言。我默默向这两个迸溅火花的寂寞灵魂致敬。"[3]写到在美国见到高尔泰时的瞬间感受，作者说有一种骄傲感，绝没有哀怜。在《听风楼记》里作者提到最后一次见冯亦代时的场景，用一个细节即表明了内心的震颤："他从床单下露出来的赤脚，那么孤立无援。"[4]这样一种笔调的转换，是作者在漫长的漂泊中，想要确证

---

[1] 北岛：《布莱顿·布莱顿巴赫》，见《午夜之门》，江苏文艺出版社 2009 年版，第 161 页。

[2] 北岛：《纽约变奏》，见《午夜之门》，江苏文艺出版社 2009 年版，第 17—18 页。

[3] 北岛：《约翰和安》，见《蓝房子》，江苏文艺出版社 2009 年版，第 52 页。

[4] 北岛：《听风楼记》，见《青灯》，江苏文艺出版社 2008 年版，第 13 页。

的一种精神存在和依伴，以此来慰藉一种孤单身心的力量和温暖。这些或议论或抒情或细节的勾勒，言辞简洁却有力，穿插在作者对漂泊的长长叙述中，类似一种警语，在无意间又给北岛的散文增添了一丝悲怆。

不离不弃的乡愁，流浪者的离愁别绪，隐喻闪烁的意象，给北岛散文涂抹了或浓或淡的诗性底色和伤感基调，也使得他的作品或多或少地感染了漂泊文学涕泪飘零、伤感悲怆的美学传统。毕竟置身于异域的风景与文化，过去、现在与未来的"我"时常处于一种分裂的状态，内心的无所依托，常使情绪变得忧郁感伤，甚至是焦虑。身份认同与自我生命的向内沉淀探寻是北岛不得不面对的人生命题，但是民族的认同、文化的回归在他那里并不是一件简单的事，他的精神寄托或许指向的是更为宽广的天空，更为渺远的旅途和追寻。

萨义德在《知识分子论》一书中专辟有一章来讲知识分子与漂泊话题，他以为面对漂泊这一格格不入的新境遇，"如果在体验那个命运时，能不把它当成一种损失或要哀叹的事物，而是当作一种自由，一种依自己模式来做事的发现过程，随着吸引你注意的各种兴趣、随着自己决定的特定目标所指引，那就成为独一无二的乐趣"[1]。我不敢说，北岛与漂泊这样一种命运最终达成了心理的和解，或者说他内心认同了这种命运，然后去体验，去发现新的生命精彩。同样处于漂泊境地，北岛的散文

① ［美］爱德华·W.萨义德著，单德兴译：《知识分子论》，生活·读书·新知三联书店 2002 年版，第 56 页。

不同于别人那种体悟似的"漂流手记"，可见生命的渐次明朗和思想的沉淀。北岛的作品以叙述见长，主要在于对漂泊状态与人物的讲述，虽也不乏内心的情状，但毕竟不是思想的向内探求，或许在北岛同一时期的诗歌写作中能够觅寻到思想渐变的轨迹。不可否认的是，漂泊确曾给作家北岛以新的视阈——遇见漂泊与孤独的时代病症，他本人也是经由这一路径，真正走向了自我的另一种真实。

在北岛笔下大概有三类人群。一类是作家、诗人及学者，因为自身是诗人，北岛有机会结识和走近更多国际视野中的诗人。像美国"垮掉一代"之父艾伦·金斯堡，在作者笔下是一个矛盾的综合体，买二手衣物，雇三个半秘书的工作狂，是个同性恋，为了诗歌却能屈能伸，但对强权对政治却有着高度的敏感，甚至是长达半个多世纪的批判与对峙。像诺贝尔文学奖获得者、瑞典诗人托马斯·特朗斯特罗默，现实中的工作是少年犯罪管教所的职员，用语词来建构与想象世界的诗人，晚年却处于失语状态，好在诗人之间存在着一种不需要太多言语的默契，而北岛所感受到的正是这样一种无须言语的温暖。像诗人蔡其矫，热爱自由，葆有青春的活力，对美好、新鲜事物有着高度的热情。为诗人作传，讲述他们的故事，无法避免去直面诗歌的境遇，特别是在一个乱象丛生的现代、后现代时空，对众多的漂泊诗人来讲，诗歌仍然是一种找寻同伴的精神凭证。一类是亲朋好友，比如承继自己漂泊命运的女儿田田，青春因在不同社会文化环境下的成长而变得丰厚而感伤。比如刘伯伯，前半生在动乱战火中的漂泊行旅和精神孤寂，也是人生最精彩的回忆。同时，作者也特别写到了在《今天》时期相遇的一些人，他们年轻时的"先锋"故事，并不如意的放逐生涯、晚境及结局，如彭刚、刘羽。还有一类是北岛在海外的房东、合租者、同是漂泊海外的华人，这个群体更为庞大，且隐伏在世界的各个角落。比如，作者在荷兰莱顿遇到的房东玛瑞亚，因为极其孤独，每年都要去做心理治疗，非常渴望交流，但是身边却没有人能够驻足倾听她的心声。在联合国做翻译官的 M，像候鸟一样热爱旅途生活，即使是周末也要去异国旅行。谁又能说得清楚这些人的心理隐疾？每一个在他乡漂泊的人都有一段故事。比如 X 君，曾是国内大学教授，花费数年翻译萨特的《存在与虚无》，而自己的海外生涯恰恰验证的就是存在与虚无。比如 O 君，放弃国内的体面工作，忍受亲人分离之痛漂洋过海，聪明能干且苦干，只为在美国获得"绿卡"，最终却血本无归，黯然离去。

这些人物无一不是流浪与孤独的孩子，承袭着漂泊的命运，无论是看似有着精神依凭的诗人作家，还是精神找不到来处的普通人；也无论是背井离乡、身处异域，还是居留在自己的国度与故乡。孤独流浪的原因表面上是为了找寻生活的意义，事关社会、文化和宗教，也脱离不了时代的局限，深层的原因则是生命本体的症候，或是源自精神深处的冲动，无从开具药方。这种行为或者身体上的漂泊，究其本质则是精神的孤独之旅，堪称一种时代的阴影。

孤独漂泊的人，就像是鲁迅笔下的过客——我要往前走，前面有个声音在呼唤我。

确切地说，北岛并不是在讲述个别的漂泊者的故事，他描写的是一群孤独边缘人的生命景况，是一种群体风景，他们是可以用"类"来涵盖的一群人，并且是相互依存的一群人。他们之间相互依偎的情义是动人的。作者写过与美国诗人迈克的交往，在无尽的行走中，联系时断时续，在中断数年后作者再次给迈克打电话，对方的惊呼让北岛在他乡的街头不禁流泪："我的孩子，你在哪儿，我一直在找你。"[1]比利时诗人杰曼，倒卖汽车赚够资本后回归诗人身份，在西班牙的小镇上建了一个庄园，几乎在给北岛的每一封信的结尾处都会写上："亲爱的朋友，记住，依萨卡就是你的家，欢迎到依萨卡来。"[2]对于无家可归的人来说，家的分量太重，一句体恤的话即可温暖一个人内心的冰冷。而当一群诗人作家穿过午夜之门，穿过时有烽烟及生命威胁的边境去巴勒斯坦参加文化活动、探访诗人时，我想这种相伴依存的情义已经冲破了一切阻挠和樊篱——不管这种阻隔是不是带有血腥和炮火的味道，为此，作者才会感叹词语的权力和力量。当然，这样一种人群中的际遇，并不只是发生在这些有着共同精神境遇的诗人作家身上，它也同样牵连着那些来去匆匆的浪游人。北岛在散文中有不少文字提到众人欢娱相互温暖的场景，比如流散在纽约郊区的华人文化圈不定期举

[1] 北岛：《异乡人迈克》，见《蓝房子》，江苏文艺出版社2009年版，第41页。

[2] 北岛：《依萨卡庄园的主人》，见《午夜之门》，江苏文艺出版社2009年版，第170页。

办的活动，比如朋友探访时没有足够的桌椅，就坐在角落里聊天一直到天明……

北岛在世界各地的游历以及种种际遇因缘，极容易让人联想到他早年在国内的经历，那时候还是处于"朦胧诗"的潜伏阶段，他与好友常常奔走于白洋淀、山西等诸多知青插队的地方，也许只为欣赏一首新近写作的诗，分享一本好书，或者一段未曾见过的风景。当时空流转，舞台的背景与幕布转换，时代的遗孤变成了满世界旅行的流浪汉。对包括自己在内的一群流浪者的书写，意义并不仅仅在于强化那些情义以及带上美学意味的人际关系，况且这其中多少还有些苦涩的味道，作者的指向也许在于这样一道群体风景恰恰构成了对这个世界、这个时代的莫大反讽。诗人的敏感与忧虑依然存在，一方面，战争、强权，还有更多看得见看不见的力量与蒙昧在阻碍自由的行走，不够强大的弱小人物随时都有可能成为这个时代的牺牲品；另一方面，在一个工具理性极度发达、物质欲望日益纠结的时代，我们却无从理清自己的内心，放纵孤独，任由精神无从皈依。当作者说，"我喜欢漂泊，而并不在意途经的地方"[①]时，对这一命运的体认，包含着对更多人悲欢离合的感同身受。

其实，北岛在讲述他人故事的时候，也是在讲述自己。孟悦以《瞎子领瞎子，穿过光明》来给北岛的《午夜之门》作序，她认为，书里"是流浪者找流浪者，流浪者认流浪者。由于这

---

① 北岛：《巴黎故事》，见《午夜之门》，江苏文艺出版社2009年版，第61页。

种'找'和'认'不是对他人的慈善，而是与自我和同类的结识和相逢"①。在众多流浪者的身上，北岛确曾看到自己的影子，感受到了被漂泊牵引的共同命运，走向自我，这同样是生命本体论意义上的思考。他的困境并不只是在于直面横亘在面前的思想栅栏，飘散在天空上的精神阴影，更在于如何在漂泊命运的摆渡下，穿越生命孤独的窘境，走向生命的纯粹。

所有生命的困境，其实都是向内的。如同当年的史铁生，他需要在生命遭逢劫难时，给生命一个向上的精神性空间。他需要在"死亡""命运""残疾"等等关乎生命本体性存在的主题上做出清晰的思辨，方才可能走入理想的人生旅程。也许，未曾在长夜里哭泣过的人不足以谈人生，未曾经历永无尽头的漂泊流浪之旅或没有处于一种无从规避的流浪中的人，也无法体验到生命深处的绝望与孤独。在《失败之书》的自序中，北岛这样写道："我得感谢这些年的漂泊，使我远离中心，脱离浮躁，让生命真正沉潜下来。在北欧的漫漫长夜里，我一次次陷入绝望，默默祈祷，为了此刻也为了来生，为了战胜内心的软弱。我在一次采访中说过，'漂泊是穿越虚无的没有终点的旅行'。经历无边的虚无才知道存在有限的意义。"② 这篇序言写作于二〇〇四年，可以把它看作北岛对自己十余年漂泊生涯的回顾总结。尽管过客的存在与虚无，常常纠缠着希望与失望甚至

---

① 孟悦：《瞎子领瞎子，穿过光明》，见北岛：《午夜之门》，江苏文艺出版社 2009 年版，第 5 页。

② 北岛：《失败之书》（自序），汕头大学出版社 2004 年版，第 2 页。

是绝望的辨析，但是行走的岁月，最终还是让那些生命中的激越与不安、焦虑与无望得以慢慢沉静、沉淀。我们能够捕捉到他文字中的精神含量，他说他想给女儿田田讲讲这些亲身经历的故事，因为故事里"有历史面具上一个人的泪，有权力破碎的神话及敌人；而我们会超越一切，延伸到国家以外的道路上，有我和她，还有很多人"①。可见，力量和信心在北岛内心其实并未枯竭。

在二〇〇二年接受《书城》杂志的采访谈及早期的诗歌时，北岛给予了否定的态度，认为那是政治话语的回声，而在这些年的写作中一直在反省，试图摆脱那种话语的影响，并且认为这样一种反省是一辈子的事。或许，北岛对自己早年诗歌的评判、反省可以保留，而否定却有些可惜。诗歌作为一种精神存在，自然少不了对所处社会政治环境的回应，"我—不—相—信""在没有英雄的年代里，我只想做一个人""卑鄙是卑鄙者的通行证，高尚是高尚者的墓志铭"等等这样的呼声确实是特殊环境中来自个体的真实吁求，而对个体境遇的关注也自然离不开对外在环境的反应。必须承认，在那样一个年代，北岛还有那些朦胧诗人都是先觉者，是一群有着强烈内在自由感的人，无论所置身的环境是怎样的压抑。英国作家福斯特针对自由与文化的关系，列出了三条理由来拥护自由："第一，作家必须感受到自由，当他感受自由，洋溢着自信，没有疑虑，内心安详，他就处在艺术创作的最佳状态；第二，作家还必须拥有把其感

---

① 北岛：《失败之书》（自序），汕头大学出版社2004年版，第2页。

受传达给他人的自由，否则会像密封在罐头盒里一样，使要表达的内容发霉，烂掉；第三，公众同样需要去读去听去看的自由。"①感受自由，传达自由，或许也就在某种程度上决定了他日后自我放逐式的漂泊命运。刘小枫在《流亡话语与意识形态》中如是说："在人民意识形态话语进入社会存在之初，知识人面临着一个是否放弃个体言说并认同意识形态总体话语的自我抉择，这也就是决断自己是否流亡——不管是外在的流亡还是内在的流亡。"②这样看来，北岛早已处于一种精神流亡的状态，只是离乡之后，国界的现实重新订正了漂泊的语境。

与早期的写作不同的是，北岛漂泊时期的诗歌更多地转向了自己的内心和语词锻造，怀乡也成了他新的书写主题。但是，孤独感、荒诞感，还有对人之为人处境的观照、对历史的警醒等等这些内在质素并没有根本性的改变。当这样一种精神方向贯穿在其写作中时，无疑增加了他散文的痛感。如果说那一时期他的诗歌是向内的探索，对乡愁的隐喻化书写，那么散文则是外在的漂泊形态的记录，两者构成了互文性空间，通过这一内涵与外延大大敞开的空间，我们更全面地看到诗人在漂泊中的内心与外在状态。随笔集《时间的玫瑰》或许就可以看作一个互文性文本，不同翻译文本的比较，对语词的敏感与挑剔夹杂着不同的诗歌经历与体悟，往昔岁月的光影也都飘忽在文字

①　［英］福斯特著，李向东译：《文化与自由》，见《现代的挑战》，作家出版社1998年版，第27—28页。

②　刘小枫：《这一代人的怕和爱》，华夏出版社2007年版，第269页。

间。有时，对一首诗的解读，可以放在其散文的语境里，比如，写给魏斐德教授的《青灯》，同名的散文为我们提供了更详尽的解读背景；再如，诗歌《午睡》里的句子，"一个被国家辞退的人／穿过昏热的午睡／来到海滩，潜入海底"①，经由芥末这样一位同是流浪者读来，似乎因带有切身的体验而变得并不那么晦涩难懂。因而，在北岛的散文中，可以强烈地感受到一个诗人形象的存在，他的散文与诗歌一道共享一种精神气质，具体而言，他的散文里仍然保有一个诗人的怀疑、敏感和警醒，特别是当他触及历史的时候。正如他的朋友李陀所期待的那样，"在二十世纪七十年代，北岛的怀疑，如同金斯堡的愤怒，曾经震动了千百万的中国人。我相信，怀疑是北岛的影子，会终生终世跟着他，无论他漂泊到哪里"②。

历史从一方面来看是个人记忆，有关童年、少年的成长，有关一座曾朝夕相处的城市的回忆；另一方面则是国家民族的大历史，而这两者往往是纠葛在一起的。《城门开》就是在这样的混沌中缓缓拉开了历史记忆的大门。

在二〇〇一年，北岛有了回家的机会。抵达的那一刻，他发现自己成了在故乡的异乡人，头脑中的影像全都撤换，一个归家人找寻不到一种亲近感，这种感觉是漫长的时空疏离之后所生发的。于是，他想要以自己的记忆来重构一座城市的风貌：

---

① 北岛：《芥末》，见《青灯》，江苏文艺出版社2008年版，第34页。
② 李陀：《一颗温润明亮的珍珠》，见北岛：《蓝房子》，江苏文艺出版社2009年版，第8页。

"我打开城门，欢迎四处漂泊的游子，欢迎无家可归的孤魂，欢迎所有好奇的客人们。"①记忆深处却是吁求认同，以安放那些飘散乡愁的冲动。北京城昔日暗旧昏黄的灯光，阴影处的游戏，讲鬼故事，光影之间既有着被大人忽略的安全感，也有因饥饿所产生的各种幻觉；春夏秋冬北京城的味道各异，困难时期能吃的食物包括味精这样的调料，它们的味道活跃在成长的记忆里；胡同内外各种各样的叫卖声，蛐蛐蝈蝈各种小动物的声音以及敏感的童心所感觉到的社会变化的声音……这些带着儿童视角的观察回忆是一种民俗学意味的记录，北岛大多以平淡、理性的语气来描述，没有掺杂太多主观的抒情与评价，或许他只是想还原一种历史的真实吧。光影声色味构建的是城市的物质外壳，这其中同样包裹的是关于思想、饥饿、物质贫乏的历史细节的呈现。记忆的重现当然有所选择与偏好，而最终所呈现的结果则是一个孩童在青少年时期精神体验的投影。人毕竟是历史社会中的人，北岛成长的背景恰恰是个人隐没在集体当中的年代，而对个人在历史当中的处境以及历史对个人精神的影响是北岛一直关注的，承接他诗歌的精神气质，这也凸显在《城门开》一书里。

《城门开》写到家里的保姆钱阿姨，二十世纪六七十年代她的出现和离去，也脱不开与社会斗争的关系。当初她也和大多数人一样参加革命活动，最终还是回归常态的日常生活，没有

①　北岛：《我的北京（序）》，见《城门开》，生活·读书·新知三联书店2010年版，第1页。

人能够想象得到在历史的洪流中这么一个弱者内心的挣扎，那些不知所以的革命热情是怎样在内心起伏的。这本集子的最后一篇文章是关于父亲的回忆，纪念父亲亦是回溯一个年代及知识者的普遍历史。年少的"我"能够敏感地觉察出家庭社会的潜在变化，"我"的存在也是窥看这一切的一个视角。还是孩子的时候父亲陪我们玩耍、看电影，充满欢乐；待到各种运动兴起，父亲的性情变得越来越怪戾，对母亲、孩子有一种说不清的暴力，似乎只有这样才能释放内心的压力。在北岛看来，是岁月最终让父母、让父子之间达成和解，而这岁月的作用当然也包括动乱年代的风暴过去、山河宁静过后，对人性、人之常情的恢复。但是，过去生活的阴影也一直存留在像父亲这一代人的身上，那就是曾经在压抑状态下自愿或被迫扭曲过的良知和精神。父亲一直遗留到晚年的心事就是在"思想改造"时，大多数知识者是主动地参与改造，包括他自己。历史与时代的平静或许在这里只是假象，而曾经置身其中的人却在日后漫长的岁月中都要经受心灵的折磨和精神的分裂。对于从那个年代走过来的人来说，大概很多人都不能幸免于这样的精神纠缠，北岛的《波兰来客》和《与死亡干杯》两篇文章里都在写同一个人物——刘羽，当年被称为"先锋派的联络副官"，是他联结了《今天》那一群人，因为"文革"中差点病死在监狱里的经历，内心的后怕使他最终没有真正参与这本杂志的具体工作。二十世纪九十年代后辗转国外，惨淡经营餐馆，还没有赚够预期的养老钱，就身患癌症离世，临终前的大半夜都在大叫"警察来了，不要抓我"①。历史的精神残骸就这样深远地影响着一个人。

远行与回归，我想本是同一个主题的两条路径，行走得愈远，回归得愈深——漂泊本身也意味着是对家园的寻找。在伸向童年、少年的记忆里，作者为逝去的光阴寻找物质存在的凭证和个体成长的见证，为自己的乡愁、自身漂泊的命运寻得最原初的根源时，那种渴望归来并且为自我寻得认同的念想仍然是有的。但是，对历史审视与警醒的理性态度，也会毫不留情地影响这一进程，在对父辈与朋友的命运追索中，也许北岛看清了自己血液中的原动力，平常并不易察觉的历史影子中的自我存在。

大约也是在二〇〇一年，北岛在海外漂泊十几年后第一次回到北京的时候，写过一首诗《黑色地图》，面对暌隔已久的北京城，人事同样不复存在，游子的心境不堪卒读，诗里有这么一句，"我回来了——归程/总是比迷途长/长于一生"②。这是这位漂泊诗人对自身人生景况的写实，亦是对其精神存在的喻指。这个时候的北岛，只有在漫漫长路的行走中才能获得自由与平静，而他持续多年的散文写作，正是使他不断走向自由与平静的重要方式。

---

① 北岛：《与死亡干杯》，见《青灯》，江苏文艺出版社 2008 年版，第47 页。

② 北岛：《黑色地图》，见《结局或开始》，长江文艺出版社 2011 年版，第 259 页。

第六章

话语的精神基座

第一节 在人间的写作

现在的好散文不少，但我越发地重视，一本散文读完之后，能否唤醒我内心里那些沉睡的事物，或者给我带来智慧上的愉悦。一种简单的知识累积，已经无法使我满足，相比之下，我更愿意借着阅读来洞悉人心、观察世界。我准备读一本散文的时候，首先会问，这本书的背后，我能看见作者这个人吗？如果一本书的后面，不站着一个人，我就会怀疑这样的阅读是否有价值——任何一部忠实于自己内心的著作，必定会有他这个人藏在背后。郁达夫说："五四运动的最大的成功，第一要算'个人'的发现。从前的人是为君而存在，为道而存在，为父母而存在的，现在的人才晓得为自我而存在了。"[1] 写作也是有一个自我的，这个自我，需要作家、学者去发现。只有这个"自我""个人"被发现了，写作才能说自己的话，才能谈自己的人生感受。这是任何写作都要解决的根本问题——背后是不是站着一个真实、自由、健旺、有赤子之心的人？一种写作，背后如果没有人，或者背后的人不成熟，文辞再优美，那都是俗的、失败的。

木心曾说："五四以来，许多文学作品之所以不成熟，原

---

[1] 郁达夫：《中国新文学大系·散文二集·导言》，见《郁达夫文集》（第6卷），花城出版社、生活·读书·新知三联书店香港分店1983年版，第261页。

因是作者的'人'没有成熟。"①这话是有见地的。作者如果没有精神成人，要想写出成熟、有力的作品，这几乎没有可能。文学的问题，从根本上说，和人心的深度有关。没有成熟的精神，一定也产生不了成熟的文学。人成熟了，才能写出"灵魂的深"（鲁迅语），才能写出真实的人心。在精神里造假，是文学中一种最大的俗。为何一些貌似高雅、有学识的文字，在骨子里依然是俗的？原因就在于，这样的话，换一个人说，也能说得出来。这令我想起钱穆对陆游的名句"重帘不卷留香久，古砚微凹聚墨多"的评价：

> 放翁这两句诗，对得很工整。其实则只是字面上的堆砌，而背后没有人。若说它完全没有人，也不尽然，到底该有个人在里面。这个人，在书房里烧了一炉香，帘子不挂起来，香就不出去了。他在那里写字，或作诗。有很好的砚台，磨了墨，还没用。则是此诗背后原是有一人，但这人却教什么人来当都可，因此人并不见有特殊的意境，与特殊的情趣。无意境，无情趣，也只是一俗人。②

钱穆谈的是诗，其他类型的写作又何尝不是如此？"背后没有人"，寥寥五字，道出的是文学的贫乏所在。真实、高迈的

---

① 木心：《琼美卡随想录》，广西师范大学出版社 2006 年版，第 77 页。
② 钱穆：《谈诗》，见《中国文学论丛》，生活·读书·新知三联书店 2002 年版，第 111—112 页。

人一旦缺席，如何能够写出有个性和生命的文字？假若写作只是字面上的堆砌，却不呈现作者这个人的心，从中看不到作者对人性的细致体察，也读不到作者自己的胸襟和旨趣，那么，这样的文字，就是死文字或死知识了。它表面上看，是文字背后没有人，往深处看，匮乏的恰恰是智慧和创造力。

除了作品背后要有人，还要看一个作家对人心万象是否具有解析能力——作家是否能够将自己心中所想、所体验的，用形象、丰富的语言将它表现出来。中国作家一直比较缺乏解析人心的能力。他们或许是有体验的，也能调查、研究一些人的生存状况，可就是找不到富有个性、形象的语言来塑造和描述自己心中所想的，写作变得千人一面——在一些人的笔下，张三的痛苦和李四的痛苦是一样的，都是掉眼泪罢了；草原和大海也是一样的，都是壮观罢了。这种似是而非的书写，混淆了我们内心对世界的丰富感受，这样的写作，就成了概念写作：

> 很多的作家，都在进行一种抽象的写作，这种写作几乎不和当下的具体生活发生联系。他们所书写的民工，除了在流水线上做苦工，或者在脚手架上准备跳楼以威胁厂方发放工资之外，并没有自己的欢乐或理想；他们笔下的农民，除了愚蠢和恶俗之外，似乎也没享受过温暖的爱情、亲情；他们小说中的都市男女，除了喝咖啡和做爱之外，似乎不要上班或回家的。一种远离地面、远离生活现场的抽象写作，正在成为新的潜规则，很多作家都像有默契似

的，不约而同地把世界简单化、概念化。①

这种危机的背后，表明文学正在沦为无心的写作，作家也正在丧失解析人心的能力。这种解析能力，用梁实秋论散文的话说，就是一种把自己的心声翻译成文字的能力："一切的散文都是一种翻译。把我们的脑子里的思想情绪想象译成语言文字。古人说，言为心声，其实文也是心声。头脑笨的人，说出话来是蠢，写成散文也是拙劣；富于感情的人，说话固然沉挚，写成散文必定情致缠绵；思路清晰的人，说话自然有条不紊，写成散文更能澄清澈底。由此可以类推。散文是没有一定的格式的，是最自由的，同时也是最不容易处置，因为一个人的人格思想，在散文里绝无隐饰的可能，提起笔来便把作者的整个的性格纤毫毕现地表示出来。"②解析人心、事象，翻译心声、独语，这其实是一种基本的写作才能——如今，这种基本才能已被过剩的写作技法或消费话语所遮蔽。现在的文学困境，在以下两点极为突出：一是作家身上没有了精神重担，面对这个世界，他们没有真正属于自己的问题和疑难；二是作品中缺乏真切、感人的体验。没有问题意识，就没有困惑，也就不会有省思和发问；没有真切的情感和体验，就无法让读者在你的作品中摸到那颗热忱的心。作家机械地写，读者泛泛而读，贫乏时代的文学消费，大抵如此吧。

---

① 谢有顺：《人心的省悟》，《天涯》2007 年第 2 期。
② 梁实秋：《论散文》，《新月》第一卷第八号，1928 年 10 月 10 日。

人心万象，常常是隐藏在一些细节和词语中的，作家的禀赋，很大程度就在于如何找到一种有解析能力的语言，把人心的细微变化翻译出来。比如，辛格有一个有名的短篇《傻瓜金佩尔》，他写金佩尔知道自己老婆生下的是别人的孩子时就说："如果我妈知道了这件事，她会再死一次。"一个淳朴的傻瓜的心灵，通过这句话一下就解析出来了，不乏辛酸。同样是写低智力的人，福克纳在《喧哗与骚动》的开头说："透过栅栏，穿过攀绕的花枝的空当，我看见他们在打球。他们朝插着小旗的地方走过来，我顺着栅栏朝前走。勒斯特在那棵开花的树旁草地里找东西。他们把小旗拔出来，打球了。接着他们又把小旗插回去，来到高地上，这人打了一下，另外那人也打了一下。"[①]显然，这也是一颗简单的心灵，他不知道他们在打什么球（只知道"这人打了一下，另外那人也打了一下"），也不知道那棵树开的是什么花（只说"那棵开花的树"），作者未有一字交代叙述者的身份，但通过这样一个开头，读者便能察觉到，这个人并不具有聪明、健全的大脑。这就是一个作家的语言才华。还有，川端康成在写男人的手掌第一次放到女人的乳房上时，感觉"手都大起来了"，这是对一种独特的男人心理的解析；贾平凹在一篇文章中说，"听灵堂上的哭声就可辨清谁是媳妇谁是女儿"，这是对人世、人情的解析；《红楼梦》到最后，宝玉觉得一切情欲都扫荡干净了，心中坦然了，就说："如今再不生病

---

① ［美］福克纳著，李文俊译：《喧哗与骚动》，上海译文出版社2010年版，第3页。

了，我已经有了心了，要那玉何用？"一句话，就解析出只有宝玉是重人不重玉的，而其他的人，"原来重玉不重人啊"！

世界虽大，人心虽小，但人的那颗波澜万丈的心，一旦被真正、全面地解析出来，这个世界再大，怕也是装不下的。因此，我喜欢读那些背后站着一个人，同时又具有解析人心能力的作品——这样的作品，能真正丰富我对这个世界的认识；这样的阅读，能使我单调的人生在想象中经历无穷的可能性。

韩少功的散文集《山南水北》和王兆胜的随笔集《天地人心》，或可作为这种阅读的一个例证。

王兆胜是有真知、见性情的理论家，他的《林语堂的文化情怀》《真诚与自由——20世纪中国散文精神》《文学的命脉》等著作，文辞锐利，创见独特，论述温润而富有激情，同时具有鲜明的个人风格。在今天这个学术日益体制化、空洞化的时代，哪怕是年轻的学人，显露出来的也是苍老的面影，学术似乎成了冷漠的材料堆砌或概念演绎，已不再关涉学者的生命与情怀——当所谓的学术向生命独立，完全遁入一个封闭的空间，这种学术实际上也就死了。

只有死知识和死学问的人，在观察世界、认识人心上，视野往往是残缺、僵化的。学术并不等于知识，它理应关乎生命的自我觉悟。"'学'的本义为觉悟，引申为仿效、认识、学问、学习、学科；'术'原义为古代城邑的道路，从所取道路引申为权术、手段、技术。"[①]照此解释，"学"实为"觉悟"，"术"即

---

① 冯天瑜等编著：《中国学术流变》（序），华东师范大学出版社2003年版。

"方法"。学术，就是生命觉悟的方法；学者，就是生命觉醒中的人。梁启超在一九一一年写过《学与术》一文，也说："学也者，观察事物而发明其真理者也；术也者，取其发明之真理而致诸用者也。"①可见，任何学术，都要关乎一颗自由的心灵，都要把人引向觉悟、明白真理，这才是学术的正大一途。遗憾的是，随着学术权力的泛滥和学术体制的强化，学术与人心的亲密关系已经被当下的许多学人所漠视。

王兆胜显然意识到了这个问题。他的理论文字，并不愿被当下的学术潮流所制约，而是一直在突破现有的表达空间，以期将自己的笔深入所论对象的内部。他研究林语堂的"文化情怀"，追索中国散文的"精神"，关心"文学的命脉"，便是这种理论追求的生动注释。很显然，王兆胜的文字后面，站着他这个人。他是热情的，因为他对世界还怀着一颗赤子之心，从他的研究中，我们可以清晰地看到他的生命表情，这样的学术文字，在当代并不多见。王兆胜何以能够把自己从那些僵死的学问中解放出来？读了他的随笔集《天地人心》，一切似乎都有了答案。

《天地人心》主要是一些思想短章，却能帮助我们洞察世道人心。作者表达的是关于天、地、人的感悟，归结点却是在"心"上。王兆胜在自序中说："每个人都有一颗心，问题的关键在于：他的'心灯'能否清澈明亮，能否有古道热肠，有没

---

① 梁启超：《学与术》，见《饮冰室合集》（第 3 册），中华书局 1989 年版，第 12 页。

有大的光辉。如果不能，他的人生恐怕就是冰冷和黑暗一片；反之，他就有'一孤灯而照千年暗'的温馨与辉煌。"①王兆胜所探求的，其实就是心的现状和出路。心乱了，一切皆乱；心若清明，万事通达。人世的温暖，无不来自对人心的呵护；人世的丑陋，也无不从心的暗处发出。

文学、学术，说到底，都是对人心的钻探。王阳明说："盖天地万物与人原是一体，其发窍之最精处，是人心一点灵明。"②王兆胜在《天地人心》一书中，正是以心为维度，为人在天地之间，找寻安身、谐顺的生存之道。《赤子之心》《敬畏之心》《一颗善心》等篇，直接解释心的高贵与光辉，"有了这颗心灵，在这个世界上，一个人就会成为真人"③。《诗化人生》《逍遥的境界》等篇，表达一种向往，以及他的慧心对当代现实的觉悟。"当有了诗心，人们才能够体悟大自然的规律与心情。天地一年四季：春天繁华；夏天挥霍；当树叶变黄、干脆，并纷纷向大地飘落，生命就进入了晚秋；而严寒到来，万物将激情收敛珍藏，这就是冬天了。其实，这种更迭与人生何异？实际上，生命在自然和人生这一点上具有一样的节奏。自然生命和人生就如同一首诗，一首有着成长与死亡韵律的和谐的诗。通过'诗心'，在发现天地、人生蕴含的诗意后，我们就会进入一种新境界：人生就是一个进程，天地尚且还有其生死、离别与悲欢，

---

① 王兆胜：《天地人心》（自序），山东文艺出版社2006年版，第3—4页。

② 王阳明：《传习录》，江苏古籍出版社2001年版，第288页。

③ 王兆胜：《赤子之心》，见《天地人心》，山东文艺出版社2006年版，第10页。

而渺小的人还有什么困惑和滞碍？"①《母亲的光辉》《三哥的铅色人生》等篇，却蕴藏着诚挚的情怀，展示出了心的重量：

> 我家的纸窗户总是补了碎，碎了补，补了又碎。补者当然是母亲，捅碎者当然是我。对此，母亲从不大发雷霆之威，而是在一个秋夜对我说了这样一句话："针大的窟窿瓮大的风。一个好人和一个坏人也都不是因为一件事，而是一点点变成的。"母亲还说："穷人家的孩子最怕过冬，没的吃，没的穿，没的住，冷啊！"当时，秋雨打在院子里的梧桐叶上，点点滴滴，有点凄凉落寞，而母亲的话却刻在我心坎上。从此，我再也没将窗纸捅破。②

这样的言辞，朴素可感，发自内心。真切、清澈，若有所思，正是散文写作中需要坚持的品质。王兆胜所要守护的，不过是人类文明中的"常道"而已——那些根本的、不变的价值和信念。对心的体悟，对人生的沉思，对感情的伤怀，这本是中国文人生存中不可或缺的念想，但随着一次次狂飙突进的社会革命，这份自我省思的情怀，在今天几乎踪迹难寻。因此，比起那些充满知识资料和史论气魄的文化大散文，我更愿意读王兆胜写的一些短章，它亲切，同时又郑重地向我们重申了一

---

① 王兆胜：《诗化人生》，见《天地人心》，山东文艺出版社 2006 年版，第 63—64 页。

② 王兆胜：《母亲的光辉》，见《天地人心》，山东文艺出版社 2006 年版，第 186—187 页。

些精神的"常道",使我们得以了悟自己当下的处境和内心。《天地人心》里有一篇文章,叫《重视常识》,所呼吁的其实就是要人类重新学习与天地之道如何和谐相处的常识——王兆胜的文字,处处可见他的赤子情怀。他怀着感恩和敬畏书写,决不在世俗面前低下他那颗高洁而骄傲的头颅,这是他人格的象征,也是他的文字充满生命省悟的原因所在。这些文字,充分展现了一个学者的胸襟和旨趣。

笔墨从一个人的胸襟里来。胸襟小,笔墨里的气象就小;旨趣俗,文字里的味道也俗。散文、随笔的写作尤其如此。梁实秋说,"有一个人便有一种散文"①。今天的散文,境界一直上不去,问题就出在人心的容量太小。人的胸襟窄小、旨趣庸俗,再加上虚假的伪装,散文的精神命脉就断了。这或许正是散文的话语容量:广大、无限、喧嚣,但有着坚定的心灵指向和精神坐标;并非它没有欢乐和游戏的权利,而是出发的前提,必须服从于那颗淳朴的心。②就此而言,《天地人心》充分追问了一颗淳朴而广大、敏锐而深刻的心在今天的处境和出路,值得珍重。

韩少功的《山南水北》则是另一种写作面貌。读他的散文,也可看见他这个人如何在乡村劳动和思索,像一个隐者,同时又兼具思想者与怀疑论者的面容。韩少功长于思索,但他这部

---

① 梁实秋:《论散文》,《新月》第一卷第八号,1928 年 10 月 10 日。

② 相关论述参见谢有顺:《笔墨从一个人的胸襟里来》,见《从俗世中来,到灵魂里去》,郑州大学出版社 2007 年版,第 165 页。

散文最大的特点是，他找到了很好的感性经验和生活细节来解析自己的所思所想。他有自己的世界观，也有属于自己的写作方式。在中国当代，像他这样一直坚持思想探索、质询现有话语秩序的作家，太少了。多数的作家，都在惯性里写作，而韩少功的怀疑精神，使他在文学写作上越走越远。如果存在一种跨文体写作的话，他的文字，是一个极好的范本。《山南水北》很难说是散文还是小说，里面包含了韩少功很多新的想法。确实，文体的边界是后人划分、有意制造的。最初的文学，往往都是跨文体的，像《论语》《圣经》，既有小说的叙事，也有散文的抒情、论文的思辨，文体上是混杂的，这其实正是对我们日常说话的模仿。《山南水北》并不是写一个封闭的乡村，作者是写乡土在全球化进程中被打开之后所面临的困惑、冲击。里面的篇章，看起来是一些闲笔，但体现了韩少功对当代社会的诸多追问。

中国正在进入一个苍白、虚假、远离本心的写作时代，韩少功的写作和生存方式，有效地反抗了这种虚假和麻木。他获得第五届"华语文学传媒大奖·二〇〇六年度杰出作家"时，我曾经这样评价他：

> 　　韩少功的写作和返乡，既是当代中国的文化事件，也是文人理想的个体实践。他的乡居生活，不失生命的自得与素朴，而他的文字，却常常显露出警觉的表情。他把一个知识分子的生存焦虑，释放在广大的山野之间，并用一

种简单的劳动美学，与重大的精神难题较量，为自我求证新的意义。他的文字，也因接通了活跃的感官而变得生机勃勃。出版于二〇〇六年度的《山南水北》，作为他退隐生活的实录，充满声音、色彩、味道和世相的生动描述，并洋溢着土地和汗水的新鲜气息。这种经由五官、四肢、头脑和心灵共同完成的写作，不仅是个人生活史的见证，更是身体朝向大地的一次扎根。在这个精神日益挂空的时代，韩少功的努力，为人生、思想的落实探索了新的路径。①

我尤为喜欢《山南水北》中一个人面对大地时那些活生生的经验和感受。今天的作家，普遍耽于幻想，热衷虚构，而不太重视看、听、闻，也就是说，他们已经习惯了用头脑写作，而很少想到，作家有时也是要用耳朵写作、用鼻子写作、用眼睛写作的。他们只记得自己有头脑，不太想到自己有心肠，也不太想到自己还有眼睛、鼻子、耳朵、舌头。作家的感官一旦向外面的世界关闭，转而成为脱离生活实践的观念写作，他们笔下的世界，就一定是静默的，也是单调的。感官的解放，可能是把文学从苍白境地里拯救出来的唯一途径。比如，像莫言的小说，之所以能有那么烂漫的感觉和通透的想象力，其实就在于他在小说中创造了一个感官的王国。他写作的时候，眼睛是睁着的，鼻子是灵敏的，耳朵是竖起来的，所以他的文字里

① 这是给韩少功撰写的授奖辞，见《第五届"华语文学传媒大奖"专辑》，《当代作家评论》2007年第3期。

充满了色彩、声音和气味——支配他写作的，是一颗活跃的心。

《山南水北》也描述了一个活泼的感官世界。这个世界，正是韩少功对乡居生活的一种解析。他不是简单地逃离城市文明，也非单纯地回归乡土，而是在一种新的生活中，沉思乡土伦理之于现代社会的价值、意义及困难。他在《准制服》一文中所写到的西装，就颇具这样的象征意味：

> 西装成衣眼下太便宜了，已经普及到绝大多数青壮年男人，成了一种乡村准制服。不过，穿准制服挑粪或者打柴，撒网或者喂猪，衣型与体型总是别扭，裁线与动作总是冲突。肩垫和袖扣的无用自不用说，以挺括取代轻便也毫无道理。如果频频用袖口来擦汗，用衣角来擦拭烟筒，再在西装下加一束腰的围兜，或者在西装上加一遮阳的斗笠，事情就更加有点无厘头了。好在这是一个怎样都行的年头。既然城里人可以把京剧唱成摇滚，可以把死婴和马桶搬进画展，山里人为什么不能让西装兼容围兜和斗笠？难道只准小资放火，不准农夫点灯？①

中国乡村的现实和尴尬，由此可见一斑。韩少功正是通过这样一些思想的碎片，以及一些不经意的生活细节，重新向我们解析了一个真实的乡村社会。他笔下的乡村，有美好的单纯，

---

① 韩少功：《准制服》，见《山南水北》，作家出版社 2006 年版，第 26—27 页。

也有暗中的狡诈，有虫鸟的静谧，也有扰人的喧嚣，有炊烟的诗意，也有基肥的味道，混杂在一起，共同构成了一个人与自然相和谐的图景。作者是有了一个安妥自己灵魂的地方，才有心情去观察一只虫子的变化、一株菜苗的成长，也才有兴趣去描摹那些乡村人的群像（像贺麻子、塌鼻子、卫星佬、有根、绪非爹等）。这些细碎的片段，来自韩少功的感官对世界的捕捉，也来自他作为一个知识分子对今日乡土中国的认识。韩少功以自己在一个地方的真实实践，塑造出一个有质感、有活力，且声音丰富、色彩斑斓的世界。这个世界，距离现代人似乎已经很遥远了。正因为如此，韩少功的退隐生活实录才具有反思和实践的双重价值：

> 你会突然想起以前在都市菜市场里买来的那些瓜菜，干净、整齐、呆板而且陌生，就像兑换它们的钞票一样陌生。它们也是瓜菜，但它们对于享用者来说是一些没有过程的结果，就像没有爱情的婚姻，没有学习的毕业，于是能塞饱你的肚子却不能进入你的大脑，无法填注你心中的空空荡荡。
>
> 难怪都市里的很多孩子都不识瓜菜了，鸡蛋似乎是冰箱生出来的，白菜似乎是超级市场里长出来的。看见松树他们就说是"圣诞树"。看见鸭子他们就说是"唐老鸭"。在一个工业化和商品化的时代，人们正越来越远离土地。

这真是让人遗憾。①

切断思想和现实的基本联系，是这个时代新的野蛮和无知诞生的根源——这种野蛮和无知，正在当代生活中蔓延。作家也面临着知识增加、感觉退化的困境。在当下的文学语境里，作家越来越关注的是生活观念的玩赏，或者审美趣味的自我塑造，而道德的关切和思想的实践，正在退出他们的视野。所以，像韩少功在《山南水北》中所描述的生活，作为一个作家的思想实践，虽然只是重申了一些关于劳动和土地的常识，但在道德关切和思想实践严重缺席的文学界，依然具有标志性的意义。"总有一天，在工业化和商品化的大潮激荡之处，人们终究会猛醒过来，终究会明白绿遍天涯的大地仍是我们的生命之源，比任何东西都重要得多。"②韩少功这样的感叹，并非一种空谈，他是建立在自己的生活实践中的发言。他的实践，为自己的思想省思提供了强有力的生活实证——这些实证，正是作家解析人心和世事的细小通道。

作家要重返生活的现场，要重新认识思想的实践意义，首要的就是要让心灵扎根，让灵魂接通那些感官的血脉，让那些边缘的人群和生活，让乡野和书斋，一同纳入今日中国人的精神版图中。这不仅是思想对生活的重新介入，也是写作重获生

---

① 韩少功：《CULTURE》，见《山南水北》，作家出版社 2006 年版，第 61—62 页。

② 韩少功：《CULTURE》，见《山南水北》，作家出版社 2006 年版，第 62 页。

命活力的重要途径。今天，作家们并不缺乏抽象的知识或思想，缺乏的是知识如何转化成行动、思想如何进入现实的能力。强调写作的个人情怀，就是要召唤一颗广大、敏锐的心——唯有心觉醒了，作家才能了悟到写作的根本意义，才不会在消费主义的喧嚣中丧失必要的道德关切。而心和感官的结盟，才能使作家所描绘的实感世界具有坚硬的质地、丰富的肌理，并使它对这个世界的解析具有更强的精神说服力。

除了感官要活跃之外，个人感受的深度也同样重要。比如，徐晓的《半生为人》①，就以感受的沉痛令我难忘。她的写作，具有谦逊、沧桑的美感，那些文字都像是命运的私语、人心的呢喃、灵魂的召唤，且深具理想主义的光泽。徐晓记忆中那些悲欣交集的断片人生，作为一种个人生活史的表达，说出的却是整整一代人的往事和随想。格致的《从容起舞》②，是对个人生命毫不容情的解析，关于心灵、身体和欲望，里面的坦白和不安，在当下的散文中并不多见。周晓枫的《你的身体是个仙境》③，则把身体看作是心的容器，而在身体的迷宫里，她以一种尖锐的直觉，向我们讲述了体验生命及其痛苦经验的不同路径——个人精微的感受，也在这样的讲述中获得了一种精神的重量。

如何从个人的感受出发，接通一个更为广大的人心世界，这是近年来散文写作的一个新趋势。散文在许多人那里，曾经

---

① 同心出版社 2005 年版。
② 时代文艺出版社 2006 年版。
③ 二十一世纪出版社 2005 年版。

是一种私语，但这种窄小的个人，已经走到了一个限度，现在
是思考个人如何重返公共空间的时候了。所以，近年来我也特
别留意那种在公共世界中有思考力的散文，以及那种能够呈现
一种正面价值的写作。我一直觉得，现在的文学界恶毒的、心
狠手辣的、黑暗的写作很多，但很少看到一种宽大、温暖并带
着希望的写作，可见，作家的灵魂视野是不健全的。只看到生
活的阴暗，只挖掘精神的阴私，而不能以公正的眼光对待人、
对待历史，并试图在宽广的理解中出示自己的同情心，这无论
如何都是残缺的写作。

夏榆的《白天遇见黑暗》①引起我的注意，就在于它是一种
有所同情也有所肯定的写作。它以一个记者特有的文学笔法，
记述了自己对煤矿生活的观察，那种在黑暗和死亡的重压下而
有的孤独和眼泪，可谓惊心动魄。而在一种痛楚的书写中，夏
榆完成了对梦想、幸福和自由的肯定。读他的散文，我常常陷
入深思，深思之后，是一种亲切的认同。他在《安详和澄静的
好处》一文中说：

> 重要的不是灾难，不是祸患，而是我们在灾难和祸患
> 到来之前是否内心无憾。
>
> 重要的也不是幸福，不是如意，而是我们在幸福和如
> 意到来的时候能否洞察，能否聆听和安享。

---

① 花城出版社 2006 年版。

怀着感恩生活是对的。面对充满偶然性的世界，我们只有让自己坚定、勇敢，同时也明白和洞彻。可能明白永远只是相对的，洞彻也是相对的，因为和我们所知的有限比，未知是无限的，恒久的。但那又有什么关系呢？当我们生而为人的时候，人的意识、情感、愿望、欲求就是重要的。反之，如果有轮回，而我们轮回为花草鸟兽神怪的时候，那就是花草鸟兽与神怪的意识。生而为人的时候，我们就关切我们生而为人的意识、情感、愿望、欲求。不迷失在精神的陷境中与不迷失在物欲的沧海里同样重要。

自然，怀着感恩心，敬仰未知，追寻真理，也是人的意识之一。

这是我需要停下来，留安静和独处给自己的理由。①

夏榆的很多散文，都饱含着一个写作者对世界的基本感受：纤细、隐忍，同时充满着对美好世界的想象。他的文字，是完全不同于一些作家的书面感受的，他对世界的感悟，来自他对生活的深入体察。他在《我目击了美感从一个村庄的消失》一文中，这样描述一个村庄的变迁：

先是看见那些桃树被砍伐，我看见伐木工带着钢锯和斧头乘着卡车来，伐木工围着那些成熟和不成熟的桃树，

---

① 夏榆：《安详和澄静的好处》，为待刊的手稿。

把钢锯切在树身上拉动，用斧头砍伐，倒在地上的桃树被胡乱堆在一起，伐木工人对待桃树的方式在我看来是粗暴的，听见钢锯被拉动锯齿噬咬树木的声音，我确实感受到心脏的疼痛。那些砍伐声很长时间成为我的噩梦。那时候我如果外出就会不断看到在这个城市中出现的对树木的大肆砍伐，推土机使很多具有历史遗迹的建筑变成废墟。我以为城市的规划者和决策者是冷血的，看见在一夕之间，那些具有生命的桃树被砍杀，残断的肢干横陈在变得空阔的原野，那时候我满怀伤悼之情，我到那些荒废的园林，看望那些树的残断的枝干，悼念那些亡故的桃花和果实。①

这样的文字所传达出来的声音，对很多散文家来说，都是陌生的。像夏榆、徐晓这样的作家，并非散文界的熟客，但他们却有着一般散文家所没有的对世界的专注和执着。他们的写作，最大的特点是不流于纸上的空谈。他们观察，他们感受，他们更是身体力行地试图去影响这个并不令人乐观的世界。

在中国，的确存在一种散文作者，既是一个知识分子的角色，又不乏一个作家的独特感受。他们没有像一般人那样，停留在纸上夸夸其谈，更没有迷恋于空洞的文化感慨，而是脚踏实地承担起了一个人的基本良知，并以此表达他对生活和世界的挚爱。夏榆说："在嬉皮及谐谑成为风尚的时候，书写真实

---

① 夏榆：《我目击了美感从一个村庄的消失》，见《白天遇见黑暗》，花城出版社 2006 年版，第 222—223 页。

的痛感和爱就成为异端。我快乐我能成为这个异端，背向你们而行。""我试图为自己的生活命名，试图说出我的生活的存在。那是我写作行为的开始。"①陈冠学说："天地间的精华，原是待心灵的细致感应来领略的。"②祝勇说："散文首先是门艺术，记录着心灵的奇迹，与正义、睿智、机敏、沉着同时存在。"③而黑陶更是直言"（相当一部分）写作者的脸，是虚假、苍白的一张纸脸。我必须警惕"④，他希望自己顺从于自己的想象力，写出自由、尊严而饱满的散文。多年来，中国当代作家多数长于空谈、拒绝心灵的实践，他们习惯于固守书斋，安于现状，以致介入现实的能力日益萎缩，内心也日益贫乏和苍白。到现在，作家越来越成了一个平庸者的群体，在许多关键时刻，作家的声音往往都是缺席的。用韩少功的话说："民众关心的，他们不关心。民众高兴的，他们不高兴。民众都看明白了的，他们还看不明白，总是别扭着。……以至现在，最平庸的人没法在公司里干，但可以在作家协会里混。最愚蠢的话不是出自文盲的口，但可能出自作家之口。"⑤这不仅说出了作家的身份危机，也说出了整个文学界在感觉力、思考力和行动力上的严重匮乏。尤其是许多成名的散文家，文字日益光滑而空洞，他们已经不能再

---

① 夏榆：《悲伤的耳朵》，见《白天遇见黑暗》，花城出版社2006年版，第34页。

② 陈冠学：《大地的事》，东方出版中心2006年版，第211页。

③ 祝勇：《散文：无法回避的革命》，见《1977—2002中国优秀散文》，春风文艺出版社2003年版，第8页。

④ 黑陶：《夜晚灼烫》，《散文》2003年第2期。

⑤ 韩少功：《我们傻故我们在》，《天涯》2006年第2期。

提供给我们多少质朴、诚恳的经验，相反，在一些来自民间的写作者身上，有时反而能发现他们是自由的、敏锐的，他们对写作也保持着深沉笃定的敬畏和清澈见底的诚实。而这些，其实正是很多人在苦苦召唤的文学写作的核心价值——尤其是散文写作，离开了活跃的感觉和丰富的感受，离开了敬畏和诚实，哪怕写得再宏大、庄严，也不过是一种心灵的造假而已。

散文说到底还是在人间的写作。让灵魂接通感官的血脉，让思想介入生活，让作家作为精神健旺的个人重新站在世界面前发言，这才是散文写作重获生命力和影响力的重要途径。如果写作并非有感而发，也无法保持对人间生活的尖锐发现，如果作家对具体的精神展开不能有所承担，散文的进一步空洞化就势在必然。在这个背景下，很显然，当下的散文写作正在发生一些微妙的精神变化，它的根本点还是要解决作家如何说话的问题。那种夸张的文化关怀和喃喃自语的说话方式，在前些年的散文界都泛滥过，并没有获得成功。现在看来，诚恳、庄重、有感而发仍然是散文话语的主流，而这一话语的精神基座则是感官的、自由的、在人间的。

第二节　回到事物本身

很长一段时间来，中国散文的主流是文化大散文。这种散文的盛行，在某种程度上的确改变了当代散文的一些面貌，尤其是在扩展写作视野、建构文化维度上，取得了不凡的成就。但文化大散文有一个普遍而深刻的匮乏，那就是在写作者的心灵和精神触角无法到达的地方，往往请求历史史料的援助。这样的写作状况有必要改变。散文的写作方式应该是自由的、丰富的，单一地沉迷于文化追索，会严重缩减散文本应有的精神空间——尤其是散文作为一种"记述的""艺术性的"文体这一传统，理应再次获得重视。周作人在他那篇著名的《美文》中，称这种"记述的""艺术性的"文字为"美文"，并说："在现代的国语文学里，还不曾见有这类文章，治新文学的人为什么不去试试呢？"[①]这在当时，是一个影响深远的倡议。即便是在今天，"记述"和"艺术性"，依然是散文写作的理论基石。

所谓记述，无非事关作家的所见所闻，这本来是一个写作常识，然而，当散文一再地被历史史料和文化感慨所捕获，带着个人发现的"记述"反而成了稀有的品质。许多时候，看见一种眼前的事物，要比想象、沉思一种远方的事物困难得多。一个作家，如果相信内心的真实和具体的世界、事物密切相连

---

① 周作人：《美文》，《晨报副刊》1921 年 6 月 8 日。

的话，他必定会进入一种眼睛式、耳朵式的写作，因为在我们这个敌视具体事物的时代，有时唯有借助看、听、闻、嗅，才能反抗遮蔽，澄明真实。

正是在这个意义上，我推崇台湾作家陈冠学的散文《大地的事》①。该书以《田园之秋》之名在台湾出版多年，并获得了文学界的崇高赞誉。尽管在此之前，苏州大学的范培松教授作为陈冠学散文的知音，曾在多部理论著作中对陈冠学的散文给予了高度评价，可对于大陆读者而言，直到二〇〇六年才第一次读到，这是一种迟到的阅读幸福。

《大地的事》是一部日记体散文，它以一个秋天的年轮，记述了台湾乡野景物的细致变迁，以及土地所蕴藏的美，用台湾知名评论家叶石涛的话说"是一本难得的博物志"："如同法布尔的十卷《昆虫记》，以锐利的观察力和富有创意的方法研究了昆虫的生态一样，陈冠学的这部作品也巨细无遗地记录了台湾野生鸟类、野生植物、生态景观等的诸面貌的四季变迁，笔锋带有挚爱这块土地的一股热情。这是台湾三十多年来注重风花雪月未见灵魂悸动的散文史中，独树一帜的极本土化的散文佳作。"②

---

① 陈冠学出生于 1934 年，台湾屏东县人。20 世纪 70 年代初辞去教职，隐退田园。出版有《论语新注》《庄子新注》等研究中国古代思想的著作，影响颇大。他最著名的作品是日记体散文《田园之秋》。该书在台湾出版之后，曾获"吴三连文学奖"等多个奖项，同时编入台湾初中、高中、高职、大学的教科书，并被誉为"台湾文学史上最光彩灿烂的散文经典"。《田园之秋》后更名为《大地的事》，由东方出版中心于 2006 年在大陆首次出版。

② 叶石涛：《〈大地的事〉序》，见陈冠学：《大地的事》，东方出版中心 2006 年版，第 3 页。

《大地的事》的核心叙事，正是"田园"和"秋天"。

关于田园，中国历代的文人都曾反复吟唱过，从陶渊明以降，田园叙事就成了失意文人最主要的写作路子。然而，在这些文人笔下，"田园"只不过是一个精神的假想，他们抒怀的重心，主要是为了寄托官场、仕途的落寞和不得意，那份怡然自得中，多多少少都还有一些做作和不甘心。在这种心境下，田园再美，大地再丰饶，他们也未必真有兴致去观察和享受——更多的时候，他们可能都在竖起耳朵谛听来自京城的马蹄声，是否能为他们传报复职或升迁的佳音。但长年隐居在台湾屏东乡下的陈冠学和他们不同，他回到故土、走向田园的心境，有着一种别人所没有的平静和自在，同时也带着一种面对人世的通达和智慧。他的文字自然、纯净。"陈冠学返乡的原因称得上是没有被胁迫的出于本性的纯粹，没有丝毫的失意，如此也就决定了他返乡后的生活起居和创作的纯粹，陈冠学是纯粹的返乡实现了返乡后的纯粹，正是凭借这种纯粹，打破了数千年来只有失意人能写绝妙田园诗文的神话，在二十世纪中国散文史上是空前绝后。"[①]"打破了数千年来只有失意人能写绝妙田园诗文的神话"一说，很多人可能会不同意，但陈冠学作为当代文人中一个独异的存在，却是一个不争的事实。

至少，我读《大地的事》，并不把陈冠学笔下的"田园"当作官场、商海或其他的嘈杂人世的对抗性存在，它就是"田

① 范培松：《〈大地的事〉推荐序》，见陈冠学：《大地的事》，东方出版中心 2006 年版，第 5 页。

园"，是大地的一部分，是花草树木、鸡鸭牛羊，是虫叫和鸟鸣，是无边无际的夜晚，是路边的一句问候，是田间的一次小憩……这个"田园"，不是象征，也不是隐喻，它就是田园本身，就是在其中生活的人，在其中发生的事。因此，陈冠学用日记形式记下的田园和秋天，不乏琐碎，但我们读起来却兴致盎然，其中的原因，就在于我们能从中读到一个真正的田园，能随着一个感官全面打开和解放的人，进入一个最为细微、有趣、生机勃勃的生命世界。

陈冠学和大地之间所建立起来的秘密通道，正是这种生命的关系。他的眼睛、耳朵和鼻子，甚至舌头，都全面向大地敞开。他说："真正美好的事物，看着、听着、闻着，要比实际的触着、吃着更合宜。"[①]他不是靠知识来认识大地，也不是靠技术来征服大地，而是把自己还原成一个真正的人，一个谦卑的人，重新用自己的感官来接触、放大田园里所发生的一切细微变化。

陈冠学在田园之中，真正找到了一种难得的自在和闲心。而这，正是散文写作者最为重要的精神品质。《大地的事》就堪称这方面的典范。比如，它写雨声，真是贴着自然写，让人回味无穷："雨声之美，无如冬雨。冬雨细，打在屋瓦上几乎听不出声音，汇为檐滴，滴在阶石上，时而一声，最饶韵味。"它写秋虫的鸣叫，节奏分明，一咏三叹："行到庭中，站立了一会儿，正要转身入内，忽听见土蛩的鸣声，像发条极松了一般的

---

① 陈冠学：《大地的事》，东方出版中心 2006 年版，第 211 页。

弱，可听出擦翅的每一片段单音。心里不由受到一震，全身也受到一震，好久没听到这亲密的声音了。正待要多听一会儿，鸣声竭了，就像发条全松了一般，前后计算起来，似乎还不足十秒钟。又站了一会儿，等待第二声，竟就没有了。这是老友最后的道别，真真是向我说一声珍重再见，不免一阵悲思袭上心头……"① 在作者笔下，各样的景色和生物，都是活的、有感情的，并和人心相通的，"一切景语皆情语"。面对这样的散文，我们所需要的，其实不过是如何成为一个有心的读者，慢慢体会作者笔下的文字味道。

有一种散文是只适合阅读、回味和享受的，它并不适合阐释。比如《大地的事》，比如周作人的散文，又比如梁实秋、废名、沈从文、汪曾祺等人的散文，他们的文字多为大白话，在这样的文字里，你总结不出大的散文话题，但作者的心境、想法、对语言的讲究等秘密却蕴含在一字一句里了。像陈冠学的《大地的事》，也属于拒绝阐释这一类文字，若是没有闲心的读者，是很难进入他的文字世界的。中国文学走到今天，有一个明显的困境，就是作家的写作普遍都太紧张了，叙事没有耐心，文气缺少从容，作者没有了闲心，文中也就没了闲笔，以致很多人将散文也写得像小说一样紧张和急迫。

《大地的事》是具有这份闲心和从容的，所以，里面的文字深得散文的神韵。它的出现，恢复了散文作为一种潇洒自然、

---

① 陈冠学：《大地的事》，东方出版中心 2006 年版，第 96 页。

散漫真实的文体的风度。

我理解中的好散文，就是那些在平常的外表下蕴含着不平常的精神空间的篇章。《大地的事》正是如此。它看起来只是关乎田园琐事，其实，它所呈现的是一种生命的状态。事或许是轻的，但生命却有着异乎寻常的重量。《大地的事》所着力的，何尝不是生命的描述和发挥？据说，陈冠学曾受教于哲学家牟宗三门下，而按照牟宗三的研究，中国文化的主要课题是生命，就是我们所说的生命的学问。它是以生命为它的对象，主要的用心在于如何来调节我们的生命、运转我们的生命、安顿我们的生命。这就不同于希腊哲学，希腊哲学的研究对象是自然，是以自然界作为主要课题[①]——这一观点，也可在中国小说中得到印证。像《红楼梦》，写的就是一种优美的人情，它对生命的喟叹是藏在"悲喜之情，聚散之迹"[②]中的；而像张爱玲的小说，写尽了人世的沧桑，同样是把重心落在个人生命的沉浮上。但这几十年来，中国作家越来越受西方语言哲学和形式主义美学的影响，写作的技术日益成熟，但"生命的学问"却被严重忽略；或者把生命首先变成心理学，再由心理学变成生理学，由生理学再变成物理学，最后就把生命、把人变成了一堆器官和物质，生命的内涵和尊严丧失殆尽。

陈冠学显然意识到了这一种生命的现代困境，所以，他的

① 参见牟宗三：《中国哲学十九讲》，上海古籍出版社2005年版，第12页。

② 鲁迅：《中国小说史略》，见《鲁迅全集》（第9卷），人民文学出版社2005年版，第241页。

写作，总是想返回到生命的基座和底部，以生命的眼光看待万物，进而实现对生命的整体关怀。从这个角度说，他笔下的田园和大地，都是生命化的，正因为如此，他才强调一个大地上的居住者，要有一颗"纯朴的心"，"一旦失去了纯朴的心，则奢求贪欲，无所不用其极，便过着不餍足，劳力又劳心的不安详的生活，不止和田园不能打成一片，还成了田园的榨取者、奴役者，田园将不堪凌虐，逐渐死去"①。他还说："天地间的精华，原是待心灵的细致感应来领略的。"②可见，他的生活，他的写作，一直都是在恢复"田园"和"心"之间的亲密关系。无"心"则无"命"，无"命"哪来"田园"？张横渠说"为天地立心，为生民立命"，天地之"心"和生民之"命"本是一。因此，最好的文学，都是找"心"的文学、寻"命"的文学，也就是使灵魂扎根、落实的文学。

《大地的事》正是因为让我们摸到了作者的"心"，有了"心"这个隐秘的维度，它的精神空间才变得宽广和深刻。这是一颗真正的中国之"心"，它消融于大地之中，又遍存于大地的每一个角落，所以，无论陈冠学在《大地的事》一书中，对田园生活写得如何具体、实在，他的文字，依然具有广大的想象场域，因为他一直将自己的"心"藏于万物之中。他的散文，写事、写人、写物都不厌其细，但整篇读下来，你依然能感受到他散文的重量——这其实就是"心"的重量。而当代的散文，

①　陈冠学：《大地的事》，东方出版中心2006年版，第7页。
②　陈冠学：《大地的事》，东方出版中心2006年版，第211页。

普遍的困境就是只有单一的维度，它的轻，就在于单一，除了现实（事实和经验）这一面，文字里没有"心"的维度，自然不能给读者提供任何新的想象；而一种没有想象的散文，必定是贫乏的散文。陈冠学的散文是有重量的散文，它的重，在于他那干净的文字后面，从来就没有停止过对世界的想象，对人生和存在的追问。

因此，陈冠学和他的《大地的事》，为散文写作敞开了一种值得珍视的写作伦理，它重新解放了作家的感觉，使当代散文又一次找回了那份闲心、自得，并在一种朴拙的记述中体察和丈量着生命的重量。这种"一切景语皆情语"的写作方式，还强化了人和田园、人和大地之间的"谐顺"关系——这无论是对于救治现代文明的痼疾，还是对于推动散文写作从现有的困境中突围，都有重要的启示意义。

在一个散文写作日益泛滥的时代，只有重申一种散文的写作伦理，重申散文写作中的生命维度，才能真正切近散文的本心。

我甚至期待一种感官话语的崛起，期待眼睛、耳朵、鼻子、舌头能在文学中复活。由此我想到了云南的两位作家——于坚和胡廷武，他们的写作就是一个感官解放的生动例证。于坚出版有散文集《人间笔记》①，他宣称，看见一种事物比想象一种事物要困难得多——这回应了维特根斯坦的那句著名感叹。于坚

---

① 解放军文艺出版社 1999 年版。

还为其中一本文集起名为《正在眼前的事物》^①，可见，他信仰看见，崇尚尊重眼睛的写作，包括他的《棕皮手记·活页夹》^②一书，强调的也是回到常识与事物本身。可并没有多少人意识到，像"常识""事物""看见"这些词，对于习惯了生活在大词、大话、隐喻和升华中的当代作家有多么不寻常的价值。更多的时候，作家都愿意走一条虚化日常生活、漠视现实冲突的写作道路，以便换来内心的轻松，与此时此刻的现实比起来，他们更愿意关心远方的理想，更愿意去占领一个虚拟道德高地，好像只有这样才能创造出崇高的作品，所谓"生活在别处"，写作似乎也变得只能指向远方。于是，大部分时间，作家们都在写一种理想，一种往上升的东西，一种抽象的事物，或者一种语言的自我缠绕，而很少看见他在写地面上前进时所留下的痕迹。今天，我乐于看见写作从一种不正常的和当下精神现实、内心生活相疏离的状态，回到普通的人群中，回到此在，回到事物和存在的现场。我相信，当写作从一种天上的状态落下来，回到具体的现实、人性、语言、事物和具体的美的时候，当代生活的生动一面将向作家真正敞开。

于坚的写作，更像是一种还原，把事物还原到它本然的空间里来观察和言说。因象征和隐喻而有的文化积尘被擦去之后，事物便开始裸露出它原初的坚硬、粗糙和真实。这是一种久违的真实。所以，于坚最喜欢的与事物打交道的方式是"记"，他

---

① 云南人民出版社 2004 年版。

② 花城出版社 2001 年版。

的散文随笔集分别叫《棕皮手记》《人间笔记》《棕皮手记·活页夹》，里面也有《凉亭取书记》《运动记》《丽江云杉坪骑马记》《大理石记》等篇章。看来，于坚只想做一个事实的记录者，或者说真相的目击者，用他自己的话说，"我不想我的书由于书名对内容、意思、风格有任何暗示，实际上这是不可能的"。于坚所要挖掘的是事物本身的力量、趣味和深度，他拒绝在隐喻方面想入非非，而是忠实于事物在它自身空间里的展开方式。为什么一定要求助于隐喻才能认识一种事物？难道事物本身还不够丰富和有力吗？

事实上，隐喻和象征，才是我们通往事物内部真正的障碍，它是一些虚假的路标，常常把我们引向一些文化陷阱之中。比如运动，我们最容易想到的肯定是"生命的意义在于运动""我运动，所以我健康"一类的口号，接下来，便开始为运动大唱赞歌了，而运动那种复杂、多义的面貌反而被遮蔽了；于坚在《运动记》中却说："我从小就是一个坐在外祖母的身边，望着天空发呆的小孩。外祖母是永远不动的，她的动，只是为了更不动。她扫地是为了一天不用扫地，抹桌子是为了一天不再抹桌子。我从小就知道，外祖母的一切动，就是为了能尽快地回到她的那个草墩上去，目微闭，脖微垂……"[1] 于坚还说，他喜欢鸡、狗和飞鸟这些动物，"不是如我国的童话作家们所惯于宣称的那样，是由于这些动物的善良、温顺、忠实或自由，仅仅

---

[1] 于坚：《运动记》，见《人间笔记》，云南人民出版社 2004 年版，第 12 页。

是因为它们能跑、跳、奔、滚、飞、爬、攀，仅仅因为它们是一群充满动词的动物"①。在《词与物·争先恐后》一文中，于坚讽刺了那些一味争先、唯恐落后的人："其实在这个世界上，最落后的难道不就是我们相依为命的大地本身么？一成不变的，缓慢的，没有时间的，大地的这些特性是否已经成为这个'先进'世纪'维新'的障碍？"②"长江洪水的泛滥，从根本的方面来说，我以为乃是'先进'的人类不满于大地的落后，所导致。"③

这已经不是简单的对事物状态的描述了，里面蕴含着作者深刻的智慧和洞见，只是，于坚对事物的洞见，并非借助现有的文化象征方式，也不是故意对道德和意义进行升华，它仅仅起源于作者对事物的本然状态的观察，或者说，更多得力于作者的那双眼睛。维特根斯坦说，要看见眼前的事物是多么难啊！于坚自己也说，看见一种事物比想象一种事物要困难得多。而一旦克服了看见所面临的障碍，事物内部隐藏的巨大力量，就会从词语里面像魔鬼一样钻出来，让人大吃一惊。我的确在《棕皮手记·活页夹》一书中，读到了众多让我震惊的力量——这是事实的力量（与文化的力量相对），是由还原、看见、回到

---

① 于坚：《运动记》，见《人间笔记》，云南人民出版社2004年版，第12页。

② 于坚：《词与物·争先恐后》，见《正在眼前的事物》，云南人民出版社2004年版，第329页。

③ 于坚：《词与物·争先恐后》，见《正在眼前的事物》，云南人民出版社2004年版，第329页。

常识层面再认识而有的力量（它与象征、隐喻、升华相对）。没有人可以否认，像《运动记》《词与物》《外祖母的奖状》等篇章，于坚是在做着别人没有做过、意义非凡的写作努力。

这样说，并非认为于坚的散文只有事实，没有思想；恰恰相反，他那种经事物启发而有的思想流布在字词之间。比如他在《铅笔》一文中说："铅笔是一种有生命的东西。它会变化，变小，消失，会破碎。你可以不负责任地随心所欲，胡言乱语，因为你可以改，它不是一成不变的，不必担心，一支铅笔意味着错误不是铸成的，一失足，再失足，但不会成千古恨。铅笔是对那种胸有成竹，不会搞错的写作的嘲笑。"[1]这确实是中国散文中最有趣的书写之一。

胡廷武的散文集《九听》，听书、听鸟、听吆喝、听戏、听蝉、听歌、听风、听雨、听鼾声，名之为"九听"，其实解放的是全身的感官，又何止耳朵。胡廷武作为一个虔诚的谛听者，正因为尊重耳朵，才写下了这批见性情、重记忆、感念故乡和大地的文字。

一个在看，一个在听，可于坚和胡廷武没有沦陷在世界的喧嚣之中，而是守住了自己内心的一片沉静，一份隐秘的欢乐。在他们看来，喧嚣之外，世界别有洞天，神奇而平实。看来，云南真是最接近大地的地方，因为接近大地，也就接近故乡，接近生命，接近事物和声音，接近心灵。于坚和胡廷武为我们

---

[1]　于坚：《铅笔》，见《正在眼前的事物》，云南人民出版社 2004 年版，第 315 页。

重现了眼睛和耳朵所能洞察到的世界秘密，并告诉我们，人可以幸福、欢乐、简朴地居住其中。所以，他们不仅是一个写作者，更是观察者、谛听者、反刍记忆者——也是真正在大地上栖居的人。

胡廷武的《九听》，把大地简缩为白马镇，白马镇虽小，但作者在里面营造的心灵空间却异常广阔。从白马镇散发出来的书香、鸟叫、蝉鸣、犁声、戏影，以及歌和吆喝、风和雨，经作者的记述、感怀和静观，渐渐形成了一种气象。看起来不动声色，却隐约有风雷之声，回旋在白马镇的上空，处处诉说着一个镇、一群人那种悠闲、缓慢、为大地所接纳并最终消失于自然之中的沉静生活。我相信这种生活，放在现有的白马镇，它依然是最为日常、普遍的，但因着现代人早已沦陷于另一种沉重生活的磨碾之下，读者便很容易将胡廷武所呈现的景象，当作一种远逝的记忆碎片，用以慰藉当下这颗慌乱而破碎的心灵。如果这样读《九听》，定然远离了胡廷武的本心。胡廷武无意用《九听》来对抗当下这种以加速度前进的现代生活，也无意虚化曾经有过的苦难和悲痛，故意建构一个欢乐的乌托邦。他似乎仅仅是为了证实，当物质充盈，人事变迁，人的心其实一直在原地徘徊：关于幸福，关于快乐，关于满足，关于如何面对生活的打击和重压，从前日到今日，并无多大变化。只是，现代人的心中有着太多观念在重塑他们对生活的理解，以至他们无法再凭借细节和经验活着，而更愿意成为观念的俘虏——这表面看是为了追赶时代的速度，实质上是硬生生地扯断了人与大地、人与内心之间的那条精神韧带。

　　放弃一种简朴、幸福、有欢乐存于细节里的生活，转而把自己流放到喧嚣、嘈杂、势利的境遇之中，这虽是现代人无法拒绝的选择，却也说出了其内在的匮乏和荒谬。胡廷武想指证的是，现代社会所稀缺的幸福和欢乐，在时间的另一头，其实靠一双耳朵就能实现。《听书》中的陈小玉并不识字，但爱听丈夫赵凤枢读书的声音："每当他吟诵的时候，陈小玉总是专心致志地倾听，虽然她一句也听不懂，但她觉得那旋律，那声调，比洞经音乐还好听，令她陶醉。"①《听风》里"我们"住的是竹篱笆墙的宿舍，"篱笆墙的竹片大概有的地方撕裂了，被阵风吹着，发出很准确的1—2—3—的乐音……这以后我们就在风中聆听我们草屋的种种歌唱，这是我们在那个艰苦环境中的一种乐趣"②。《听鸟》则更为自在："我们在草地上坐了下来。这时太阳已升上竹梢，是十点钟左右，林子里恐怕有上千只鸟儿在啁啾争鸣。有的像嘹亮的短笛，像悠扬而音色多变的黑管，像圆号，像萨克斯，还有的像巴松也就是俗称大管的那种，这种乐器的外形同遍布云南的竹筒水烟袋几乎一个模样，就是这些林林总总的乐器，组成了一个庞大的，在野外演出的交响乐团；这其中有高音、低音、促音、花音，有上下滑音、颤音，还有像滇南姑娘说话一样的咏叹调，各种各样的旋律和音色，组成上百

———————

　　① 胡廷武：《听书》，见《九听》，北京十月文艺出版社2004年版，第12页。

　　② 胡廷武：《听风》，见《九听》，北京十月文艺出版社2004年版，第196页。

个声部；从这些鸟声中还可以听出丰富的感情色彩：庄重、缓慢、悠扬、急促、坚硬、柔和、活泼、轻微、响亮、平静、热情……这一切，与风声、林涛声，和竹林深处叮咚的泉水声，组成一曲美妙无比的轻音乐，不过我不相信人类可能演奏出那么自然、清新和毫无功利之心的乐曲。"[1]

多么简单，又是多么专注。一旦全身心地投入，看似无意义的细微之事，也会被放大成一种巨大的幸福，一种浑然天成的乐趣。这种由耳朵所实现的幸福和乐趣，离现代社会越来越远，但离心灵的核心却仍旧很近。由耳朵再到眼睛、鼻子、舌头，感官全部苏醒了过来，以至几片"油炸肉"也能焕发出诱人的光泽："（油炸肉的）做法是：把新鲜肉切成手巴掌样大的块，放在大锅里下盐煮过心，捞起晾干表面上的水分，然后放在油锅里炸至表皮泛黄，就成了。这种肉，平时泡在炸它的油里面保存，要吃的时候，取一点切成片，在甑子头上蒸热，吃起来又香、又软、又糯，是肉菜里面的上品，而且可以长久储存而不变味，实在是普通人家食肉的好方法。我曾经同我的母亲到他们家里去过，见他们家收拾得整齐干净，朴素而雅致。那次在他们家里吃过的油炸肉，至今难忘，几十年过后，仿佛那香气、那味道还在口舌之间。"[2]而在那个爱听戏的闻操眼中（《听戏》），在"对蝉很有研究"的高老师眼中（《听蝉》），无论

---

[1] 胡廷武：《听鸟》，见《九听》，北京十月文艺出版社 2004 年版，第 50 页。

[2] 胡廷武：《听书》，见《九听》，北京十月文艺出版社 2004 年版，第 12—13 页。

戏文，还是蝉鸣，都是天籁之音，足可滋润一切贫瘠的心。

一部《九听》，其实就是一个敞开的感官世界。天地万物，大千世界，人事沉浮，都经由眼睛和耳朵，寻找到了自己的位置。记得林语堂在论到散文内容的时候说，"包括一切，宇宙之大，苍蝇之微，皆可取材"，胡廷武正得益于此。所以，《九听》写得自然、随性、轻松、有趣。那些生动而富有意味的细节，那些曲折而感人的人物命运，那些深藏在灵魂深处的沟壑和线条，都被胡廷武机智而个性的叙述聚集到了他的笔下，它们共同讲述着白马镇上的生活和传说，同时也见证了胡廷武身上那深得中国文化精髓的自由精神、文人性情。

这种自由精神的尽情舒展、文人性情的天真流露，让我看到了一种值得被重新强调的写作景观：通过一种最为基本的生活细节和最为自由的叙述口吻，触摸我们这个世界的基础地基，并描述一种永恒而朴素的感情。胡廷武有意成为这种写作的见证者，他的文字是要说出他的性情（"我津津乐道其中的平凡、淡泊、知足的平民作风"），为此，他一路尽兴写来，甚至都没来得及考虑文体规范。所以，这部《九听》，就人物的塑造而言，可以当小说来读，但就记忆和性情的真实性而言，它显然是散文。胡廷武并不受制于这些规条，他说他"只是想写得自由一点"。要说自由，散文当然是最自由的文体，如果不拘泥于传统的关于散文的偏见，将《九听》视之为一种为人生、见性情的散文写作，也未尝不是一种准确的描述。散文无类，散文也无定规，自然、散漫、随意，由心而生，就是散文的最高境界了。从这个意义上说，一切优秀的写作，骨子里贯彻的其实都是散文的精神。胡廷武就是以散文作文，以性情立世的。他的《九听》，几乎是一种新散文了，没有规范，却有着清晰的话语边界——它面对世界的生活基础，书写人类的基本感情，崇尚一种自由自在的叙述语气。

对于写作，这些其实已经足够。或许胡廷武早已看到这一点，所以才会那么自信而坚定地走在自己的写作道路上：当写作越来越复杂化，他提供了一种简单的接触世界的话语方式；当文学陷于过度虚构，他引导读者如何打开自己的感官，学会看和听，学会发现生活的趣味和平民的幸福；当时代加速，他用记忆为这个世界留存了一份慢的心情。而我一直认为，文学是慢的历史，真正的文学不是为了使我们的生活更快，而是为了使生活中的慢不致失传。

第三节　地方视角的意义

中国的很多作家，都有一个从乡村到城市的迁徙经历——少时在乡下生活，成年后留在城市工作，可是，他们对城市生活，往往感到陌生，回忆起那些童年的、乡村的记忆，反而觉得亲切。所以，当代文学中，作家们写得最好的，还是那些与乡村、小镇有关的作品。何以城市生活在作家眼中变得如此僵硬而缺乏感觉？因为城市是一个公共世界，它抹平个人的感觉差异，城市生活中所看见的、听见的、吃的、住的、玩的，几乎千篇一律，这样的生活，本质上是非文学的——文学所要表达的恰恰是个别的、私人的感受。因此，我重视文学写作中那些精微的、地方性的、小视角的、生机勃勃的经验和记忆，那种无法被粗暴的消费文化所分割和抹平的记忆，这才是文学书写中最动人的景观。

这个记忆的原点，可以称之为写作的根据地。每个作家，都需要找到自己的写作根据地，而写作，正是朝向这个根据地的一次精神扎根。英国作家格雷厄姆·格林说，作家的经验在他的前二十年的生活中已经完成，他剩下的年月不过是观察而已。"作家在童年和青少年时观察世界，一辈子只有一次。而他整个写作生涯，就是努力用大家同有的庞大公共世界，来解说他的私人世界。"看到这一点之后，我们就能理解，为何那些伟大的作家一生几乎都在写自己所熟悉的故乡。鲁迅写绍兴，沈从文写湘西，莫言写高密东北乡，贾平凹写商州，福克纳写自己那像邮票一样大小的家乡——每一个伟大的作家，往往都会有一个自己的写作根据地，这个根据地，如同白洋淀之于孙犁，北京之于老舍，上海之于张爱玲，沱江之于李劼人，马桥之于韩少功。诗人黄礼孩说："在省略了身份，省略了祖籍，省略了故乡的今天，在身心日渐凋落的时候，在你无法把身体安放在哪里时，回到出生地，寻找适合自己进入和表达的地方，寻找更自由的呼吸和从容，肯定是写作上的一次再启程。"①确实，当现代化的思想日渐一统天下时，强调地方视角的叙事，强调来自出生地的记忆，正是对文学地理学这一丰富可能性的捍卫。

在这样一个迷信进化论、追求日日新的时代，真正的写作，有时必须是一种精神的后退。退守到自己的根据地里，使自己的感受、经验、记忆变得有来源地，而不是飘忽的，这就是写作的扎根。文学是有出生地的，作家是要追问自己的精神来源的。尽管像故乡、出生地、老家这样的说法，更多的是一个精神概念，并非地方主义的标签，但通过它重申一种让灵魂扎根、人心落实的写作品质，在当下这个浮躁、挂空的时代，有着特殊的意义。一个作家的精神，必然受一个地方的地气滋养；一部作品的面貌，也必然带着那个地方的特征和细节。因此，在我的阅读习惯中，会特别留心一个作家是从哪块土地上长出来的，我相信，一个人的写作秘密，正是潜藏在他那些感受、经验和记忆的根须上。

我想到了谢宗玉的散文，尤其是他的散文集《遍地药香》。《遍地药香》写了六十种药用植物，栀子花、七叶樟、臭牡丹、合欢花、苍耳子、灯心草、望江南、车前子、鸡公朵子等等，有些在乡下随处可见，有些则是藏在深山。我小时候学过一年中医，对草木一直怀着难以割舍的感情，因此，当我读到《遍地药香》时，记忆仿佛被突然唤醒。那些多年前自己所熟知的

---

① 黄礼孩主编：《出生地》（封底语），花城出版社2006年版。

植物，在谢宗玉的记述下，蜂拥着来到我的面前，如同一个个旧友，向我诉说自己的经历，流露自己的性情，这个时刻，我才发觉，自己和草木世界实在是隔绝得太久了。

草木活着，人也活着，但这两种活法之间，已经天各一方。尤其是生活在城市多年，泥土的气息、草木的风情，都慢慢地被遗忘了，我们最熟悉的，不过是人声的喧哗和水泥的坚硬而已。城市里也有草木，但那些都是被规整过的，在一种都市美学的强制下，他们的生长只有一个目的，就是为了观赏。所谓的城市，就是杂草没有权利生长的地方，它只给观赏性的植物留存空间。都说城市异化人，把人格式化了，其实城市又何尝不是异化植物、格式化植物的地方？在城市里，人活得累，草木也活得不自由。只是，习惯之后，人就不再奢望什么了。

但谢宗玉的散文，对于困守在城市里的人是一个善意的提醒。他的文字，质朴、自然，有着庄稼和石头的品质，不嚣张、不孤冷的精神质地，清澈中透着感伤。他并不渲染对城市的敌意，而是耐心地告诉人们，除了我们脚下的水泥地之外，还有一个地方，那里的风是清新的，草木可以肆意生长，人活得恬淡，空气里不时飘着药香……这是哪里？乡村，但又不仅是乡村，或者可以把它定义为是有乡村背景的心灵故乡。

读谢宗玉的文字，你会深深地觉得，这是一个有根的作家，他的经验、感受、欢乐、悲伤，都是有来源地、根据地的，或者说，这是一个有故乡的人。

我们很容易把"故乡"这个说法，对等于谢宗玉笔下的那个瑶村，一个地理学意义上的老家。如果是这样，谢宗玉的散文并无新意，因为把故乡当作缅怀对象的作家，太多了。谢宗玉不是简单的故乡记述者和追思者，他的写作，其实是在建构一个新的故乡。他的散文，从物质外壳上看，用的多是实在的来自故乡记忆中的元素，但这些物质元素，通过作者的想象，唤起的往往是心灵中那些隐秘的体验：一声叹息，或者一种感念。

《遍地药香》就是很好的例证。六十种植物的背后，维系的是一个村庄，一位少年，一部心史。草木的灵性，村庄的历史，人情的冷暖，少年的成长记忆，交织在一起——在那一片弥漫的药香中，辨认出的是作者心灵中所潜藏的精神谱系。通过和草木的对话，谢宗玉让记忆复活，让思绪回到故乡的上空，让心灵重新在那块土地上扎根，让草木成为一个地方的灵魂载体。正是沿着这些一花一草的纤细根系，谢宗玉通过写作，成功地回到了童年和故乡的腹地。

回家，这是每一个疲累的人共有的愿望，它也一直是文学写作中最为永恒的母题之一。但并不是每一个作家都有家可回，也不是每一个作家都能顺利地回家。写作上的回家，关键在于如何找到可靠的载体，把"一个地方的灵魂"诠释、透显出来。文学写作总是实与虚的互证。实的部分，是通过经验、事实和细节，建构起一个密实的物质外壳，它是作品的精神容器；虚的部分，是生命的感觉和灵魂的跋涉，作家的心史投影。现在的情形是，很多作家的写作，往往一路务虚下去，他们藐视作品中物质外壳的建构，结果他们的心灵探索也虚浮而缺乏可信的证据。尤其是小说和散文，只有把文字写实了，找到物质的根据地了，写作的材料可靠了，阅读信任感才有望建立起来；写作的材料若出现了破绽，灵魂也就无处藏身了。因此，我看重一个作家的写作襟怀，更不轻忽他笔下所雕刻的那些细节，以及借由这些细节所建构起来的精神容器。卡尔·曼海姆把这样的能力称为"迷醉"："如果在一个人看来，除了他当下的处境之外一切都不存在，那么他并不是个完整的人——我们从自己的过去继承了另一种需要：一再切断我们与生活、与我们的生存细节的所有联系。"①

那些草木，正是谢宗玉所依凭的写作材料和精神载体。他迷醉于这些生存细节，这些渺小的植物，使它们如同一条条乡村小路，指引着自己在远行多年之后回家：

　　　　五月端阳的瑶村，有明亮鲜洁的阳光。有蔚蓝深邃的天空。放眼望去是深深浅浅惹眼的绿色。雨季刚过，大地酥软，到处都是一汪汪明镜般的水洼。那些寻找植物的孩子们就豆子般散落在这种环境之中。

　　　　他们一个个在田埂上走着，在山沟里走着，在水洼边走着。

　　　　他们一个个不作声，勾着头，寻寻觅觅，走走停停。

① ［德］卡尔·曼海姆著，艾彦等译：《文化社会学论集》，辽宁教育出版社 2003 年版，第 255 页。

他们一脸的小心翼翼，庄重严肃。

他们就这样把瑶村的端阳节烘托得隆重而神秘。若干年后的今天，再来回忆当时的情景，我感觉那些走来走去的少年就像一幕历史哑剧中的戏子。他们并不知道端阳节的来历，但他们勾着的头，满脸的敬畏和虔诚，像影子般在瑶村五月的山野里穿来穿去，分明就有了某种悼念的色彩。也许先人之所以要把这么多种植物纳入端阳节的单子，就想让后人在端阳节来临时倾巢出动，在山岗河流之上，勾着头，默默地，穿梭般走来走去？ [1]

作家是如何在文字中回到"五月端阳的瑶村"的？是通过一种"具有杀毒防瘟的作用，主治盗汗、感冒等症"的"七叶樟"回去的。七叶樟，学名叫黄荆，一到端阳，如同艾叶一样，家家户户都缺不了它，这样的记忆，我想很多人都不陌生。仅仅是一种草木，但它的背后，维系着敬畏、文明、吉祥、纪念等精神含义，同时也维系着身体意义上的需要。草木，既是精神的，也是物质的，它是瑶村这个地区的缩影。

这恐怕是谢宗玉这一系列散文最为核心的价值所在：他没有把自己笔下的草木世界盲目升华，而是通过这个草木世界的建立，回到自己实在的身体，回到一个实在的记忆世界；他不是虚写草木，而是通过文字把草木落实，把自己的心安放于此，

---

[1]　谢宗玉：《七叶樟》，见《遍地药香》，湖南文艺出版社2006年版，第6—7页。

使之安静下来。他说："回乡村居住不但是心灵的需要，也是身体的需要。身体不是个没有知觉的傻瓜，它知道什么地方适合自己生长，只可惜它受意志控制，做了无奈的囚徒。如今我已是疾病缠身，痛神经时不时要受疾病的折磨，这时写这本书，那份酸苦和悲凉自是无法言说。"①意识到关怀草木也是"身体的需要"，这就为谢宗玉的写作找到了落实的根据，它不是纯粹务虚的，而是有了一个坚实的基础，那就是这些草木和一个人的人生、一个村庄的命运血肉相连的记忆。这个连接点非常重要，它是作家与世界相连的通孔，也是二者之间精神交流的依据。为此，我能理解，谢宗玉在写《遍地药香》一书时的兴奋，以及感伤，因为他是在借这本书、这些草木，重建自我与世界之间的关系：

　　我写它们，只是为了感谢故乡的那些草木，让我在懵懂中度过了无灾无病的青少年时期。我写它们，只是为了表达内心深处的那份深深思羡。我要叙述的，只是年少时与它们相依相伴那份和谐而美好的感觉罢了。这些草木，有些医治过我，但更多的并没有直接医治过我，可它们却以自己独特的药香制造出瑶村浑然天成的气场，将我笼罩其中，加以培植。它们对我的影响，每时每刻无处不在。并且，它们在抚育我身体同时，还暗塑了我的心灵。在某

---

① 谢宗玉：《草管人命——〈遍地药香〉自序》，《都市美文》2006年第4期。

种程度上，决定了我一生的命运。由于从小与它们相处久了，我现在都不懂得在人群里如何生存，我活得非常茫然而麻木，只有在它们中间，我的欢笑和泪水，才那么纯粹，那么让我回味无穷。[①]

文学在本质上是写"无论如何与我相关"（蒂利希语）的事物，所以，中国文人推崇写物要有"我"的存在——王维的诗，初看无一字写"我"，都在写物，但处处有物，也处处有"我"。散文的后面站着一个人，这个人在散文家的笔下，是藏不住的，它随时会站出来向读者发言。[②]我感觉，只有当谢宗玉寄情于乡土和草木时，他的面目才显得异常清晰。何以如此？就在于这么一个不断朝向故乡、不断扎根于出生地的作家，他经验的烙印、感受的方式、精神的底色，都强烈地被他的成长环境所塑造。在谢宗玉的散文中，语言和出生地之间的伦理关系，被张扬得特别显著。

很多的作家，只是把自己的出生地、成长地，看作纯粹地理学意义上的一个地方。事实上，出生地、成长地和个体人生之间的关系，绝对是一种伦理关系、道德关系——出生地和成长地的一事一物，都可以作为个体人生的见证人，记录和刻写下他曾经的悲伤与快乐。没有一个作家可以摆脱对事物的记忆，

---

① 谢宗玉：《草菅人命——〈遍地药香〉自序》，《都市美文》2006年第4期。

② 参见谢有顺：《散文的后面站着一个人》，《当代作家评论》2006年第3期。

因此，那些和自己的成长经验相关的事物，就自然成了个人精神自传的重要材料。比如，鲁迅笔下的中药铺，周作人笔下的乌篷船，沈从文笔下的水，莫言笔下的高粱，贾平凹笔下的苞谷或红苕，又比如，谢宗玉笔下的那些草木。耿占春在论到这种文学地理学时，曾经敏锐地指出：

> 经验的形成总是在一个经验环境中，我们的感受与情感也不是在纯粹的思想中产生，而是在一个产生它的事物秩序中。就像"观念"这个词语所提示的，原初的意念总是在"观看"中所产生的。思想有它的可见性，和一种视觉上的起源。是地理空间中的某些事物、形态与事件唤起了这些感受。要探究和描述这些感受就要恰当地描述产生这种感受的具体事物及其形态。描写经验就意味着描写产生这种经验的经验环境，对感受的描述就是描述感受在其中形成的感知空间。这既是一种对经验与感受的表达方式，也是检验经验与感受的真实力量的方式。没有经验环境就没有真实的经验，没有描述感受产生的事物秩序，感受就是空洞无物的概念。①

从这个意义上说，分析作家笔下的经验形态，以及经验形成的环境，确实可以更好地理解他的写作。真实的写作，总是

---

① 耿占春：《自我的边界：沈苇的诗歌地理学》，《读书》2007年第5期。

起源于作家对自己最熟悉的人、事、物的基本感受，离开了这个连接点，写作就会流于虚假、浮泛，甚至空洞化。因此，从终极意义上说，写作都是朝向故乡的一次精神扎根，他在出生地，在自己的经验形成的环境中，钻探得越深，写作的理由就越充分。无根的写作，只会是一种精神造假。

谢宗玉在写作上的返乡，为他的经验、感受和精神的展开，找到了宽阔的资源。故乡的植物、故乡的人和在城市里生活的"我"，形成了一种新型的对话关系，这种关系的重建，敞开的是一个新的世界。在这个世界里，"植物们的爱恋都是精神的"①，鹧鸪的声音，有时"清婉"，有时"凄怆"②，而人呢，离开的时候就像大树"落下一片叶子"……可以说，所有的事物背后，都隐藏着生命的故事，就像他笔下写到的死亡，也是灵魂的私语：

> 隔一些年回到村庄，发现村庄正在死祖辈的人、生子辈的人；又隔些年回到村庄，发现村庄开始死伯辈的人、生孙辈的人了。而村庄本身这棵大树，不但四季更换着叶子，枝桠也会在岁月里变延。很多过去熟悉的场景渐渐消失，替代的是新的陌生的场景。熟悉的老屋倒了，陌生的新房立了；熟悉的山路荒了，陌生的马路直了；还有，熟悉的面孔隔着岁月不再熟悉，陌生的声音随着时日更加

---

① 谢宗玉：《父品·母品》，《散文》（海外版）2004 年第 1 期。
② 谢宗玉：《村庄生灵》，《人民文学》2002 年第 4 期。

陌生……

　　现在终于轮到父亲了。我想，还要不了多少年就该轮
我了。我说不出心里这种忧伤如水的心情。但再不像以前
那么惧怕死亡了。只是我还是舍不得父亲就将离去。父亲
若去了，村庄里就再不剩几个我熟悉的人了。[①]

　　这不仅是感怀，也是审美的体验。故乡和故乡的植物、动
物与人，在谢宗玉笔下是伦理的，也是审美的。从物质经验的
描写到精神经验的呈现，从伦理到审美，谢宗玉把他的瑶村变
成了一个想象力的传奇。

　　地理学意义上的小村庄，在谢宗玉的写作中，成了一个辽
阔的精神疆域，其秘密就在于谢宗玉有志于写出一个地方的灵
魂。而这个地方的灵魂，不仅存在于这个地方的人身上，还存
在于这个地方的动物、植物身上。谢宗玉的所有散文，几乎都
在描述一个人类与动植物谐和相处的世界，他害怕这个世界被
现代生活强行割裂，害怕自己漂浮在都市的上空而失去对自然
世界的感受力，害怕自己熟悉的事物一夜之间变得陌生。因为
有害怕，他的写作也就一直存着敬畏，存着他对生命世界的忠
诚守护。他是一个有根的作家，而在这个根系的末梢，活跃的
是他对故土深切的爱——正是这种最基本的情感，滋润和养育
着他这种温暖而坚韧的写作。

---

　　① 谢宗玉:《该轮谁离去了》,《天涯》2001 年第 2 期。

尼采说,一个作家的身上,不仅有他自己的精神,还有他朋友们的精神。而我想说,一种好的写作,不仅有人的精神,还有植物的精神、动物的精神。

论到乡土记忆及其精神书写,阎连科的长篇散文《我与父辈》①,也值得重视。这是一个对故土怀着骨血般情感的人。他笔下的亲人、乡土,在一种赤诚的叙述中,真实、庄严地站立在了我们面前,可以说,这既是作者对父辈的怀念,也是作者对自我的救赎。许多远离故土、到城市里生活工作的文学人,往往都会怀着对故土的歉疚之情,进而以文字的方式来还债。阎连科的故土情结在小说中就一直念兹在兹,在散文里,更是毫不掩饰地表露出来。我甚至隐约觉得,一个有根的作家,他的一生恐怕总是要写这样一本书的。史铁生写《我与地坛》,贾平凹写《秦腔》,南帆写《关于我父母的一切》,雷平阳写《祭父帖》,之所以感人至深,其实都是源于这样一种还债的情结。

《我与父辈》记述了这样一个写作缘起:阎连科在回家为四叔奔丧时,一个守灵之夜,他的妹妹问了他一句话:"连科哥,你写了那么多的书,为什么不写写我们家里的事情呢?"这句话,或许是整个家族的人都想问他的。也正是这句话,一下把阎连科的人生记忆、故土情怀全部激活了。在《我与父辈》中,那些蜂拥而来的细节,显然储存、激荡在阎连科的记忆中太久了,一直等待一个被表达的机会。他自己也说:"写这篇散文没

---

① 云南人民出版社 2009 年版。

有什么难度……最重要的一点是诚实，最重要的是写作的契机的到来。"当《我与父辈》中的三个核心人物——父亲、大伯和四叔都相继去世之后，写作的契机来了。还债的机会也来了。"你发现你欠他们什么，你想把这个东西偿还掉。"整部作品正是围绕着父亲、大伯和四叔这三个人物而展开，作者以一种直白其心的方式，写出了父辈的艰辛、困苦、善良和温情，叙述平实、真切，无美化之嫌，作者在行文中不仅怀着一种沉重的告慰，也直面父辈们的无奈和错误。

造物主从来都只提醒父母不要溺爱孩子，而不会反过来说让孩子"溺爱"父母，因为子女对父母的爱，要很迟才能顿悟，需要时间提醒。《我与父辈》对阎连科而言，更像是一份迟到的领悟：对父辈厚实之爱的领悟，对贫苦之卑微的领悟。它所发出的哽咽声，压抑、沉重、感人。活着是如此艰辛，又是如此值得留恋。"只要活在这个世上，能同他所有的亲人同在一个空间生活和生存，苦难就是为了享受，苦难也就是为了欢乐。"这几乎是所有中国农民的生存哲学。尽管贫穷舔尽了每个人脸上的生气，但他们依然周而复始地生儿育女，娶妻嫁女，造屋置业，选择坟地。他们对生命的理解，有一种宽容和慈悲，也有常人所没有的坚韧。他们是真正用自己破败的生存来肯定生命的永恒价值的人。

哲学家唐君毅说得好，我们没有办法不肯定这个世界。只要我们还活着，就必须假定这个世界是有可能向好的方向发展的。你只能硬着头皮相信，否则，你要么自杀，要么麻木地活着。如果你还没有自杀，那就意味着，你的心里还在肯定这个世界，还在相信一种可以变好的未来。鲁迅为何一生都不愿苛责青年，也不愿在青年面前说过于悲观和绝望的话？就在于他的心里还有一种对生命和未来的肯定。农民为何有那么强烈的传宗接代的观念？也在于他们比一般人更相信未来会比现在更好，否则把孩子带到这个世上来本身就是残酷的。

理解了农民的这种生存哲学，我们才算真正理解了中国的乡土社会。

《我与父辈》中有一段是写大伯暴打书成的，"打死你们我们家的日子就好过了……"这样的狠话听起来是惊心动魄的，但这背后何尝不是一种爱的扭曲表现？或许是贫穷把人变得暴躁而绝望，但希望儿子有出息，能摆脱这种令人窒息的生存状况，是每一个穷人内在的渴望。当然也有温情、幽默，也有乐观、自得，有仁慈，也有阴暗，有隐忍的时候，也有死要面子的时候——这些混杂在一起，就构成了乡村真实的日子。人会消逝，但日子在继续，生活在继续，这才是生命长河中最伟大的力量。

只是，让乡村的日常生活得以维系的伦理力量正在解体和崩败，也是一个触目惊心的事实。《我与父辈》的另一个动人之处，是它写出了面对这种溃败而有的反思精神。一方面，作者面对父辈，有一种愧疚之情，进而在文字中以自责和忏悔的心态，回述记忆中的点点滴滴，在敞露父辈的幽深内心的同时，也追问自己心灵中不为人所知的种种隐秘和不堪。另一方面，作者面对"村落没了人气""村人没了魂灵"的现实，一种更深的悲凉也油然而生——父辈们的离去还只是正常的生命更替，后人还能在想念中不断和他们亲近；但当一种乡土伦理崩败、消逝，一种村庄文化溃散、解体之后，真正的家乡就只能存在于记忆之中了，因为这是精神意义上的连根拔起。

《我与父辈》所揭示的这一困境，无论在南方还是北方，几乎都是中国现代化演进过程中无法规避的后果。乡村的凋敝，人气的涣散，使得土地价值、乡村伦理的魅力已不复存在，而拥挤在城市的打工人群中，又多是心灵上的"丧家之犬"——城市不是他们的家，他们顶多只是暂住者；而远方那个乡村，他们又回不去或不愿回去了。

即便阎连科以写作的方式郑重地向故乡、亲人致敬，那也不过是一次虚拟的精神还乡，当阎连科的身子真实地站立在故土、祖屋面前时，他有的也只是矛盾和茫然而已。就此而言，《我与父辈》也是一曲乡村的挽歌。在这曲挽歌中，那个无处还乡的人终归成了精神的游子，他注定只能在回忆和想象中亲见故土了。这让我想起《创世记》里的那个寓言，该隐杀了他的兄弟亚伯之后，耶和华说，"你必流离飘荡在地上"，而该隐也对耶和华说："我的刑罚太重，过于我所能当的。你如今赶逐我离开这地，以致不见你面。我必流离飘荡在地上……"或许，"流离飘荡在地上"正是人在世的基本状况，从存在论的意义上说，每个人都是游子，他既需要一次精神远游，也需要一次精神还乡。只是，诚如卡夫卡所说，有天堂，但没有道路，或者说，通往天堂的道路已经因为人的失败而被腐蚀了，那个精神的伊甸园，我们永远也回不去了。

文学是写个体在世的境遇，其中，流离和还乡正是其核心主题。这个主题，在阎连科的长篇小说《日光流年》中就曾得到有力的书写——他在小说各章节的开头引用《出埃及记》的故事，其实象喻的正是流离和归乡，它的背后，探究的是苦难的生存如何才能得到救赎。因此，在《我与父辈》的人间性的背后，我们同样能够读到阎连科的存在感，他一直是一个渴望在俗世生活的描写中贯彻自己的精神想象的作家。

真实地写出一段人生，并为一种朴素的人格加冕，是文学得以感动人的核心品质；而在一种生活背后，看到那条长长的灵魂的阴影，咀嚼它的幸福和悲伤，并思索它的来路和去处，是文学得以重获心灵深度的重要通道。从这个角度看，阎连科确实写出了一本很多人都想写的书，并使我们重新认识乡土资源、乡土记忆之于文学写作的价值。

如何认识乡土资源，这关涉到一个作家的写作根基。尽管现在的新作家，很多都出自都市，但在血缘上，多半还是植根乡土；离开了乡土，就无从认识一个真实的中国。费孝通说，传统的中国社会其实就是一个超大型的乡土社会。确实，无论城镇化的进程如何迅猛，从本质上说，中华民族的精神还是乡土的：社会规则的建立，多和乡土的伦理有关；每年清明、春节大塞车，大家多是往乡下去；最动人的文学描写，也多是作家关于乡土的记忆。哲学家牟宗三在《周易哲学演讲录》①中说，"真正的人才从乡间出"，这个观察饶有意味——今日的中国，无论文学、艺术界，还是政治、商业界，拔尖的人才，很多都出自乡间，或者都有乡村的生活记忆和家族背景。

乡村是熟人社会，城市是陌生人社会；城市经验高度相似，乡村经验却极富差异性。没有经验的差异，就没有个性的写作，也没有独特的想象。这令我想起一个"八〇后"作家对我说的话。她说，我们已经无法再进行《红楼梦》这种百科全书式的写作了，更不可能像古代作家那样，细致地去描绘一种器物，一张桌子，或者去描写一个人的穿着，一次茶聚，一场戏。古代作家由于地域和交流的限制，他所看到、遭遇的经验各自不同，他写这种有差异的个体经验，谁读了都会有新鲜感。但是，现代社会不同，现在的孩子，从小到大吃相似的食物，穿相似品牌的衣服，甚至戴的眼镜、用的文具盒都可能是同一个品牌的，大家的成长经验几乎没有什么差异。假若有哪个作家在小说里花很多笔墨去描绘一个 LV 包，或者讲述自己吃麦当劳、法国大餐的滋味，岂非既无聊又可笑？城市化进程，抹平了作家经验的差异，以建筑为例，以前有北京四合院、江南园林、福建民居等地域差别，现在，从南到北，从新疆到海南，房子都建得几乎一样，衣服、饮食亦是如此。大家说一样的话，住一样的房子，穿差不多的衣服，接受几乎相同的教育，这样的公

---

① 华东师范大学出版社 2004 年版。

共经验已经不足以成为一种写作资源。

乡土经验则全然不同，它是个别的、偏僻的，是贴着感觉的末梢生长的；它之于文学的重要意义，就在于既能训练作家的感官，也能解放作家的感官。

写作如果只靠阅读经验或书斋里的想象，就容易变得苍白、无力。好的写作，既要用心写作，还要用耳朵、眼睛、鼻子甚至舌头写作，要有丰盈的感觉，作品的气息才会显得活泛。这方面，莫言是一个很好的典范。我们可在他的文字中读到很多声音、色彩、味道，以及各种幻化的感觉，充满生机，有趣、喧嚣、斑斓，就感官的丰富性而言，其他作家很难与莫言相比，这得益于乡土经验对莫言的塑造。他曾经说：

> 每天在山里，我与牛羊讲话、与鸟儿对歌、仔细观察植物生长，可以说，以后我小说中大量天、地、植物、动物，如神的描写，都是我童年记忆的沉淀。我作品中对大自然细致入微的描绘、乡土气息的浓郁也许是我在中国文坛上有一席之地的原因。[1]

这种感觉训练、记忆储备，对于写作而言，是一笔巨大的财富。躺在青草地上，看白云飘动，花朵开放，看各种小动物觅食、打架，了解事物与事物之间的差异，感受世态的冷

---

[1]　转引自隋峻：《千言万语，何若莫言》，《青岛日报》2011 年 11 月 17 日。

暖，这样的经验，未必是每个人都有的，但对于作家而言，又是至关重要的。莫言回忆，自己小时候经常孤独地坐在炕头或树下，看院子里蛤蟆怎么捉苍蝇。他将啃完的玉米棒子扔在地上，苍蝇立刻飞来，"碧绿的苍蝇，绿头的苍蝇，像玉米粒那样的、有的比玉米粒还要大，全身是碧绿，就像玉石一样，眼睛是红的"。这是形体、色彩的描绘。"看到那苍蝇是不断地翘起一条腿来擦眼睛、抹翅膀，世界上没有一种动物能像苍蝇的腿那样灵巧，用腿来擦自己的眼睛。然后看到一只大蛤蟆爬过去，悄悄地爬，为了不出声，本来是一蹦一蹦地跳，慢慢地、慢慢地，一点声音不发出地爬，腿慢慢地拉长、收缩，向苍蝇靠拢，苍蝇也感觉不到。"这是动作的分解，源于他细致的观察。"到离苍蝇还很远的地方，它停住了，'啪'，嘴里的舌头像梭镖一样弹出来了，它的舌头好像能伸出很远很远，而后苍蝇就没有了。"[①] 真是有声有色。莫言说，他小时候就观察这些东西，蚊子、壁虎、蜘蛛，向日葵上的幼虫，锅炉上沸腾的热气……这些都被莫言写进了小说。在《透明的红萝卜》里，他写"当她的情人吃了小铁匠的铁拳时，她就低声呻唤着，眼睛像一朵盛开的墨菊"，写菊子姑娘的右眼里插着一块白色的石片时，又说"好像眼里长出一朵银耳"；他写自己小时候掉到茅坑里，大哥把他捞上来按到河里冲洗，他说自己"闻到了肥皂味儿、鱼汤

---

① 莫言、王尧:《莫言王尧对话录》，苏州大学出版社 2003 年版，第 31—33 页。

味儿、臭大粪味儿"①，色、香、味俱全，想象力超人。生活、大地与自然，成了莫言最重要的写作导师。

贾平凹也对乡土经验极为熟悉，他的作品也充满了乡土的实感，很多场面、细节和人物，读之如在眼前。以《高老庄》为例，主人公子路父亲祭日的宴席上，各色人物都登场了，但贾平凹能掌握场面，在你一言我一语的对话中，写出了各人不同的性格。

> 庆来娘说："刚才烧纸的时候，你们听着西夏哭吗，她哭的是勤劳俭朴的爹哪，只哭了一声，旁边站着看热闹的几个嘎小子都捂了嘴笑，笑他娘的脚哩，城里人不会咱乡下的哭法么！"大家就又是笑。这一笑，子路就得意了，高了嗓子喊："西夏，西夏——！"西夏进门说："人这么多的，你喊什么？"见炕上全坐了老人，立即笑了说："你们全在这里呀，我给你们添热茶的！"骥林娘就拍着炕席，让西夏坐在她身边，说："你让婶好好看看，平日都吃了些啥东西，脸这么白？"庆来娘说："子路，你去给你媳妇盛碗茶去。"子路没有去，却说："西夏，你刚才给爹哭了？"西夏说："咋没哭？"子路说："咋哭的？"西夏偏岔了话题，说："子路你不对哩，菊娃姐来了，你也不介绍介绍，使我们碰了面还不知道谁是谁。"子路说："那现在不是认识

---

① 莫言：《故乡往事》，见《莫言散文》，浙江文艺出版社2000年版，第19页。

了？这阵婶婶娘娘都在表扬你哩！我倒问你，是你给菊娃先说话还是菊娃先给你说话？"双鱼娘说："这子路！西夏毕竟是小，菊娃是大么！"西夏说："这是说，菊娃姐是妻，我是妾，妾要先问候妻的？"一句话说得老太太们噎住了。[①]

这样的写实，透露出了作家固有的乡村生活的底子，他对这些人物有感觉，才能捕捉到他们的个性、特点，并运用他们独有的语言。因此，强调乡土经验与乡土资源，其实就是强调写作要有一种脚踏实地的感觉，不能过度虚构，想象无边，而是要在一种经验和生活里扎根。没有根，不接地气，作家的感觉是漂浮的，无法沉下来，更谈不上贴近生活本身，经验也会越来越贫乏。譬如，在城市里住久了，很多人都注意到了一个事实：自己可能多年都没有见过真正的黄昏或凌晨了。在城市，早晨起得迟，见不到万物在晨曦中苏醒的样子；黄昏呢，天未暗下来，路灯就亮了，也见不到万物被黑暗所吞噬的过程。我们几乎生活在白昼和黑夜区别不大的世界里，黄昏和凌晨，都只是一个概念而已，不再是现实一种。同样，很多人的写作，也是在使用二手经验，要么看报纸新闻，要么看好莱坞影碟，从中寻找写作素材，没有自己的体验和观察，更不能复原一种记忆，这样的写作，必然是空泛的。小说是活着的历史，也是对生活世界的还原，它不仅要写人物的命运，还要呈现人物生

---

① 贾平凹：《高老庄》，太白文艺出版社1998年版，第87页。

活的场景，小说的世界里，应该有人、有物、有情。然而，当一个作家的感觉迟钝、经验贫乏，他如何才能进行一种既有实感又有想象力的写作？

乡土经验对作家感觉的训练和解放，具有阅读和想象所不能替代的作用。

另外，如何理解乡土资源，背后也隐含着一个作家是如何理解中国人的情感和现实的。不了解乡土中国，就谈不上理解了文化中国；不到中国的乡村去走一走，也不会知道中国的矛盾在哪里，希望又是在哪里。中华民族是一个很特别的民族，中国人对土地和历史，有着神圣的情结。照钱穆的研究，中国文化是一种向后看的文化，中国人对历史和记忆，洋溢着一种难言的深情。把一个人或一个家族的祖屋、祠堂拆了，把人家的祖坟挖了，那他们在祖屋、祠堂和祖坟上所寄托的情感，今后将安放在哪里？中国人没有自己恒定的宗教信仰，没有教堂，一直以来，祖屋、祠堂、祖坟、文庙就成了中国人的教堂，成了中国人的信仰。没有了祖屋和祖坟，很多人中国人就会觉得自己成了孤魂野鬼，有处安身，无处立命了，被连根拔起了，这无异于是一次灵魂的死亡。

中国人对土地的情感是很深沉的，对故乡的情感也是。对于那个生我养我的地方，埋葬了自己祖先的地方，很多人都存有神圣的情感。莫言曾把自己的故乡形容为"血地"，这是一个很重的词，是母亲为我流过血的地方——除非你忘却自己的来处，否则你永远不能放下这份情感。

这种对土地、祖屋的情感，成了维系中国人伦理的精神纽带。没有了祖屋和祠堂，儿子上大学了，无处告诉，生孙子了，也无处告诉，无处欢喜也无处悲伤了，这种伤害，对中国人来说是巨大的。所以，看起来是拆毁一些旧屋和祠堂，破坏和摧毁的却是中国人的精神结构。中国文化的核心是家庭，家庭的核心是血缘，血缘断了，中国人就一片茫然了。中国人眼中的生与死是相连的，"未知生，焉知死"，也可反过来读，未知死，又焉知生呢？没有了对死者的尊重，也就不会善待生者，二者是密不可分的。中国人必须在看得见的现实世界里，找到归宿，看到未来，唯有如此，中国人才能安息。西方有宗教信仰，他们可以安息在神的怀抱里，中国人没有这样的神，他们死后，希望是和自己的亲人在一起，这是完全不同的民族文化。文化根系如果彻底破坏了，维系中国人和历史、传统之间联系的精神纽带断裂了，中国的现实将会变得令人无法理解。现代社会的精神表达或许多样化了，但关于精神栖居何处的问题，依然在折磨着中国人。可见的精神栖息地是文庙、祠堂、祖屋、祖坟，不可见的精神栖息地是中国的诗歌、中国的文学。中国历代来以文立国，就在于文既诠释中国人的精神，也能为中国人提供精神居所。钱穆说"不懂文学，不通文学，那总是一大缺憾。这一缺憾，似乎比不懂历史，不懂哲学还更大"[1]，因为中国文学里隐藏着中国最基本的伦理、情感和精神。

---

[1]　钱穆：《中国文学论丛》，生活·读书·新知三联书店 2002 年版，第126 页。

　　乡土是中国人的精神基座，也是中国文学不动的根基。现在讲写作，都在讲变道，但也不可忘记，文学除了变道，还有常道，在变的下面，还要找到一个不变的核心。何以中国人身上有那么难以释怀的历史情结和土地情结？就在于关于历史的讲述，可以满足中国人对时间的想象；而关于土地的讲述，可以满足中国人对空间的想象。这个时间和空间感的确立，就为中国人的精神找到了一个坐标，他就觉得自己有来处，也有归途，就安心了。心安则精神昂扬，反之则精神萎靡。

　　中国文学中，最好的作品，都是关于乡土叙事的，这种乡土资源里，隐藏着一整套关于中国人生存的解释方法。这是极为重要的认识尺度，离开这个尺度，对中国人的描述就可能是残缺的、表浅的。

　　重新认识乡土资源的叙事意义，就是要打开这个视界，使之滋润当下的写作，提升当下的写作。乡土昭示写作的根源，也解放作家的感官，它的差异性、感受性经验，对一种有活力的写作而言是极为重要的。感觉的枯竭，感受力的麻木，有时不在于才华，也在于作家的经历里缺少一种来自自然、大地的滋养，不生动，没有质感，更无法通过丰富的物象描写和情理逻辑来建构一个文学世界。文学的苍白，是因为失去了那种生机勃勃的品质，失去了具有独特经验的个人讲述。而有了乡土资源这一根基，文学能更好地描绘出什么是人类世界不可摧毁的信念，什么是人类世界无法磨灭的声音。福克纳说："人是不朽的，他的延续是永远不断的——即使当那末日的丧钟敲响，并从那最后的夕阳将坠的岩石上逐渐消失之时，世界上还会留下一种声音，即人类那种微弱的却永不衰竭的声音，在绵绵不绝。""人的不朽，不只是因为他在万物中是惟一具有永不衰竭的声音，而是因为他有灵魂——有使人类能够同情、能够牺牲、能够忍耐的灵魂。诗人和作家的责任，就在于写出这能同情、牺牲、忍耐的灵魂。诗人和作家的荣耀，就在于振奋人心，鼓舞人的勇气、荣誉、希望、尊严、同情、怜悯和牺牲精神，这正是人类往昔的荣耀，也是使人类永垂不朽的根源。诗人的声音不应仅仅是人为的记录，而应该成为帮助人类永垂不朽的支柱和栋梁。"[①]福克纳也是一个乡土作家，他怀着对土地的深情，揭示了人类社会不可摧毁、得以一直延续下来的可贵品质，他是站在大地的立场上，见证了人类灵魂的伟大。

　　中国的作家缺的正是这种精神。我们这块土地有如此深重的苦难，也有如此灿烂的荣耀，这么多人在此生生不息，活着，死去，留下了太多的故事，也留下了太多的叹息。可在现有的书写者中，还远没有写出真正震撼人心的故事，也还没有挖掘、塑造出这块土地上真正得以存续的精神。二十世纪来，中国的文学多是揭露、批判，写法上也多是心狠手辣的，它对黑暗和局限的描写，达到了一个深度。但文学终究不仅是揭露的，不仅是对黑暗的认识，它也需要有怜悯和希望的声音，也需要探求"人类永垂不朽的根源"。这种写作追求告诉我们，离开了大

---

　　① 毛信德主编：《诺贝尔文学奖颁奖演说集》，百花洲文艺出版社1991年版，第374页。

地，离开了中国人的精神基座，作家就无法分享永恒，无法辨识自己是谁，他者又是谁。我何以存活在这世上？我从哪里来，我往哪里去？我灵魂的声音发自何方，又朝向何处？这些问题，在中国，往往只有大地能回答，只有故乡能回答。

第四节　笔墨从胸襟里来

散文自古皆有，但把它作为一种文体提出来，还是"五四"以后的事情。古代的文类划分，并无叫散文的一类，序跋、论辩、书说、奏议、碑志、杂记、赠序等等文字，现在大约可以归到散文里来，但如此宽泛、芜杂的门类，与周作人所说的"美文"却相去甚远。周作人把符合叙事与抒情这一审美特征的文章单独归类出来，以"美文"名之，也就是后来我们所说的散文。当时，找到这个文学性很强的命名，周作人多少是有点兴奋的，他说这种"记述的""艺术性的""美文"，"在现代的国语文学中，还不曾见过这类文章"，接着马上又说，"古文里的序、记与说等，也可以说是美文的一类"①，为自己的论断留了余地。只是，他在性情上也许更接近晚明的公安派，故又称"中国新散文的源流我看是公安派和英国的小品文两者所合成"②。他一方面是不满足于《新青年》上随感录式的愤激、"满

① 周作人：《美文》，《晨报副刊》1921年6月8日。
② 周作人：《〈中国新文学大系·散文一集〉导言》，见俞元桂主编：《中国现代散文理论》，广西人民出版社1984年版，第433页。

口柴胡"、以议论为主的文字，尽管他自己也为《新青年》写这类专栏文章，但心里希望文章能多一点艺术美感和抒情的成分，以区别于"论文"，他在编选《中国新文学大系·散文一集》的导言里就明确说，"议论文照例不选"，只选了顾颉刚的一篇《古史辨序》[①]；另一方面，他从西方的文论中得到启示，想在新文学中创生一种以前没有的文体，并说："治新文学的人为什么不去试试呢？"[②]因此，对于散文文体的归类与定义，周作人是开路者，后来还有人提出纯散文、絮语散文、文学散文、小品文等说法，延续的几乎都是周作人的思路。

直至今日，现代散文所划定的基本疆界，尤其是他们对散文的重要观点，仍在影响中国当代散文的写作与研究。

比之小说、诗歌、戏剧对西方文学流派的狂热学习、大胆移植，这几十年来，散文的守旧和惰性是明显的。诸多文体当中，散文的变化恐怕是最少的。也偶有人谈散文革命，但任何文学革命，我想都是为了让文学能够更真实地书写、更有效地自我表达，不然，革命也不过是一种口号，并无多少实质的意义。如果把文学革命限定在文体和修辞层面，小说、诗歌、戏剧或许大有可为，但对于散文，却未必可行。我也知道一些新锐散文家，正在实践一种新的话语方式，他们希望由此获得对散文新的认识和重构。这样的努力值得期许。只是，如果把散文革命只等同于

---

① 周作人：《〈中国新文学大系·散文一集〉导言》，见俞元桂主编：《中国现代散文理论》，广西人民出版社 1984 年版，第 438 页。

② 周作人：《美文》，《晨报副刊》1921 年 6 月 8 日。

如何使散文的语言更加奇崛、意象更加晦涩、隐喻更加丰富、结构更加复杂，而在自我表现、灵魂审问上还是旧有的那套，很多的探索也可能是一种话语泡沫。总体而言，散文更接近一种反对装饰、修辞退隐的文体，它的最高境界，往往是朴质、平实和淡定，它传递给读者的，不应是华丽的辞藻或迷途般的结构，而应让读者触碰到文字后面那颗真实、淳朴的心。

散文的后面站着一个人，一个成熟、健旺、坦荡、执着的人，他感受着、思想着，他的记录和书写仿佛就是为了呈现这个感受着、思想着的人，他的赤裸与真实，常常是散文之所以能打动人心的重要原因。

至少，文学史上普遍推崇的好散文，多数是质朴、清澈的。写散文的人，多半也是为了表达自己的人生感受和自由心性，并没有哪个人，端着写作的架子而能把散文写好。散文作为一种自由主义的文体，是最做不得假、最能照见写作者容貌和心思的。梁实秋在《论散文》里有一段话，说的就是这个意思："散文是没有一定的格式的，是最自由的，同时也是最不容易处置，因为一个人的人格思想，在散文里绝无隐饰的可能，提起笔来便把作者的整个的性格纤毫毕现地表示出来。"[1] 一个是自由，一个是真实，这成了散文写作的核仁。正是在这个意义上，林语堂提倡写散文时"不说别人的话"[2]，在他看来，"小品文

---

[1]　梁实秋：《论散文》，《新月》第一卷第八号，1928 年 10 月 10 日。

[2]　林语堂：《插论〈语丝〉文体——稳健、骂人及费厄泼赖》，《语丝》第 57 期，1925 年 12 月。

即在人生途上小憩谈天，意本闲适，故亦容易谈出人生味道来"①——"人生味道"四字，说的正是散文的味道。散文很多是娓娓道来的，是一个人心迹的真实流露。一个散文家，如果对生活和世界没有观察与思索，对人生没有觉悟，他的文字里，就传达不出个人的味道来，语言多半也是单调、寡淡的。以前读汪曾祺的散文，读着读着就会停下来，因为心里总有一种惊讶：他那么朴白的语言里，原来藏着那么深的感情和想法！——我停下来，就是为了体会他文字里那种人生的味道。汪曾祺的散文，有一种高明，那就是在亲切中，不知不觉地让你分享了他的人生。没有一点压力，更不会强迫别人接受他的看法，可以随时拿起来读，也可以随时放下，这样的散文，就是有境界的了。

当代散文的困境，主要问题还是规范太多，不够自由，也不够诚恳。什么是自由？"'自由'在中国古文里的意思是：'由于自己'，就是不由于外力，是'自己作主'。在欧洲文字里，'自由'含有'解放'之意，是从外力裁制之下解放出来，才能'自己作主'。"②胡适这话用来形容散文是很贴切的。今天的散文要的就是"解放"，就是"自己作主"。自己做主了，就自由了；自由了，才有为文的资格。只是，这话说起来容易，真正落实到写作实践中，就难了。就像当代散文，数量庞大得惊人，可属于自己的话语太少，附着在流行话语或者习惯性话语这一层面上的散文作家太多，架子拉得很大，真切的东西却是不多的。

---

① 林语堂：《与陶亢德书》，《论语》第 28 期，1935 年 9 月。

② 胡适：《不朽——我的宗教》，《新青年》1919 年第 6 卷第 2 号。

说到底，还是散文背后的那个人不成熟、不超拔。郁达夫说："五四运动的最大的成功，第一要算'个人'的发现。"①他这话是在《中国新文学大系·散文二集》的导言里说的，意思是，以前的人，要么为君而存在，要么为道、为父母而存在，直到现在，才懂得什么叫为自我而存在了。可见，散文里是有一个自我的。

关于这一点，我喜欢举《红楼梦》第四十八回里写的例子。香菱姑娘想学作诗，向林黛玉请教时说："我只爱陆放翁的诗'重帘不卷留香久，古砚微凹聚墨多'，说的真有趣！"林黛玉听了，就告诫她："断不可学这样的诗。你们因不知诗，所以见了这浅近的就爱，一入了这个格局，再学不出来的。"后来，林黛玉向香菱推荐了《王摩诘全集》，以及李白、杜甫的诗，让她先以这三个人的诗"作底子"。林黛玉的诗写得好，对诗词她也有自己独到的看法，是一个心气高、才气足的奇女子。以前读《红楼梦》，读到这里，总是有点不明白，何以陆放翁的诗"重帘不卷留香久，古砚微凹聚墨多"是不可学的，初看起来，对仗很是工整啊，但林黛玉说"断不可学这样的诗"，至于为何不可学，她没有做进一步解释。这个疑问，直到读了钱穆的《谈诗》一文，才算有了答案。钱穆是这样解释的："放翁这两句诗，对得很工整。其实则只是字面上的堆砌，而背后没有人。若说它完全没有人，也不尽然，到底该有个人在里面。这个人，

---

① 郁达夫：《〈中国新文学大系·散文二集〉导言》，见俞元桂主编：《中国现代散文理论》，广西人民出版社1984年版，第445页。

在书房里烧了一炉香，帘子不挂起来，香就不出去了。他在那里写字，或作诗。有很好的砚台，磨了墨，还没用。则是此诗背后原是有一人，但这人却教什么人来当都可，因此人并不见有特殊的意境，与特殊的情趣。无意境，无情趣，也只是一俗人。尽有人买一件古玩，烧一炉香，自己以为很高雅，其实还是俗。因为在这环境中，换进别一个人来，不见有什么不同，这就算做俗。高雅的人则不然，应有他一番特殊的情趣和意境。"①寥寥几句，令人豁然开朗。陆放翁这句诗的问题，就出在"背后没有人"。修辞是精到的，可假若一种文字里，看不到一个人的胸襟和旨趣，这样的文字，如何感染人？又如何不俗？

余光中说："在一切文体之中，散文是最亲切、最平实、最透明的言谈，不像诗可以破空而来，绝尘而去，也不像小说可以戴上人物的假面具，事件的隐身衣。散文家理当维持与读者对话的形态，所以其人品尽在文中，伪装不得。"②今天的散文，境界一直上不去，问题就出在人身上。人的胸襟窄小、旨趣庸俗，再加上知识的负累、人格的伪装，散文的精神命脉就断了。散文家是很容易跟着潮流走的，但我总以为，散文家要把自己的姿态尽可能地放低，不要被知识和史料吓傻了，更不能落入流行话语之中，还是要说自己熟悉的话、自己喜欢说的话。张爱玲说，散文是读者的邻居。这话说得好。和邻居你能说些什

---

① 钱穆：《谈诗》，见《中国文学论丛》，生活·读书·新知三联书店2002年版，第111—112页。

② 余光中：《散文的知性与感性》，见《余光中集》（第8卷），百花文艺出版社2004年版，第335页。

么呢？无非是家长里短，或者关于生活和人生的杂乱想法，但无论说什么，一定都是亲切的、真实的。

周作人也将自己的写作，比作"寻求想像中的友人，请他们听我的百无聊赖的闲谈"①。——写作不仅是"闲谈"，还是"百无聊赖的闲谈"，这个时候，怕是装不了假了，因为对面坐着的是"友人"，是你的知己。我不止听一个散文家说过，他们在写作时，总是设想有一个读者，在倾听自己说话。这个人，很可能是身边的熟人。这一点，是散文和小说不同的地方。小说家也有假想的读者，但那个读者，更多的是看戏的人，可以是陌生人；散文所假想的读者呢，好像多是熟人，因为你所说的，是你真实的人生和感悟。作者可以隐藏在小说的背后，但在散文中要隐藏是比较难的，一隐藏就假了，成了虚伪的文。即便是一些比较知性的文字，也是可以看出作者的性情的。

我读周作人的散文时就常有这种感觉。他当年给《亦报》《大报》写的随笔小品，篇幅都很短小，每篇也就五六百字吧，虽然也有"文思枯窘""不是乏味便多生凑"（周作人自语）的时候，可绝大多数篇章，周作人都写得自然从容，情趣盎然，达到了散文随笔这一文体的极高水准。对于这些文字，周作人自道："原以识小为职，固然有时也不妨大发议论，但其主要的还是在记述个人的见闻，不怕琐屑，只要真实，不人云亦云，他的价值就有了。"②一九二三年，胡适在《五十年来中国之文

① 周作人：《自己的园地·序》，《晨报副刊》1923 年 8 月 1 日。
② 周作人：《关于身边琐事》，见周作人著，陈子善、郗琨编：《饭后随笔》，河北人民出版社 1994 年版，第 107 页。

学》中论述晚清至"五四"前后的文学变化时，认为周作人等人的"小品散文"，"用平淡的谈话，包藏着深刻的意味，有时很像笨拙，其实却是滑稽。这一类作品的成功，就可彻底打破那'美文不能用白话'的迷信了"。[①] 胡适这话，是指着白话文的发展而说的，但也道出了周作人这类散文最重要的特点。周作人在谈到自己的写作时，自定了两个写作标准："一是有意思，二是有意义，换句话说也即是有趣与有用。"[②]——周作人的很多散文，如《故乡的野菜》《喝茶》《鸟声》《乌篷船》，大约都是有趣也有用的篇章，文字也并不难读，面对这样的散文，如果批评家硬要用微言大义去阐释它，恐怕是多此一举了。

周作人说："拙作貌似闲适，往往误人，唯一二旧友知其苦味……"[③] 可是，谁能够读出周氏散文中的"苦味"？有时并不是批评家，而是读者——那些以孤独的心体认世界、以朴素的眼光感受美的读者。批评家要想对散文进行有效的发言，我想，他就必须重新成为一个用心的读者。

许多时候，散文里的心灵秘密，是用另一颗心去感受的。好的散文里，有情怀、有心境，它需要另一种情怀和心境的回应——散文的阅读契约正是建基于此。

---

① 胡适：《五十年来中国之文学》，《申报》五十周年纪念刊《最近之五十年》，1923年2月。

② 周作人：《拿手戏》，见周作人著，陈子善、郑琨编：《饭后随笔》，河北人民出版社1994年版，第252页。

③ 周作人：《药味集》（序），见《周作人自编文集·药味集》，河北教育出版社2002年版，第2页。

　　人心的呢喃、智慧的警觉、语言的美感，这大约称得上是散文写作的话语伦理。理解这三点，无论是对于散文的写作还是阅读，都大有助益。作为一种古老的文体，散文最初肯定起源于说话，既然是说话，就必定是为了表情和达意。情发于心，而意通智慧。怎样才能表好情、达好意呢？这就有了语言和修辞的讲究。"修辞立其诚"，诚者，心也，关乎真实和诚挚——归根到底还是讲背后那个人。胡适还有一篇文章，就叫《什么是文学》，是为"答钱玄同"而作的，他明确提出："文学有三个要件：第一要明白清楚，第二要有力能动人，第三要美。"论述的过程中，胡适举了不少古人的诗文为例，旨在说明很多写作为何失败，无不因为写得不明白、不动人、不美。我相信，胡适写作此文时，暗中所比对的，肯定是散文。他自己的散文，实践的就是明白、动人和美的主张。什么是"明白清楚"？就是要"使人懂得，使人容易懂得，使人决不会误解"。什么是"有力能动人"？就是"懂得了，还要人不能不相信，不能不感动。我要他高兴，他不能不高兴；我要他哭，他不能不哭；我要他崇拜我，他不能不崇拜我；我要他爱我，他不能不爱我。这是'有力'。这个，我可以叫他做'逼人性'"。什么是"美"？不存在孤立的美，"美就是'懂得性'（明白）与'逼人性'（有力）二者加起来自然生的结果"。① 因为是与友人通信②，胡适说的都

---

　　① 胡适：《什么是文学——答钱玄同》，见《胡适文集》（第2册），北京大学出版社1998年版，第149页。

　　② 这封信收入《胡适文存》前并未发表，从信后所署日期知道本文是写于1920年10月14日。

是大白话，道理也简单，但这种简单似乎今天读来还有用。

经过了一个世纪，判断散文写作成功与否的标志，仍可参考胡适这三个词：明白、有力和美。今天散文在数量上繁盛了，品质却低迷，不在于知识不够、文化匮乏，而恰恰是在这样一些简单问题上疏忽了。有些年，散文界盛行"文化大散文"，目的就是想补上知识和文化的课，以为有了文化，散文就会前进，实际情况如何呢？好文章很少，多了不少新八股文，散文也由此进入了一个新的公共写作的时代：无论从经验类型，还是话语方式上，都有点千人一面，无非就是历史考据和人文山水。这场最初发端于余秋雨的散文革命，被诸多平庸者所模仿之后，顿时变成了一场盛大的文化撒娇和集体出游——淳朴的有感而发，这原本属于散文独有的话语方式，反而不太受人重视了。

明白、有力、美的散文，太少了。这固然有散文革命上的误区，恐怕也有批评家的责任在里面。很长一段时间来，散文的写作是受批评家影响的；而多数批评家，他们的阅读兴趣，包括他们乐意进行阐释的，大多集中在那些意义结构比较复杂的散文上。以鲁迅的散文为例，他的杂文、随笔，特别是《野草》，充满着精神的迷途结构，多义而庞杂，每一个人，都能从中读出不同的感悟来，这样的散文，自然适合阐释。他的一句"在我的后园，可以看见墙外有两株树，一株是枣树，还有一株也是枣树"（《秋夜》），我们就可从中读出无穷的孤独和意味来；他的一篇《女吊》，篇幅并不长，里面的灰暗和绝望却着实令人惊心动魄。鲁迅这种思想个性鲜明、语言充满隐喻的散文，确实是适合阐释的（哪怕是误读）；或者说，他的许多散文，只有被充分阐释之后，才能为一般读者所理解。鲁迅的这种散文传统，在当代已被简化为意义型的写作，成了某种革命的精神象征。可是，散文如果只有关乎革命、意义一类的文字，显然就过于单调了。散文的魅力和价值，也许就在于它的文体的丰富（叶圣陶在《关于散文写作》中说，"除去小说、诗歌、戏剧之外，都是散文"）和内容的广阔（林语堂在《人间世》的发刊词中说，"包括一切，宇宙之大，苍蝇之微，皆可取材"）。我喜欢鲁迅的尖锐与沉重，但我也重视轻松、有趣的闲笔文字，它们都能让人看出一个作家的心性。试想，如果《鲁迅全集》没有《朝花夕拾》里那些涉笔成趣的篇章，作为"战士"的鲁迅形象岂不是要比现在坚硬许多？

鲁迅的散文，具有精神和时代语境上的不可重复性，这决定了他的话语方式是不可模仿的。他的文字，比如《野草》，大约算得上是散文中的异端。当然，鲁迅也有很多淳朴的文字，记述自己童年生活的那些，尤为动人，只是，这些文字的阐释空间远不如其他一些散文、杂文大。拿当代散文来说，很多批评家，更愿意去阐释余秋雨、王小波、张承志、史铁生、韩少功、刘亮程等人的散文——这些人的散文，都是优秀的，更重要的是，它们都事关一些大的精神话题，批评家在他们身上很容易就能找到用武之地。可另外一些散文呢，比如沈从文、汪曾祺、于坚、陈冠学等人的散文，他们的文字多为大白话，在这样的文字里，你总结不出大的散文话题，但作者的心境、想法、对语言的讲究都蕴含在一字一句里了。汪曾祺在《小说的散文化》一文中说，散文具有"大事化小"[1]的功能，这表明，有一类散文所深入的是个人情趣和个人琐事的世界，它不像那些革命性散文或思想性散文那样，一眼就能让批评家识别出作者在散文里的话语追求——许多的散文好像是没有多大追求的，它们仅仅是为了呈现个体的状态，个人内心那点微不足道的情趣。汪曾祺自己的散文就是这样。事无论大小，情无论深浅，在他的散文里都慢慢道来，不动声色，文辞朴白，却韵味悠长，那种闲心和风度，确实不是一般人所能学得到的。

这个时候，批评家还有什么用？他还能找出怎样的理论语言来阐释这样的散文？一切的阐释似乎都是多余的，面对这样的散文，唯一需要的是阅读，是用心去体认，用智慧去分享。当代散文界实在是"批评家"太多，"读者"太少了；"阐释"散文的人太多，"读"散文的人太少了。这样的局面，今天应该改变了：我们都需要重新做一个散文读者。

——这话同样也适合散文作家。做不了好的散文读者，也成不了好的散文家。如果散文读者要求用心和智慧来感受美，来洞悉文字里的情怀，散文写作者就更要扩展自己的胸襟，提升自己的旨趣，并学习在真实和信念里，让内心真正有所行动。真的背面是假，心的背面是僵死的知识，而散文所有的努力，其实不过是要让灵魂在这个世界上发出独立、有力的声音。这

---

[1] 汪曾祺：《小说的散文化》，见《晚翠文谈新编》，生活·读书·新知三联书店2002年版，第33页。

个声音要让人看得懂，这个声音要感人，这个声音要富有美感，这就是散文的话语容量：广大、无限、喧嚣，但有着坚定的心灵指向和精神坐标。并非它没有欢乐和游戏的权利，而是出发的前提，必须服从于那颗淳朴的心。在众多的文体中，我认为，散文是对人心最忠诚的守护。它的话语边界可以广博，但精神的通道却极其狭小；它所描绘的实感世界可以庞杂，但它对心灵的注释却往往清澈见底——因为它的"逼人性"，排斥一切虚假、夸张和装腔作势。

散文的话语方式，最重要的一途，应是优雅和富有美感的。周作人在给俞平伯的散文集《燕知草》作跋时，称赞俞平伯的散文是"最有文学意味的一种"。他把这种文学意味概括为"雅"："我说雅，这只是说自然，大方的风度，并不要禁忌什么字句，或者装出乡绅的架子。"① 自然大方的风度，指的是人心，也是话语，是散文特有的松弛和本真，是一种写作的状态，是人心和文心的合一。王统照则在《纯散文》中说，有一种散文，"没有诗歌那样的神趣，没有短篇小说那样的风格与事实，又缺少戏剧的结构"，但能够"使人阅之自生美感"。② 这种美感的生成，同样关乎一个人心世界的展示，而不仅是一种修辞风格。散文由于最大限度地承担了对自我世界的塑造，它就不能像小说家那样，以虚构和想象为能事，相反，它需要向我们出示更

---

① 周作人：《〈燕知草〉跋》，见《周作人自编文集·苦雨斋序跋文》，河北教育出版社 2002 年版，第 123—124 页。

② 王统照：《纯散文》，《晨报副刊·文学旬刊》第三号，1923 年 6 月 21 日。

多的真实和确信。也就是说，只有当我们在伦理上确认了一个散文家所说的和他的内心有着某种一致性，我们才能开始一种有信任感的阅读——这样的阅读，正是为了证实一个在俗世里活跃的心灵有着怎样的趣味、困惑、行动、理想和未来。这是散文极其独特的话语权利。

一个好的散文家，一定要有一颗世俗心，同时兼具一种灵魂的视力。他必须能够在世俗里安妥自己的心灵，必须对实感世界有切身的了解，他才能写出有心灵质量的好散文——所谓的好，就是要从俗世中来，到灵魂里去；所谓的文雅和美感，就是来自灵魂对俗世的觉悟。散文的语言，往往服从于写作者的心对这个世界的领会——在散文中，一个人的语言往往会描述出他心灵的形状。比如，鲁迅的语言是锐利、冷静而峻急的，说明他的内心隐藏着巨大的沉痛、悲哀和绝望；沈从文的文字是唯美、温润的，说明他的心里仍相信人性里还有美，生命里还有纯朴与庄严，所以他说自己的写作只是希望建造一座小庙，这个庙里供奉的是人性。沈从文是一个对人性存有希望的作家，而鲁迅更多的是绝望，这从他们的语言风格中，就可辨识出来。

由此可见，散文所遇见的各种问题，归结起来都和写作者内心对世界、自我以及对这种文体的体认有关。要把自己摆进去，要不害怕袒露自己，要找到一种合身的语言来澄明这些。散文并不缺题材，也不缺文体变革的资源，但写作者内心若没有力量，无法在知识与经验之间穿行，不能化合历史与现实的冲突，也就是说，不能在散文里建构起一个足够强大的自我来

/417

消化这一切，所有关于散文的梦想，都难以在话语实践中实现。知识崇拜和语言失范，使散文的话语形态变得繁杂、冗余、堆砌、苍白；价值游离与思想贫乏，使散文的意义形态变得混乱、轻浮、滥情、陈旧。散文的变革不能求助于外面的花样翻新，还是要尊灵魂、养心力，让散文中生命气息的流转健旺、有力，让散文背后的那个人不再匍匐在地上、真正挺立起来。人即风格，人立起来了，才会有与之相呼应的语言和文体。

　　散文的写作，不仅是为了让这个世界多一篇文章，而是要让这个世界多一个有腔调、有力量的"我"。

后　记

为不理解、不确定而写作

　　从事文学批评多年，总是会有人来问，你在评论一部作品时，有什么准则吗？这样的问题，回答不好也得回答。我想，首先一部作品在艺术上必须有新意、丰富且值得品味，没有艺术享受，你甚至连阅读的兴趣都没有，更谈不上评论它的冲动了。其次，我看重一个作家的语言才能，语言的个性、韵味是判断一部作品是否风格化的重要标志。再者，作家的道德勇气也不可忽视，它关乎作家是站在什么精神立场上看人与世界，他有什么样的价值发现。

　　这些是我对文学作品最低限度的要求。

　　对批评工作者的要求，则是艺术的修养、精神的敏锐和鲜明的文体意识，三者缺一不可。没有艺术修养，就无法准确解析作品的丰富和复杂；没有敏锐的精神触角，就无法和作家进行深层对话；没有文体意识，批评文章可能就会写成新八股文，而失去好文章当有的风采。过度知识化的趋势会损毁文学批评最重要的品质——直觉和感受，批评也会越来越成为没有锋芒、没有个人发现的理论说教。批评还是要强调自己对一部作品的艺术直觉，并勇敢地做出判断。法国评论家伊夫·塔迪埃认为"批评是第二意义上的文学"[①]，确实，文学批评也是一种创造，它洞察作家的想象力，并阐明文学作为一个生命世界所潜藏的秘密，最终，它说出批评家个体的真理。

从这个意义上说，批评也是理解的艺术。即便是批判一部作品，也还是理性、诚恳些好，不必怒气冲冲、真理在握的样子；有时过度赞美和过度苛责，都是批评家审美瘫痪的表现。批评既然是一种专业，就应该充分展现批评家的学识、智慧和创造精神，应该多一些专业精神。专业精神并非仅是一种学术方法或理论能力，更重要的是，批评家还要有一种精神洞察力，以洞见文学世界中各种微妙和秘密。当代文学研究是很特殊的学科。假如没有对文学现场的熟悉、跟踪、把握，没有充分的个案研究做基础，没有在第一时间就敢下判断的能力和勇气，就无法准确地解读一部作品。但另一方面，作家又不会轻易被批评家手中随意征用的理论、说教吓住，能让他们服气的永远是批评的专业精神，以及那种长驱直入的洞察力和分析能力。

批评精神的专业基石正是理性和智慧，甚至专业的良知还要高于道德的良知。无知有时比失德更可怕。对一部作品没有起码的鉴赏能力，这种审美无能才是批评家的不堪之处。好的

---

① ［法］让-伊夫·塔迪埃著，史忠义译：《导语：亚历山大港的灯塔》，见《20世纪的文学批评》，百花文艺出版社1998年版，第9页。

批评是在展现专业智慧的同时，也让人触摸到你的内心，分享你对人和世界的基本理解。

文学批评似乎也不同于一般的学术研究。比之于学术对知识、材料和结论的确定性追求，批评许多时候是在反抗确定性，它与文学的对话关系，最终是要敞开可能性，进而让人意识到，文学所讲述的这个世界是丰富的、复杂的、无确定答案的。

文学的真理都具有不确定性，这是需要反复重申的。现在的很多文学研究，试图通过一些材料就找到确定的结论，这对于文学的外部研究或许是有效的，但对于文学本身，对于它所呈现的那个神秘的生命世界，任何结论都是对它的简化和遮蔽。何以知识讲述和文学史书写如此强大的时代里，还需要有文学批评？就是还需要有人去缅怀一个"灵光消逝的时代"。确定让一切灵光消逝，而不确定才是文学的本质。文学的坚定存在，就是要引导人从一种密闭、单一的价值观里出走，引导人去认识各种潜藏的可能性；一旦人不再接受价值观的多义，不再适应既可能是这样的也可能是那样的矛盾和悖论，他也就失去了选择的权利，进而失去的就是灵魂的自由。村上春树曾经采访过奥姆真理教的教徒，他发现，那些教徒很少读小说，他们深信一种价值观，于是就很容易把自己的灵魂交出去。他说："正因为已经无法将自己置身于那种多重表达之中，人们才要主动抛出自我。"①

---

① ［日］村上春树著，林少华译：《地下》，上海译文出版社2011年版，第414页。

文学是在帮助人建立更完整的自我，一个能接受一切复杂、矛盾甚至悖论的自我。小说为何要打破正面人物、反面人物相对立的写法？就是作家们开始意识到，世界并不是我们想象的那么简单，我们无法那么确切地知道人是怎样的、世界是怎样的，而唯一确定的，也许就是人和世界都具有不确定性。景凯旋说："意识到事物的全部复杂性和不确定性，是人类迄今最伟大的精神发现之一。这种源于文艺复兴启蒙和理性的价值指向，想要扩大部分真实的深切愿望，淋漓尽致地表现在西方的小说中，成为小说唯一的品格。两个世纪来，欧洲的小说就是沿着这条路径，向生活的日常性发展的。没有了电脑和飞机，还可以用笔和马，可要是没有了生活的复杂，人类将会变成千万块平面镜子中的同一个影像。"①确实，文学是永远不能被固化、永远在演变的知识——一种特殊的知识，它让生活因为丰富而有趣。尤其是进入二十世纪后，那个以单一、固化的标准去评价生活和思想的时代结束了，人对事物的认识、自我的认识，都进入了一个复杂、多义的时代。古典小说中，人性的完满状态是理性与和谐，但现代小说呈现出来的却多是矛盾、冲突、分裂和对立，本质上就是反对单一，走向多元。

文学批评所拥有的阐释的权利，就是要分享这种不确定但又异常丰富复杂的艺术世界和生命世界。它永远有知识生产所不能代替的价值。托妮·莫里森说："语言不仅仅代表知识的极

---

① 景凯旋：《昆德拉：反对崇高》，见《被贬低的思想》，广西师范大学出版社2012年版，第192页。

限，也创造了保护我们差异的意义，我们与其他生活不同的方式。"①文学批评的语言也是守护差异的，它总是在文学研究不断被确定的知识所垄断的时候站出来强调，作品中的某个人物的命运值得同情，小说里的某个细节非常精彩，作家对世界的体验好像具有某种超前性和预见性。诸如此类的讨论，看起来是在模糊我们对文学的确定理解，但正是这种模糊，使我们不会轻易被一种价值所劫持，转而在差异和多样性中体会各种不同的人生、认识各种不同的人性。

我常想起阿兰·罗布－格里耶那段著名的话："世界既不是有意义的，也不是荒谬的，它存在着，如此而已。"②"二十世纪是不稳定的，浮动的，不可捉摸的，外部世界与人的内心都像是迷宫。我不理解这个世界，所以我写作。"③这是多么了不起的"不理解"！因为"不理解"而写作，写作就成了去理解而不是去找结论的精神漫游。知识、科学、技术、制度、意识形态等等，都是试图想让这个世界变得可以理解，把一切都变得确定无疑，你只要相信就可以了；幸好还有文学，它告诉我们，世界还有许多不确定和不可理解的方面，自我也像是一个永远不能穷尽的黑洞，相信一种价值就意味着交出自己的灵魂，而文

---

① 《诺奖作家托妮·莫里森辞世：面对受伤的历史，找准位置再起飞》，《文学报》公众号 2019 年 8 月 7 日。

② ［法］阿兰·罗伯-格里耶著，朱虹译：《未来小说的道路》，见柳鸣九编选：《新小说派研究》，中国社会科学出版社 1986 年版，第 62 页。

③ ［法］阿兰·罗伯-格里耶著，沈志明译：《去年在马里安巴》，译林出版社 2007 年版，第 8 页。

学是在追求价值的争辩、交锋和新变，是对新的可能性的发现和唤醒。文学不是让灵魂单一，而是创造新的灵魂。

我还常想起托多罗夫的话："确切地说，亨利·詹姆斯叙事的秘密是存在一个根本秘密，一个无名因素，一股不在场的强大力量，用来推动整个在场的叙事及其向前运行。詹姆斯的创作具有双重性，而且表面看是矛盾的（这才使他不断地重新开始）：一方面，他动用一切力量解释隐身的本质，揭开秘密物品的面纱；另一方面，他不断远离这一切，保护它——直至故事结尾，甚至让它永远是个谜。"①指出一个作家是有秘密的，是有双重性且矛盾的，批评家在解释这个秘密的时候，也保护着这些秘密，这就是文学阐释的美妙意义，它仿佛永远在说，世界是这样的，世界还可能是怎样的。

当我们都在尝试着用不同的方式来表达世界和回答问题时，一个灵魂自由的时代才会真正来临。从这个意义上说，文学不仅会一直存在下去，甚至它的存在还会越来越重要，因为它颠覆已有的关于人和世界的结论，也扩大我们对人和世界的理解。阿兰·罗布－格里耶和托多罗夫的话，从作家和批评家的角度诠释了各自对文学的理解，表明文学及对它的阐释仍然是这个世界最不可思议的精神事件之一——没有"不理解"，没有"根本秘密"，世界将会变得一览无遗，变得苍白而无趣。

我甚至想，文学还应有更大的气魄，文学批评也还应有更

---

① ［法］茨维坦·托多罗夫著，侯应花译：《散文诗学——叙事研究论文选》，百花文艺出版社 2011 年版，第 103 页。

大的气魄，那就是大胆地为这个世界的不确定、不可知、神秘性、超越性做证，重新为人类在自我觉悟的道路上打开新的想象空间。

这其实是对一种精神想象力的加冕，也是文学特有的表达权利。前一段时间，我在张炜作品研讨会上说，在今天这个技术可以决断一切、知识讲述也不容置疑的时代，为什么还要有文学？这是一个值得思考的问题。二十世纪以来，文学太迷信现实主义了，这极大地限制了人的想象力，也缩减了文学的价值空间。写作作为一种精神事务，本应有神秘和超验的品质。写作的缘起本不是记事、纪实，而是起于祭祀。苏珊·桑塔格说："最早的艺术体验想必是巫术的，魔法的；艺术是仪式的工具。"①太过重视现实，太看重自己作为知识分子的角色，写作已无祭司这一传统，也就没有了和不可知、不确定的神秘世界对话的愿望。但是，丢掉了巫、祭祀、祷告的这个精神传统，对未知世界也无想象，进而把这个世界上的事情全部都解释成现实主义的，这个世界就太乏味、太没意思了。文学的存在，就是要让这个没意思的世界变得有意思，这个"有意思"，就是源于现实之上还有一个想象世界，理性世界之外还有一个非理性的、感觉的、神秘的世界。

我在《重新想象人的生命世界——我读〈唇典〉》一文中也分析过，把神性世界定义成神话世界、灵异世界，把与之相

---

① ［美］苏珊·桑塔格著，程巍译：《反对阐释》，上海译文出版社2003年版，第3页。

关的作品多说成是幻想性的、非现实的，其实是对文学和历史的极大误解。"事实上，中国几千年来的文明史，从来都是相信有灵魂、有天意、有神鬼、有灵异世界的，天、地、人、神、鬼并存的世界，才是中国文明的原貌。直到二十世纪提倡科学、相信技术以后，才把神、鬼、魂灵世界从文明的辞典里删除——但在民间，它们依然坚实地存在着。二十世纪以后，好像写作所面对的，只有一种现实，那就是看得见、想得到的日常现实，好像人就只能活在这种现实之中，也为这种现实所奴役。……当我们把这些瑰丽的想象都从文学中驱逐出去，作家成了单一的现实主义的信徒，他的写作只描写一个看得见世界，并认为现世就是终极，这不仅是对文学的庸俗化理解，也是对人的生命的极度简化。文学应该反抗这样的简化。要求文学只写现实，只写现实中的常理、常情，这不过是近一百年来的一种文学观念，在更漫长的文学史中，作家对人的书写、敞开、想象，远比现在要丰富、复杂得多。文学作为想象力的产物，理应还原人的生命世界里这些丰富的情状。不仅人性是现实的，许多时候，神性也是现实的。"①

讨论这些，我不过是想强调，无论是文学写作，还是文学批评，它既是"实学"，也是"虚学"——甚至可能还是一种充满奇妙之思的玄学。如果文学批评太"实"了，没有一点务虚、超拔、不切实际的神思，一定会面临很大的局限。文学写作及

---

① 谢有顺：《重新想象人的生命世界——我读〈唇典〉》，《当代作家评论》2018年第3期。

其研究都是思想和精神的创造，想要有新见，还是要有一点务虚的、天马行空的、胡思乱想的甚至有些不切实际的玄妙之思的驱动，没有一种孤独的、独与天地共往来的哲思，全部心力都扑在知识和材料上，甚至被知识和材料所淹没，恐怕也是一种误区。尼采说，历史感和摆脱历史的束缚同样重要，说的就是这个道理。

这方面，科幻小说反而是一个很好的范例。它作为一种小说类型，一直正视人类有超越现实、走向永恒的渴望，如何让这种渴望也在现代人身上延续下来，科幻小说找到了科学作为载体，把科学作为实现神话的方式，使之与生物工程日益发展下的人合体，通过新的技术、新的身体来呈现新的现实，从而超越了日常生活的琐细描写，再一次以文学的方式表达对人类的整体性命运的关怀。科幻小说和电影的风行，暗含了这个时代人类对未来新世界的想象。相比之下，传统的写作和批评，还是受制于现实的规约，文学写作经常为一种匍匐在地面上的琐细人生耗尽心血，文学研究也经常为一种细枝末节的问题争得脸红耳赤，唯独匮乏对大问题的追问能力，在永恒价值世界和人类整体性命运面前，更是没多少想象力可言。

这才是中国文学最尖锐的困境之一。

米兰·昆德拉说："穆齐尔和布洛赫给小说安上了极大的使命感，他们视之为最高的理性综合，是人类可以对世界整体表示怀疑的最后一块宝地。他们深信小说具有巨大的综合力量，它可以将诗歌、幻想、哲学、警句和散文糅合成一体。这种糅合，目的也就是要重新对人类的命运有一个整体性观察。"①艺术风格的局部调整，理论和观念上的细小变革，这些可能并没有我们想象的那么重要，真正改变文学大势的，还是那些能在整体性上影响人类的价值信念。而要在整体上重新理解和变革文学，打开价值想象的空间，包括改变我们对神性世界、超验世界的僵化态度，也至关重要。足够广大，才能足够高远，这一点，科学已经走得很远，文学写作也需深思。

最后是关于这本书的一些话。

我一直是散文的热心读者，对它的专门研究，却是二〇〇一年才真正开始。大约是那个年底，《美文》的穆涛兄来信，要我在他主持的杂志社开一年谈散文的评论专栏，并坚称这是贾平凹主编的邀约，我推辞不了，只好勉力为之。为此，那两年，我阅读了大量的散文作品及相关的研究资料，并为《美文》杂志撰写了十几篇散文评论——本书一些章节的内容，就是以这批文章为基础写成的。

但给《美文》所写的，都是命题作文，所论对象均由杂志社选定，有些也非我自己喜欢的散文家。蒙田说，"多大的脚穿多大的鞋"，确实，作家的体量如何，你所谈论的话题质量就如何。因此，写完这个专栏，我的内心并不满足，感觉对散文还有话要说，接下来的这些年，也就没有间断对散文的阅读和研

① 美国《巴黎评论》编辑部编，黄昱宁等译：《巴黎评论·作家访谈1》，上海文艺出版社 2015 年版，第 189 页。

究。本书除了第一章，第三章第五节，第四章第四节、第五节，第五章第五节，分别得到了我的博士生李浩、冯娜、周会凌、石峤、苏沙丽的协助，其他章节都是我在这二十年间陆续写成。尽管成书时，我对这些内容做了梳理、修订、扩充，但由于写作时间跨度大，不连贯、不谨严之处时有存在，个别注释，由于在不同时期读的参考文献不同，也未及统一、规范，还请读者见谅。

对于散文，越是研究，我越是同意"散文易学而难工"一说；加上散文理论较之小说、诗歌而言，历来薄弱，今人要想有所新见，也不容易。我曾撰文呼吁"重新做一个散文读者"，旨在强调阅读、感受、体悟，而非分析和阐释。毕竟，有很多好散文都是简约、朴白而意味深长的，面对它们，需要的只是用心去读。只有会读散文了，才能了悟、阐释散文的精微和妙处。

我希望本书所述，首先就是自己作为一个读者对散文的看法，而非其他。

本书是在二○一四年由广东人民出版社出版的《散文的常道》一书基础上修改、增删而成。这次新写了不少章节，删除了不少内容，很多段落也进行了修订和重写。更名为《散文中的心事》，是在友人的提议下，为了呼应我之前所出版的《小说中的心事》《诗歌中的心事》二书。文中一些章节都曾独立成文，先后刊发于《文学评论》《当代作家评论》《文艺争鸣》《中国现代文学研究丛刊》《南方文坛》《美文》《作家》等杂志，其中两篇曾被《新华文摘》全文转载，对于这些杂志和责任编辑，我深表谢意！对于当年促成《散文的常道》一书出版的陈剑晖教授、肖风华社长、责任编辑古海阳先生等人的情谊，我也一直铭记于心。

也要感谢海峡文艺出版社林滨社长的厚爱，没有他的一再催促，书稿估计至今还在电脑里沉睡。算起来，我和海峡文艺出版社合作多次了，对于来自家乡的邀约，我既感温暖，又心存敬意。

谢有顺

二〇二一年十二月十五日，广州